Olga Tokarczuk

# *Taghaus, Nachthaus*

Roman

*Aus dem Polnischen von*
*Esther Kinsky*

Kampa

Die polnische Originalausgabe erschien 1999 unter dem Titel
*Dom dzienny, dom nocny* im Verlag Ruta, Walbrzych.
Die deutsche Erstausgabe erschien 2001 in der
Deutschen Verlags-Anstalt, Stuttgart, München.

Die Übersetzung wurde vom Polnischen Literaturfonds gefördert.

*Videoporträt von Olga Tokarczuk auf*
*www.kampaverlag.ch/kampa-tv*

*Für den Blick hinter die Verlagskulissen:*
*www.kampaverlag.ch/newsletter*


www.kampaverlag.ch
Covergestaltung: Kuzin & Kolling, Büro für Gestaltung, Hamburg
Covermotiv: ilbusca / istockphoto
Satz: Tristan Walkhoefer, Leipzig
Gesetzt aus der Stempel Garamond LT
Druck und Bindung: GGP Media GmbH, Pößneck
Auch als E-Book erhältlich
ISBN 978 3 311 10020 1

Dein Haus ist dein größerer Körper.
Er wächst in der Sonne, er schläft in der Nacht. Er träumt.
Schläft dein Haus etwa nicht und verlässt also auch nicht die Stadt,
Um sich im Hain oder auf dem Gipfel eines Berges wiederzufinden?

*Dschibran Chalil*

## *Der Traum*

In der ersten Nacht hatte ich einen reglosen Traum. In meinem Traum bin ich nichts als ein Blick, ein reines Schauen, ohne Körper, ohne Namen. Ich schwebe … hoch über dem Tal an einem nicht näher bestimmten Punkt, von dem aus ich alles oder fast alles sehe. Ich bewege mich in diesem Zustand des Schauens, bleibe aber an derselben Stelle. Oder besser gesagt: Die Welt ergibt sich mir, während ich sie betrachte, sie nähert und entfernt sich, sodass ich entweder alles auf einmal oder nur die kleinsten Einzelheiten sehen kann.

Ich sehe also das Tal, in dem das Haus steht. Es steht mitten in dem Tal aber es ist weder mein Haus noch mein Tal, mir gehört gar nichts, denn ich selbst gehöre mir nicht, so etwas wie ein Ich existiert überhaupt nicht. Ich sehe die Linie des Horizonts, der das Tal von allen Seiten wie ein Ring umschließt. Ich sehe den aufgewühlten, trüben Bach, der zwischen den Hügeln fließt. Ich sehe die Bäume, die mit ihren mächtigen Beinen in der Erde verwurzelt sind, wie einbeinige, unbewegliche Tiere. Die Reglosigkeit der Dinge, die ich sehe, ist scheinbar. Wenn ich will, kann ich den Schein durchschauen. Dann sehe ich unter der Baumrinde die beweglichen Rinnsale des Wassers und der Säfte, die unentwegt kreisen und auf- und absteigen. Unter den Dächern sehe ich schlafende Menschen, und ihre Reglosigkeit ist auch nur Schein;

ihre Herzen klopfen leise, ihr Blut rauscht, selbst ihre Träume sind nicht wirklich, denn ich sehe, was sie sind: pulsierende Fragmente von Bildern. Ich betrachte diese träumenden Körper, und in ihren verworrenen träumerischen Gedanken sehe ich mich selbst, und dann mache ich diese merkwürdige Entdeckung, dass ich der Blick bin, ohne Reflexion, ohne Urteil, ohne Gefühl. Und gleich darauf mache ich noch eine Entdeckung: Ich kann auch durch die Zeit hindurchsehen, ich kann den Punkt, an dem ich in der Zeit stehe, genauso ändern wie den Punkt, an dem ich im Raum stehe. Wie ein Pfeil auf dem Computerbildschirm, der sich selbsttätig bewegt oder einfach nur nichts von der Hand weiß, die ihn bewegt.

So träume ich eine unendlich lange Zeit, wie mir scheint. Es gibt kein Vorher und kein Nachher, ich erwarte auch nichts Neues, denn ich kann weder etwas gewinnen noch etwas verlieren. Die Nacht nimmt kein Ende. Nichts geschieht. Selbst die Zeit ändert das, was ich sehe, nicht. Ich schaue, und weder erkenne ich etwas Neues noch vergesse ich etwas von dem, was ich gesehen habe.

## *Marta*

Den ganzen ersten Tag verbrachten wir damit, unseren Grund und Boden abzuschreiten. Die Gummistiefel versanken im lehmigen Boden. Die Erde war rot, der Schmutz, der an den Händen klebte, war rot, und wenn man die Hände wusch, färbte sich das Wasser rot. R. betrachtete zum wiederholten Mal die Bäume im Obstgarten. Alte, buschige Bäume, die in alle Richtungen wucherten. Solche Bäume würden bestimmt keine Früchte hervorbringen. Der Obstgarten zog sich bis zum Wald hin und hörte an der dunklen Wand der Fichten auf. Die Fichten standen da wie ein Heer. Am Nachmittag fiel wieder ein mit Schnee vermischter Regen. Das Wasser sammelte sich auf der lehmigen Erde, es bildete kleine Bäche und Rinnsale und verschwand irgendwo unter der Hauswand. Ein unentwegtes Rauschen machte uns Sorgen, und wir stiegen mit einer Kerze in den Keller hinab. Über die steinernen Stufen ergoss sich ein regelrechter Bach, spülte über den Steinfußboden und floss dann tiefer unten wieder hinaus. Wir erkannten, dass das Haus auf einem Bachlauf stand, es war unvorsichtigerweise über fließendem unterirdischem Wasser gebaut, und jetzt ließ sich nichts mehr daran ändern. Es blieb uns keine Wahl, wir mussten uns an das dumpfe, unablässige Geräusch und die unruhigen Träume gewöhnen.

Draußen vor dem Fenster war noch ein Bach, er führte trübes, rotes Wasser, das ziellos die unbeweglichen Wurzeln der Bäume unterspülte und dann im Wald verschwand.

Aus dem Fenster des langen Zimmers sah man Martas Haus. Seit drei Jahren dachte ich darüber nach, wer Marta war. Sie erzählte immer etwas anderes über sich. Jedes Mal nannte sie ein anderes Geburtsjahr. Wie alles hier existierte auch Marta für R. und mich nur im Sommer, im Winter verschwand sie. Sie war klein, ganz weißhaarig und zahnlos. Ihre Haut war runzlig, trocken und warm. Ich weiß es, weil wir uns zur Begrüßung auf die Wangen küssten, manchmal umarmten wir einander auch unbeholfen, und dann nahm ich ihren Geruch wahr. Sie roch nach Feuchtigkeit, die sich nicht trocknen lässt. Dieser Geruch bleibt haften, man wird ihn nicht los. Kleidung, die im Regen durchnässt worden ist, muss man gründlich waschen, wie meine Mutter sagte, aber sie wusch in der Regel alles, ohne dass es notwendig war. Sie öffnete die Schränke, zog die sauberen, gestärkten Leintücher heraus und warf sie in die Waschmaschine, als habe die Nichtbenutzung sie genauso verschmutzt wie die Benutzung. Der feuchte Geruch an sich war unangenehm, aber an Martas Kleidung und auf ihrer Haut roch er vertraut und freundlich. Wenn Marta hier war, befand sich alles an seinem Platz, alles war in bester Ordnung.

Marta kam gleich am zweiten Abend. Zuerst tranken wir Tee, dann Hagebuttenwein vom letzten Jahr, der dunkel und schwer war und so süß, dass der Kopf schon nach dem ersten Schluck wie benebelt war. Ich räumte Bücher aus einer Kiste. Marta hielt ihr Glas in beiden Händen und schaute teilnahmslos zu. Ich dachte, Marta könne nicht lesen. So kam es mir vor. Das war möglich, denn sie war so alt, dass ihr die Schulpflicht vielleicht erspart geblieben war. Ihr Blick blieb nie an einem Buchstaben hängen, aber ich fragte sie nie danach.

Die Hunde liefen aufgeregt zwischen drinnen und draußen hin und her. Auf ihrem Fell brachten sie den Geruch von Kälte und Wind mit herein. Sie wärmten sich in der geheizten Küche auf, danach zog es sie wieder in den Garten. Marta kraulte ihnen mit ihren langen, knochigen Fingern den Rücken und sagte ihnen immer wieder, wie schön sie seien. So redete sie den ganzen Abend mit den Hunden. Ich sah ihr aus dem Augenwinkel zu, während ich die Bücher auf den Holzregalen aufstellte. Die Wandlampe beleuchtete ihren Scheitel mit seinem Federbüschel dünner, weißer Haare. Im Nacken wurden sie zu einem Zopf.

Ich kann mich an so viele Dinge erinnern, aber ich weiß nicht mehr, wann ich Marta zum ersten Mal gesehen habe. Ich kann mich an alle ersten Begegnungen mit Menschen, die später für mich wichtig wurden, erinnern; ich weiß noch, ob die Sonne schien, ich kann mich an Einzelheiten der Kleidung erinnern (die komischen DDR-Stiefel, die R. trug), ich erinnere mich an die Gerüche, die Geschmäcker und gleichsam die Beschaffenheit der Luft, ob sie rau und steif oder glatt und kühl wie Butter war. Von solchen Bedingungen hängt die erste Begegnung ab. Solche Dinge schreiben sich den einzelnen, vielleicht animalischen Teilen des Gehirns ein und lassen sich einfach nicht vergessen. Aber an die erste Begegnung mit Marta kann ich mich nicht mehr erinnern.

Es muss Anfang des Frühjahrs gewesen sein, denn das ist hier die Zeit, in der alles beginnt. Es muss auf dem unebenen Gelände des Tales gewesen sein, denn Marta begibt sich nie allein an einen anderen Ort. Bestimmt roch es nach Wasser, nach geschmolzenem Schnee. Sie trug sicher diesen grauen Pullover mit den großen ausgeleierten Knopflöchern.

Ich wusste nicht viel von Marta. Ich wusste nur das, was sie mir erzählt hatte. Alles musste ich mir selbst zusammenreimen, und mir wurde klar, dass ich Geschichten über sie erfand. Ich schuf eine Marta mit einer Vergangenheit und einer Gegenwart. Denn sobald ich sie bat, mir etwas über ihre Jugend zu erzählen, darüber, wie damals all das aussah, was jetzt so selbstverständlich erscheint, wechselte sie das Thema, schaute zum Fenster hinaus oder schwieg einfach, widmete ihre ganze Aufmerksamkeit dem Kohl, den sie gerade raspelte, oder flocht ihre fremd-eigenen Haare. Ich verstand das nicht als Unwillen, etwas zu erzählen. Es war, als hätte Marta nichts über sich zu erzählen. Als hätte sie keine Geschichte. Sie sprach gerne von anderen Menschen, die ich vielleicht ein paar Mal zufällig gesehen hatte oder die ich gar nicht kannte, weil ich ihnen nicht mehr begegnen konnte, denn sie waren schon lange tot. Sie sprach auch von Menschen, die mit Sicherheit gar nicht existierten – später stellte sich heraus, dass Marta gerne Dinge erfand. Und von Orten, an denen sie diese Menschen wie Pflanzen einsetzte. Sie konnte stundenlang reden, bis ich genug hatte und einen höflichen Vorwand fand, sie zu unterbrechen und über die Wiese nach Hause zu gehen. Manchmal hielt sie in ihren Ausführungen plötzlich und ohne Grund inne, wochenlang kam sie dann nicht mehr auf dieses Thema zu sprechen, um irgendwann unvermittelt wieder anzufangen: »Weißt du noch, wie ich dir erzählt habe …«.

»Ja, das weiß ich noch.«

»Also, das ging so weiter …«, und dann spann sie einen eingetrockneten Faden weiter, während ich versuchte, mich daran zu erinnern, von wem sie gesprochen hatte und wo sie stehen geblieben war. Und merkwürdigerweise war mir meistens nicht die Geschichte selbst in Erinnerung geblieben, sondern Marta, während sie erzählte, ihre kleine Gestalt mit den runden Schultern in dem Pullover mit den ausgeleierten Knopflöchern, ihre knochigen Finger. Ich wusste noch, ob sie dabei gegen die Windschutzscheibe des Autos geredet hatte, als wir auf dem Weg nach Wambierzyce waren, um dort Bretter zu bestellen, oder ob es beim Kamillepflücken auf Bobols Feld gewesen war. Auf die Geschichten selbst konnte ich mich nie besinnen, sondern nur auf die Szene, die Umstände, die Welt, die sie in mir Wurzeln schlagen ließ, als seien es gleichsam unwirkliche, erfundene, erträumte, in ihrem und in meinem Kopf hin- und hergespiegelte, von den Worten verwaschene Geschichten. Sie brach die Erzählung so plötzlich ab, wie sie sie angefangen hatte. Wegen einer Gabel, die auf den Boden gefallen war und deren blechernes Scheppern den letzten Satz zersplittert hatte, behielt sie das letzte Wort im Mund und musste es verschlucken. Oder Soundso kam herein, ohne anzuklopfen; wie es so seine Angewohnheit ist, stapfte er von draußen in seinen schweren Stiefeln herein und hinterließ eine Spur aus Wasser, Schlamm, Tau, je nach Witterung, und in seiner Anwesenheit konnte man kein einziges Wort mehr sagen, weil er so laut war.

Ich vergaß viele Dinge, die mir Marta erzählte. Die eine oder andere zusammenhanglose Pointe blieb mir in Erinnerung, so wie Senf, der noch auf dem Tellerrand liegt, wenn die Mahlzeit verzehrt worden ist. Einzelne Szenen, manche schrecklich, manche komisch. Einzelne aus dem Zusammenhang gerissene Bilder, zum Beispiel von Kindern, die mit bloßen Händen im Bach Forellen fingen. Ich wusste nicht, warum ich solche Einzelheiten anhäufte, die ganze Geschichte aber vergaß, obwohl sie ja doch einen Sinn gehabt haben musste, denn sie war eine Erzählung mit Anfang und Ende. Ich behielt nur die Kerne, die meine Erinnerung hinterher, und zwar ganz zu Recht, ausspucken musste.

Es war nicht so, dass ich nur zuhörte. Ich sprach auch mit ihr. Irgendwann am Anfang erzählte ich ihr, dass ich Angst vor dem Sterben hatte, nicht vor dem Tod, sondern vor dem Moment, wenn ich nichts mehr auf später würde verschieben können. Und dass diese Angst immer kommt, wenn es dunkel ist, und niemals tagsüber, und dass sie ein paar schreckliche Momente lang dauert, wie ein epileptischer Anfall. Gleich darauf schämte ich mich, dass ich so unvermittelt ein Bekenntnis abgelegt hatte. Dann versuchte ich, das Thema zu wechseln.

Marta hatte kein Therapeutenherz. Sie fragte nicht nach, sie ließ nicht das Geschirr in der Spüle stehen, um sich zu mir zu setzen und mir auf die Schultern zu klopfen. Sie versuchte nicht wie andere Leute, alles Wesentliche zeitlich einzuordnen, und fragte nicht: »Wann hat das angefangen?« Es ist ja ohnehin so, dass das am wichtigsten ist, was sich gerade abspielt, was man gerade vor Augen hat. Die Fragen nach Anfang und Ende vermitteln kein Wissen, das von irgendeinem Wert ist.

Manchmal dachte ich, Marta höre gar nicht zu oder sei völlig ungerührt wie ein abgeschnittenes, totes Stück Holz, denn in einem solchen Augenblick hörte sie nicht nur wie erwartet nicht auf, mit dem Geschirr zu klappern, auch ihre Bewegungen verloren nichts von ihrer automatischen Geschmeidigkeit. Sie erschien mir sogar in gewisser Weise grausam, und zwar mehrere Male. Zum Beispiel damals, als sie ihre Hähne mästete und dann totschlug und auffraß, alle auf einmal, im Laufe zweier Tage im Herbst.

Ich verstand Marta damals nicht, und ich verstehe sie auch jetzt nicht, wenn ich über sie nachdenke. Aber was sollte es mir auch nützen, sie zu verstehen? Welchen Nutzen hätte ich davon, wenn ich die Motive ihres Verhaltens, die Quellen all ihrer Erzählungen klar durchschaute? Was hätte ich von ihrer Biografie, wenn Marta überhaupt eine Biografie hat? Vielleicht gibt es Menschen ohne Biografie, ohne Vergangenheit und Zukunft, die anderen als ein ewiges Jetzt erscheinen.

## *Soundso*

In den letzten Tagen kam jeden Abend unser Nachbar Soundso zu uns, immer gleich nach den Fernsehnachrichten. R. erhitzte Rotwein, streute Zimt und Gewürznelken hinein. Jeden Abend erzählte Soundso den Winter, denn der Winter muss erzählt werden, damit der Sommer kommen kann. Es war immer dieselbe Geschichte, die davon handelte, wie Marek Marek sich aufgehängt hatte.

Wir hatten die Geschichte schon von anderen gehört, aber gestern und vorgestern hörten wir sie von Soundso. Er vergaß, dass er sie schon erzählt hatte, und fing wieder ganz von vorne an. Zuerst kam immer die Frage, warum wir nicht zu Marek Mareks Beerdigung gekommen waren. Wir hatten nicht kommen können, weil es im Januar war. Wir waren einfach nicht imstande gewesen, zur Beerdigung zu kommen. Es schneite, die Autos sprangen nicht an, die Akkus röchelten nur. Die Straße hinter Jedlina war zugeschneit, und die Busse standen in endlosen Staus.

Marek Marek wohnte in einem Haus mit Blechdach. Im letzten Herbst war seine Stute in unseren Garten gekommen und hatte das Fallobst unter den Apfelbäumen gefressen. Sie hatte die Äpfel unter dem angefaulten Laub hervorgescharrt. Uns sah sie gleichgültig an, R. meinte sogar, ihr Blick sei ironisch.

Am Nachmittag, als es schon anfing, dunkel zu werden, war Soundso nach Ruda zurückgekommen. Er sah, dass die Tür von Marek Mareks Haus genauso angelehnt war wie am Morgen, deshalb stellte er sein Fahrrad an der Wand ab und schaute durch das Fenster hinein. Er sah ihn sofort. Halb hing, halb lag er an der Tür, verdreht und zweifellos tot. Soundso schirmte die Augen mit der Hand ab, um besser sehen zu können. Marek Mareks Gesicht war dunkel und bläulich, und seine Zunge ragte heraus. Seine Augen starrten irgendwo in die Höhe. »Das ist doch ein Trottel«, sagte Soundso zu sich selbst, »der kann sich nicht mal richtig aufhängen.«

Er nahm sein Fahrrad und ging davon.

In der Nacht fühlte er sich etwas unbehaglich. Er überlegte, ob Marek Mareks Seele in den Himmel oder in die Hölle gekommen war oder wo auch immer man hinkommt, wenn überhaupt irgendwohin.

Plötzlich wachte er auf, es dämmerte schon, und er sah ihn neben dem Ofen stehen. Marek Marek stand da und sah ihn an. Soundso wurde wütend. »Ich bitte dich, geh hinaus. Das ist mein Haus. Du hast dein eigenes Haus.« Die Erscheinung regte sich nicht, sie schaute ihn direkt an, aber ihr Blick war ganz sonderbar, als sehe er durch ihn hindurch.

»Marek, ich bitte dich, geh weg«, sagte Soundso wieder, aber Marek – oder was auch immer er inzwischen war – reagierte nicht. Da überwand Soundso die Angst vor jeglicher Bewegung, die ihn plötzlich überkommen hatte, stand auf und nahm seinen Gummistiefel in die Hand. So bewaffnet ging er auf den Ofen zu. Vor seinen Augen verschwand die Erscheinung. Er blinzelte und kehrte in sein gemütliches, warmgelegenes Bett zurück.

Als er am Morgen Holz holte, blickte er wieder durchs Fenster bei Marek hinein. Nichts hatte sich verändert, der Körper lag immer noch in derselben Stellung, aber heute kam ihm das Gesicht dunkler vor. Den ganzen Tag brachte Soundso auf dem Weidenschlitten, den er im letzten Jahr selbst angefertigt hatte, Holz aus den Bergen herunter. Er brachte kleine Birken nach Hause, die er selbst fällen konnte, und dicke Stämme umgestürzter Fichten und Buchen. Er legte das Holz in seinem Schuppen zurecht, um es später in kleinere Stücke hacken zu können. Dann heizte er im Ofen ein, bis die Herdplatte rot glühte. Er kochte für sich und die Hunde eine Kartoffelsuppe, danach schaltete er den Schwarzweißfernseher ein und schaute sich beim Essen die flackernden Bilder an. Er hörte keinen Ton. Als er ins Bett ging, schlug er zum ersten Mal seit zig Jahren, vielleicht zum ersten Mal seit der Konfirmation oder der Hochzeit, das Kreuzzeichen. Diese so lange vergessene Geste brachte ihn auf einen Gedanken: Er konnte zum Pfarrer gehen und ihm die Sache vortragen. Am nächsten Tag strich er schüchtern um das Pfarrhaus. Er traf den Priester, als dieser mit raschem Schritt der Kirche zustrebte, bemüht, den tauenden Schneeflecken auszuweichen. Soundso war nicht dumm, deshalb sagte er nie etwas geradeheraus. »Was würden Sie tun, Herr Pfarrer, wenn ein Geist zu Ihnen käme?« Der Pfarrer sah ihn verwundert an, dann wanderte sein Blick zum Dach der Kirche, wo eine nicht enden wollende Reparatur im Gange war. »Ich würde ihn wegschicken.«

»Aber wenn es ein hartnäckiger Geist wäre, der nicht weggehen will, was würden Sie dann tun?«

»Man muss in allem konsequent sein«, antwortete der Pfarrer weise und machte geschickt einen Bogen um Soundso.

In der nächsten Nacht war alles wie in der vorhergehenden. Soundso erwachte plötzlich, als hätte ihn jemand gerufen, er setzte sich im Bett auf und sah Marek Marek am Ofen stehen. »Verschwinde!«, schrie er. Die Erscheinung regte sich nicht, und Soundso hatte sogar den Eindruck, als sehe er ein ironisches Lächeln auf seinem aufgeschwollenen, dunklen Gesicht.

»Soll dich der Schlag treffen, warum lässt du mich nicht schlafen?«, sagte Soundso. Er nahm einen Gummistiefel und stürzte damit bewaffnet zum Ofen. »Bitte verschwinde von hier!«, brüllte er, und der Geist verschwand.

In der dritten Nacht kam die Erscheinung nicht mehr, und am vierten Tag fand Marek Mareks Schwester die Leiche und erhob ein großes Geschrei. Sofort kam die Polizei, wickelte Marek Marek in schwarze Folie und nahm ihn mit. Sie fragten Soundso aus, wo er gewesen sei und was er gemacht habe. Er sagte, er habe nichts Besonderes bemerkt. Er sagte auch, wenn jemand so trinke wie Marek Marek, würde er früher oder später so enden. Sie stimmten ihm zu und gingen.

Soundso nahm sein Fahrrad und strampelte bis nach Ruda. Im Restaurant Lido stellte er einen Krug Bier vor sich auf den Tisch und schlürfte ihn ganz langsam, Schluck für Schluck. Was er vor allem empfand, war Erleichterung.

## *Radio Nowa Ruda*

Der Lokalsender Radio Nowa Ruda brachte täglich zwölf Stunden Programm. Hauptsächlich Musik. Zur vollen Stunde gab es Nachrichten aus dem ganzen Land und jeweils um halb Lokalnachrichten. Außerdem wurde jeden Tag ein Wettbewerb veranstaltet. Es gewann fast immer derselbe Mensch namens Wadera. Er musste über ein sagenhaftes Wissen verfügen, er wusste Dinge, auf die man unmöglich kommen konnte. Ich schwor mir, irgendwann einmal herauszubekommen, wer dieser Herr Wadera war, wo er wohnte und woher er das alles wusste.

Ich würde über die Berge nach Nowa Ruda gehen, um ihn irgendetwas Wichtiges zu fragen, ich wusste selbst nicht was. Ich stellte mir vor, wie er unwillig täglich den Hörer hochhob und sagte: »Ja, ich weiß die Antwort, es handelt sich um den Canis lupus, den größten Vertreter der Gattung Hund.« Oder: »Die Glasur, mit der Keramikziegel vor dem Brennen überzogen werden, heißt Angoba.« Oder: »Die Lehrer des Pythagoras waren, wie allgemein angenommen wird, Pherekydes, Hermodamas und Archemanas.« Und so weiter, jeden Tag. Der Preis war immer ein Buch aus dem lokalen Buchgroßhandel. Herr Wadera musste eine umfangreiche Bibliothek haben.

Einmal hörte ich, wie der Sprecher, bevor er die Preisfrage stellte, mit zitternder Stimme sagte. »Herr Wadera, bitte rufen Sie heute nicht an.«

Zwischen zwölf und eins las eine angenehme Frauenstimme einen Roman in Fortsetzungen vor. Diese Sendung bekam man zwangsläufig mit, alle mussten jeden Roman anhören, denn das war die Zeit, um die man das Mittagessen vorbereitete und Kartoffeln schälte oder den Teig für Piroggen knetete. Auf diese Weise hörte ich den ganzen April über *Anna Karenina*.

»›... Er liebt eine andere, daran besteht kein Zweifel‹, dachte sie entschlossen, als sie in ihr Zimmer ging. ›Ich sehne mich nach Liebe, aber diese Liebe gibt es nicht. Und deshalb ist alles zu Ende. Man muss all dem ein Ende setzen.‹

›Aber wie?‹, fragte sie sich und ließ sich auf den Sessel vor dem Spiegel sinken.«

Manchmal kam Marta um diese Zeit und machte sich sogleich daran zu helfen. Zum Beispiel schnitt sie Möhren in kleine Würfel.

Marta hörte ruhig und ernst zu, aber sie sagte nie ein

Wort, weder über *Anna Karenina* noch über irgendeinen anderen Roman, der vorgelesen wurde. Ich hatte sogar den Verdacht, dass sie diese Erzählungen, die aus Dialogen bestanden, aber in einer Stimme vorgelesen wurden, gar nicht verstand und nur einzelnen Worten und der Sprachmelodie an sich lauschte.

Leute im Alter Martas erkranken an Sklerose und Alzheimer. Einmal jätete ich im Garten Unkraut und von der anderen Seite des Hauses rief R. nach mir. Bevor ich antworten konnte, fragte er Marta: »Ist sie dort drüben?« Marta stand so, dass sie uns beide sehen konnte. Sie warf einen Blick auf mich und rief ihm zu:

»Nein, hier ist sie nicht.«

Dann wandte sie sich ruhig um und ging nach Hause.

## *Weshalb sieht Soundso Geister …*

Und ich nicht?«, fragte ich Marta einmal.

»Weil er innen leer ist«, sagte Marta. Ich verstand das damals so, als meinte sie damit Gedankenlosigkeit und Einfalt. Ein Mensch, der innen voll ist, erschien mir wertvoller als ein leerer Mensch.

Später wischte ich den Fußboden in der Küche und begriff plötzlich, was Marta mir hatte sagen wollen. Denn Soundso ist einer von den Menschen, die sich Gott so vorstellen, als stünde er dort und sie hier. Soundso sieht alles außerhalb von sich selbst, sogar sich selbst sieht er außerhalb von sich selbst, er betrachtet sich selbst wie eine Fotografie. Er nimmt sich nur im Spiegel wahr. Wenn er beschäftigt ist, zum Beispiel, wenn er seine filigranen Schlitten baut, hört er überhaupt auf, für sich selbst zu existieren, denn er denkt nur an den Schlitten und nicht an sich selbst. Er findet sich selbst als Gegenstand seiner Gedanken nicht interessant. Erst wenn er sich anschickt, seine tägliche Pilgerfahrt nach Nowa Ruda anzutreten, um eine Schachtel Zigaretten und Tabletten mit einem Kreuzchen darauf zu besorgen, wenn er sich selbst zum Aufbruch bereit im Spiegel sieht, dann denkt er an sich, aber als »der da«. Niemals als »ich«. Er sieht sich nur mit den Augen anderer, deshalb ist ihm sein Aussehen so wichtig, die neue braune Joppe, das cremefarbene Hemd, dessen heller Kragen einen Kontrast zu dem gegerbten Gesicht bildet. Deshalb ist Soundso auch für sich selbst jemand, der außerhalb von ihm existiert. In seinem Innern gibt es nichts, was aus dem Inneren blickt, deshalb gibt es auch kein Spiegelbild. Dann sieht man Geister.

## *Marek Marek*

Er war irgendwie ein schönes Kind – das sagten alle. Marek Marek hatte fast weiße Haare und ein engelsgleiches Gesicht. Die älteren Schwestern hatten ihn sehr lieb. Sie fuhren ihn in einem von den Deutschen zurückgelassenen Kinderwagen über die steilen Wege in den Bergen und spielten mit ihm wie mit einer Puppe. Die Mutter wollte nicht aufhören, ihn zu stillen; wenn er an ihrer Brust saugte, hatte sie die vage, traumartige Vorstellung, dass sie sich für ihn ganz und gar in Milch verwandeln und aus der eigenen Brustwarze fließen könnte, das wäre eine bessere Zukunftsaussicht, als sie sie als Frau Marek jemals haben könnte. Aber Marek Marek wuchs heran und hörte auf, nach ihrer Brust zu suchen. Dafür fand der alte Marek sie und machte ihr noch ein paar Kinder.

Der kleine Marek Marek war zwar niedlich, doch aß er schlecht und weinte nachts. Vielleicht war das der Grund, warum der eigene Vater ihn nicht mochte. Wenn er betrunken nach Hause kam, fing er mit dem Prügeln immer bei Marek Marek an. Wenn die Mutter ihn beschützen wollte, drosch er auf sie ein, wohin die Fäuste gerade trafen, bis schließlich alle nach oben flüchteten und dem Vater die ganze Wohnung überließen, die er mit seinem Schnarchen dann auch ausfüllte. Den älteren Schwestern tat der Bruder leid, deshalb brachten sie ihm rasch bei, sich auf ein verabredetes Signal hin zu verstecken, und von seinem fünften Lebensjahr an saß Marek Marek die meisten Abende im Keller. Da weinte er tonlos und tränenlos.

Dort verstand er auch, dass das, was ihm Schmerzen bereitete, nicht von außen, sondern von innen kam und nichts mit dem betrunkenen Vater oder der Brust der Mutter zu tun hatte. Der Schmerz entstand aus sich heraus, und zwar aus den gleichen Gründen, aus denen morgens die Sonne aufging und nachts die Sterne am Himmel erschienen. Es schmerzte. Er wusste noch nicht, was es war, aber manchmal kam es ihm vor, als erinnere er sich undeutlich an ein warmes, heißes Licht, das die ganze Welt zum Schmelzen bringt. Woher das kam, wusste er selbst nicht. Von der Kindheit blieb ihm Dunkles in Erinnerung, eine ewige Dämmerung. Ein dunkler Himmel, eine in trüber Finsternis versunkene Welt, Traurigkeit und Kälte von Abenden ohne Anfang und Ende. Der Tag, an dem im Dorf die Elektrizität eingeführt wurde, war ihm auch in Erinnerung geblieben. Die Strommasten, die vom nächsten Dorf her über den

Berg marschiert kamen, erschienen ihm wie die Pfeiler einer gewaltigen Kirche.

Marek Marek war die erste und einzige Person aus dem kleinen Dorf, die bei der Gemeindebibliothek in Nowa Ruda Mitglied wurde. Nun nahm er immer ein Buch mit, wenn er sich vor dem Vater versteckte, und so hatte er viel Zeit zum Lesen.

Die Bücherei in Nowa Ruda befand sich in dem Gebäude einer ehemaligen Brauerei, und es roch dort immer noch nach Hopfen und Bier, die Wände, Fußböden und Decken waren durchtränkt von dem säuerlichen Geruch. Sogar die Buchseiten stanken, als sei Bier darübergegossen worden. Marek Marek wurde der Geruch lieb und teuer. Mit fünfzehn Jahren betrank er sich zum ersten Mal. Es ging ihm gut, zum ersten Mal vergaß er das Dunkel völlig, ja er sah gar keinen Unterschied mehr zwischen Hell und Dunkel. Sein Körper wurde ganz langsam und gehorchte ihm nicht mehr, das gefiel ihm auch. Als könnte er seinen Körper verlassen und neben ihm leben, ohne zu denken, ohne zu empfinden.

Die älteren Schwestern heirateten eine nach der anderen und verschwanden aus dem Haus. Ein jüngerer Bruder jagte sich mit einem Blindgänger in die Luft. Der zweite war auf der Sonderschule in Klodzko, deshalb stand nur Marek Marek dem alten Marek zum Verprügeln zur Verfügung. Prügel dafür, dass er die Hühner nicht eingesperrt oder das Gras zu hoch gemäht hatte, dass ihm die Achse der Dreschmaschine zerbrochen war. Aber als Marek Marek etwa zwanzig Jahre alt war, schlug er den Vater zum ersten Mal zurück, und von diesem Zeitpunkt an prügelten sie sich regelmäßig. Wenn Marek damals ein wenig Zeit und kein Geld zum Trinken hatte, las er Edward Stachura. Die Fräulein von der Bücherei hatten die Gesamtausgabe in dem hellblauen Einband, der wie Jeans aussehen sollte, eigentlich nur für ihn gekauft.

Er war immer noch hübsch. Er hatte schulterlange blonde Haare und ein glattes, kindliches Gesicht. Und seine Augen waren sehr hell, fast wie gebleicht, als hätten sie Farbe verloren, während sie auf dunklen Dachböden nach Licht ausschauten, als hätten sie sich beim Lesen der Bände in den hellblauen Einbänden zu sehr angestrengt. Aber die Frauen hatten Angst vor ihm. Mit einer war er bei der Diskothek vor den Schuppen gegangen, hatte sie plötzlich in den Holunder gezerrt und ihr die Bluse vom Leib gerissen. Zum Glück schrie sie, da kamen andere herbeigelaufen und polierten ihm die Fresse. Dabei gefiel er ihr, nur wusste er wohl nicht, wie man mit einer Frau spricht. Und einmal betrank er sich und richtete einen Bekannten seiner Bekannten übel mit dem Messer zu, als hätte er ein absolutes Recht auf sie, als hätte er das Recht, sein Recht mit dem Messer zu verteidigen. Zu Hause weinte er dann.

Er trank, und ihm gefiel dieser Zustand, wenn ihn die Beine von selbst über die Berge trugen und sein ganzes Inneres und damit auch der Schmerz in seinem Inneren ausgeschaltet waren, als hätte man an einem Schalter gedreht, und plötzlich wäre es dunkel geworden. Es gefiel ihm, in der Kneipe namens Lido inmitten von Lärm und Rauch zu sitzen und sich dann plötzlich, ohne im Geringsten zu wissen, warum, in einem blühenden Flachsfeld wiederzufinden und dort bis zum Morgen liegen zu bleiben. Als stürbe er. Oder im Jubilatka zu trinken und plötzlich festzustellen, dass er auf dem Weg nach Hause war, auf der Serpentinenstraße, die in sein Dorf führte, mit blutigem Gesicht und eingeschlagenen Zähnen. Nur halb dazusein, nicht bei Bewusstsein. Auf sanfte Weise nicht zu sein. Am Morgen aufzustehen und Kopfschmerzen zu haben, dann wusste man wenigstens, was wehtat. Durst zu haben und ihn stillen zu können.

Schließlich vergriff sich Marek Marek an seinem eigenen Vater. Er schmetterte ihn so lange gegen eine Steinbank, bis dem Alten die Rippen brachen und er das Bewusstsein verlor. Die Polizei kam, steckte Marek Marek in die Ausnüchterungszelle und behielt ihn dann in Haft, und da gab es nichts zu trinken.

Da erinnerte sich Marek Marek in seinem verkaterten Halbschlaf und zwischen den Kopfschmerzwellen daran, dass er irgendwann einmal, vor langer Zeit, gesunken war. Dass er einmal hoch oben gewesen war, jetzt aber tief unten war. Ein Abrutschen mit Schrecken, ja sogar mehr als Schrecken. Etwas, für das es kein Wort gab. Marek Mareks dummer Körper hatte dieses Angstgefühl gedankenlos übernommen und bebte jetzt, sein Herz hämmerte, als wollte es zerspringen. Aber Marek Mareks Körper wusste nicht, was er da auf sich nahm, eine solche Angst konnte nur eine unsterbliche Seele ertragen. Der Körper erstickte darin, er krampfte sich zusammen und warf sich an die Wände der kleinen Zelle, trieb Schaum hervor. »Hol dich der Teufel, Marek«, brüllten die Wärter. Sie drückten ihn auf den Boden, fesselten ihn und gaben ihm eine Spritze.

Er kam in die Entwöhnung. Zusammen mit anderen verblichenen Schlafanzügen schlich er durch die breiten Korridore und über die gewundenen Treppen der Klinik. Gehorsam stellte er sich um Medikamente an. Er schluckte Antabus wie die Hostie. Er schaute aus dem Fenster, und da dachte er zum ersten Mal, dass es sein Ziel war, so bald wie möglich zu sterben, sich aus diesem verdreckten Land zu befreien, von dieser rötlich grauen

Erde, dieser überheizten Klinik, dem verwaschenen Schlafanzug, diesem vergifteten Körper. Und von da an kreiste sein Denken nur noch um alle möglichen Todesarten.

Eines Nachts schnitt er sich unter der Dusche die Pulsadern auf. Die weiße Haut des Unterarms tat sich auf, und das Innere von Marek Marek kam zum Vorschein. Es war rot und fleischig, wie frisches Rindfleisch. Bevor er das Bewusstsein verlor, empfand er etwas wie Erstaunen, denn aus irgendeinem Grund dachte er, er sehe dort ein Licht.

Natürlich wurde er in eine Isolierzelle gesteckt, man machte viel Wind um die Sache, und sein Klinikaufenthalt verlängerte sich. Er verbrachte den ganzen Winter dort, und als er nach Hause kam, stellte er fest, dass seine Eltern zu der Tochter in die Stadt gezogen waren, und er jetzt alleine im Haus war. Sie hatten ihm das Pferd zurückgelassen, und mit diesem Pferd holte er Holz aus dem Wald, hackte es und verkaufte es weiter. Er hatte Geld, deshalb konnte er auch wieder trinken.

Er hatte einen Vogel in sich sitzen, das fühlte er. Aber es war ein seltsames, unkörperliches, unbenennbares Vögelchen, das im Übrigen auch nicht vogelhafter war als er selbst. Es zog ihn zu Dingen hin, die er nicht verstand und vor denen er sich fürchtete: zu Fragen, auf die es keine Antwort gab, zu Menschen, in deren Gegenwart er sich immer fühlte, als stimme etwas nicht mit ihm, dazu, auf die Knie zu fallen und zu beten, nicht einmal um etwas zu beten, sondern einfach zu reden, reden, reden in der Hoffnung, dass ihm jemand zuhörte. Er hasste dieses Wesen in ihm, denn es bereitete ihm so viel Schmerz. Ohne es hätte er in aller Ruhe trinken, vor dem Haus sitzen und den Berg betrachten können, der sich gegenüber seinem Haus erhob. Danach würde er wieder nüchtern und den Kater mit Schnaps kurieren und sich wieder betrinken – ohne einen Gedanken, ohne Schuld, ohne Besinnung. Dieses Vögelchen musste Flügel haben. Manchmal schlug es blindlings damit in seinem Innern, angekettet flatterte es, doch Marek Marek wusste, dass seine Füße gebunden, ja vielleicht sogar an etwas Schweres geschmiedet waren, denn es konnte niemals wegfliegen. Mein Gott, dachte er, obwohl er überhaupt nicht an Gott glaubte, warum quäle ich mich mit diesem Etwas in meinem Innern? Kein Alkohol konnte diesem Tierchen etwas anhaben, es blieb immer schmerzlich bewusst, es erinnerte sich an alles, was Marek Marek tat, was er vergeudete, was er verschleuderte, was er verpasste, was er missachtete, was er versäumte. »Scheiße«, grölte er im betrunkenen Zustand Soundso zu, »warum quält mich das Ding so, warum sitzt es in mir drin?« Aber Soundso war taub und verstand ihn nicht. »Du hast mir die neuen Strümpfe gestohlen«, sagte er. »Die hingen zum Trocknen auf der Leine.«

Dieses Vögelchen in Marek Marek hatte Flügel, gefesselte Beine und verschreckte Augen. Marek Marek nahm an, dass es in ihm eingesperrt war, irgendjemand hatte es in ihm eingesperrt, obwohl er überhaupt nicht begriff, wie das möglich war. Manchmal, wenn er nachdachte, begegnete er diesem schrecklichen Blick in ihm und hörte die verzweifelte tierische Klage. Dann sprang er auf und rannte blindlings drauflos, den Berg hinauf, durch Birkenhaine, über Waldwege. Und im Laufen sah er sich die Äste an: Welcher würde das Gewicht seines Körpers aushalten? Das Vögelchen in ihm schrie: Lass mich raus, befreie mich aus dir, ich gehöre nicht zu dir, ich bin von einem anderen Ort.

Zuerst dachte Marek Marek, es sei eine Taube, wie sein Vater sie gezüchtet hatte. Er hasste Tauben, ihre runden, leeren Augen, ihr unablässiges Getrippel, ihren unentschlossenen Flug mit unsteter Richtung. Wenn sie überhaupt nichts mehr zu essen hatten, ließ der Vater ihn ins Taubenhaus kriechen und die tumben, ungerührten Vögel herausholen. Er hielt sie mit beiden Händen und reichte einen nach dem anderen dem Vater, der ihnen mit einem geschickten Handgriff den Hals umdrehte. Er hasste ihr Sterben. Sie starben wie Dinge, wie Gegenstände. Den Vater hasste er genauso. Aber einmal sah er am Teich der Frosts einen anderen Vogel, er flog vor seinen Füßen auf und erhob sich schwerfällig über die Büsche, die Bäume und das ganze Tal. Er war groß und schwarz. Nur sein Schnabel war rot, und er hatte lange Beine. Der Vogel schrie durchdringend, und sein Flügelschlag versetzte die Luft eine Zeit lang in Bewegung.

Dieses Vögelchen in ihm war ein schwarzer Storch, aber seine roten Beine waren gefesselt und seine Flügel zerzaust. Er schrie und flatterte aufgeregt. Marek Marek wachte in der Nacht auf, hörte diesen Schrei in sich drin, einen schrecklichen, höllischen Schrei. Er setzte sich im Bett auf und hatte Angst. Dann wusste er, dass er bis zum Morgen nicht mehr einschlafen würde. Das Kopfkissen stank nach Feuchtigkeit und Erbrochenem. Er stand auf und suchte etwas zu trinken. Manchmal war am Boden der Flasche vom Vortag noch etwas übrig, manchmal nicht. Es war zu früh, um ins Geschäft zu gehen. Es war zu früh, um zu leben, deshalb ging er nur im Zimmer auf und ab und starb vor sich hin.

Wenn er nüchtern war, spürte er den Vogel in seinem ganzen Körper. Bis unter die Haut. Manchmal kam es ihm sogar vor, dass er selbst dieser Vogel war, und dann litten sie zusammen. Jeder Gedanke, der die Vergangenheit oder die zweifelhafte Zukunft streifte, schmerzte. Vor Schmerz war Marek Marek nicht in der Lage, auch nur einen Gedanken zu Ende zu denken, jeden Gedanken musste er verwischen und zerstreuen, damit er leer und bedeutungslos wurde. Wenn er daran dachte, wer er gewesen war, schmerzte es. Wenn er daran dachte, wer er jetzt war, schmerzte es noch mehr. Wenn er daran dachte, wer er sein würde, was mit ihm geschehen würde, dann war der Schmerz nicht mehr auszuhalten. Dachte er ans Haus, sah er sogleich morsche Balken vor sich, die jeden Tag einstürzen konnten. Dachte er ans Feld, fiel ihm ein, dass er nichts darauf gesät hatte. Dachte er an seinen Vater, wusste er, dass er ihn zusammengeschlagen hatte. Dachte er an seine Schwester, erinnerte er sich daran, dass er ihr Geld gestohlen hatte. Dachte er an seine geliebte Stute, kam ihm die Erinnerung daran, wie er sie nach der Ausnüchterung tot neben ihrem neugeborenen Fohlen gefunden hatte.

Aber wenn er trank, ging es besser. Nicht, dass das Vöglein mit ihm getrunken hätte. Nein, das Vöglein betrank sich nie, und es schlief nie. Marek Mareks betrunkener Körper und seine betrunkenen Gedanken schenkten dem Flügelschlagen des Vogels keine Beachtung. Deshalb musste er trinken.

Einmal versuchte er, selbst Wein zu machen. Verbissen pflückte er die Johannisbeeren, von denen sein Garten voll war, und stopfte sie mit zitternden Händen in eine bauchige Flasche. Er knapste sich ein wenig Geld ab und kaufte Zucker, dann stellte er den Glasbehälter auf den warmen Dachboden. Er freute sich, dass er eigenen Wein haben würde, dass er in Zukunft, wenn er sich ausgetrocknet fühlte, einfach auf den Dachboden zu steigen brauchte und mit einem Strohhalm direkt aus der Flasche trinken konnte. Aber ohne dass er wusste, wie es geschehen war, hatte er alles bis auf den letzten Rest getrunken, bevor es noch richtig vergoren war. Dann aß er sogar den Satz. Fernseher und Radio hatte er längst verkauft, das Tonbandgerät auch. Deshalb konnte er sich nichts anhören, immerzu hatte er das Flügelschlagen im Ohr. Er verkaufte den Schrank mit dem Spiegel, den Teppich, die Egge, Fahrrad, Anzug und Kühlschrank, die Heiligenbilder von Christus mit der Dornenkrone und der Muttergottes mit dem Herz außen auf der Brust, Gießkanne, Schubkarre, Garbenbinder und Heuwender, den Wagen mit Gummirädern, Teller und Töpfe und sein Heu, und er fand sogar noch einen Käufer für seinen Mist. Dann ging Marek Marek durch die Ruinen der ehemaligen Deutschenhäuser und suchte im hohen Gras nach Steintrögen. Die verkaufte er einem Mann, der sie nach Deutschland ausführte. Zum Teufel, er hätte sein ganzes vergammeltes Haus verkauft, aber das konnte er nicht. Es gehörte nämlich noch seinem Vater.

Am schönsten waren die Tage, an denen es ihm wie durch ein Wunder gelang, bis zum Morgen ein wenig Alkohol aufzubewahren, sodass er sich gleich einen antrinken konnte, ohne auch nur aufstehen zu müssen. Ihm wurde ganz wohl zumute, aber er versuchte, nicht einzuschlafen, um diesen herrlichen Zustand auszukosten. Er stand schwankend auf und setzte sich auf die Bank vor dem Haus. Früher oder später kam immer Soundso an ihm vorbei, der nach Ruda ging und sein Fahrrad neben sich herschob. »Du blöder alter Herumtreiber«, sagte Marek Marek zu ihm und hob die unsichere Hand zum Gruße. Soundso schenkte ihm ein zahnloses Lächeln. Die Strümpfe hatten sich wiedergefunden. Der Wind hatte sie von der Leine gerissen und ins Gras geworfen.

Im November brachte Soundso einen schwarzen Welpen. »Da«, sagte er. »Damit du wegen Diana nicht so traurig bist. Sie war so eine schöne Stute.« Marek Marek nahm den Hund erst ins Haus, aber dann wurde er wütend, weil ihm der Hund auf den Boden pinkelte. Deshalb brachte er einen alten Waschzuber hinaus, stülpte ihn um und stützte den Rand auf der einen Seite mit zwei Steinen ab. Er schlug einen Pflock in die Erde und band den Welpen mit einer Kette daran fest. So hatte der Hund eine praktische Hütte. Zuerst jaulte und heulte er, aber schließlich gewöhnte er sich daran. Er wedelte mit dem Schwanz, sobald er Marek Marek sah, der ihm das Fressen brachte. Mit dem Hund ging es Marek Marek besser, und der Vogel in ihm beruhigte sich ein wenig. Aber im Dezember schneite es, und eines Nachts war es so kalt, dass der Hund erfror. Am Morgen fand ihn Marek Marek zugeschneit. Er sah aus wie ein Haufen Lumpen, die jemand fortgeworfen hatte. Marek Marek stieß ihn mit der Fußspitze an, er war ganz steif.

Zu Heiligabend lud die Schwester Marek Marek ein, aber er geriet gleich mit ihr in Streit, weil sie zum Abendessen keinen Wodka ausschenken wollte. »Mensch, verdammt noch mal, was ist das denn für ein Heiligabend, ohne Wodka!«, sagte er zu seinem Schwager. Er zog sich an und ging. Die Leute waren schon zur Mitternachtsmesse unterwegs, um sich in der Kirche gute Plätze zu sichern. Er lungerte an der Kirche herum und hielt Ausschau nach bekannten Gesichtern. Er machte sich an Soundso heran, denn sogar der war durch den Schnee bis ins Dorf gestapft. »Was für eine Kälte«, sagte Soundso, lächelte breit und schlug Marek Marek auf die

Schulter. »Hau ab, du alter Trottel«, sagte Marek Marek zu ihm. »Ja, ja«, nickte Soundso und ging in die Kirche. Die Leute kamen an Marek Marek vorbei und erwiderten kühl seinen Gruß. Im Vorraum der Kirche klopften sie ihre Schuhe ab und gingen hinein. Er zündete sich eine Zigarette an. Das Schlagen zerfledderter Flügel klang ihm im Ohr. Schließlich läutete die Glocke, die Menschen verstummten und die verzerrte Stimme des Priesters ertönte durch die Lautsprecher. Marek Marek ging in den Vorraum und berührte mit den Fingerspitzen die Oberfläche des Weihwassers, aber er schlug kein Kreuzzeichen. Nach einiger Zeit wurde ihm schlecht vom Geruch der dampfenden Pelze und Feiertagskleider, die aus Gott weiß was für Winkeln gezogen worden waren. Er hatte eine Idee. Er schlich sich zurück in den Vorraum und dann nach draußen. Der Schnee fiel so heftig, als wollte er alle Spuren verwischen. Marek Marek ging geradewegs zum Laden. Unterwegs schaute er beim Schuppen seiner Schwester vorbei und holte den Spaten heraus. Mit dem Spaten brach er die Tür auf und stopfte sich die Taschen mit Wodkaflaschen voll. Er steckte sie sich ins Hemd und in die Hose. Er fand es zum Lachen. »Einen Scheiß werden die finden«, sagte er zu sich und verbrachte die Nacht damit, die Wodkaflaschen in den Wasserbehälter neben dem Ofen zu leeren. Die Flaschen warf er in den Brunnen.

Das waren die schönsten Weihnachten in seinem Leben. Sobald er nur ein wenig nüchtern wurde, kniete er sich vor den Wasserbehälter und drehte den Hahn auf. Er öffnete den Mund, und der Wodka floss ihm direkt aus dem Himmel hinein.

Gleich nach Weihnachten setzte Tauwetter ein. Der Schnee verwandelte sich in einen unangenehmen Regen, und die Welt ringsum erinnerte an einen mit Wasser durchtränkten grauen Pilz. Außerdem ging der Wodka zur Neige. Marek Marek stand nicht aus dem Bett auf, weil es kalt war und ihm alles wehtat. Die ganze Zeit dachte er darüber nach, wo er ein wenig Alkohol auftreiben könnte. Ihm kam der Gedanke, dass Marta Wein haben musste. Ihr Haus stand im Winter leer, denn sie verschwand immer irgendwohin. Er sah ihre Küche vor sich und Flaschen mit hausgemachtem Wein unter dem Tisch, obwohl er genau wusste, dass Marta nie Wein machte. Aber vielleicht hatte sie doch Wein gemacht, vielleicht hatte sie just in diesem Jahr aus Johannisbeeren oder Pflaumen Wein aufgesetzt, den sie unter dem Tisch aufbewahrte. Ach, der Schlag soll sie treffen, dachte er und rappelte sich aus dem Bett auf. Er ging schwankend und unsicher, denn seit mehreren Tagen hatte er nichts mehr gegessen, und sein Kopf tat ihm so weh, als wollte er zerspringen.

Die Tür war verschlossen. Er trat sie mit dem Fuß auf. Die Angeln quietschten nass und feindselig. Marek Marek wurde es mulmig zumute. Die Küche sah aus, als wäre Marta erst gestern weggefahren. Auf dem Tisch lag ein kariertes Wachstuch, das bis auf den Boden reichte. Darauf lag ein langes Brotmesser. Marek Marek schaute schnell unter den Tisch und sah zu seinem Erstaunen, dass dort nichts war. Er schnüffelte nun in den Schränken herum, sah im Ofen nach, im Holzkorb, in der Kommode, wo sauber gefaltet das Bettzeug in Stapeln lag. Alles strömte den Mief winterlicher Feuchtigkeit aus, es roch nach Schnee, feuchtem Holz, Metall. Er schaute jetzt überall nach, betastete Matratze und Federbett, fuhr sogar mit der Hand in die alten Gummistiefel. Er hatte eine Vision: Er sah Marta wie sie im Herbst, vor ihrer Abreise, die Flaschen mit ihrem selbstgemachten Wein wegräumte. Aber er sah nicht wohin. »Die dumme alte Sau«, sagte er und brach in Tränen aus. Er setzte sich an den Tisch und stützte den Kopf auf die Hände, seine Tränen fielen auf das Wachstuch und tropften auf die Mäuseköttel. Er betrachtete das Messer.

Als er hinausging, sicherte er die Tür mit einem Holzkeil, denn er mochte Marta. Er wollte nicht, dass der Schnee bis in ihre Küche drang. Am selben Tag kam die Polizei zu ihm. »Wir wissen sowieso, dass du es warst«, sagten sie. Und sie setzten hinzu, dass sie wiederkommen würden.

Marek Marek legte sich wieder hin. Ihm war kalt, aber er wusste, dass seine Hände zu schwach waren, um die Axt zu halten. Der Vogel in ihm schlug mit den Flügeln, und von diesem Flügelschlagen bebte Marek Marek am ganzen Körper.

Die Dämmerung sank plötzlich herab, als hätte draußen jemand das Licht abgedreht. Der Regen, der noch in der Luft gefror, schlug immer wieder in Wellen an die Fensterscheiben. Wenn ich doch wenigstens einen Fernseher hätte, dachte Marek Marek, als er da auf dem Rücken lag. Er konnte nicht schlafen, in der Nacht stand er mehrere Male auf und trank Wasser aus dem Eimer, es war kalt und faulig. Sein Körper verwandelte das Wasser in Tränen, die am Abend von selbst zu fließen begannen und bis zum Morgen nicht versiegten. Sie flossen ihm in die Ohren und kitzelten ihn am Hals. Gegen Morgen schlief er ein, und als er nach einer Weile aufwachte, war sein erster Gedanke, dass in dem Wasserbehälter kein Wodka mehr war.

Er stand auf und pinkelte in einen Kochtopf. Er begann, in den Schubladen nach Kordel zu suchen, doch als er nichts fand, riss er den Vorhang aus altem, verschossenem Kattun vom Fenster und zog die Schnur heraus. Draußen vor dem Fenster sah er Soundso, der sein Fahrrad in Richtung Ruda schob. Marek Marek wurde es plötzlich ganz wohl zumute; der Regen draußen war endlich versiegt, und das graue Winterlicht drang durch alle Fenster ins Haus herein. Das Vöglein war auch still geworden, vielleicht war es schon verendet. Marek Marek knüpfte aus der Schnur eine Schlinge und befestigte sie an dem Haken im Türrahmen, an dem seine Mutter früher die Bratpfannen aufgehängt hatte. Er hatte Lust zu rauchen und machte sich auf die Suche nach einer Zigarette. Er hörte das Rascheln eines jeden Papierchens, das Knarren der Bodendielen, das leise Aufschlagen auf dem Holz, als er irgendwelche Tabletten verschüttete. Er fand nichts. Deshalb kehrte er zu der Tür mit dem Haken zurück, legte sich die Schlinge um den Hals und ließ sich auf den Boden gleiten. Er fühlte einen gewaltigen, ungerechten Schmerz im Nacken. Eine Zeit lang blieb die Schnur angespannt, dann löste sie sich und rutschte von dem Haken. Marek Marek fiel auf den Boden. Er begriff nicht, was passiert war. Der Schmerz strahlte in seinen ganzen Körper aus, das Vöglein begann wieder zu schreien. »Ich habe gelebt wie ein Schwein, und ich sterbe wie ein Schwein«, sagte Marek Marek laut, und in dem leeren Haus hallte es wider wie eine Aufforderung zur Zwiesprache. Die Hände zitterten ihm, als er die Schnur wieder an dem Haken befestigte. Er verknotete sie, wickelte und drehte sie um den Haken. Die Schlinge war jetzt viel höher als vorher, nicht so hoch, dass er einen Stuhl brauchte und nicht so tief, dass er sich hinsetzen musste. Er streifte sich die Schlinge über den Kopf, schaukelte eine Zeit lang auf den Fußballen hin und her und ließ sich dann plötzlich zu Boden fallen. Diesmal war der Schmerz so stark, dass ihm schwarz vor Augen wurde. Sein Mund schnappte nach Luft, und seine Füße suchten verzweifelt nach einem Halt, obwohl er es gar nicht wollte. In seinem verwunderten Schrecken über das, was da mit ihm vorging, schlug er um sich, bis ihn plötzlich eine so große Angst ergriff, dass er sich in die Hosen pinkelte. Er blickte auf seine Füße in den löchrigen Strümpfen wie sie hin und her schlugen und durch die Urinpfützen am Boden schleiften. Ich warte bis morgen, dachte er noch voller Hoffnung, aber er konnte keinen Halt mehr für seinen Körper finden. Er warf sich noch nach vorn, um sich mit den Händen irgendwo abzustützen, aber in diesem Moment hörte er im Kopf ein Krachen: einen Knall, einen Schuss, eine Explosion. Er wollte sich an der Wand festhalten, aber seine Hand hinterließ nur eine schmutzige feuchte Spur darauf. Er erstarrte, denn er hatte immer noch die Hoffnung, alles Schlimme werde an ihm vorübergehen und ihn unbeachtet lassen. Er heftete den Blick aufs Fenster, ein unklarer, flüchtiger Gedanke schoss ihm durch den Kopf: Soundso würde ja gleich zurückkommen. Dann verschwand das helle Viereck des Fensters.

## *Träume*

Im vergangenen Jahr gab ich eine Anzeige in der *Niederschlesischen Börse* auf, darin stand, dass ich Träume sammele. Aber ich wurde bald enttäuscht, denn die Leute wollten mir ihre Träume verkaufen. »Machen wir einen Preis aus«, schrieben sie. »Ich schlage zwanzig Zloty pro

Traum vor. Das ist ein anständiger Preis.« Deshalb gab ich meinen Plan auf, ich wäre sonst an den fremden Träumen pleite gegangen. Ich hätte befürchtet, dass sie sich fürs Geld Träume ausdenken. Träume haben ihrer Natur nach nichts mit Geld zu tun.

Aber dafür fand ich eine Seite im Internet, wo die Leute von sich aus ihre Träume aufschrieben, und zwar umsonst. Jeden Morgen erscheinen dort neue Beschreibungen in allen möglichen Sprachen. Die Leute schreiben ihre Träume für andere auf, für fremde Menschen, die andere Sprachen sprechen, aus Gründen, die ich eigentlich nicht verstehen kann. Vielleicht ist der Wunsch, die eigenen Träume zu erzählen, so stark wie der Hunger. Vielleicht ist er bei denen sogar noch stärker, die gleich nach dem Aufwachen, noch vor dem Frühstück, den Computer anschalten und schreiben: »Ich habe geträumt, dass …« Dann fasste ich selbst Mut. Zuerst schrieb ich einen kleinen, völlig unbedeutenden Traum auf. Das war meine Eintrittskarte, mit der ich das Recht erwarb, die anderen, fremden Träume zu lesen. Und so wurde es mir zur Gewohnheit, jeden Morgen diese Computerwelten zu öffnen, die winterlichen, wenn es noch dunkel ist und der Kaffee in der Küche dampft, und die sommerlichen, wenn die Fenster schon voller Sonne sind, die Tür von der Diele auf die Veranda offen steht und die Hunde von ihrem Rundgang durch ihr Gelände zurückkommen.

Wenn man das regelmäßig macht, wenn man jeden Morgen aufmerksam Dutzende und sogar Hunderte fremder Träume liest, stellt man leicht fest, dass die Träume Ähnlichkeiten aufweisen. Ich frage mich schon lange, ob andere das auch bemerken. Es gibt Fluchtnächte und Kriegsnächte, Säuglingsnächte und Nächte zwielichtiger Liebschaften. Nächte des Herumirrens in Labyrinthen – in Hotels, auf Bahnhöfen, in Studentenwohnheimen und eigenen Wohnungen. Und Nächte, in denen Dinge geöffnet werden – Türen, Schachteln, Kästen und Schränke. Oder Reisenächte, in denen die Träumenden mit Bahnhöfen, Flughäfen, Zügen, Autobahnen und Motels zu tun haben, in denen sie Koffer verlieren, auf Fahrkarten warten, fürchten, einen Anschluss zu verpassen. Jeden Morgen könnte man diese Träume wie Perlen auf eine Schnur reihen, und es würde sich eine sinnvolle Ordnung ergeben, eine einmalige, unwiederholbare Halskette, die aber vollständig, schön und in sich geschlossen wäre. Man könnte es wagen, die Nächte nach den jeweils am häufigsten vorkommenden Motiven zu benennen, ihnen Titel zu geben: *Nacht der Speisung der Schwachen und Gebrechlichen*; *Nacht der Dinge, die vom Himmel fallen*; *Nacht der seltsamen Tiere*; *Nacht der erhaltenen Briefe*; *Nacht des Verlustes kostbarer Dinge*. Vielleicht ist das noch zu wenig, vielleicht sollte man die Tage nach den Träumen der Nächte benennen. Oder ganze Monate, sogar Jahre, Epochen, in denen die Menschen ähnlich träumen, in einem gleichen Rhythmus, der nicht mehr erkennbar ist, sobald die Sonne aufgeht.

Würde jemand das erforschen, was ich nur betrachte, würde man die Traumgestalten, die Bilder und Gefühle der Träume summieren, daraus Motive erstellen und das Ganze unter Einbeziehung all der Korrelationstests, die wie ein Zauberleim dem Anschein nach unvereinbare Dinge miteinander verbinden, statistisch berechnen, entdeckte man darin vielleicht einen Sinn, eine Ordnung, die dem Muster ähnlich ist, nach dem in dieser Welt die Börsen oder die großen Flughäfen funktionieren – eine

Karte untergründiger Verbindungen oder starrer Pläne. Unberechenbarer Ahnungen und ausgetüftelter Algorithmen.

Ich bat Marta oft, mir ihre Träume zu erzählen. Sie zuckte dann mit den Schultern. Ich glaube, die Träume kümmerten sie nicht. Ich glaube, selbst wenn sie nachts Träume hatte, erlaubte sie sich nicht, sie in Erinnerung zu behalten. Sie wischte sie wie verschüttete Milch von ihrer Wachstuchdecke mit dem großen Erdbeermuster. Sie wrang das Wischtuch aus. Sie lüftete ihre niedrige Küche. Ihr Blick blieb an den Geranien hängen, sie zerrieb die Blätter zwischen den Fingern, und der herbe Geruch erstickte ein für alle Mal, was auch immer in der Nacht geschehen war. Ich hätte viel darum gegeben, auch nur einen Traum von Marta zu erfahren.

Dafür erzählte Marta fremde Träume. Ich habe sie nie gefragt, woher sie sie kennt. Vielleicht hat sie sie sich ausgedacht, genauso wie ihre Geschichten. Sie bediente sich dieser fremden Träume, genauso wie sie sich fremder Haare bediente, um ihre Perücken herzustellen. Wenn wir zusammen irgendwohin fuhren, zum Beispiel nach Klodzko oder nach Nowa Ruda, und sie dann vor der Bank im Auto auf mich wartete, sah sie sich durchs Autofenster die Menschen an. Später, wenn wir nach den Einkäufen wieder im Auto saßen, wühlte sie in den Einkaufstüten und fing immer irgendwie scheinbar unwillig an, etwas zu erzählen. Zum Beispiel fremde Träume.

Ich war mir nie sicher, ob es zwischen dem, was Marta sagte, und dem, was ich hörte, eine Grenze gab. Ich konnte es nämlich nie trennen – nicht von ihr und nicht von mir, nicht von dem, was wir beide wissen und was nicht, und nicht von dem, was am Morgen im Radio

Nowa Ruda gesagt worden war, was in den Wochenendausgaben der Zeitungen mit dem wöchentlichen Fernsehprogramm stand, nicht von der Tageszeit und nicht einmal von dem Glanz der Sonne auf den Dörfern im Tal, an denen wir vorbeifuhren.

## *Tag der Autos*

Im Wald fanden wir ein Auto. Es war so verborgen, dass wir ohne es zu merken auf seine lange, mit Fichtennadeln bedeckte Kühlerhaube traten. Auf dem Vordersitz wuchs eine Birke, um das Steuerrad wanden sich Efeuranken. R. sagte, das sei ein DKW, er versteht etwas von Autos. Die Karosserie war völlig verrostet, und die Räder waren bis zur Hälfte im mulchigen Waldboden versunken. Als ich versuchte, die Tür auf der Fahrerseite zu öffnen, behielt ich die Klinke in der Hand. Auf dem Lederpolster wuchsen gelbe Pilze und bildeten regelrechte Kaskaden bis hinunter auf den löchrigen Boden. Wir erzählten niemandem von diesem Fund.

Am Abend kam ein anderes Auto von der Grenze her aus dem Wald gefahren, ein eleganter roter Toyota mit Schweizer Nummernschild. In dem karminroten Lack spiegelte sich kurz die untergehende Sonne. Mit abgestelltem Motor rollte es ins Tal hinab. In der Nacht suchten aufgeregte Grenzschützer mit Taschenlampen nach den Spuren des Autos.

Am Morgen erschienen im Internet Träume von Autos.

## *Amos*

Krystyna von der Genossenschaftsbank in Nowa Ruda hatte einen Traum. Das war im Frühjahr neunundsechzig.

In ihrem Traum hörte sie Stimmen in ihrem linken Ohr. Erst war es eine Frauenstimme, die redete und redete, aber Krystyna verstand kein Wort. In ihrem Traum dachte sie zuerst besorgt: Wie soll ich denn arbeiten, wenn mir einer dauernd im Ohr brummt. Dann meinte sie, man könnte die Stimme abschalten, so wie man das Radio abschaltet oder den Telefonhörer auflegt. Aber das konnte man nicht. Die Quelle der Laute steckte tief im Ohr drin, irgendwo in diesen gewundenen Gängen voller Trömmelchen und Spiralen, in den Labyrinthen feuchter Häutchen, den dunklen Höhlen des Inneren. Die Stimme ließ sich weder dadurch abstellen, dass man mit dem Finger im Ohr bohrte, noch dadurch, dass man sich die Ohren mit den Händen zuhielt. Krystyna hatte das Gefühl, die ganze Welt hörte diesen Lärm. Vielleicht war es wirklich so: Die ganze Welt vibrierte vom Geräusch dieser Stimme. Immer kehrten bestimmte Sätze wieder, Phrasen, die grammatisch einwandfrei richtig waren und sich schön anhörten, aber überhaupt keinen Sinn ergaben und nur so taten, als bedienten sie sich der menschlichen Sprache. Krystyna hatte Angst vor diesen Sätzen. Aber bald darauf meldete sich eine andere Stimme in ihrem Ohr zu Wort, eine männliche Stimme, die klar und angenehm war. Es machte Spaß, sich mit dieser Stimme zu unterhalten. »Ich heiße Amos«, sagte sie. Amos erkundigte sich nach ihrer Arbeit, nach dem Befinden der Eltern, aber im Grunde – so kam es ihr jedenfalls vor – hatte er das gar nicht nötig, denn er wusste schon alles von ihr. »Wo bist du?«, fragte sie ihn zaghaft. »Mariand«, antwortete er, und sie wusste, dass es eine Gegend in Zentralpolen gab, die so hieß. »Warum höre ich dich in meinem Ohr?«, wollte sie noch wissen. »Weil du eine außergewöhnliche Frau bist, und ich habe mich in dich verliebt. Ich liebe dich.« Das wiederholte sich drei, vier Male. Immer der gleiche Traum.

Am Morgen trank sie inmitten ihrer Bankpapiere Kaffee. Draußen fiel ein nasser Schnee, der sofort schmolz. Die Feuchtigkeit drang sogar bis in die geheizten Büros der Bank, legte sich über die Mäntel auf den Kleiderbügeln, die Damenhandtaschen aus Kunstleder, die Russenstiefelchen und die Kunden. Und an diesem ungewöhnlichen Tag begriff Krystyna Poploch, Leiterin der Kreditabteilung, dass sie zum ersten Mal im Leben total, allumfassend und bedingungslos geliebt wurde. Die Entdeckung traf sie wie ein Schlag ins Gesicht. Ihr wurde schwindlig. Der Kundenraum der Bank verschwamm vor ihren Augen, und eine Zeit lang herrschte Stille in ihren Ohren. In dieser Liebe, die sie so unversehens heimgesucht hatte, fühlte sich Krystyna wie ein bislang unbenutzter Teekessel, der zum ersten Mal mit kristallklarem Wasser gefüllt wird. Ihren Kaffee hatte sie ganz vergessen, er wurde kalt.

Dann tat sie folgendes: Sie verließ die Arbeit an diesem Tag früher und ging zur Post. Sie nahm die Telefonbücher der größeren Städte in Mittelpolen: Lodz, Sieradz, Konin, Kielce, Radom, natürlich auch Tschenstochau, denn schließlich ging es ja um einen Ort mit Maria im Namen. Sie schlug die Telefonbücher beim Buchstaben A auf und fuhr mit ihrem lackierten Fingernagel die Spalten mit den Namen entlang. Weder in Lodz noch in Sieradz, Konin und dergleichen gab es einen Amos oder Amoz. Unter den spärlichen Fernsprechteilnehmern in den Dörfern war auch niemand dieses Namens. Was sie nun empfand, ließe sich am ehesten als Entrüstung beschreiben. Sie wusste ja, dass er dort irgendwo sein musste. Eine Zeit lang saß sie einfach da, und in ihrem Kopf war nichts als Leere. Dann machte sie einen neuen Versuch. Jetzt nahm sie sich auch Radom, Tarnów, Lublin und Wloclawek vor. Sie fand eine Lidia Amoszewicz und eine Familie Amisinski. Verzweifelt bemühte sie all ihre geistigen Kräfte, um Kombinationen zu ersinnen – Amos, Soma, Maso, Samo, Omas –, bis ihre Hände mit den lackierten Fingernägeln den Code aus ihrem Traum knackten: A. Mos, Sienkiewiczstr. 54, Tschenstochau.

Krystyna wohnte auf dem Dorf, und in die Stadt fuhr sie immer mit dem schmutzigen hellblauen Autobus, der wie ein staubbedeckter Mistkäfer die gewundenen Straßen und Haarnadelkurven hinaufkroch. Im Winter, wenn es schon früh dunkel wurde, streiften seine Leuchtaugen über die felsigen Abhänge der Berge. Er war ein unschätzbarer Segen, denn dank seiner konnten die Menschen die Welt jenseits der Berge kennenlernen.

Täglich brachte der Autobus sie zur Arbeit. Zwischen dem Augenblick, in dem er sie an ihrer Haltestelle abholte und dem, in dem er sie vor den schweren Türen der Bank absetzte, vergingen zwanzig Minuten. Im Verlauf dieser zwanzig Minuten vollzog sich mit der Welt eine kaum glaubliche Veränderung. Der Wald wurde zu Häusern, die Lichtungen zu Plätzen, die Wiesen zu Straßen, und der Bach zu einem Fluss, der jeden Tag eine andere Farbe hatte, denn er hatte das Unglück, an den Textilbetrieben in Blachobyt vorbeizufließen.

Noch im Autobus tauschte Krystyna ihre Gummistiefel (die sie »Wellingtons« nannte) gegen Damenschuhe ein. Die Absätze klapperten auf den breiten, einst von Deutschen erbauten Treppenstufen des Gebäudes.

Sie war die eleganteste Angestellte der Bank. Ihre Frisur war modisch, das sorgfältig aufgetragene Blond hielt sich, denn sie färbte die nachwachsenden Haarwurzeln immer neu. Im Spiel der Lichtreflexe der Neonröhren schimmerte ihre Frisur wie glänzendes Puppenhaar. Die von Tusche schweren Wimpern warfen zarte Schatten auf ihre glatten Wangen. Das perlmuttfarbene Make-up unterstrich auf dezente Weise den Schwung ihrer Lippen. Je älter sie wurde, desto stärker schminkte sie sich. Manchmal sagte sie sich zwar: Hör auf, jetzt reicht es, aber dann hatte sie wieder das Gefühl, die vergehenden Jahre nähmen ihrem Gesicht jeden Ausdruck und verwischten ihre Züge. Sie meinte sogar zu bemerken, dass ihre Brauen schütterer wurden und ihre hellblaue Iris verblasste, dass die Konturen ihrer Lippen immer undeutlicher wurden und das ganze Gesicht immer mehr verschwamm, als wollte es verschwinden. Davor fürchtete sich Krystyna am meisten. Dass es verschwinden würde, bevor sie zur Blüte gelangte und wirklich sie selbst wurde.

Sie war dreißig Jahre alt und lebte bei ihren Eltern in einem Dorf bei Nowa Ruda. Ihr Haus stand erwartungsvoll an der serpentinenartig gewundenen und von Schlaglöchern durchsetzten Regionalstraße, als hoffte es darauf, schon allein diese Lage würde ihm zu einer Rolle in der Geschichte beim Durchmarsch von Armeen, bei den Abenteuern von Schatzsuchern und der wilden Jagd der Grenzschützer auf tschechische Alkoholschmuggler verhelfen. Doch weder die Regionalstraße noch das Haus hatten Glück. Nichts geschah. Nur der Wald, der hinter dem Haus aufstieg, wurde schütterer wie Krystynas Brauen. Ihr Vater schlug regelmäßig junge Birken für Joch und Deichsel und Fichten für Weihnachtsbäume, die Pfade wurden im hohen Gras unkenntlich wie die Konturen ihrer Lippen, und die hellblau getünchten Wände ihres Hauses verblassten. Wie Krystynas Augen.

Zu Hause war Krystyna wichtig, denn sie verdiente ja Geld und machte Einkäufe, die sie in Einkaufstaschen, die ihre Mutter genäht hatte, nach Hause trug. Sie hatte ihr Zimmer im Dachgeschoss mit einer Couch und einem Kleiderschrank, aber erst in der Bank wurde sie jemand. Hier war ihr Büro, von der Schalterhalle durch eine Trennwand aus Gips geschieden, die so dünn war wie Pappe. Wenn sie an ihrem Schreibtisch saß, hörte sie den Lärm der Bank – Türenquietschen, das Schlurren schwerer Bauernstiefel auf dem Holzboden, das Summen gedämpfter, ewig tratschender Frauenstimmen und das Klacken der beiden letzten Rechenmaschinen, welche die Direktion noch nicht gegen die modernen ratternden Maschinen mit Kurbel ausgewechselt hatte.

Gegen zehn begann das tägliche Ritual des Kaffeetrinkens. Die Aluminiumlöffel schepperten, und die Böden der Gläser, diese kleinen Büroglöckchen, klirrten leise an die Untersetzer. Der kostbare gemahlene Kaffee, der in Marmeladegläsern von zu Hause mitgebracht wurde, verteilte sich gerecht auf die Gläser, das siedende Wasser ließ auf der Oberfläche einen dicken braunen Pelz entstehen, der den Strom des hereinrieselnden Zuckers kurz hemmte. Kaffeeduft erfüllte die Genossenschaftsbank in Nowa Ruda bis zur Decke, und die Bauern, die gerade an den Schaltern anstanden, fluchten sich in den Bart, dass sie ausgerechnet diesen heiligen Moment der Kaffeepause erwischt hatten.

Da fiel Krystyna ihr Traum wieder ein.

Wie schmerzlich war es, nur deshalb geliebt zu werden,

weil man existierte. Was für eine Unruhe brachte eine solche Liebe mit sich. Wie sich die Gedanken vor Ungläubigkeit verwirrten, wie das Herz vom beschleunigten Klopfen anschwoll. Wie die Welt in die Ferne rückte und ihre Greifbarkeit verlor. Krystyna wurde plötzlich einsam.

Nach den Osterfeiertagen traf in der Bank die Ankündigung einer Weiterbildungskonferenz für Bankangestellte ein, die in Tschenstochau stattfinden sollte. Krystyna sah darin ein klares Zeichen und beschloss, an der Konferenz teilzunehmen. Während sie ihre Kunstledertasche packte, dachte sie über Gott nach. Darüber, dass er sich trotz allem, was die Leute über ihn sagten, immer im richtigen Moment offenbarte.

Verschlafene Züge voll mit zerknitterten Leuten brachten sie vom einen Ort zum anderen. In den Abteilen waren keine Plätze frei, deshalb stand sie auf dem Gang, drückte sich an die schmutzige Fensterscheibe und döste im Stehen vor sich hin. In der Nacht stieg dann jemand aus, und sie konnte sich endlich setzen. Sie zwängte sich zwischen die von der trockenen Luft erwärmten Körper und schlief einen festen, schwarzen, zähen Schlaf ohne ein einziges Bild, ohne die Spur eines Gedankens. Und erst als sie aufwachte, begriff sie, dass sie sich auf eine Reise begeben hatte; vorher war es nur eine Fortbewegung im Raum gewesen, eine gewöhnliche, nicht weiter bemerkenswerte Ortsveränderung. Erst der Schlaf schließt das Alte ab und öffnet das Neue, der eine Mensch stirbt, der andere erwacht zum Leben. Dieser schwarze Raum ohne Eigenschaften zwischen den Tagen ist die wahre Reise. Zum Glück verkehren alle Züge aus Nowa Ruda in die weite Welt bei Nacht. Nach dieser Reise würde nichts wieder so sein wie vorher, dachte sie.

Am Morgen kam sie in Tschenstochau an. Es war noch zu früh, um irgendwohin zu gehen, deshalb bestellte sie im Bahnhofslokal einen Tee und wärmte sich die Hände an dem Glas. An den Nachbartischen saßen alte Frauen mit karierten Kopftüchern, tabakverräucherte Männer, vom Leben gebügelte Gatten und Väter mit Gesichtern wie abgewetzte Portemonnaies, Kinder, die vom Schlaf gerötet waren und denen ein dünner Speichelfaden aus dem Mund rann.

Das Warten auf die Morgendämmerung dauerte zwei Zitronentees und einen Kaffee lang. Sie fand die Sienkiewiczstraße und ging sie hinauf, mitten auf der Straße ging sie, denn die Autos waren noch nicht aufgewacht. Sie schaute die Fenster an und sah dichte Kräuselgardinen und Gummibäume, die sich an die Scheiben pressten. Hinter manchen Fenstern brannte noch Licht, aber es war blass und nichtssagend. In diesem Licht zogen sich Leute hastig an und aßen, Frauen trockneten Strümpfe über der Gasflamme oder packten Schulbrote ein, die gemachten Betten bewahrten die Körperwärme bis zur nächsten Nacht, es roch nach angebrannter Milch, die Schuhbänder kehrten in die sicheren Ösen der Schuhe zurück, das Radio brachte Nachrichten, die niemand anhörte. Dann traf sie auf die erste Schlange von Leuten, die um Brot anstanden. Keiner in der Schlange sagte etwas.

Das Haus an der Sienkiewiczstraße 54 war ein großes graues Mietshaus mit einem Fischgeschäft im Erdgeschoss und einem Innenhof wie ein Abgrund. Krystyna blieb vor dem Haus stehen und sah sich jedes Fenster an. Mein Gott, sie waren so gewöhnlich.

So stand sie eine halbe Stunde lang, und schließlich spürte sie die Kälte nicht mehr.

Die Fortbildung war unendlich langweilig. In das Heft,

das sie sich eigens gekauft hatte, um Notizen zu machen, malte Krystyna mit dem Kugelschreiber Schnörkel. Das grüne Tuch auf dem Tisch der Vorsitzenden tröstete sie etwas. Sie strich mit einer spontanen Bewegung darüber. Die Angestellten der Genossenschaftsbanken kamen ihr alle gleich vor. Die Frauen hatten wasserstoffblond gefärbte Haare und Pagenfrisuren, die Lippen hatten sie tiefrot geschminkt. Die Männer trugen dunkelblaue Anzüge und Aktentaschen aus Schweinsleder. Als hätten sie sich verabredet. In den Zigarettenpausen machten sie Witze.

Zum Abendessen gab es Brot mit Hartkäse und Tee in bemalten Steingutbechern.

Und nach dem Abendessen gingen sie alle in den Klubraum, auf den Tischen erschienen Wodkaflaschen und Essiggurken. Jemand zog einen Satz kleiner Blechbecher aus der Aktentasche. Eine Männerhand irrte über die nylonbestrumpften Knie einer Frau.

Krystyna ging spät ins Bett, sie war leicht beschwipst. Ihre beiden Zimmergenossinnen kamen am Morgen und ermahnten sich gegenseitig flüsternd, leise zu sein. So ging es drei Tage lang.

Am vierten Tag stand sie vor der braungestrichenen Tür mit dem Porzellanschild *A. Mos*. Sie klopfte.

Ein großer schlanker Mann im Schlafanzug und mit einer Zigarette im Mund öffnete die Tür. Er hatte dunkle, blutunterlaufene Augen, als hätte er schon lange nicht mehr geschlafen. Er blinzelte, als sie fragte:

»A. Mos?«

»Ja«, sagte er. »A. Mos.«

Sie lächelte, denn sie meinte, die Stimme zu erkennen.

»Ich bin Krystyna.«

Er trat überrascht zurück und ließ sie in den Flur eintreten. Die Wohnung war klein und eng. Sie lag im silbrigen

Licht einer Neonröhre und sah dadurch verwahrlost aus wie ein Bahnhof. Überall standen und lagen Kartons mit Büchern, Stapel von Zeitungen und halbgepackte Koffer. Dampfschwaden drangen aus der angelehnten Badezimmertür.

»Ich bin's«, wiederholte sie. »Hier bin ich.«

Der Mann drehte sich plötzlich auf dem Absatz um und lachte.

»Wer sind Sie denn überhaupt? Kenne ich Sie?« Dann schlug er sich mit der flachen Hand vor die Stirn. »Aber natürlich, Sie sind ...« Er schnipste mit den Fingern in die Luft.

Krystyna begriff, dass er sie nicht erkannte, aber das war nicht weiter verwunderlich. Er kannte sie ja anders, durch den Traum, von innen, und nicht normal, wie sich Leute sonst kennen.

»Ich erkläre Ihnen alles. Darf ich ins Zimmer kommen?«

Der Mann zögerte. Die Asche seiner Zigarette fiel auf den Boden. Schließlich lud er sie mit einer Handbewegung ein, in sein Zimmer zu treten.

Sie streifte die Schuhe ab und ging hinein.

»Wie Sie sehen, bin ich dabei zu packen«, sagte der Mann erklärend mit einem Blick auf das Durcheinander. Er trug das zerwühlte Bettzeug von seiner Couch in ein anderes Zimmer. Dann kam er zurück und setzte sich ihr gegenüber auf einen Stuhl. Der verwaschene Schlafanzug war nicht ganz zugeknöpft, und sie sah ein Stück von seiner Brust. Er war mager und eckig.

»Herr A. Mos, träumen Sie gelegentlich nachts?«, fragte sie zaghaft und wusste sofort, dass sie einen Fehler gemacht hatte. Der Mann brach in Lachen aus, klatschte sich mit den flachen Händen auf die gestreiften Schenkel und sah sie ironisch an, jedenfalls kam ihr das so vor.

»Das ist ja … da kommen Sie zu einem fremden Mann und fragen ihn, ob er manchmal träumt. Das ist wie ein Traum, ein Traum …«

»Ich kenne Sie.«

»Ach ja? Und wie kommt es, dass Sie mich kennen und ich Sie nicht? Vielleicht von der Party bei Jasio? Bei Jasio Latka?«

Sie schüttelte verneinend den Kopf.

»Nein? Woher denn dann?«

»Herr A. Mos …«

»Ich heiße Andrzej mit Vornamen. Andrzej Mos.«

»Krystyna Poploch«, sagte sie.

Sie standen beide auf, reichten sich die Hände und setzten sich verlegen wieder hin.

»Nun also …«, meldete er sich nach einer Weile zu Wort.

»Ich heiße Krystyna Poploch …«

»Das weiß ich schon.«

»… ich bin dreißig Jahre alt, arbeite in einer Bank und bekleide einen verantwortungsvollen Posten. Ich lebe in Nowa Ruda, wissen Sie, wo das liegt?«

»Irgendwo in der Nähe von Katowice.«

»Nein. Es liegt im Bezirk Wroclaw.«

»Aha«, sagte er abwesend. »Wollen Sie vielleicht ein Bier?«

»Nein danke.«

»Dann trinke ich alleine.«

Er stand auf und ging in die Küche. Krystyna bemerkte auf einem Regal in der Schrankwand eine Schreibmaschine mit einem eingespannten Blatt Papier. Plötzlich war sie sicher, dass auf diesem Blatt stand, was sie jetzt tun und sagen sollte, sie stand sogar auf, aber da kam Andrzej Mos mit einer Bierflasche in der Hand zurück.

»Ehrlich gesagt war ich überzeugt, dass Sie aus Tschenstochau sind. Eine Zeit lang hatte ich sogar das Gefühl, dass ich Sie kenne.«

»Ja?«, freute Krystyna sich.

»Ich habe sogar gedacht, dass …« Seine Augen blitzten auf. Er nahm einen großen Schluck aus der Bierflasche.

»Dass was …?«

»Na ja, Sie wissen doch, wie das ist. Man kann sich nicht an alles erinnern. Nicht immer. Vielleicht hatten wir mal was miteinander? Auf der Party bei …«

»Nein«, sagte Krystyna schnell und spürte, wie sie rot wurde. »Ich habe Sie noch nie gesehen.«

»Aber Sie haben doch gesagt, dass Sie mich kennen?«

»Jawohl, aber nur ihre Stimme.«

»Meine Stimme? Mein Gott, was reden Sie denn da? Ich glaub, ich träume. Da kommt diese Puppe zu mir, behauptet, dass sie mich kennt, aber sieht mich zum ersten Mal im Leben. Kennt bloß meine Stimme …«

Plötzlich erstarrte er mit der Bierflasche am Mund und sah Krystyna mit einem bohrenden Blick an.

»Ha, jetzt weiß ich Bescheid! Du bist vom Staatssicherheitsdienst! Du kennst meine Stimme, weil du meine Telefongespräche abhörst, was?«

»Nein, ich arbeite in einer Bank …«

»Klar, natürlich. Aber ich habe jetzt meinen Pass und ich gehe weg. Ich gehe weg, hörst du? In die freie Welt. Ich packe, wie du siehst. Das ist das Ende, ihr könnt gar nichts mehr machen.«

»Bitte, Sie …«

»Was willst du von mir?«

»Ich habe von Ihnen geträumt. Ich habe Sie im Telefonbuch gefunden.«

Der Mann zündete sich eine Zigarette an und stand auf.

Er begann in dem vollgestopften Zimmer zwischen Tür und Fenster auf und ab zu gehen. Krystyna zog ihren Personalausweis aus der Tasche und legte ihn offen auf den Tisch.

»Sehen Sie, ich bin bei keinem Staatssicherheitsdienst.«

Er beugte sich über den Tisch und musterte das Dokument.

»Das beweist gar nichts«, sagte er. »Im Ausweis steht ja nicht, ob einer beim Staatssicherheitsdienst ist.«

»Was soll ich tun, damit Sie mir glauben?«

Er blieb vor ihr stehen und zog an seiner Zigarette.

»Wissen Sie was? Es wird spät. Ich habe vor, auszugehen. Ich bin verabredet. Außerdem bin ich beim Packen. Ich habe ein paar wichtige Dinge zu erledigen.«

Krystyna nahm ihren Ausweis vom Tisch und steckte ihn in ihre Tasche. Die Kehle war ihr so zugeschnürt, dass es wehtat.

»Dann gehe ich besser.«

Er hielt sie nicht zurück. Bis zur Tür begleitete er sie.

»Sie haben also von mir geträumt?«

»Ja«, sagte sie und schlüpfte in ihre Schuhe.

»Und dann haben Sie mich im Telefonbuch gefunden?«

Sie nickte.

»Auf Wiedersehen. Ich bitte um Entschuldigung.«

»Auf Wiedersehen.«

Sie lief die Treppe hinunter und auf die Straße hinaus. Sie schlug den Weg zum Bahnhof ein und begann zu weinen. Die Wimperntusche verschmierte und brannte in den Augen, und die ganze Welt verschwamm zu hellen, bunten Flecken. Am Schalter erfuhr sie, dass der letzte Zug nach Wroclaw schon abgefahren war. Der nächste fuhr am Morgen, deshalb ging sie in die Bahnhofswirtschaft und bestellte einen Tee. Sie dachte an gar nichts, starrte nur auf die Zitronenscheibe, die gleichgültig im Tee trieb. Von den Bahnsteigen drang die neblige, feuchte Nacht ins Innere des Bahnhofs. Das war noch kein Beweis dafür, dass man an Träume nicht glauben sollte, dachte Krystyna schließlich. Sie haben immer eine Bedeutung, sie irren sich nie, nur die Wirklichkeit wird nicht der Ordnung der Träume gerecht. Telefonbücher lügen, Züge fahren in die falsche Richtung, Straßen sehen einander zu ähnlich, die Buchstaben in den Namen der Städte geraten durcheinander, die Menschen vergessen die eigenen Vornamen. Nur der Traum ist wahr. Plötzlich war es ihr, als hörte sie im linken Ohr wieder diese warme, liebevolle Stimme.

»Ich habe bei der Auskunft angerufen. Der letzte Zug war schon weg«, sagte Andrzej Mos und setzte sich zu ihr an den Tisch. Mit dem Finger zeichnete er ein Kreuz auf das feuchte Wachstuch. »Sie sind ganz verschmiert.«

Sie zog ein Taschentuch aus der Tasche, befeuchtete einen Zipfel mit Spucke und rieb sich damit über die Lider.

»Sie haben also von mir geträumt? Das ist eine unbegreifliche Auszeichnung: im Traum eines Menschen vorzukommen, den man gar nicht kennt, der am anderen Ende des Landes wohnt … Und was passierte in dem Traum?«

»Nichts. Sie haben nur zu mir gesprochen.«

»Was habe ich gesagt?«

»Dass ich eine außergewöhnliche Frau bin und dass Sie mich lieben.«

Er schnipste mit den Fingern und sah zur Decke.

»Das ist vielleicht eine originelle Art, einen Typen anzumachen. Alle Achtung.«

Sie sagte nichts darauf, trank nur in kleinen Schlucken ihren Tee.

»Ich wünschte, ich wäre schon zu Hause«, sagte sie schließlich.

»Komm, wir gehn zu mir. Ich habe zwei Zimmer.«

»Nein. Ich warte hier.«

»Wie Sie wollen.«

Er ging zur Theke und kam mit einem Krug Bier zurück.

»Ich glaube, Sie sind nicht Amos. Das heißt, Sie sind nicht derjenige, von dem ich geträumt habe. Ich muss mich irgendwie geirrt haben. Vielleicht war es eine andere Stadt, nicht Tschenstochau.«

»Vielleicht.«

»Ich muss weitersuchen.«

Der Mann stellte den Krug so heftig auf den Tisch, dass das Bier überschwappte.

»Schade, dass ich nicht erfahren werde, wie die Geschichte ausgeht.«

»Ihre Stimme klingt übrigens ganz ähnlich wie die im Traum.«

»Kommen Sie, gehen wir zu mir. Sie können auf dem Bett schlafen anstatt an einem Kneipentisch.«

Er sah, dass sie hin- und hergerissen war. Ohne diese entsetzliche Wimperntusche sah sie jünger aus. Die Spuren der Erschöpfung verdrängten den Eindruck des Provinzdämchens.

»Gehen wir«, sagte er noch einmal, und sie stand wortlos auf. Er nahm ihre Tasche, und sie gingen zurück, die inzwischen ausgestorbene Sienkiewiczstraße hinauf.

»Und was kam sonst noch in dem Traum vor?«, fragte er, als er ihr das Bett auf der Couch im Wohnzimmer machte.

»Davon möchte ich lieber nicht reden. Es ist nicht wichtig.«

»Trinken wir ein Bier? Oder einen Wodka, als Schlaftrunk? Darf ich noch eine rauchen?«

Sie nickte. Er verschwand in der Küche, und sie trat nach kurzem Zögern an die Schreibmaschine. Auf dem Blatt stand ein Gedicht, und als sie den Titel las, begann ihr Herz heftig zu schlagen. Der Titel lautete *Nacht in Mariand*. Wie gelähmt blieb sie vor der Maschine stehen. Hinter ihr in der Küche klirrte der Amos aus ihrem Traum mit den Gläsern, ein lebendiger, warmer, magerer Mann mit geröteten Augen, jemand, der alles weiß und alles versteht, der in die Träume der Menschen geht, dort Liebe und Unruhe sät, jemand, der die Welt handhabt, als sei sie ein Vorhang, hinter dem sich eine andere Wahrheit verbirgt, eine ungreifbare Wahrheit, die sich nicht auf Dinge, Ereignisse oder irgendetwas Beständiges stützt.

Sie streifte mit einem zitternden Finger über die Tastatur.

»Ich schreibe Gedichte«, sagte er hinter ihrem Rücken. »Ich habe sogar einen kleinen Band herausgebracht.«

Sie konnte den Blick nicht von dem Blatt losreißen.

»Aber bitte, nehmen Sie doch Platz. Jetzt ist das nicht mehr wichtig. Ich fahre in die freie Welt. Ich werde Ihnen schreiben, wenn Sie mir Ihre Adresse geben.«

Sie hörte seine Stimme direkt hinter ihrem Rücken, auf der linken Seite.

»Gefällt es Ihnen? Lesen Sie Gedichte? Das ist nur ein Entwurf, ich habe es noch nicht fertig. Gefällt es Ihnen?«

Sie senkte den Kopf. In ihren Ohren rauschte es. Er berührte sie leicht an der Schulter.

»Ist etwas passiert?«, fragte er.

Sie drehte sich zu ihm um und sah in seine Augen, die sie neugierig betrachteten. Sie nahm seinen Geruch nach Zigaretten, Staub, Papier wahr. Sie schmiegte sich an seinen Geruch, und so standen sie ein paar Minuten regungslos. Er hob die Hände, sie verharrten einen Augenblick zögernd in der Luft, dann begannen sie, ihre Schultern zu streicheln.

»Du bist es doch, ich habe dich gefunden.«

Er strich mit dem Finger über ihre Wange und küsste sie.

»Meinetwegen.«

Er schob die Hände in ihre wasserstoffblonden Haare und saugte sich an ihrem Mund fest. Dann zog er sie auf die Couch und begann, sie auszuziehen. Das gefiel ihr nicht, weil es zu grob war, sie spürte kein Vergnügen dabei, aber es sollte wie ein Opfer sein. Sie musste alles zulassen, deshalb streifte sie Jacke, Rock und Bluse ab, den Strumpfhalter und den Büstenhalter. Sein magerer Brustkorb schob sich über ihre Augen, trocken und kantig wie ein Stein.

»Wie hast du mich denn in dem Traum gehört?«, fragte er keuchend.

»Du hast mir ins Ohr geraunt.«

»In welches Ohr?«

»Ins linke.«

»Hier?«, fragte er und steckte seine Zungenspitze in ihre Ohrmuschel.

Sie kniff die Augen zu. Sie konnte sich nicht mehr befreien. Es war zu spät. Er drückte mit der ganzen Schwere seines Körpers auf sie, nahm sie, drang in sie ein, durchstieß sie. Aber irgendwoher wusste sie, dass es genauso sein musste, dass sie erst Amos das geben musste, was ihm zustand, um ihn dann mitnehmen zu können und vor dem Haus wie eine Pflanze oder einen großen Baum einpflanzen zu können. Deshalb gab sie sich diesem fremden Körper hin, umschlang ihn sogar unbeholfen mit den Armen und fügte sich in den Rhythmus dieses merkwürdigen Tanzes.

»Hol's der Teufel«, sagte der Mann hinterher und zündete sich eine Zigarette an.

Krystyna zog sich an und setzte sich neben ihn. Er schenkte Wodka in die beiden Gläser.

»Wie war es für dich?« Er sah sie kurz an und leerte sein Glas.

»Schön«, sagte sie.

»Gehen wir schlafen.«

»Jetzt?«

»Morgen früh geht dein Zug.«

»Ich weiß.«

»Wir müssen den Wecker stellen.«

A. Mos schlurfte ins Bad. Krystyna saß reglos da und sah sich in Amos' Heiligtum um. Die Wände waren orangefarben angestrichen, aber im kalten Licht der Neonlampen wirkten sie unangenehm bläulich. An der Wand waren Strohmatten befestigt, und an der Stelle, an der sich eine gelöst hatte, wurde ein grelleres Orange sichtbar. Sie hatte den Eindruck, dass es leuchtete, es tat ihr in den Augen weh. Vor dem Fenster hing eine Gardine, die vom Zigarettenrauch bräunlich verfärbt war, rechts davon stand die leergeräumte Schrankwand mit der Schreibmaschine, in der die *Nacht in Mariand* steckte.

»Warum hast du dich in mich verliebt?«, fragte sie ihn, als er zurückkam. »Wodurch unterscheide ich mich denn von anderen Leuten?«

»Du bist wirklich gestoßen, so wahr ich hier stehe.«

Jetzt hatte er wieder den gestreiften Schlafanzug an, der über seiner Brust offen stand.

»Gestoßen – was soll das heißen?«

»Du bist verrückt. Hast einen Sprung in der Schüssel.«

Er schenkte sich noch einen Wodka ein und kippte ihn in einem Zug.

»Du fährst durch halb Polen zu einem völlig fremden Mann«, sagte er. »Du erzählst ihm deinen Traum und gehst mit ihm ins Bett. Das reicht. Gestoßen.«

»Warum belügst du mich? Warum gibst du nicht zu, dass du Amos bist und alles über mich weißt?«

»Ich bin nicht Amos. Ich heiße Andrzej Mos.«

»Und Mariand?«

»Was für ein Mariand?«

»*Nacht in Mariand*. Was ist Mariand?«

Er lachte laut und setzte sich auf den Stuhl neben ihr.

»Das ist eine Kneipe am Markt. Die Saufbrüder aus der Gegend kommen dorthin und lassen sich volllaufen. Darüber habe ich ein Gedicht geschrieben. Ich weiß, dass es nicht gut ist. Hab schon bessere geschrieben.«

Sie sah ihn ungläubig an.

Die Rückreise war erfüllt von dem Geräusch zuschlagender Türen. Die Tür des Zugs knallte, die Türen der Abteile, der Bahnhofstoiletten und der Autobusse. Am Schluss schlug die Haustür dumpf hinter ihr zu. Krystyna ließ ihre Tasche einfach fallen und legte sich ins Bett. Sie schlief den ganzen folgenden Tag. Als ihre Mutter sie am Abend besorgt zum Essen rief, hatte Krystyna vergessen, dass sie überhaupt verreist gewesen war. Wie ein Radiergummi hatte der Schlaf die ganze Reise ausradiert. Ein paar Nächte darauf hörte Krystyna in ihrem linken Ohr die vertraute Stimme: »Ich bin's, Amos. Wo warst du?«

»Was soll das heißen, du musst doch wissen, wo ich war.«

»Nein«, antwortete die Stimme.

»Bist du denn nicht da, wo ich hingehe?«

Die Stimme schwieg. Krystyna meinte zu spüren, dass in diesem Schweigen Verlegenheit mitschwang. »Geh nie wieder so weit weg«, sagte die Stimme dann in ihrem Ohr. »Was heißt denn ›weit weg‹ für dich?«, fragte sie wütend. Dieser Ton erschreckte die Stimme offensichtlich, denn sie sagte nichts mehr, und Krystyna musste aufwachen.

Nach dem Ausflug nach Tschenstochau war nichts mehr so wie früher. Die Straßen in Nowa Ruda trockneten und waren von Sonne durchflutet. Die Mädchen stellten Vasen mit Forsythien auf ihre Schreibtische. Der Nagellack platzte ab, und am Ansatz der wasserstoffblonden Haare wuchs es dunkel nach, während die blonden Spitzen bald die Schultern erreichten. Mittags war das große Fenster im Schalterraum der Bank weit geöffnet, und die Straßengeräusche drangen herein. Kinderstimmen, die Lärmwolken der Autos, das plötzliche, hastige Klappern von hohen Absätzen, das Rauschen flatternder Taubenflügel. Man war vergnügter Laune, wenn der Arbeitstag zu Ende ging. Die engen Straßen lockten, man wollte schlendern, den Menschen ins Gesicht sehen, Eindrücke in den Innenhöfen sammeln. Die Cafés luden ein, verrauchte Räume voll neugieriger Blicke und träger Gespräche. Und die Unsterblichkeit des in Gläsern gebrauten Kaffees, der glockenartige Klang der Aluminiumlöffel.

Im Mai ging Krystyna zu einem Hellseher und befragte ihn über ihre Zukunft.

Der Hellseher erstellte ihr ein Horoskop, dann konzentrierte er sich lange darauf und schloss dabei die Augen.

»Was willst du wissen?«, fragte er sie.

»Was aus mir wird«, sagte sie, und er sah unter seinen Augenlidern offenbar weite Räume, denn seine Augäpfel bewegten sich nach rechts und links, als betrachteten sie innere Landschaften.

Krystyna zündete sich eine Zigarette an und wartete. Der Hellseher sah Täler, die in Schutt und Asche lagen, darin die Überreste von Städten und Dörfern; es war ein unbewegliches Bild, leblos und aschgrau, und es verblasste mit jedem Augenblick mehr. Der Himmel auf dem Bild hing tief, er war orangefarben und dünn wie ein Zeltdach. Nichts rührte sich, kein Wind regte sich, keine Spur von Leben war zu sehen. Die Bäume erinnerten an steinerne Säulen, als hätten sie den gleichen Blick getan wie Lots Frau. Der Hellseher meinte zu hören, dass sie leise knisterten. Weder Krystyna war in dem Bild zu sehen noch er selbst oder sonst jemand. Er wusste nicht, was er sagen sollte. Er fühlte nur einen Krampf im Bauch vor Angst, dass er jetzt lügen und sich etwas ausdenken musste.

»Man stirbt nie endgültig. Deine Seele wird noch oft hierherkommen, bis sie findet, was sie sucht«, sagte er, dann holte er tief Luft und setzte hinzu: »Du wirst heiraten und ein Kind bekommen. Du wirst erkranken, aber du wirst für deine Familie sorgen. Dein Mann wird älter sein als du und dich zur Witwe machen. Dein Kind wird dich verlassen und weit weggehen, vielleicht übers Meer. Du wirst sehr alt. Wenn der Tod kommt, wirst du froh darüber sein.«

Das war alles. Krystyna ging beruhigt fort, denn das hatte sie schon gewusst. Umsonst hatte sie ihr Geld ausgegeben. Sie hätte sich für dieses Geld eine resedagrüne Bouclébluse kaufen können, wie sie in Paketen aus dem Ausland kamen. In dieser Nacht hörte sie wieder Amos' Stimme. Er sagte: »Ich liebe dich, du bist eine außergewöhnliche Person.«

Im Halbschlaf meinte sie, die Stimme zu erkennen, sie war sicher, dass sie wusste, wem sie gehörte, und schlief glücklich ein. Aber wie das mit dem Schlaf und Halbschlaf so ist, am Morgen war alles verschwunden, und ihr war nichts geblieben als das deutliche Gefühl, dass sie etwas wusste, aber sie begriff nicht genau, was es war. Und das war alles.

## *Die Erbsen*

Man braucht überhaupt nicht aus dem Haus zu gehen, um die Welt kennenzulernen«, sagte Marta plötzlich, als wir auf der Treppe vor ihrem Haus Erbsen pulten.

»Wie denn das?«, fragte ich. Vielleicht meinte sie, man könnte Bücher lesen, die Nachrichten sehen, Radio Nowa Ruda hören, im Internet surfen, Zeitungen durchblättern, auf ein Schwätzchen in den Dorfladen gehen. Aber Marta meinte damit die Fruchtlosigkeit des Reisens.

Auf Reisen muss man sich mit sich selbst beschäftigen, man muss sich zu helfen wissen, auf sich achtgeben und darauf, wie man sich der Welt anpasst. Man ist auf sich konzentriert, denkt über sich selbst nach, sorgt für sich. Auf Reisen trifft man letzten Endes immer auf sich selbst, als wäre man selbst sein Reiseziel. Bei sich zu Hause ist man einfach, man braucht mit nichts zu kämpfen, nichts zu erringen. Man muss nicht auf Eisenbahnverbindungen und Fahrpläne achten, man braucht keine Begeisterung und keine Enttäuschungen. Man hört auf, sich mit sich selbst zu beschäftigen, und dann sieht man am meisten.

Irgend etwas dieser Art sagte sie und dann schwieg sie.

Mich wunderte das, denn Marta war noch nie weiter als Wambierzyce, Nowa Ruda und Walbrzych gereist.

Manche Erbsen waren wurmig, die warfen wir ins Gras. Gelegentlich kam es mir vor, als ob Marta etwas anderes sagte als das, was ich hörte.

Dann redeten Marta und ich über alles mögliche. Über Bobols Hunde, die Invasion von Schwarzschnecken in den Salatbeeten, über Wildkirschsaft. Marta machte nach jedem Satz eine große Pause. Mir blieben die Worte im Halse stecken, und ich wandte sie hin und her wie ein Stück heiße Kartoffel. R. lachte über uns, wenn er zufällig unsere Dialoge mitbekam. Er sagte, wir redeten miteinander wie im Schlaf. Manchmal lebte Marta auf, wenn ihr eine Perücke einfiel, die sie vor einigen Dutzend Jahren auf Bestellung gemacht hatte. Dann erwachten ihre Finger, und sie führte mir irgendeine besondere Art des Haarflechtens vor oder eine kunstvolle Scheitelkonstruktion.

Jedes solche Gespräch erschöpfte sich von selbst, und wir saßen einfach nebeneinander auf der Treppe vor ihrem Haus oder auf meiner Terrasse auf den Metallstühlen, die vom Regen des letzten Jahres rostig geworden waren. Das Schweigen, das zwischen uns aufkeimte, dieses selbstkeimende Schweigen, breitete sich in alle Richtungen aus und nahm gierig unseren Raum in Beschlag, bis man kaum noch Luft bekam. Je länger wir schwiegen, desto unmöglicher wurde es, irgendein Wort auszusprechen, desto abgelegener und unwesentlicher erschienen alle Themen. Ein solches Schweigen ist samten, warm wie Schaumstoff, es ist angenehm zu berühren und trocken, es ist seidig. Aber manchmal fürchtete ich, dass Marta nicht dasselbe empfand wie ich und diese Stille zwischen uns einfach mit einem achtlosen »Na ja« oder

»Ja, so ist es« oder auch nur mit einem reinen unschuldigen Seufzer zerstreuen würde. Und diese Furcht verdarb mir allmählich alle Freude am Schweigen, denn wider Willen war ich inzwischen dessen Hüter und damit auch dessen Gefangener geworden, und im Innern wurde ich angespannt, sträubte mich in unruhiger Erwartung des Augenblicks, in dem etwas so schlicht Wunderbares, etwas zwanglos Selbstverständliches unerträglich werden und schließlich aufhören würde. Und was haben wir uns dann zu sagen, Marta?

Aber Marta war immer klüger als ich. Sie stand geräuschlos auf und ging unbemerkt fort, zu ihrem Rhabarber, ihren in Pappkartons aufbewahrten Perücken, und unsere gemeinsam gehegte Pflanze des Schweigens schleifte hinter ihr her und war noch größer und kräftiger geworden.

## *Latimeria*

Die Nordseite des Schwarzen Waldes lag immer im Schatten. Der Schnee blieb dort bis in den April hinein liegen, als hätte er sich wie ein großer weißer Parasit an der Erde festgesaugt. Es gibt solche Stellen in den Bergen, die die Sonne überhaupt nie oder nur zu einer bestimmten Zeit des Jahres erreicht. Marta erzählte mir von Höhlen, von Felsnischen und Klüften. Sie sagte, in einer Höhle hause ein blindes Urzeitwesen, eine kleine, vollkommen weiße Eidechse, die dort lebe und nicht sterbe. Doch, sie stirbt, sagte ich darauf, jedes Wesen muss sterben, vielleicht bleibt die Gattung unverändert erhalten, aber die einzelnen Exemplare müssen sterben.

Aber ich verstehe, was Marta damit meinte, als Kind hatte ich auch geglaubt, die Latimeria lebe ewig, der sogenannte Vertreter einer ausgestorbenen Gattung sei dem Tod entschlüpft oder die Gattung selbst habe diesen einen zur Unsterblichkeit bestimmt, damit er auf ewig von ihrer Existenz Zeugnis ablege.

## *Ein Reiseführer über Pietno*

Pietno stellt in Reiseführern eine gewisse Anomalie dar, denn es handelt sich bei dem Ort um keine Touristenattraktion. In dem allseits bekannten rosafarbenen Reiseführer über die Sudeten zum Beispiel steht, dass es als einziges Dorf in Polen so gelegen ist, dass man von Oktober bis März dort die Sonne nicht sehen kann. Nach Osten und Süden schirmt das Eulengebirge den Ort ab, nach Westen eine der höchsten Erhebungen der Wlodzicker Berge. In einem 1949 erschienenen Führer durch die schlesischen Berge heißt es über Pietno: »Pietno, Siedlung nordwestlich von Nowa Ruda, am Marcoskibach. Zum ersten Mal wird der Ort im Jahr 1743 erwähnt (unter dem Namen Einsiedler). 1778 hatte der Ort 57 Einwohner, 1840 waren es 112, 1933 hatte er 92 und 1947 nur noch 39. 1840 befanden sich 21 Häuser in dem Ort, der Eigentümer war ein Graf von Goetzen. Am unteren Teil des Baches entstand eine Wassermühle. Nach 1945 verließen viele Einwohner den Ort. Das Dorf liegt in einem tiefen malerischen Tal. Besonders bekannt wegen seiner außergewöhnlichen Lage, denn der Ort ist in den Wintermonaten von direkter Sonnenbestrahlung abgeschnitten.«

## *Flammulina*

Flammulina ist ein Pilz, der im Winter wächst. Von Oktober bis März ernährt er sich von abgestorbenem Holz. Er duftet gut und schmeckt herrlich. Er lässt sich kaum übersehen, denn er ist honiggelb. Doch im Winter sammelt niemand Pilze. Die Menschen haben abgemacht, dass man Pilze nur im Herbst sammelt. Deshalb erinnert der Flammulina an einen Menschen, der nicht in seiner Zeit geboren ist, der zu spät auf die Welt gekommen ist und dem deshalb alles tot und erstarrt erscheint. In der Zeit, in der er lebt, existiert die Welt für seine Gattung nicht mehr. Er sieht ringsum nichts als die düstere Winterlandschaft, manchmal fallen Schneeflocken und breiten weiße Spitzen über die gelben Hüte der Pilze. Er sieht die Überreste anderer Pilze, die mit weißem Belag überzogenen Ziegenlippen auf ihrem von Fäulnis schwachen Bein, umgestürzte Birkenpilze, von Nässe aufgeweichte Feuerschwämme.

Agnieszka kam fast immer dann zum Kaffee zu mir, wenn ich Flammulinakroketten machte. Sie assoziierte mich sicher mit diesen Winterpilzen. Sie saß auf demselben Stuhl, den Marta sich erkoren hatte. Agnieszka wohnte oberhalb von Pietno, sie blickte auf Pietno in all seiner Pracht und seinem Elend. Sie sah die betrunkenen Männer und die Kinder, die sich herumtrieben. Sie sah die Frauen, die auf unsicheren Beinen das Holz von den Bergen herabschleiften. Sie waren sicher auch betrunken. Sie hörte das Jaulen der Hunde, das Brüllen der Kühe, das Knistern von Jasiek Bobols Radio, das immer nur ein und denselben Sender empfangen konnte, sie sah den Bach voller Entengrütze, den dämmrigen Schatten im ganzen Dorf, die räudigen Katzen, die kaputten Maschinen, die stillgelegten alten Pumpen. Deshalb hatte Agnieszka so viel zu erzählen. Tagelang saß sie vor dem Haus auf der Bank, häkelte Deckchen und blickte von oben auf Pietno hinab. Sie hatte ein Panoramabild, dreidimensional und in Farbe, interessanter als jede Fernsehsendung. Hinzu kam, dass Agnieszkas Mann nie zu Hause war. Er weidete Schafe weiß der Himmel wo, und im Winter arbeitete er im Wald. Außerdem trank er, wie alle. Kinder hatten sie keine bekommen, deshalb musste Agnieszka viel reden, sobald sie einen willigen Zuhörer fand. Wenn man Kinder hat, gehen einem die Worte nämlich schneller aus.

Aber heute wollte sie nicht über Pietno reden. Sie folgte mit dem Blick den Bewegungen der Pfanne mit den Kroketten und trank ihren Kaffee.

»Als ich noch in Blachobyt arbeitete, das waren Zeiten!«, sagte sie und schwieg einen Augenblick.

Ich wusste, dass sie vor einigen Jahren ihre Arbeit verloren hatte.

Blachobyt veranstaltete jedes Jahr einen Betriebsausflug. Einmal war Agnieszka auf Betriebsausflug in Auschwitz gewesen. Es war ein schöner Ausflug. Die Männer tranken im Bus Wodka, und die Frauen sangen alle Lieder, die sie kannten. Den ganzen Weg über. Agnieszka wird Auschwitz nie vergessen. Dort war ein Laden, ein kleines Lebensmittelgeschäft, ganz aus Hohlziegeln gebaut. Sie waren die ganze Nacht gefahren, und als sie am Morgen ausstiegen, war ebendieser Laden geöffnet. Wie sich herausstellte, hatten sie dort gerade eine Zuteilung Öl bekommen, und das war zu einer Zeit, als es nichts, aber auch gar nichts in den Geschäften gab. Höchstens Senf und Essig. Und hier verkauften sie Öl, so viel jeder wollte, nicht bloß eine oder zwei Flaschen, sondern so viel jeder wollte. Deshalb stellten sie sich alle an, und jeder kaufte Öl nach Belieben. Agnieszka nahm an die zehn Flaschen. Und sie haben sie ihr verkauft. Sie haben nichts gesagt, verlangten keine Rationskarten, zählten nicht ab. Sie hatte dann genug Öl für bestimmt zwei Jahre, man braucht ja nicht viel Öl in der Küche. Für Kartoffelpuffer, für Pilze, für Fisch, sonst brät man ja nichts in Öl. Vielleicht hat es sogar für drei Jahre gereicht, das Öl aus Auschwitz.

Mehr hat sie nicht erzählt.

Und die Kroketten aus Flammulina macht man so:

zehn dünne Eierkuchen
ein halbes Kilo Pilze
eine Zwiebel
zwei Scheiben Schwarzbrot
Salz, Pfeffer, Muskatnuss
zwei Löffel Semmelbrösel
einen halben Löffel Margarine
Butter zum Anbraten der Pilze
ein Löffel Sahne
ein halbes Glas Milch
ein Ei

Die Zwiebel in der Butter glasig dünsten. Dann die kleingeschnittenen Pilze hinzugeben, salzen, pfeffern und mit einer Messerspitze Muskatnuss würzen. Zehn Minuten braten. Unterdessen das Brot in der Milch einweichen, ausdrücken und durch den Fleischwolf drehen. Mit dem Ei und der Sahne zu den Pilzen rühren. Die Füllung auf die Pfannkuchen verteilen, die Pfannkuchen aufrollen, in den Semmelbröseln wälzen und in Margarine braten.

## *Pilzheit*

Wenn ich kein Mensch wäre, wäre ich ein Pilz. Ein gleichgültiger, gefühlloser Pilz mit kalter, glatter Haut, fest und zart zugleich. Ich würde auf umgestürzten Bäumen wachsen, düster und unheilvoll und immer in völliger Stille würde ich mit gespreizten Pilzfingern die letzten Reste Sonne aus ihnen saugen. Ich würde auf Abgestorbenem wachsen. Ich würde dieses Tote bis auf die reine Erde durchdringen, und dort würden meine Pilzfinger innehalten. Ich wäre kleiner als Bäume und Büsche, aber größer als die Blaubeersträucher. Ich wäre vergänglich, aber das bin ich als Mensch auch. Die Sonne würde mich nicht interessieren, ich würde nicht danach Ausschau halten, ich würde nie mehr darauf warten, dass sie aufgeht. Nur nach Feuchtigkeit würde ich mich sehnen, ich würde meinen Körper dem Nebel und Regen darbieten, würde die feuchte Luft auf mir kondensieren lassen. Ich würde nicht zwischen Tag und Nacht unterscheiden, warum auch?

Ich hätte die gleiche Begabung wie alle Pilze: mich vor den Blicken der Menschen zu verstecken. Indem ich in ihren sprunghaften Gedanken Verwirrung stiftete. Pilze sind Hypnotiseure, diese Eigenschaft haben sie anstelle von Krallen, schnellen Beinen, Zähnen und Verstand. Die Pilzsammler würden schläfrig an mir vorbeigehen, die Augen geradeaus, auf die bunten flirrenden Bilder aus Sonne und Laub geheftet. Ich würde ihre Beine fesseln, sie in Waldmulch und den vertrockneten Moosbüscheln verheddern. Von unten könnte ich die linke Seite, das Innenfutter ihrer Jacken sehen. Gezielt würde ich stundenlang völlig reglos bleiben, würde weder wachsen noch altern, bis ich die eiskalte Überzeugung gewänne, dass ich nicht nur über die Menschen, sondern auch über die Zeit Macht hätte. Ich würde nur in den wichtigsten Augenblicken von Tag und Nacht wachsen, im Morgengrauen und in der Abenddämmerung, wenn alles andere damit beschäftigt ist, aufzuwachen oder einzuschlafen.

Ich wäre großzügig gegenüber allem Gewürm, ich würde meinen Körper den Schnecken und Insektenlarven hingeben. Nie hätte ich die geringste Angst, ich würde mich vor dem Tod nicht fürchten. Was ist der Tod, würde ich denken. Alles, was sie dir anhaben können, ist, dass sie dich aus der Erde rupfen, kleinhacken, braten und essen.

## *Ego dormio et cor meum vigilat*

Marta, Marta, du machst dir um alles Kummer«, sagte Soundso zu Marta, als er sie auf der Straße antraf, wo sie mit einem Stock Gräben zog, durch die das Wasser abfließen konnte.

Dann schob Soundso sein Rad weiter und ging nach Nowa Ruda, um Zigaretten zu holen. Ich sah sie aus dem Fenster. Marta hatte ihre Furchen fertig gezogen und ging vorsichtig bergab. Das Gras stand schon hoch, man hätte es eigentlich mähen können. Es kam mir so vor, als könnte ich Marta bis hierher riechen – den Geruch des grauen Pullovers, ihrer weißen Haare, der dünnen, zarten Haut. Das ist der Geruch von Dingen, die lange am selben Ort gelegen haben. Deshalb ist er in alten Häusern so intensiv. Es ist der Geruch nach etwas, was einst weich und fließend war und jetzt erstarrt ist, es ist nicht abgestorben, aber erstarrt, und der Tod ist ihm eigentlich keine Drohung mehr. Gelatine, die eingeweicht und vergessen worden ist. Ein Streifen Fruchtgelee, der am Tellerrand kleben geblieben ist. Der Geruch nach dem ins Bettzeug eingedrungenen Schlaf. Der Geruch nach Bewusstseinsverlust, so riecht die Haut, wenn sie dich zum Schluss mit einer Spritze wiederbeleben, dich schütteln und dir ins Gesicht schlagen. So riecht auch der eigene Atem. Wenn man das Gesicht an die Scheibe drückt und nach draußen schaut und der Atem von der Scheibe zurückgeworfen wird.

So riechen alte Menschen. Marta war alt, aber nicht steinalt. Wenn noch Vergangenheit wäre, wenn ich noch so jung wäre, wie damals, als ich in der Altenabteilung im Krankenhaus arbeitete, dann käme Marta mir steinalt vor. Sie würde mit einer Plastiktüte in der Hand durch die warmluftbeheizten Korridore schlurfen. Von der Untätigkeit würde Haut über ihre Nägel wachsen.

Am Nachmittag fuhren wir nach Wambierzyce zu dem Tischler, den mir jemand aus dem Dorf empfohlen hatte. Nachdem wir alles bei ihm erledigt hatten, gingen wir zur Basilika. Obwohl sie so nah wohnt, war Marta nur ein- oder zweimal dort gewesen und das vor langer Zeit. Sie schien ganz ergriffen. Am längsten betrachtete sie die Votivbildchen, die in den Nischen hingen, die bildgewordene Dankbarkeit der Menschen, ein Comicstrip zum Thema aller möglichen Unglücksfälle und glücklichen Ausgänge. Dutzende Geschichten über Krankheiten, Wandlungen und Bekehrungen. Eine Parade vergangener Moden. Lapidare deutsche Unterschriften. Beweise für die Existenz von Wundern. Kreuzgänge voller Schatten.

Auf der Treppe der Basilika aßen wir schweigend Wassereis, von dem uns kalt wurde, und um wieder warm zu werden und den von den Eindrücken in der Basilika steifen Körpern Bewegung zu verschaffen, gingen wir noch einmal durch die schmalen Wege des Kreuzgangs. Da zeigte mir Marta plötzlich voller Freude eine der Stationen.

Am Kreuz hing eine Frau, ein Mädchen, in einem so eng anliegenden Kleid, dass ihre Brüste unter der Farbschicht nackt wirkten. Die Zöpfe lagen kunstvoll um das traurige Gesicht aus rauem Stein, als sei der Stein, aus dem das Gesicht gemeißelt war, schneller verwittert. Unter dem Kleid sah ein Schuh hervor, der andere Fuß war nackt, und daran erkannte ich, dass es sich um die gleiche Figur handelte, die ich in einem Bildstock auf dem Weg zu Agnieszka gesehen hatte. Jene hatte allerdings einen Bart, deshalb hatte ich immer gedacht, es sei Christus in einem besonders langen Gewand. Unter dem Bild stand: *Sanc. Wilgefortis. Ego dormio et cor meum vigilat*, und Marta sagte, das sei die heilige Kümmernis.

Dann fing es an zu regnen, und plötzlich roch es nach frischem Grün. Die kleine Stadt war fast ausgestorben. In einem Andenkenladen kaufte Marta sich eine überteuerte Holzschachtel mit der Aufschrift *Andenken aus Wambierzyce*. Und ich fand unter den Broschüren mit Heiligenviten für einen Zloty das, was mir an diesem Tag zu finden beschieden war: das Leben der Heiligen Kümmernis, auch Wilgefortis genannt, ohne Seitennummerierung, ohne Autor, ohne Erscheinungsort und -jahr, nur auf dem Umschlag hatte jemand in der rechten oberen Ecke die aufgedruckte Angabe *30 gr* (dreißig Groszy) durchgestrichen und *10 tausend* hingeschrieben.

## *Das Leben der Kümmernis von Schonau, aufgeschrieben mit der Hilfe des Heiligen Geistes und der Oberin des Benediktinerordens im Kloster von dem Mönch Paschalis*

I. In meiner Absicht, das Leben der Kümmernis aufzuschreiben, rufe ich den in ihr wohnenden Heiligen Geist an, dass dieser ebenso, wie er ihr außerordentliche Tugenden hat zuteil werden lassen und ihr die Gnade eines Märtyrertods geschenkt hat, auch mir die Sprache und Geschmeidigkeit des Geistes verleihen möge, um die Ereignisse ihres Lebens auf die rechte Weise und ihrer Reihenfolge nach aufzuschreiben und sie in den Worten der Kümmernis zum Ausdruck zu bringen. Denn ich bin ein einfacher Mensch ohne Bildung, zudem scheu und zurückgezogen, und das Reich der Worte ist nicht mein natürliches Element. Deshalb bitte ich darum, mir meine Einfachheit zu verzeihen sowie vielleicht auch meine Naivität und Kühnheit, da ich es unternehme, das Leben und den Tod einer so großen und außerordentlichen Person beschreiben zu wollen, das doch einer ebenso außergewöhnlichen und großen Feder würdig wäre. Das Ziel meiner Arbeit ist ein rechtschaffenes: Ich möchte von der Wahrheit Zeugnis ablegen und das aufschreiben, was sich wohl viele Jahre, bevor ich selbst auf die Welt kam, zugetragen hat, jedoch darum nicht minder wahr ist. Und so möge denen der Mund verschlossen werden, die, weil sie nichts von ihr gehört haben, behaupten, es habe sie nie gegeben.

*Der Anfang des Lebens der Kümmernis*

II. Kümmernis wurde in den Augen ihres Vaters unvollkommen geboren, aber unvollkommen in dem vom Menschen diesem Wort beigelegten Sinne, denn ihr Vater hatte sich einen Sohn gewünscht. Doch zuweilen ist Unvollkommenheit in der Welt der Menschen Vollkommenheit in der Welt Gottes. Sie war die sechste Tochter der Familie. Die Mutter starb im Kindbett, sodass ich sagen kann, sie haben einander im Vorübergehen gestreift – die eine kam, die andere ging. Kümmernis bekam bei der Taufe den Namen Wilgefortis oder Wilga.

Das trug sich zu im Dorfe Schonau, welches am Fuße der Berge gelegen ist. Die Berge schirmen es von den nördlichen Winden ab, weshalb es dort warm ist, und an den südlichen Hängen wachsen noch vereinzelte Weinreben, die Zeugnis davon geben, dass diese Gegend einst Gott näher und deshalb wärmer war. Im Westen erheben sich majestätisch andere Berge, die flache Gipfel haben, als dienten sie Riesen als Tische, doch im Osten wird Schongau von einem düsteren Gebirge begrenzt, das mit Wald bestanden ist. Nach Süden hin öffnet sich von dort der weite Blick auf die tschechische Ebene, die zum Reisen in die Welt einlädt. Deshalb auch hielt sich Wilgas Vater nie lange zu Hause auf. Das ganze Jahr über war er auf Jagd, und mit jedem Frühling führten ihn seine Ausflüge weiter fort. Er war kräftig von Gestalt, heftig und aufbrausend. Für seine Töchter stellte er Wärterinnen und Erzieherinnen an, und das war im Grunde alles, was er für sie tun konnte. Wenige Monate nach Wilgas Geburt machte er sich auf nach Prag, wo ein großes Treffen der Ritterschaft stattfand. Von dort zogen die Ritter ins Heilige Land.

*Die Kindheit der Kümmernis*

III. Wilga verbrachte die ersten Jahre ihres Lebens unter Frauen, mit ihren Schwestern, den Erzieherinnen und Dienerinnen. Im Haus ging es laut zu, sie waren zu viele Schwestern. Als der Vater sie einmal zu sich rufen wollte, hatte er ihren Namen vergessen, denn er hatte so viele Kinder, so viele Dinge zu erledigen, so viele Untergebene und so viele Kriege, in denen er gekämpft hatte, dass ihm der Name der Tochter einfach entfallen war. Eines Winters kam der Vater zurück und brachte von seiner Reise eine neue Frau mit. Das kleine Mädchen gewann die Stiefmutter sehr lieb. Sie bewunderte ihre Anmut, ihre schöne Stimme und ihre hellen Hände, die den Instrumenten herrliche Laute entlockten. Wenn sie sie betrachtete, dachte sie, dass sie auch eines Tages so sein würde, so zart, so schön und leicht wie eine Feder.

Wilga wuchs heran und wurde genauso, wie sie es sich erträumt hatte. Sie wurde so schön, dass jeder, der sie sah, dieses zauberhafte Werk der Schöpfung in stiller Bewunderung betrachtete. Deshalb warteten viele Herren und Ritter ungeduldig auf die Rückkehr des Vaters dieses Mädchens, damit sie sich erklären und sie als ihre Braut bestellen konnten.

IV. Einmal, als sie alle schon zwei volle Jahre auf die Rückkehr des Vaters, Gatten und Herrn gewartet hatten, erschien ein junger Ritter, von seiner langen Reise erschöpft, und berichtete, dass er den Leichnam des Barons unter vielen anderen Gefallenen in einem von der Sonne versengten Land gesehen habe. Der Mann blieb einen Sommer lang bei ihnen, tröstete die Stiefmutter mit süßen Liedern, Spaziergängen im Garten und Erzählungen von azurblauen Meeren und den goldenen Toren

Jerusalems. Doch dann verschwand er plötzlich ohne eine Spur und kam nie wieder. Die Stiefmutter weinte, ihr Instrument lag am Boden, die Saiten waren gerissen.

Bald nachdem der junge Ritter verschwunden war, kehrte der Vater in einer dunklen Nacht zurück. Man zündete Fackeln an und alle eilten ihm entgegen. Er war unrasiert und ungewaschen, stank schon von Weitem nach Blut. Sein Pferd brach vor Erschöpfung zusammen, doch der Baron schenkte ihm keine Beachtung. Sein Blick glitt über die Gesichter der Töchter und verweilte auf Wilgas schönem Antlitz, doch ihr kam es vor, als sehe sie einen fremden Menschen.

Wenige Tage später starb die geliebte Stiefmutter Wilgas an einem Blutsturz. Ohne eine Trauerperiode einzuhalten verheiratete der Vater an einem Tag fünf seiner Töchter mit den tapfersten Rittern in seinem Gefolge. Als die einzige, die noch nicht im heiratsfähigen Alter war, wurde Wilga fürs Kloster bestimmt.

*Der erste Aufenthalt im Kloster der Benediktinerinnen*

V. Hinter Broumov, in der Siedlung Kloster, befand sich ein vom Großvater des Barons gestiftetes Kloster. Dorthin brachte er seine jüngste Tochter. Und wie sie so durchs Gebirge fuhren, musste der Baron das Gesicht von ihr abwenden, so schmerzlich schön erschien sie ihm. Und Verzweiflung überkam seine Seele darüber, dass das Schönste, das am meisten Begehrte und Geliebte so fern und unerreichbar wird.

Die Schwestern nahmen das Mädchen mit großer Freude auf, und bald zeigte sich, dass die geistige Schönheit Wilgas ihrer körperlichen Schönheit nicht nur ebenbürtig, sondern noch überlegen war. Sie brachten dem Kind vieles bei, und da die Klostervorschrift den Novizinnen viel abverlangte, war Kümmernis bald imstande zu lesen, zu schreiben, schön zu singen und auf andere Weise Unserem Herrn Lob und Preis darzubringen. Jedem, der in ihrer Nähe stand, schlug die Liebe und Wärme aus ihrem großen Herzen entgegen, und selbst die dunkelste Kammer erfüllte sich mit einem Licht, und in ihren Worten lag eine für ihr Alter ungewöhnliche Weisheit, und ihre Urteile waren reif. Ihr zarter Körper strömte einen Duft wie Balsam aus, in ihrem Bett blühten Rosen, wenngleich es Winter war. Einmal stand sie vor dem Spiegel, und auf dem blanken Glas erschien das Bildnis des Gottessohns und blieb dort bis zum folgenden Tag.

*Der Beginn des Noviziats, der Zeit der Vorbereitung auf die Hingabe an den Herrn*

VI. Und dann geschah etwas Schreckliches, nämlich der Vater kehrte von einem längeren Jagdausflug zurück, und als er sah, wie schön sie herangewachsen war und wie ihm ihre Gegenwart dadurch noch mehr Schmerzen bereitete, fasste er den Plan, sie an seinen Freund und Kriegsgenossen Wolfram von Pannewicz zu verheiraten. Er schickte also einen Boten mit einem Brief zum Kloster, in dem er die Schwestern aufforderte, sie zur Abreise bereitzumachen. Und da das Mädchen den Schleier noch nicht genommen hatte, wagte die Äbtissin nicht, dem Baron sein Ansinnen abzuschlagen.

Wer je die Berge im Herbst gesehen hat, wenn gläserner Raureif die Bäume bedeckt, an denen die letzten abgestorbenen Blätter hängen, wenn die Erde wärmer ist als der Himmel und unter den Spitzentüchern des ersten Schnees langsam erstirbt, wenn ihre steinernen Knochen unter dem verwelkten Gras heraustreten, wenn die

Dunkelheit aus dem verwaschenen Rand des Horizonts sickert, wenn jeder Ton plötzlich scharf wird und wie ein Messer in der frostigen Luft hängt – der hat den Tod der Welt erlebt. Doch die Welt, so möchte ich sagen, stirbt unaufhörlich und jeden Tag, wenngleich in mancher Hinsicht nur der Spätherbst das Geheimnis dieses Sterbens ganz enthüllt. Und der einzige lebendige Ort, der sich diesem Verfall widersetzt, ist der menschliche Körper, aber auch nicht der ganze Körper, nur ein kleiner Teil, der unterhalb des Herzens pulsiert, in der Mitte, der Mitte der Mitte, wo, dem Auge unsichtbar, die Quelle allen Lebens sprudelt.

Auf ihrem Heimweg bat Kümmernis Gott, er möge doch den Weg in seinem Verlauf umkehren und die Zeit wie einen Wollknäuel aufrollen und in eine andere Richtung verfließen lassen. Aber als sie erkannte, dass es nirgends draußen eine Möglichkeit zur Flucht gab, begriff sie, dass ihr nur noch der Weg nach innen blieb, wo Unser Herr lebt. Und als sie die Schwelle ihrer selbst überschritt, erblickte sie dort eine noch viel größere, weitere Welt, deren Anfang und Ende Gott war.

VII. Nach dieser Reise erkrankte Wilga und lag mehrere Monate an einem Fieber darnieder, sodass man schon dachte, sie würde sterben, und ihr Verlobter, so traurig er war, begann schließlich, sich nach einer anderen Braut umzusehen. Doch da fing sie an zu genesen, und Wolframs düsterer Blick begleitete ihre allmähliche Gesundung. Sein großer sehniger Körper, der in Leder und Eisen gekleidet war, wachte über ihren Körper. Die Hand, aufgestützt auf das Schwert, das die Köpfe so vieler Ungläubiger abgeschlagen hatte, schien zum nächsten Kampf bereit.

Wilga sprach zu ihrem Vater: »Im Verlauf meiner Krankheit habe ich Dinge gesehen, die ich mir nie erträumt hätte. Ich war an Orten, von denen ich nicht glaubte, dass es sie gibt. Gib mir Zeit, Vater, zu mir zu kommen. Lass mich ins Kloster zurückkehren, ich bitte dich, in einem Jahr werde ich zurückkehren, um mich mit Wolfram zu vermählen.«

Doch der Vater war unerbittlich, von einer Rückkehr seiner Tochter zu den Nonnen wollte er nichts hören. Denn dort würde sie zu etwas Besonderem, unbewirtschaftet wie ein Brachacker. Indem er sie Wolfram von Pannewicz zur Frau gab, würde er sie auf gewisse Weise sich selbst geben, das heißt dem männlichen Geschlecht, dem er durch Gottes Gnaden angehörte, um zu herrschen und weise über Gottes Geschöpfe zu verfügen.

Deshalb sprach er zu ihr: »Mit dem Körper gehörst du der Welt, und du hast keinen anderen Herrn als mich.« Daraufhin sagte seine Tochter: »Ich habe einen anderen Vater im Himmel, und Er hält für mich einen anderen Bräutigam bereit.«

Der Baron wurde zornig, als er diese Worte hörte, und sagte: »Ich bin der Herr deines Lebens. Er ist der Herr deines Todes.«

*Kümmernis flieht in eine gebirgige Einöde,*
*wo der Teufel sie versucht*

VIII. Als sie einsah, dass der Widerstand des Vaters stärker war als alle Überredungsversuche, flüchtete Kümmernis in eine gebirgige Einöde. Auf ihrer Wanderung durch die Einöde kam sie zu einem felsigen Berg, darin war eine Höhle, neben der sich eine Quelle befand. Sie begriff, dass Gott ihr diesen Unterschlupf gewiesen hatte, damit sie hier den Zorn des Vaters überdauern und dann ins Kloster zurückkehren konnte. Sie fand Gefallen an dem Versteck und verbrachte dort drei Jahre in Einsamkeit und mit Gebeten. Sie ernährte sich von Pilzen und Waldwurzeln, ihr Lager bestand aus Laub, als Kopfkissen diente ihr ein grober Stein. Und wenn es Menschen gibt, die das nicht glauben mögen, rufe ich Jesus und die Heiligen als Zeugen an, denn ich kenne Fälle, in denen ein einsamer Mensch von den Bergen aufgenommen und von ihnen ernährt wurde.

Damals erschien der Teufel bei ihr, denn ihre Frömmigkeit machte ihn zornig. Er stand am Eingang der Höhle und betrachtete sie spöttisch. Aber sie ließ sich nicht anmerken, dass sie ihn gesehen hatte, und betete ohne Unterlass, bis der Kälte und Dunkelheit zum Trotz in der Höhle Narzissen erblühten und weiße Kränze um sie bildeten. Da wagte der Teufel nicht, tiefer in die Höhle zu gehen, doch er blieb stehen, wo er war und verspottete sie. Einmal hatte er halb Menschen-, halb Pferdegestalt, ein anderes Mal nahm er das Aussehen eines Schlangenmenschen an oder erschien als schwarzer Vogel mit menschlichen Augen. Und als er sah, dass sie ihm keine Aufmerksamkeit schenkte, begann er, sie in Versuchung zu führen, er brachte ihr Leckerbissen, die er am Eingang der Höhle für sie abstellte, oder schöne bunte Frauenkleider und Bücher voll von den Weisheiten der Welt.

*Kümmernis heilt die Kinder des Konrad von Karlsberg*

IX. Diese ersten Wunder wurden wenig bekannt, da es keine Zeugen für sie gab, doch die Menschen erfuhren durch eine andere Begebenheit von der Heiligen.

Einmal reiste der Graf Konrad von Karlsberg mit seinen drei Kindern durch das Gebirge. Die Kinder aßen unbekannte Pilze, die sie am Wegrand fanden, und wurden sehr krank. Sie machten in seinem Dorf halt, und die Mutter wollte schon die Totenklage um ihre Kinder anstimmen. Doch als Konrad hörte, dass in den Bergen eine fromme Einsiedlerin lebte, zögerte er nicht lange, schwang sich auf sein Pferd und ritt durch den Wald, um sie zu suchen. Als er sie mit Gottes Hilfe gefunden hatte, sagte er zu ihr: Ich beschwöre dich, komm meinen Kindern zu Hilfe, schenk ihnen ihr Leben wieder. Kümmernis wollte es ablehnen, sie erklärte, dass sie ihre Höhle nie verließ und außerdem unwürdig sei, im Namen des Herrn zu heilen. Doch er warf sich vor ihr nieder, benetzte ihre Füße mit seinen Tränen und hörte nicht auf zu bitten. Kümmernis kam mit ihm ins Dorf, und als sie das Kreuzzeichen über den leblosen Körpern der Kinder machte, kehrte das Leben in sie zurück, und sie wurden gesund.

So hörte die Welt von der Heiligen, was Grund für ihren Ruhm und später für ihren Märtyrertod wurde.

*Kümmernis heilt kranke Seelen und das Leiden, das aus der Verödung des Herzens entsteht*

X. Als die Menschen von dem Wunderwirken hörten, begannen sie scharenweise in den Wald zu ziehen, fanden die Höhle und baten um Hilfe. Darunter war ein Besessener, der sich in einen Wolf verwandelte, in den Nächten heulte und sich auf Menschen stürzte und sie biss. Als seine Angehörigen ihn zu der Heiligen brachten, beugte diese sich über ihn und sprach ihm ein paar Worte ins Ohr. Die Anwesenden hörten, wie sie den Teufel ansprach, der in dem Unglücklichen lebte. Sie sprach eine Weile mit ihm, dann fuhr der Teufel plötzlich aus dem Mund des Kranken heraus, und man sah sogar, wie er in

Gestalt eines Wolfes in den Wald davonstob. Der Mensch jedoch genas und lebte glücklich bis in ein hohes Alter.

Man erzählte auch von einem, der über alle Maßen trank. Die Heilige machte ein Kreuzzeichen über ihm und sprach ein stummes Gebet, woraufhin sie mit der Hand über seine Brust fuhr und einen hässlichen kleinen Vogel hervorzog, der ein paarmal unbeholfen mit den Flügeln schlug und dann davonflog.

Es kam vor, dass die Leute kranke Tiere zu ihr brachten, sie lehnte es nie ab, sie zu heilen, sie legte ihnen nur die Hände auf und betete um ihre Gesundheit, als wären es Menschen.

Dann bat ein Mensch sie um Hilfe, den man aus seiner Heimatstadt verjagt hatte, weil er sich dort etwas hatte zuschulden kommen lassen. Doch der Mensch konnte außerhalb seiner Heimat nicht leben und erlitt in seiner Seele eine schreckliche Sehnsucht, die ihn daran hinderte, überhaupt etwas zu tun. Kümmernis legte ihm die Hände auf die Stirn, und von diesem Augenblick an genas der Mensch, in ihm erwachte die Liebe zu dem, was er in seiner neuen Heimat gefunden hatte, er begann Land zu bestellen, zeugte viele Kinder und baute Häuser.

Man rief sie auch zu Menschen, die im Sterben lagen, damit sie deren Seelen durch das Labyrinth des Todes führe.

*Kümmernis kommt ins Kloster, um ihr Gelübde abzulegen*

XI. Sie wirkte noch Wunder über Wunder, doch bald hörte auch ihr Vater von ihr, der ihr die Kränkung nicht vergessen hatte. Vom Heiligen Geist gewarnt und geleitet, kam Kümmernis in ihr altes Kloster und bereitete sich dort auf ihr Gelübde vor. Sie verbrachte ihre Zeit allein mit Beten, Lesen und strengem Fasten. An jedem

Freitag schlief sie auf ihrem Stuhl sitzend, die Tür zu ihrer Zelle stand immer offen. Die anderen Nonnen sagten, aus ihrer Zelle falle oft ein goldener Schein, auch drangen merkwürdige Stimmen von dort, als rede Kümmernis mit jemandem. Verstohlen berührten sie ihr Gewand, wenn sie zur Messe ging.

*Der Vater der Kümmernis erinnert sich ihrer*

XII. Leider ist es so, dass jegliche Kränkungen sowie Hass und Verzweiflung ein langes Leben haben. In seiner geistigen Verwirrung konnte der Vater der Kümmernis seine Pläne nicht aufgeben. Als er erfuhr, dass sie im Kloster war, kam er erzürnt zu ihr gefahren, und auf seinem Gesicht und seinen Händen sah man die kaum verheilten Wunden aus dem letzten Krieg. Er sprach zu ihr: »Ich war im Krieg zur Verteidigung des Glaubens, du jedoch hast viel Zeit gehabt, vor dem heiligen Sakrament der Ehe Kräfte zu sammeln, diese Zeit ist nun vorbei. Wir fahren nach Hause.« Sie erwiderte ihm: »Mein Name ist nicht mehr Wilga, ich bin weder deine Tochter noch die Braut Wolframs. Mein Name ist nun Kümmernis, und ich bin die Braut unseres Herrn geworden.«

Den Vater ergriff bei diesen Worten ein solcher Zorn, dass er den Schemel packte, auf dem er gesessen hatte, und damit das hölzerne Gitter zertrümmerte, das ihn von seiner Tochter trennte. Das Gitter stürzte ein, er packte das Mädchen bei der Hand und begann, sie hinter sich her zu zerren. Doch sie war jung und kräftig und er alt und von vielen Kämpfen aufgerieben, deshalb konnte sie sich seinem Griff entreißen und fliehen.

Auch wenn er es weder der Äbtissin noch seinen Dienern zeigte, war er doch tödlich gekränkt. Er verbrachte die Nacht in einer Herberge unweit des Klosters und dort, allein in seiner stickigen Kammer, kam er langsam wieder zu sich.

XIII. Am nächsten Tag kehrte er mit Geschenken und kostbaren Gewändern, die der Bräutigam Wolfram ihm mitgegeben hatte, ins Kloster zurück. Er lächelte sie an, als sie ins Zimmer trat, und sprach: »Sag mir, meine Tochter, gibt es zwei Klassen von Menschen, die gewöhnlichen und die vollkommenen? Und gehörst du zu den vollkommenen, ich jedoch zu den gewöhnlichen? Wodurch unterscheidest du dich von anderen Frauen, die, dem Willen ihres Vaters und Gottes getreu, heiraten und zu Gottes Preis und Ehre Kinder gebären? Warum ist das Leben im Kloster dein Ideal? Man kann doch würdig und fromm auch in der Ehe leben, ohne von der Vollkommenheit ausgeschlossen zu sein? Beide Wege sind Gott gefällig. Warum also beharrst du auf diesem Weg, der dir so viele Schwierigkeiten bereitet, der anderen das Herz bricht und die Familie zerstört? Du bist meine letzte Tochter, die Stütze für meine alten Tage. Der Mensch ist doch seiner Natur nach ein friedliches Wesen, das zur Gemeinschaft mit anderen drängt, und kein einsames, wildes Geschöpf. Was ist unserer Natur gemäßer, als sich mit einem anderen, geschätzten Menschen zu vereinen, ihn zu lieben, sich zu vermehren und sich die Erde untertan zu machen, wie unser Herr es befiehlt? Und hat der Sohn Gottes uns nicht gesagt: ›Daran werdet ihr meine Jünger erkennen, dass sie sich lieben.‹« Kümmernis erwiderte ihm: »Ich habe schon einen Gemahl, den ich auf ewig liebe, und an ihn bin ich gebunden.« Woraufhin der Vater schrie: »Was? Du hast schon ohne meine Zustimmung geheiratet?«

»Vater, zügele deinen Zorn, dein Schwiegersohn ist Jesus Christus«, entgegnete ihm Kümmernis.

*Kümmernis wird vom eigenen Vater gegen ihren Willen entführt und gefangengenommen*

XIV. Der Baron kehrte verdrossen nach Hause zurück, doch was ihm das Herz vergiftete, war nicht die Sehnsucht, nicht unerwiderte Liebe, sondern Zorn und Wut darüber, dass man sich seinem Willen widersetzte. Deshalb überredete er Wolfram, und gemeinsam begingen sie ein schreckliches Sakrileg: Bewaffnet überfielen sie das Kloster, in dem Kümmernis sich aufhielt, und entführten sie gefesselt auf einem Pferd. So sehr sie die beiden Männer auch bat und anflehte und ihnen immer wieder in Erinnerung rief, dass sie nicht mehr dieser Welt gehörte, sondern Jesus Christus, sie achteten nicht auf sie, sperrten sie in eine fensterlose Kammer und ließen sie dort schmachten, damit ihr Wille breche und sie sich der Heirat beuge. Jeden Tag kam ihr Vater zu ihr und fragte sie, ob sie ihre Meinung geändert habe. Und je länger und unbeirrbarer sie auf ihrer Haltung beharrte, desto größer wurde sein Zorn und sein Hass auf Gott. Die Kriege hatten zu nichts geführt, sein Schloss und seine Güter verfielen, eine Familie hatte er nicht mehr. Er hielt sie ohne Speise und Trank gefangen, weil er meinte, Hunger und Durst brächen schließlich ihren Willen. Doch sie lag tagelang mit ausgebreiteten Armen auf dem steinernen Boden und betete, und kein Hunger konnte ihr etwas anhaben. Schließlich gab sogar Wolfram auf und wollte den Baron schon bitten, von seiner Unbeugsamkeit zu lassen.

Wolfram warf manchmal einen Blick durch das Schlüsselloch auf seine zukünftige Frau und sah sie immer in derselben Stellung, ausgestreckt lag sie mit ausgebreiteten Armen auf dem Boden, den Blick auf die Decke geheftet. Ihre Augen blickten auf einen einzigen Punkt und bewegten sich nicht. Und doch war sie so schön.

*Die Gebete der Kümmernis in der Gefangenschaft*
XV. Sie verharrte regungslos und betete: Weltliche Reiche und jeglichen Schmuck verachte ich, aber nicht aus Angst vor der Sünde oder frommer Berechnung, sondern nur aus Liebe zu meinem Herrn Jesus Christus, den ich erblickt und liebgewonnen habe und dem ich auf ewig in Liebe ergeben bin. Dein Antlitz, Herr, habe ich gesucht, und in mir habe ich es gefunden, sodass ich der Welt nicht mehr bedarf. Du, Herr, hast mir mein Geschlecht und meinen weiblichen Körper gegeben, der zum Gegenstand des Streits und aller möglichen Begierden geworden ist. Erlöse mich, Herr, von deiner Gabe, denn ich weiß nicht, was ich damit anfangen soll. Nimm meine Schönheit von mir, und gib mir ein Zeichen des Bundes, dass auch du mich Unwürdige liebst und von Geburt an dir bestimmt hast.

*Das Wunder der Kümmernis*
XVI. Nun muss ich meine Erzählung vom Leben der Heiligen Kümmernis fortsetzen und nähere mich somit dem Tage ihres Ablebens, doch wird es mir schwerfallen, darüber zu schreiben, und dir, der du dies liest, wird es noch schwerer fallen, es zu glauben.

Wie nun der Baron gemeinsam mit Ritter Wolfram darauf wartete, dass sich ein Sinneswandel einstellen möge, erwachte in ihnen die Angst, sie hätten sich erkühnt, einen Lauf zu ändern, auf den sie keinen Einfluss hatten. Und um diese Angst zu zerstreuen und wenigstens auf eine kurze Zeit das in ihrer Kammer eingesperrte Mädchen zu vergessen, veranstalteten sie Jagden und Gelage. In der Frühe ertönten die Jagdhörner, am Abend Musik.

Während eines solchen Gelages sprach der Baron zu

Wolfram: »Wenn du zu ihr hineingingst und sie mit Gewalt nähmest, würde sie, die doch noch nie Liebe kostete, begreifen, was sie versäumt, und sich dir in die Arme werfen. Meinst du denn, dass sie sich so von den anderen Mädchen unterscheidet, die auf jede Aufforderung hin bereitwillig den Rock hochheben?«

Wolfram stand gehorsam auf, schwankte, riss sich dann zusammen und ging geradewegs auf die Tür der Kammer zu. Der Baron stieß ein Mädchen beiseite, ließ sich Bier nachschenken und wartete. Doch es waren kaum wenige Minuten vergangen, als Wolfram wieder erschien. Auf seinem Angesicht malte sich Entsetzen, er öffnete und schloss den Mund und deutete mit der Hand hinter sich. Der Lärm im Saal erstarb. Der Baron sprang von seiner Bank auf und stürzte in die Richtung, in die Wolfram zeigte, die neugierigen Gäste, Diener und Musikanten folgten ihm auf dem Fuße.

XVII. In der fensterlosen Kammer stand Kümmernis, doch das war nicht die Frau, die sie alle kannten. Auf ihrem Gesicht spross ein seidiger Bart, das Haar fiel ihr offen auf die Schultern. Unter dem zerrissenen Dekolleté waren ihre Mädchenbrüste sichtbar. Der Blick aus ihren dunklen, doch sanften Augen glitt über die Gesichter der vorwitzigen Betrachter und blieb schließlich am Baron hängen. Die Mädchen schlugen das Kreuz und knieten sich hin. Kümmernis, oder wer auch immer die Gestalt war, hob die Hände, als wolle sie alle an sich drücken. Mit leiser Stimme sprach sie: »Mein Herr hat mich von mir selbst erlöst und mir sein Aussehen verliehen.«

Noch in derselben Nacht befahl der Baron, das ungeheuerliche Geschöpf in der Kammer einzumauern.

Wolfram stieg auf sein Pferd und ritt davon, ohne sich von irgendjemandem zu verabschieden.

### *Die zweite Erscheinung des Teufels und seine Versuchungen*

XVIII. In der ersten Nacht erschien der Teufel Kümmernis in Gestalt eines Säuglings. Als sie einen Augenblick im Gebet innehielt, entdeckte sie an der Wand eine Wiege, in der ein kleines, hilflos weinendes Kindchen lag.

Kümmernis war verwundert, als sie das Kind erblickte, sie nahm es in den Arm und drückte es an ihre Brust. Der Teufel lachte mit tiefer Stimme und sagte schon triumphierend: »Da hab ich dich.« Doch sie erwiderte ihm: »Nein, ich habe dich.« Und sie drückte das Kind noch fester an sich. Der Teufel wollte sich losreißen, doch er konnte es nicht, deshalb musste er eine andere Gestalt annehmen. Doch die Kraft, die aus der Brust der Heiligen strömte, war so groß, dass der Teufel ganz benommen und gelähmt davon wurde. Er begriff, dass er sich hier mit jemandem maß, der genauso stark war wie er, ja durch die Vereinigung mit dem Herrn ihm vielleicht an Stärke noch überlegen war. Er gab den einmal gefassten Vorsatz nicht auf, doch änderte er seinen Plan.

»Du könntest lieben und geliebt werden«, sagte er.

»Ja, das könnte ich«, sagte sie.

»Du könntest ein Kind in deinem Schoß tragen, es in dir hören und es dann zur Welt bringen.«

»Der Welt schenken«, sagte sie.

»Du könntest es baden, füttern, wickeln und kosen. Du könntest sehen, wie es wächst, wie es dir in Geist und Körper ähnlich wird. Du könntest es deinem Gott opfern und auch noch weitere Kinder, und er wäre froh darüber.«

»Das könnte ich.«

»Sieh mich an«, sagte der Teufel.

Sie drückte ihn noch fester an ihre Brust. Streichelte zärtlich seine weiche Haut. Dann nahm Kümmernis ihre Brust und legte den Teufel an, um ihn zu stillen. Der Teufel riss sich aus ihren Armen los und verschwand so, wie er gekommen war.

XIX. Am folgenden Tag erschien er ihr in einer Pause im Gebet als Bischof und hielt ihr eine Predigt, wie sie Bischöfe zu halten pflegen. Er sprach zu ihr:

»Was willst du ihnen zeigen? Dass Gott deine Bitte erfüllt hat und dich in ein Ungeheuer verwandelt hat? Du musst Ihn doch ein wenig besser kennen. So arg treibt er es nun doch nicht.

Keiner versteht, was geschehen ist. Man wird dich beschämt vergessen. Man wird dir Übles nachsagen und dich verspotten. Dieses Wunder macht ihnen Angst. Sie glauben nicht, dass Gott es vollbracht hat. Wunder müssen schön und erhaben sein, angenehme Düfte verbreiten und in einem himmlischen Glanz erstrahlen, und im Hintergrund muss Engelsmusik ertönen. Aber du, was bist du geworden? Eine Frau mit Bart. Das passt eher zu den Komödienspielern auf dem Markt.

Dein Starrsinn hier, in dieser Einsamkeit, mit einem fremden Gesicht anstelle deines schönen Antlitzes hat keinen Sinn. Du bist nicht Er. Er hat dir einen Streich gespielt, und jetzt kümmerst du ihn nicht mehr. Er hat dich vergessen, er hat sich abgewandt und erschafft jetzt andere Welten. Meinst du, er hat Platz für dich in seinen Gedanken? Er hat dich allem möglichen Geschwätz ausgeliefert, das ebenso nach deiner Heiligsprechung rufen kann wie danach, dich auf einem Scheiterhaufen zu verbrennen.

Kein Mensch wird sich deiner erinnern. Umsonst bist du hier und umsonst leidest du. Du willst Gott Liebe lehren? Du willst ihm mit deiner jämmerlichen Person den Kopf verdrehen?«

Daraufhin machte Kümmernis das Kreuzzeichen vor dem Bischof und erwiderte:

»Deine ganze Kraft schöpfst du aus dem Zweifel. Möge dir einst die Gnade des Vertrauens zuteil werden.«

Nach diesen Worten verschwand der Teufel.

XX. Am dritten Tag erschien in der Zelle der Kümmernis das heilige Kreuz und daran der Körper des Erlösers, jedoch ohne Haupt. Da wurde das Herz der Kümmernis von großer Trauer und Schuld erfasst, weil Er ihretwegen sein Antlitz eingebüßt hatte. Doch die Seele der Kümmernis war wachsam; wo Schuld sich regt, das ist Er nicht. Daran erkannte sie, dass der Teufel sie ein drittes Mal aufgesucht hatte, und sie schlug ein dreifaches Kreuzzeichen. Der Teufel sah ein, dass er entlarvt worden war, und erschauerte.

»Was willst du von mir?«, fragte er voller Entsetzen, denn schon lange hatte es niemanden mehr in Menschengestalt gegeben, der so war wie diese Frau.

Sie entgegnete ihm: »Beichte mir. Bekenne mir deine Sünden.«

Da schrie der Teufel verzweifelt auf. »Was sagst du? Ich soll einem Menschenwesen beichten?«

Aber er begriff, dass er keine andere Möglichkeit hatte, deshalb begann er zu sprechen, zuerst voller Wut, dann mit wachsender Demut. Und er beichtete ihr drei Tage und Nächte lang, und am Schluss bat er durch sie das Menschengeschlecht um Vergebung für alles Böse, was er ihm zugefügt hatte.

Kümmernis sagte zu ihm: »Bist du nicht auch ein Kind Gottes wie ich und alle Menschen?«

Und als er ihr antwortete, erkannte sie das Geheimnis Gottes und entließ den halbtoten Teufel aus ihrer Umarmung.

*Leiden und Tod der Kümmernis*

XXI. In seiner Bestürzung begann der Baron noch mehr zu trinken, und als er wieder zu sich kam, fand er vor der zugemauerten Kammer frische Blumen und brennende Kerzen. Er fand auch eine eifrig betende Schar Frauen, die sogleich davonhuschte, als er sich näherte, denn sie fürchtete seinen Zorn. Das brachte ihn noch mehr zur Raserei.

Er rief mit lauter Stimme: »Wer bist du, dass du dich meinem Willen widersetzt?«

Sie antwortete ihm: »In mir ist Gott.«

Den Baron erfasste ein Zorn, wie er ihn noch nie verspürt hatte. Nicht, als er sich bei seiner Geburt in die Welt hinausgepresst, und auch nicht, als er die Heere der Ungläubigen mit Stumpf und Stiel ausgerottet hatte. Das war eine Raserei, die ihre Quelle nur in Gott oder im Teufel haben konnte. Mit einem einzigen Fußtritt zertrümmerte er die frisch errichtete Mauer und fand sich dem Wesen gegenüber, das sich seinem Willen entzog. Blind vor Zorn stürzte er sich auf sie und durchbohrte sie unter lauten Flüchen und Verwünschungen mit einem Dolch. Aber auch das war ihm nicht genug, er hob ihren Körper auf und nagelte ihn an die Balken des Deckengewölbes, wobei er sprach: »Da Gott in dir ist, so stirb auch wie Gott.«

Selbst nach ihrem Tod ließ er ihr keine Ruhe: Bevor sie ins Grab gelegt wurde, befahl er, ihr den Bart vom

Gesicht zu scheren, doch dieser wuchs auf wundersame Weise sogleich wieder nach.

Die restlichen Jahre seines sündigen Lebens zerstörte er immer und immer wieder den Bart auf den Darstellungen der Heiligen, denn es war, als hätte sich die Menschheit in zwei Hälften geteilt, die einen schufen die Darstellungen, die anderen zerstörten sie. Doch das Andenken an die Heilige überdauerte die Zeiten und weckte viel Hoffnung in den Herzen der Menschen, indem es sich im ganzen Land und weit über die Grenzen hinaus verbreitete. Man hat ihr viele Namen gegeben, denn jedes Land bringt andere Namen hervor.

*Schluss*

XXII. Alles, was ich hier erzählt habe, schöpfte ich aus den Eingebungen des Heiligen Geistes, aus den Schriften der Kümmernis sowie aus den Klosterbüchern der Benediktinerinnen in Kloster und aus den Erzählungen über die Heilige, die mir zu Ohren kamen.

Wer auch immer du bist, der diese Worte liest, ich bitte dich, gedenke des sündigen Paschalis, des Mönches, der, hätte Gott es ihm zur Wahl gestellt, lieber den Körper der Kümmernis gewählt hätte, samt all seinen Leiden und Verdiensten, als alle Ehren eines Königreiches.

Erzählt dies zukünftigen Generationen, damit sie wissen, dass es kein Böses gibt, das die Seele der Menschen in Ketten legen kann, und dass der mit Christus vereinte Mensch wohl sterben, aber nicht besiegt werden kann.

## *Die Perückenmacherin*

Im letzten Jahr zeigte Marta mir ihren Perückenmacherinnenkasten. Er steht im Wohnzimmer am Fenster. Innen ist er mit alten Zeitungen ausgelegt, und alle Gerätschaften, die sie braucht, sind in Zeitung eingewickelt. Sie hat dort fertige Perücken, die auf Holzköpfen sitzen und in Zellophan eingepackt sind, damit nicht das kleinste Staubkörnchen an sie dringt, und natürlich bewahrt sie dort auch die Haarstränge auf, die noch nicht verarbeitet und frisiert, aber zur Verwendung für eine Perücke schon vorbereitet sind.

Sie wickelte das Haar aus der Zeitung und sagte:

»Fühl mal, wie weich und lebendig es ist. Haare leben weiter, wenn sie abgeschnitten sind. Sie wachsen nicht weiter, aber sie leben, sie atmen. Sie sind wie Menschen, deren Körper nicht mehr wachsen, aber das heißt ja nicht, dass sie tot sind.«

Aber ich traute mich nicht, sie anzufassen. Ich fürchtete, mir die Hände schmutzig zu machen.

»Woher hast du das Haar?«, fragte ich, und sie sagte, sie sei früher mit einem Friseur bekannt gewesen, der inzwischen gestorben sei. Von ihm bekam sie die herrlichsten Zöpfe der Mädchen, die ihrer Nixenfrisuren überdrüssig waren. Für Marta hob er sie vom Boden auf, wickelte sie in Papier und bewahrte sie in den Schubladen seiner Frisiertische auf, um sie Marta später als Geschenk zu überreichen. Manchmal nahm er auch in Martas Namen Bestellungen für Perücken entgegen, von Frauen, die durch Alter oder Krankheit ihre Haare verloren hatten. Oder von Männern. Kahlköpfigkeit kommt bei Männern häufiger vor als bei Frauen, ist aber vielleicht weniger schmerzlich. Marta sagte, solange das Haar wachse, nehme es die Gedanken der Menschen auf. Es sammele sie in Gestalt nicht näher bestimmbarer Teilchen an. Wenn man also etwas vergessen oder ändern oder einen Neubeginn machen wolle, müsse man sich die Haare abschneiden und in der Erde vergraben.

»Und was ist mit denen, die eine Perücke aus fremden Haaren aufsetzen?«, fragte ich.

»Das erfordert großen Mut«, sagte Marta. »Man muss die Gedanken des Menschen, von dem die Haare stammen, auf sich nehmen. Man muss zu den fremden Gedanken bereit sein, man muss selbst stark und widerstandskräftig sein. Und man darf eine Perücke nie ununterbrochen tragen, darauf muss man achten.«

Früher hat Marta viele Perücken gemacht, fünf oder sechs Stück pro Jahr. Fast immer auf Bestellung. Sie wählte das Haar, seine Beschaffenheit und Farbe, so aus, dass es zum Auftraggeber der Perücke passte, denn damals gab es noch keine Möglichkeit zu färben. Sie legte die Strähnen alle in eine Richtung und befeuchtete sie mit Seifenlauge, um sie zu reinigen und zu entfetten. Wenn sie trocken waren, wickelte sie die Strähnen um den Finger und zog sie durch den Kamm. Beim Kämmen fielen einzelne kürzere Haare heraus, und was blieb, war ein sauberer glänzender Strang Haare, der so gleichmäßig war wie frisch gemähtes Gras. Dann nahm sie ein Gerät zur Hand, das aus zwei Platten mit einer Bürste, die den Strang festhielt, bestand. Daraus zog Marta ganz feine Strähnen, wie sie einem manchmal in die Augen fallen und die man ungeduldig aus der Stirn streicht. Diese Strähnen knüpfte sie an die Fäden für das Untergewebe. Sie zeigte mir, wie man das macht. Die Haare werden ähnlich wie Fransen an die einzelnen Fäden geknotet; lange Strähnen müssen zwei- oder dreimal verknotet werden.

Diese kopflosen Haarfransen breitete Marta dann in ihrem Wohnzimmer aus, damit die Haare sich nicht verhedderten oder brachen. Und nun begann die Herstellung der Perücke. Denn dafür sind die Abende da – um die Fäden mit den daran geknoteten Haaren zu einem Gitter zu flechten. Marta machte das mit einer Häkelnadel, es sah aus, als häkele sie ein Wollmützchen. Ihre mageren Finger mit den blassen Fingernägeln zogen die Fäden mit den Haaren geschickt durch die Maschen. Sie fing immer mit dem kreisrunden Teil an, der später auf dem Scheitelpunkt des Kopfes sitzen würde, dann nahm sie weitere Maschen auf und fasste sie so zusammen, dass unter ihren Händen eine gewölbte Halbkugel entstand. Bei Bestellungen muss man Größe und Form des Kopfes genau kennen. Zu diesem Zweck führte Marta ein Heft, in dem sie ihre Maße eintrug. Sie hat es mir gezeigt. *R. F. 52, 54, 14* und dazu die unbeholfene Zeichnung eines Kopfes mit hoher Stirn. Die Zeichnung war mit Kopierstift angefertigt, der hier und da unter dem Einfluss von Feuchtigkeit, vielleicht Milch oder Tränen, verwischt war. Oder *C. B. 56, 53, 18* und die Skizze einer Perücke mit dem Scheitel in der Mitte und gewellten Haaren, die bis auf die Schultern fallen sollten. Oder ein Haarteil, eine Teilperücke, die nur den Vorderteil des Kopfes bedeckt, aber unter den restlichen natürlichen Haaren am Hinterkopf befestigt wird. Solche Haarteile sind für Leute, die eine Stirnglatze haben. Oder ein Aufkleber oder Toupetchen, ein behaarter Pfannkuchen, der an die Kopfhaut geklebt wird und von Männern benutzt wird, die sich »auf Borg« frisieren und vor jedem Windstoß zittern, der ihre Manipulationen höhnisch entlarvt und die kunstvoll auf der glänzenden Glatze angeordneten Strähnchen in Unordnung bringt.

Marta hatte einige Holzköpfe, die vom ständigen Tragen der Haarsträhnennetze glattpoliert waren. Einer war klein, fast wie ein Kinderkopf, ein anderer so groß, dass ich kaum glauben konnte, dass er einem echten Kopf nachgebildet war. Für so große Perücken hatte man meistens nicht genug Haare von ein und derselben Sorte, und man musste melieren, Strähnen von etlichen Köpfen mischen, die hinsichtlich Farbe und Dicke sorgfältig ausgesucht waren, damit sie natürlich aussahen.

Marta sagte, früher hätten alle Frauen Scheitel gewollt, gerade, gesunde Scheitel, ein rosiges Zeichen, das sich wie eine Fortsetzung der Nasenlinie zwischen den Haaren hinzog. Um einen Scheitel in eine Perücke zu machen, musste man sie mit einem zarten Netz aus Seide oder Gaze unterlegen. Durch die winzigen Maschen musste man einzelne Haare ziehen und sie darunter wie ein mikroskopisches Netz knüpfen. Die Herstellung dieses Zwischenstücks ist der zeitraubendste Teil der Arbeit, deshalb hält Marta alle Scheitel für den Gipfel der Raffinesse. Als wir Besuch von einer Bekannten hatten, die ihre glatten Haare gescheitelt trägt, sah ich, wie Marta unruhig ihren Kopf betrachtete. Auch gefärbte Haare gefielen ihr nicht, vor allem nicht aufgehellte. Sie behauptete, die Haare hörten dann auf, Gedanken zu speichern. Färbungen zerstörten oder entstellten das Haar. Solche Haare könnten ihre Funktion nicht mehr erfüllen, sie seien kein Speicher mehr. Sie seien leer und künstlich. Dann schneide man sie besser ab und werfe sie sofort weg. Sie seien tot, ohne Gedächtnis und ohne Bestimmung.

Marta kam nicht dazu, mir alles zu erklären. Denn es war die Zeit, in der man sich mit dem Wasser befassen musste, das aus den Bergen herabgeströmt kam, man musste es in Rinnsalen um die Häuser leiten, damit es nicht die Fundamente unterspülte. Man musste die Ufer des Teichs befestigen, damit sie nicht in einer Überschwemmungsnacht endgültig vom Wasser zerstört wurden. Oder man musste die durchnässten Hosen und Schuhe trocknen.

Nur einmal erlaubte Marta mir, eine der Perücken anzuprobieren. Es war eine mit schwarzen, krausen Haaren. Ich betrachtete mich im Spiegel, ich sah jünger und ausdrucksvoller aus, aber war mir selbst fremd.

»Du siehst nicht nach dir aus«, sagte sie.

Da fiel mir plötzlich ein, dass ich bei Marta eine Perücke für mich bestellen könnte. Marta sollte sich mein Gesicht ansehen, es ihrem Perückenmacherinnengedächtnis einprägen. Sie sollte meinen Kopf messen, ihn in ihrem Heft verewigen, zu den anderen dort beschriebenen Köpfen gesellen, und dann speziell für mich die Haare, ihre Farbe und Beschaffenheit aussuchen. Ich könnte eine eigene Perücke bekommen, die mich bedecken und verändern würde, mir ein neues Gesicht gäbe, bevor ich es selbst in mir entdeckte. Aber ich sagte ihr nichts davon. Marta legte die Perücke zurück in den Beutel mit Haselnussblättern, denn diese erhalten die Haare frisch und elastisch.

## *Die Grenze*

An unsere Gegend grenzt Tschechien, es liegt in Sichtweite von uns. Im Sommer hört man von dort Hunde bellen und Hähne krähen. In den Augustnächten brummen die tschechischen Mähdrescher. Samstags dudelt die Diskothek von Sonow. Die Grenze ist sehr alt, seit Jahrhunderten bildet sie eine Trennlinie zwischen zwei Ländern. Das lässt sich nicht so leicht ändern. Die Bäume haben sich daran gewöhnt, dass sie auf einer Grenze wachsen, die Tiere ebenso. Die Bäume nehmen Rücksicht auf die Grenze und bleiben, wo sie sind, während die Tiere in ihrer Dummheit die Grenze missachten. Ein Rudel Rehe wechselt jedes Jahr zum Winter majestätisch nach Süden. Ein Fuchs geht zweimal täglich über die Grenze – gleich nach Sonnenaufgang erscheint er am Abhang und nach fünf Uhr kommt er zurück, wenn alle vor dem Fernseher sitzen und *Teleexpress* sehen. Nach dem Fuchs kann man die Uhr stellen. Wir gehen genauso über die Grenze hin und her, wenn wir Pilze suchen, oder einfach aus Faulheit, weil wir die Räder nicht bis nach Tlumaczow schieben wollen, wo ein offizieller Grenzübergang ist. Wir heben die Räder hoch, und im nächsten Moment sind wir schon auf der anderen Seite. Nach wenigen Metern nimmt der eingefurchte Waldweg seinen Lauf wieder auf. Wir haben uns daran gewöhnt, dass wir Tag und Nacht von den Grenzschützern überwacht werden, das Licht der Nachtpatrouillen, das Brummen ihres Mercedesgeländewagens, das nächtliche Knattern ihrer Motorräder sind uns allgegenwärtig. Dutzende uniformierter Männer, die einen Streifen Dickicht bewachen, wo die Himbeeren groß und aromatisch wachsen, ohne Angst, gepflückt zu werden. Man hätte glauben können, dass sie diese Himbeeren bewachen.

## *Der Komet*

Unvermittelt kam mir ein seltsamer, mächtiger Gedanke:

Dass wir unserem Menschsein Vergessen und Unachtsamkeit zu verdanken haben. Dass wir in Wirklichkeit, in der einzigen wahrhaftigen Wirklichkeit, Wesen sind, die sich in einer gewaltigen kosmischen Schlacht befinden, die vielleicht schon seit Jahrhunderten währt und von der niemand weiß, ob sie irgendwann einmal zu Ende gehen wird. Wir sehen nur ihren Widerschein – im blutrot aufgehenden Mond, in Bränden und Stürmen, im Abfallen der erfrorenen Blätter im Oktober, im panischen Flug des Schmetterlings, im unregelmäßigen Pulsieren der Zeit, die die Nächte ins Unendliche dehnt und jeden Nachmittag mit einem Ruck stehen bleibt. Ich bin also ein Engel oder Dämon, der in die Wirren eines Lebens mit einer Mission entsandt ist, die sich entweder allem zum Trotz erfüllt oder die ich völlig vergessen habe. Dieses Vergessen ist ein Teil des Krieges, es gehört zu den Waffen der anderen Seite, die mich so schwer getroffen haben, dass ich verletzt bin und blute und eine Zeit lang aus dem Verkehr gezogen bin. Deshalb weiß ich nicht, wie stark oder wie schwach ich bin, ich kenne mich selbst nicht, ich erinnere mich an nichts, deshalb wage ich es nicht einmal, in mir diese Stärke oder Schwäche zu suchen. Das ist ein sonderbares Gefühl, tief im Innern, irgendwo ganz unten jemand anderes zu sein, als man immer gedacht hat. Aber das bewirkt keine Unruhe, nur Erleichterung. Eine Erschöpfung, die bisher jeden Augenblick des Lebens gegenwärtig war, legt sich.

Nach einer Weile verging dieses starke Gefühl völlig,

es verblasste unter dem Einfluss der konkreten Bilder: die offene Tür zur Diele, die schlafenden Hündinnen, die Arbeiter, die im Morgengrauen kamen, um eine kleine Mauer zu errichten.

Am Abend fuhr R. in die Stadt, und ich ging zu Marta. Über dem Bergpass hing ein Komet, reglos, ein im Fall erstarrtes Licht am Himmel, das dieser Welt fremd war. Marta und ich saßen am Tisch. Sie kämmte die Haare einer Perücke und legte dünne mehrfarbige Strähnchen auf der Wachstuchdecke aus, bis der Tisch bedeckt war. Ich las ihr aus dem Leben der Heiligen vor. Dabei hatte ich den Eindruck, dass sie nicht aufmerksam zuhörte. Sie wühlte in Schubladen, raschelte mit dem Zeitungspapier, in dem sie ihre Haarsammlung aufbewahrte. Die Frühlingsfliegen und die Motten hatten die Glühbirnen der Menschen wiederentdeckt. Riesenhaft vergrößerte geflügelte Schatten irrten über die Küchenwände. Am Schluss hatte Marta nur eine Frage: Was war das für ein Mensch, der die Heiligenleben geschrieben hat. Und woher hat er das alles gewusst.

In der Nacht kam R. zurück. Er nahm die Einkäufe aus den Plastiktüten und erzählte, dass in der Stadt die Leute auf den Balkonen standen und den Kometen durch Operngläser betrachteten.

## *Wer das Leben der Heiligen schrieb, und woher er das alles wusste*

Er kam irgendwie unfertig zur Welt, denn so weit er sich zurückerinnern konnte, fühlte er sich in sich nicht richtig, als hätte er sich bei der Geburt geirrt und hätte sich weder diesen Körper noch diesen Ort, noch diese Zeit ausgesucht.

Er hatte sechs Brüder, fünf jüngere und einen älteren, der nach dem Tod des Vaters dafür zuständig war, die Arbeit auf dem Hof zu verteilen und die Abgaben einzuziehen. Johann empfand Hass und Bewunderung für ihn. Er hasste ihn des Starrsinns und der Rücksichtslosigkeit wegen, mit welcher der ältere Bruder die Wirtschaft führte, in der alles zu einer bestimmten Zeit getan werden musste und wo jeder seine Pflichten hatte, die wie Rituale ausgeführt wurden. Sogar das Gebet. Johann betete gern, denn das war der einzige Moment, wo er allein mit sich sein konnte. Doch selbst dann versetzte ihm der ältere Bruder einen Stoß in die Rippen: »Hör schon auf. Du hast lang genug gebetet. Die Schafe warten.« Dafür bewunderte er den Bruder aber auch. Ihm war es zu verdanken, dass sie alle zu essen hatten.

Eines Jahres setzte früh ein harter Winter ein, sie kamen nicht dazu, das letzte Heu einzufahren, und an den Bäumen erfroren die Früchte. Es war klar, dass Johann ins Kloster zu den Mönchen gehen musste.

So gelangte Johann in das Kloster zu Rosenthal, in die Gemeinschaft vieler Männer, alter und junger, doch sein Leben unterschied sich nicht sehr von dem, das er zu Hause geführt hatte. Hier arbeitete er in Küche und Garten, hackte Brennholz, wusch Geschirr ab und fütterte die Schweine mit den Abfällen. Von Oktober bis April fror er, deshalb suchte er in der Küche Zuflucht, drückte sich an den Herd und schmiegte sich an den Ofen, sein brauner Habit wurde heiß und roch nach angesengter Wolle. Im Frühling wurde er der Gartenarbeit zugeteilt, er arbeitete unter Aufsicht von Bruder Michael, der ihn die Namen der Kräuter lehrte und in ihm Liebe zu allem weckte, das wuchs, Blätter trieb, blühte und Früchte trug. »Du hast eine gute Hand mit Kräutern, Junge. Schau, wie dein Basilikum wächst. So eine Pracht haben wir noch nicht im Garten gehabt.« Johann hieß jetzt Paschalis, und sein Habit nahm allmählich die Gerüche von Thymian, Ysop, Schwarzkümmel und Minze an.

Nun hatten sich zwar Name, Kleidung und Gerüche in seinem Leben geändert, doch Paschalis fühlte sich immer noch nicht wohl in seiner Haut. Er wäre lieber ein anderer an einem anderen Ort gewesen. Er wusste zwar nicht, wer und wo er sein wollte, aber oft kniete er sich mit gefalteten Händen hin, ohne zu beten, und betrachtete nur die Bilder in der Kapelle, vor allem jenes, auf dem die Mutter Gottes das Jesuskind auf dem Arm hält und neben ihr zwei Frauen stehen: die heilige Katharina mit einem Buch, und die heilige Apollonia mit einer Zange. Und wenn er es so betrachtete, stellte er sich vor, dass er selbst auf dem Bild war, genau in der Mitte der Szene. Hinter ihm dehnt sich der weite Raum, den am Horizont schneebedeckte Berggipfel begrenzen. In der Nähe liegt eine Stadt mit einem mächtigen Turm und Mauern aus roten Ziegeln. Von allen Seiten her führen ausgetretene Pfade zu den Toren der Stadt. Neben ihm, zum Anfassen nahe, sitzt die Mutter Gottes mit dem Jesuskind, die weißen glatten Beinchen des Erlösers ruhen auf dem Purpurstoff ihres Gewands. Über ihr, in der Luft, hängen zwei Engel, reglos, mit ausgebreiteten Flügeln, wie zwei große Libellen. Paschalis stellte sich vor, dass er die heilige Katharina oder die heilige Apollonia war, er konnte sich lange nicht entscheiden. Auf jeden Fall ist er eine der beiden. Er hat lange Haare, die ihm bis auf die Schultern fallen. Das Kleid sitzt straff um seine runden Brüste und fällt in zarten, hübschen Falten bis auf die Erde. Auf der nackten Haut seiner Beine spürt er den zarten Stoff, der ihn liebkost. Bei dieser Vorstellung ergriff ihn ein tiefes Entzücken, er schloss die Augen und vergaß, dass er in seinem braunen Habit auf dem kalten Boden der Kapelle kniete.

Bruder Paschalis hatte ein schönes Gesicht, die nach Mönchsart kurz geschnittenen Haare unterstrichen seine Schönheit noch. Der Blick aus seinen dunklen Augen mit den langen Wimpern beeindruckte jeden. Auf seiner glatten weißen Haut spross kein Barthaar. Das Weiß seiner Zähne hatte nicht seinesgleichen. Wenn er so in der Kapelle kniete, die Augen auf das Bild der Muttergottes geheftet, erschien er schmerzlich schön, so schön, dass man es kaum ertragen kann.

So erblickte ihn eines Tages Bruder Celestyn, der Beschließer, der neben dem geistigen Leben auch für das materielle Auskommen der Klosterbrüder sorgte. Bruder Celestyn rief Paschalis zu sich und sagte nur: »Du gefällst mir. Du hast eine wahre Berufung zum Ordensleben, und das ist in unseren aufgeregten, ketzerischen Zeiten heutzutage eine Seltenheit. Vielleicht wirst du einmal Abt. Ab jetzt werde ich mich um dich kümmern.«

So wurde Paschalis sein dritter oder vierter Vertreter. Er trug die Lampen in den Schlafsaal, hängte die Handtücher auf und hatte die Rasiermesser unter seiner Aufsicht. Im nächsten Winter lernte Paschalis lesen und schreiben, jetzt war er für die Lampen im Schreibsaal verantwortlich. Bruder Celestyn beaufsichtigte persönlich die Fortschritte, die er beim Lernen machte, und ließ ihn nach der Frühmesse zu sich kommen und einzelne Abschnitte lesen. Während er zuhörte, schritt er in der Zelle auf und ab oder blieb am Fenster stehen und blickte nach draußen. Paschalis sah dann seine schweren Schultern und seine

Füße, die in wollenen Socken steckten. »Du liest immer besser«, sagte der Vorgesetzte und trat näher heran, um Paschalis wie beiläufig mit dem Daumen über den glatten Hals zu streichen. Diese Zärtlichkeit war Paschalis nicht unangenehm. Nach einer Leseprobe schließlich schob Celestyn ihm die Hand unter das Gewand. »Deine Schultern sind glatt wie die eines Mädchens. Du bist zu einem schönen Jüngling herangewachsen.« Paschalis fand sich nackt im Bett Celestyns wieder, wo sich unter der Wolldecke Laken verbargen, die noch glatter und zarter als seine Haut waren. In diesen feinen Laken ließ er Bruder Celestyn alles mit seinem Körper machen, was dieser wollte. Es war ihm weder angenehm noch unangenehm.

Von nun an roch Paschalis' Habit nicht mehr nach Kräutern, sondern nach Staub, Buchseiten und dem eigenartigen herben Geruch eines anderen Männerkörpers.

Einmal lagen sie von der Liebe und ihren Körpern erschöpft nebeneinander, und Paschalis vertraute Celestyn an, dass er gerne jemand anders wäre. »Wie wäre es wohl, wenn ich eine Frau wäre …«, überlegte er laut im Dunkeln. Er erzählte Celestyn auch von dem Kleid, das so eng um den Körper der heiligen Katharina lag und in Falten bis auf die Erde fiel. »Eine Frau zu sein müssen wir als ein Gebrechen betrachten, auch wenn dieses Gebrechen einen Teil der natürlichen Ordnung darstellt«, sagte Celestyn mit den Worten Aeropagitas und schloss die Augen, als wollte er sich von jeglichen unfehlbaren Aussagen distanzieren.

Bei einer anderen Gelegenheit fragte Paschalis den klugen Bruder Celestyn nach der Sünde. »Sag mir, ist es eine Todsünde, denn es ist ja nicht nur ein Verstoß gegen das Keuschheitsgebot, sondern auch gegen die Gesetze der Natur …«

»Was weißt du schon von der Natur?«, fuhr Celestyn ihn wütend an. Er setzte sich auf und ließ die nackten Füße über dem kalten Steinboden baumeln. Sein Rücken war übersät mit kleinen roten Pusteln. Er zog langsam den Habit über. Paschalis wurde es kalt in dem leeren Bett. Celestyns Körper wärmte wie ein Ofen. »Alle großen Philosophen und Kirchenväter haben gesagt, dass die Frau die Wurzel allen Übels ist, ihretwegen hat Adam die Ursünde begangen und ihretwegen ist unser Herr am Kreuz gestorben. Sie ist geschaffen, um in Versuchung zu führen, aber wer ihr erliegt, ist dumm. Denk immer daran, dass der Körper einer Frau ein Sack voll Scheiße ist, und jeden Monat erinnert uns die Natur daran, wenn sie die Frau mit der unreinen Blutung brandmarkt.« Celestyn drehte die Buchseite um, von der Paschalis zuvor laut vorgelesen hatte. »Komm her und lies«, sagte er. Zitternd stand Paschalis nackt vor dem Buch. »Im Alten Testament steht geschrieben, die Blöße sei stets zu bedecken, und selbst wenn ein Tier an die Blöße gerät, zieht der Mensch Strafe auf sich, der seine Blöße aufdeckt. Diese schrecklichen Worte beziehen sich auf eine Frau, die sich dem Manne zeigt und ihn in Versuchung führen will. Die Blöße, das ist ihr wohlgestaltetes Gesicht, ihr weißer Hals und ihre leuchtenden Augen. Die Frau ist schuld an der Sünde des Mannes und muss im Jüngsten Gericht für diese Sünde bezahlen.«

»Zieh dich an«, sagte Celestyn, als er sah, wie sein Geliebter vor Kälte zitterte. »Unsere Sünde gilt höchstens als geringfügige Unkeuschheit, es ist kaum der Rede wert, sie zu beichten. Es ist ein geringeres Übel als der Umgang mit Frauen.«

Doch Bruder Celestyn war nicht sehr aufmerksam, und er verstand Paschalis nicht. Diesem ging es nicht um den Umgang mit einer Frau. Paschalis wollte keine Frau besitzen, er wollte eine Frau werden. Er wollte Brüste haben und sie bei jeder Bewegung spüren. Warme weiche Wölbungen, die ihm das Ding zwischen den Beinen mehr als ersetzen würden. Er wollte die Haare spüren, die ihm auf die Schultern fielen, den süßen Duft der eigenen, weichen Haut einatmen, das leise Klirren seiner Ohrringe hören, mit der weißen Hand die Falten seines Kleides glätten und das Dekolleté mit einem dünnen weißen Tüchlein bedecken. »Du bist schön, ich kann nicht genug von dir bekommen«, sagte ihm Celestyn plötzlich ins Ohr. »Und jetzt lass uns zusammen beten.«

Sie knieten sich nebeneinander auf den Boden und begannen mit halblauter Stimme zu beten.

Da sich im Kloster die Vergangenheit wenig von der Zukunft unterscheidet, weil sich bis auf die Farben der Jahreszeiten in der Zeit und im Leben der Menschen wenig ändert, lebt man dort in einem dauernden Jetzt. Man lebt in einem Zeitraum, der außerhalb des Klosters nur ein Augenblick wäre, innerhalb der Klostermauern aber keinen Anfang und kein Ende hat. Und gäbe es nicht die Weisheit des menschlichen Körpers, der nie das letzte Ziel aus den Augen verliert, dann wäre das Leben im Kloster unsterblich.

Paschalis war von allen Seiten von einer schläfrigen Ordnung detaillierter, auf die kleinste Geste und auf die Sekunde genau abgestimmter Rituale umgeben. Selbst die Hunde, die er aus dem Fenster beobachtete, nahmen an der Regelmäßigkeit des Klosterlebens teil. Sie tauchten nachmittags, wenn die Abfälle fortgeworfen wurden, an der Küchentür auf. Sie fraßen gierig, dann verschwanden sie, kamen später wieder, um aufgeregt in der nächsten Ladung Abfall zu wühlen. Am Abend festigten sie ihre Hierarchien, sie bissen sich, jaulten oder trieben ihre Hundespiele. Im Winter drückten sie sich an die Wände der Scheunen und Ställe. Im Frühling hörte man ihr eifersüchtiges Gekläff, wenn sie sich die Hündinnen teilten. Im Sommer tauchten rührend unbeholfene Welpen in den Winkeln auf. Im Herbst machten sie schon Jagd auf kleine Nager.

Paschalis stand wie alle anderen bei Tagesanbruch auf, wusch sich das Gesicht mit Wasser und legte seinen Habit an. Sofort glitt er in den sanften Rhythmus von Gebet und Arbeit, in das flüsternde Wogen der dunklen Gestalten der Mönche in den Korridoren und Kreuzgängen.

Bruder Celestyn war ihm Vater, Geliebter und Freund zugleich. Er lehrte ihn viele Dinge und verschaffte ihm ein seltenes klösterliches Privileg: Einmal im Monat durfte er frisches Fleisch in das Nonnenkloster bringen. Das war ein großes Geschenk für Paschalis: der Anblick der Weite, die so groß und überwältigend war, dass die Kreuzgänge und Labyrinthe des Klosters dagegen kümmerlich und winzig klein erschienen. Sie machten sich noch vor Tagesanbruch auf den Weg, um gegen Mittag den Kücheneingang des Klosters zu erreichen. Der Wagen quälte sich langsam den Berg hinauf, und wenn sie die Passhöhe erreichten, standen sogar die Ochsen still, versunken in den Anblick des unglaublich fernen Horizonts, der das grüne Tal von Glatz und die massiven Berge, die wie aufgestellte Tische aussahen, vom unendlichen Himmel trennten. Paschalis überfiel bei diesem Anblick eine Unruhe, er wusste selbst nicht warum. Unterwegs kamen sie nur an einem kleinen Dorf vorbei, das aus ein paar Lehmhütten bestand, und das war der einzige Moment, in dem er sich nach seinem Zuhause sehnte.

Sobald der Karren vor der Pforte hielt, ertönte die

Alarmglocke und verstummte dann wieder. Der Karren fuhr auf den Hof, und die Mönche machten sich ans Abladen der Schweinehälften. Paschalis sah sich ungeduldig um, ob er nicht irgendwo einen Blick auf eine Frauengestalt erhaschen konnte. Meistens aber sah er nur die alten Nonnen mit runzligen Gesichtern und Mündern, in denen etliche Zähne fehlten. Sie erinnerten ihn an seine Mutter. Nach dem Abladen wurden sie in die Küche gebeten und bekamen eine Mahlzeit vorgesetzt. Die Küche war sauber und behaglich, es roch nach Honig und Käse. Die Nonnen hatten einen Bienenstock und hielten Kühe. Im Tausch für das Fleisch bekamen die Mönche Töpfe mit Honig und Käselaibe, die in saubere Tücher eingeschlagen waren. Paschalis meinte, so müsse der Körper einer Frau riechen: nach Honig und Käse, eine Mischung, die ebenso angenehm wie übelkeitserregend sein konnte.

Manchmal gelang es Paschalis, ein wenig mehr zu erspähen. Einmal sah er sie vom Karren aus durch die Mauer, hinter der sie ihre Gärten bearbeiteten. Sie jäteten die Gemüsebeete und begannen plötzlich, sich mit den ausgezupften Unkrautbüscheln zu bewerfen. Um ihr piepsendes Kichern zu ersticken, drückten sie die breiten Ärmel ihrer Tracht vor den Mund. Dieser Anblick rührte ihn. Sie waren wie Kinder. Eine hob ihren Rock ein wenig hoch und hüpfte über die Beete, wobei sie darauf achtgab, dass sie nicht mit ihrem Rosenkranz gegen die Pflanzen schlug. Der Schleier, der die Haartracht ersetzen sollte, wehte empor, als seien ihrem Kopf plötzlich Flügel gewachsen. Paschalis versuchte später, diese Bewegungen nachzuahmen – weich, immer abgerundet und schön.

Unwillig kam er nach solchen Erfahrungen in sein Kloster zurück, daran änderte nicht einmal Bruder Celestyn etwas. Alles war hier irgendwie eckig, unbeholfen und rau. Das galt auch für Celestyn. Sein Körper konnte ihm zwar Befriedigung verschaffen, das hatte Paschalis inzwischen gelernt, aber Celestyns Körper hatte nicht das, wovon Paschalis träumte. Wenn er mit ihm im Bett lag, malte er sich beschämt aus, dass Celestyn eine Frau wäre. Er fuhr mit der Hand über den Rücken des Geliebten, bis er die behaarten rauen Gesäßbacken erreichte. Enttäuscht zog er seine Hand zurück. Dann begann er sich vorzustellen, er wäre eine Frau, dabei konnte Celestyn bleiben, was er war. Allein der Gedanke, eine Frau zu sein mit dieser heimlichen Öffnung zwischen den Beinen, ließ ihm Schauer der Lust über den Rücken laufen, und diese Vorstellung wurde für ihn mit der Zeit zu einer richtigen Obsession. Er überlegte, wie so etwas aussehen mochte. War es ein Loch wie im Ohr, wie ein Nasenloch, nur größer, rund und hell, oder war es vielleicht eher eine klaffende Spalte, eine ewig blutende Wunde, wie eine Handverletzung, die niemals heilte? Paschalis hätte alles darum gegeben, dieses sündige Geheimnis kennenzulernen, aber nicht so, wie man Dinge gewöhnlich kennenlernt, nämlich von außen, sondern er wollte das werden, was er erkennen wollte, er wollte es am eigenen Leib erfahren.

Im folgenden Winter zog sich Celestyn eine Verkühlung zu, und als sich zeigte, dass es keine Hilfe mehr für ihn gab, versammelten sich die Mönche in seiner Zelle und begannen, das dreifache Gebet für Sterbende zu beten. Celestyn wusste, was das bedeutete, und sein fiebriger Blick glitt fragend über die Gesichter der Mönche, als suche er darin die Bestätigung, dass das, was ihn erwartete, seinen Platz in der Ordnung des Klosterlebens hatte. Dann ertönten die Rasseln, und alle Mönche kamen zusammen, um die letzte Beichte zu hören. Paschalis weinte, als der Abt das *Credo in unum deum* anstimmte. Ihm rannen immer noch Tränen über die Wangen, als Celestyn in den abgerissenen Sätzen seiner Beichte sich nicht zu der Sünde bekannte, die sie beide monatelang begangen hatten. Der Abt erteilte die Absolution von allen Sünden, und der Körper Celestyns wurde auf den Steinfußboden gelegt. Am Abend war er tot.

Der Abt hatte die Verzweiflung des jungen Mönchs wohl bemerkt, denn er bot ihm an, ihn von der Pflicht zu befreien, am nächsten Tag das Fleisch zum Nonnenkloster zu bringen. Aber das wollte Paschalis nicht. Die Haut brannte ihm, sein Hirn und sein Herz brannten, als sollte er bei lebendigem Leib dem Höllenfeuer ausgesetzt werden.

Es war noch dunkel, als sie mit der Fleischfuhre aufbrachen. Die Holzräder des Karrens quietschten rhythmisch, über den Mäulern der Ochsen stieg ihr Atem als frostige weiße Wolke auf. Die Sonne ging am unteren Rand des tiefen Winterhimmels auf, und von dem Bergpass aus blickten sie nur in ein Meer aus weißem Nebel. Man sah weder das Glatzer Tal noch das Riesengebirge. Bevor sie ihr Ziel erreichten, bekam Paschalis Fieber, erbrach sich und zitterte vor Schüttelfrost. Der Karren fuhr langsam, die Ochsen kämpften sich mit Mühe durch den Schnee, und es war unmöglich, den Kranken wieder mit zurückzunehmen. Die Mönche ließen ihn bei den Schwestern, die nicht besonders erbaut darüber waren. Aber die Mönche versprachen, ihn abzuholen, sobald er genesen war. Draußen hob ein heftiges Schneegestöber an.

Paschalis hatte vergessen, wo er sich befand. Er hatte das Gefühl, dass man ihn irgendwo in die Tiefe brachte, in dunkle, feuchte Keller, und plötzlich begriff er, dass man ihn neben Celestyns toten Körper legen und mit ihm in einem Grab beerdigen wollte. Er wollte sich losreißen, doch er hatte das Gefühl, dass er gefesselt war oder sich in seinem eigenen Habit verhedderte, der plötzlich steif und schwer wie ein Sargdeckel geworden war. Dann erblickte er zwei schreckliche Zauberinnen über sich. Sie fassten seinen Kopf und flößten ihm eine heiße, widerwärtige Flüssigkeit ein. Eine von ihnen gab ihm zu verstehen, dass er nun Celestyns Urin trank, und Paschalis erstarrte vor Entsetzen. »Ich bin vergiftet, jetzt bin ich vergiftet!«, schrie er, aber seine Stimme hallte fremd von den kahlen Wänden wider.

Doch dann wachte er plötzlich in einer kleinen Kammer mit einem schmalen hohen Fenster auf. Seine Blase war voll, deshalb setzte er sich auf der Pritsche auf und schwang die Beine über die Kante. Ihm wurde schwindlig. Unter den Füßen spürte er ein warmes weiches Schafsfell. Vorsichtig stand er auf und sah sich im Zimmer nach einem Nachttopf um. Außer dem Bett, einer Kniebank und einem kleinen Teppich befand sich nichts in der Kammer. Er hüllte sich in die Wolldecke und warf einen Blick aus dem Zimmer. Er sah einen langen Gang mit Fenstern auf einer Seite, die auf eine steile Felswand hinausgingen. Erst jetzt wurde ihm klar, wo er sich befand. Gleich bei der Tür stand ein rissiger Tontopf. Er zog ihn ins Zimmer und erleichterte sich. Als er ins Bett zurückkehrte, verspürte er ein Glücksgefühl. Die Luft hier war wärmer, es roch völlig anders. Seine Füße erinnerten sich an die Berührung des Schafsfells.

Am Abend kam die Oberin zu ihm. Sie war etwa so alt wie seine Mutter. Ihr Mund war von strahlenförmigen Fältchen umgeben, ihre trockene, runzlige Haut hatte die Farbe von Asche. Sie nahm seine Hand und zählte seinen Pulsschlag. »Ich bin so schwach, ich kann mich kaum auf den Beinen halten«, flüsterte Paschalis. Sie sah ihm forschend in die Augen. »Wie alt bist du, Junge?«, fragte sie. »Siebzehn«, antwortete er und griff nach ihrer Hand. »Bitte erlauben Sie mir, hier wieder zu Kräften zu kommen«, bat er und küsste die trockene, heiße Hand der Nonne. Auf ihrem Gesicht erschien der Anflug eines Lächelns, und sie strich ihm über den rasierten Kopf.

Am nächsten Tag wurde er von den zwei Alten, die ihm aus seinem Fieberwahn noch in Erinnerung waren, in die Küche gerufen. In einem hölzernen Bottich dampfte heißes Wasser. »Jetzt badest du, damit du uns hier keine Läuse einschleppst«, erklärte die ältere, deren Wangen wie leere Beutelchen herabhingen. Sie hatte eine weiche Aussprache wie ein Kind, vielleicht hatte sie keine Zähne, oder sie kam aus dem Süden. Die beiden wuschen ihn, wobei sie das Gesicht abgewandt hielten. Sie schrubbten seinen mageren Körper, so wie seine Mutter es getan hatte: entschlossen, aber zart, bis die Haut rot anlief. Er bekam ein langes Leinenhemd, wie die Nonnen es trugen, und lederne Gamaschen für die Füße. Wortlos brachten die Nonnen ihn dann zurück in die Kammer, in der er die letzten beiden Wochen schwerkrank gelegen hatte.

Von nun an besuchte die Oberin ihn jeden Tag. Sie stand an seinem Bett und sah ihn prüfend an. Er konnte diesen forschenden Blick nicht ertragen. Er war sicher, dass sie alles durchschaute, wusste, dass er log und simulierte. Er drehte das Gesicht zur Wand und wartete. Meistens prüfte sie dann seinen Puls, und sie knieten sich zusammen hin, um das Ave Maria und das Gebet für Kranke zu sprechen. Wenn sie den Raum verließ, schloss er die Augen und schnupperte in der Luft nach ihrem Geruch. Aber die Oberin roch nach nichts. Er fand sie auch schön, sie war groß, hatte eine gute Figur, sie kam ihm stark und gesund vor. Zwischen den Vorderzähnen hatte sie eine Lücke. Eines Abends kam sie und sagte von der Tür aus, er solle sich für die Rückreise bereitmachen. Sie hatte sich schon wieder umgedreht und die Hand auf die Klinke gelegt, als Paschalis ihr zu Füßen fiel, den Saum ihrer Tracht ergriff und seine Lippen auf ihre Füße drückte, die in wollenen Socken steckten. »Bitte, schickt mich nicht wieder dorthin, Mutter«, rief er mit weinerlicher Stimme. Sie erstarrte, und zum ersten Mal nahm er ihren Geruch wahr: nach Staub und Mehl. Zu allem bereit, klammerte er sich an diesen Geruch. Schließlich beugte sie sich zu ihm herab und half ihm auf.

Er erzählte ihr alles, sogar die Sache mit Celestyn. Er erzählte ihr von seinem Körper, der nicht so sein wollte, wie er war. Zum Schluss weinte er, die Tränen liefen ihm übers Gesicht und benetzten sein linnenes Hemd. »Man kann mit dem Verstand nur schwer das ganze Werk Gottes begreifen«, seufzte sie und sah ihn mit einem Blick an, in dem ein seltsamer Glanz lag. Der Junge konnte ein krampfhaftes Schluchzen nicht unterdrücken. Die Oberin ging hinaus.

»Eines ist sicher: Hier kannst du nicht bleiben«, sagte sie ihm bei Tagesanbruch, als sie unerwartet gleich nach der Frühmesse in seiner Zelle erschien. »Du bist keine Frau, du hast die körperlichen Merkmale deines Geschlechts … Aber die kann man verbergen. Als Mann bist du hier in Gefahr und unerwünscht.« So plötzlich aus dem Schlaf gerissen, konnte Paschalis ihren Worten kaum folgen. »Aber ich habe zur heiligen Jungfrau gebetet«, fuhr die Oberin fort, »und diese hat mir Kümmernis geschickt.« Flüsternd wiederholte Paschalis den Namen. Er begriff nichts. Sie hieß ihn aufstehen. Er ließ sich einen Mantel über das Hemd legen und folgte ihr durch etliche

Korridore, erst schmale, dann größere, die um Ecken führten und zu Säulengängen und Treppen wurden, bis sie vor der Tür einer kleinen Kapelle stehen blieben, die an die steinerne Wand eines leeren Raumes angebaut war. Die Oberin schlug das Kreuzzeichen, und Paschalis ahmte die Gebärde mechanisch nach. Sie betraten einen kleinen Raum, der von einer kleinen Öllampe auf dem Fußboden beleuchtet wurde. Mit der kleinen Flamme der Lampe zündete die Oberin Kerzen an. Paschalis' Augen gewöhnten sich langsam an das Dämmerlicht.

Der ganze Altar bestand aus einem einzigen Ölgemälde, auf dem das Kreuz und der darangenagelte Körper dargestellt waren. An dem Bild war etwas, was Paschalis plötzlich beunruhigte, ihm jedoch gleichzeitig sehr bekannt vorkam, die Falten eines Kleides, das bis auf den Boden fiel. Sein Blick blieb an den glatten weißen Frauenbrüsten hängen, die, zwischen den ausgestreckten Armen hervortretend, das Zentrum des Bildes zu sein schienen. Aber es war noch etwas Merkwürdiges daran, etwas so Unfassbares, dass Paschalis ein Zittern überfiel: Der Frauenkörper auf dem Bild war von einem Christusantlitz gekrönt, dem Antlitz eines Mannes mit einem rötlichen Jünglingsbart.

Paschalis verstand nicht, was er da sah, doch fiel er gleichsam instinktiv auf die Knie. Die Zähne klapperten ihm, aber nicht wegen der winterlichen Morgenkälte, sondern wegen des ahnungsvollen Gefühls, dass er vor einem ihm ähnlichen Wesen kniete, einem Wesen, dass ihm nah, doch eindeutig nicht menschlich war. Die Augen Christus' blickten ihn sanft an, sie waren voll von einer Trauer, die vielleicht nur die Kehrseite der Liebe war. Weder Qual noch Schmerz lag auf dem Gesicht.

Er wandte sich zu der Oberin. Sie lächelte.

»Das ist Kümmernis. Wir nennen sie auch ›Troska‹, denn sie hat viele Namen.«

»Das ist doch eine Frau«, sagte Paschalis leise.

»Noch ist sie keine Heilige, aber wir glauben, dass sie eines Tages heiliggesprochen wird. Papst Clemens hat sie vorerst seliggesprochen. Sie lebte vor über zwei Jahrhunderten unweit von hier, in Broumov. Sie war tugendhaft und schön. Alle Männer wollten um ihre Hand anhalten, aber sie wollte nur Unseren Herrn als Bräutigam. Ihr Vater wollte sie zur Ehe zwingen, indem er sie einsperrte, aber da geschah ein wahrhaftiges Wunder. Um sie davor zu bewahren, ihre Jungfernschaft zu verlieren, und um sie für ihre Standhaftigkeit zu belohnen, gab der Herr Jesus ihr sein eigenes Gesicht.« Die Oberin schlug langsam das Kreuzzeichen. »Der vor Zorn rasende Vater kreuzigte sie, deshalb starb sie einen Märtyrertod wie ihr Liebster. Wir haben Kümmernis zur Patronin unseres Ordens gemacht, aber der derzeitige Papst hat verboten, sie zu verehren, deshalb halten wir sie hier im Verborgenen und glauben, dass der Papst seine Entscheidung rückgängig machen wird. Aber jetzt wollen wir gehen, du erfrierst mir noch.«

Auf dem Rückweg fragte sie ihn, ob er ein Geheimnis bewahren könne. Er bejahte eifrig.

»Und lesen und schreiben?«

## *Hühner und Hähne*

Jedes Jahr im Frühling ging Marta nach Nowa Ruda und kaufte zwei Hühner und einen Hahn. Sie zog sie auf, sorgte für ihre gedankenlose Existenz, die darin bestand, stundenlang in dem umzäunten Gehege herumzuspazieren, den Blick abwechselnd auf die Erde gerichtet, wo sich ein Korn finden konnte, und auf den Himmel, wo ein Habicht lauern mochte. In der Hühnerwelt ist das was unten, unter den Füßen, ist, Leben, das, was oben, über den Köpfen ist, Tod. Abends ließ Marta die kleine Gesellschaft in den Hühnerstall, und morgens ließ sie sie wieder heraus. Auf einem alten Kuchenblech brachte sie ihnen gekochte Kartoffeln, vermischt mit Kleie. Sie hatte nicht viel von diesen Hühnern, vielleicht zwei Eier pro Tag. Manchmal brachte sie mir in einer leeren Zuckertüte Eier mit kotverschmierter Schale. Die Dotter dieser Eier hatten ein sehr intensives Gelb, angesichts ihrer Ähnlichkeit mit der Sonne musste man geradezu die Augen zukneifen. Im Herbst schlachtete Marta dann eigenhändig die ganze Hühnerfamilie am selben Tag.

Ich konnte das nicht begreifen, im ersten Jahr redete ich ein paar Tage nicht mit ihr und warf die Knochen weg, die sie mir für die Hunde gebracht hatte. Ein böser Dämon musste in Marta gefahren sein, die den ganzen Sommer über kein Fleisch kaufte und sich nur von Gemüse ernährte. Ihre Hühner waren zahm, sie fürchteten sich nicht vor Menschen, fraßen einem Kuchenkrümel aus der Hand und sahen einem in die Augen. Drei Tage hintereinander machte Marta aus dem Geflügel Suppe, sie kochte das Fleisch und nagte die Knochen bis auf die letzte kleine Sehne ab. Ich konnte kaum glauben, dass diese magere alte Frau im Laufe von drei Tagen drei Stück Geflügel aß.

Jetzt trat sie ans Fenster und sagte:

»Ich habe Hühner gekauft.«

»Ach so«, brummte ich.

»Was machst du gerade?«, fragte sie begütigend.

»Ich bin beschäftigt.«

Sie schwieg eine Zeit lang. Ich schrieb weiter.

»Dafür brauchst du sicher viel Zeit.« Ich hörte, wie sie in Richtung Terrasse ging, gleich würde sie auf der Treppe sein. Ich hörte, wie sie sich gründlich die Schuhe abtrat. Im nächsten Augenblick sah ich sie an dem runden Tisch in der Diele sitzen. Sie trug eine alberne Sportmütze auf dem Kopf und lächelte.

»Halte ich dich auch nicht auf?«, fragte sie und zeigte mir die jungen Hühner und das Hähnchen in ihrem Korb.

Ich vermutete schon lange, dass Marta schlecht schlief, vielleicht sagte sie deshalb nichts, wenn die Rede auf Träume kam. Sie sagte, am Abend halte sie zwei Stunden lang ein Schläfchen, es war, als würde ihr Körper gar nicht müde und reagiere nur aus Gewohnheit auf die Dunkelheit. Dann wachte Marta auf, war völlig ausgeschlafen, zündete in der Küche die Lampe oder eine Kerze an und sah ins Licht. In hellen Nächten saß Marta auch manchmal im Dunkeln und folgte durch das Küchenfenster der Bahn des Mondes, die nie die gleiche war, wie sie fand. Das sagte sie mir. Er nahm immer einen anderen Verlauf, ging an einer anderen Stelle auf, machte einen anderen Bogen um die Wipfel der Fichten. In solchen hellen Nächten ging Marta gerne hinaus auf die Straße, folgte ihr bis zur Kapelle und dann auf den Bergpass hinauf zur Olbrichtsmühle, von der nur noch Steine und der Brunnen übrig waren. Man sah von dort aus die silbern umglänzten Berge und die fernen Täler und darin die Lichter der Häuser. Über Nowa Ruda und dem fernen Klodzko hing ein goldener Widerschein. Den konnte man am besten sehen, wenn Regenwolken den Himmel dicht und undurchdringlich erscheinen ließen. Die Städte leuchteten, als wollten sie um Hilfe rufen.

Aber das Verwunderlichste, was Marta sah, war der Schlaf von Tausenden von Menschen, die im probeweisen Tod befangen alle dort lagen, in Städten, Dörfern, an Landstraßen und Grenzübergängen, in Berghütten, Spitälern und Kinderheimen, in Klodzko und Nowa Ruda und noch viel weiter weg, in einem Raum, den man nicht sah und dessen Existenz man nicht einmal ahnte. In den eigenen Geruch eingehüllt, in fremde Betten geworfen, in Kojen von Arbeiterhotels, auf Klappbetten in vollgestellten Junggesellenwohnungen, hinter dünnen Zwischenwänden, die den Schlafbereich vom Wohnbereich trennen. In jedem Haus warme, bewusstlose Körper, die Arme von sich gestreckt oder an den Körper geschmiegt, kaum merklich zitternde Lider, unter denen das Auge unruhig hin und her gleitet, die Musik der Atemzüge, Schnarcher, seltsame Worte, die plötzlich ausgestoßen werden, der unbewusste Tanz der Füße, die Bewegungen des Körpers, der auf seiner schläfrigen Wanderschaft unter der Decke hervorkommen will. Ihre Haut dampft, ihre Gedanken verheddern sich, es gibt nichts, was sie bestimmen könnte, was die Gewissheit gäbe, dass sie wirklich existieren. Ihr Blick betrachtet irgendwelche Bilder, und das ist es, was den Schlaf ausmacht: Sie haben Bilder, aber sie haben nicht sich selbst. In jeder Sekunde Millionen schlafender Menschen. Eine Hälfte der Menschheit im Schlaf verstrickt, während die andere Hälfte wacht. Wenn die einen aufwachen, müssen die andern sich schlafen legen, auf diese Weise behält die Welt ihr Gleichgewicht. Eine Nacht der Schlaflosigkeit, und die Gedanken der Menschen fingen an zu schwelen, die Buchstaben in allen Nachrichten der Welt gerieten durcheinander, die ausgesprochenen Sätze würden unsinnig, und die Menschen würden versuchen, sie mit der Hand zurück in den Mund zu stopfen. Marta wusste, dass kein Augenblick auf der Welt ausschließlich hell, wach und klangvoll sein kann, auf der anderen Seite des Planeten muss ihm ein dunkler, ungeformter, dumpfer und wirrer Augenblick entsprechen.

## *Träume*

Wenn Träume Begebenheiten aus der Vergangenheit wiederholen, wenn sie sie aufbrechen, in Bilder verwandeln, sie durch das Sieb der Bedeutungen rinnen lassen, dann kommt es mir so vor, als ob die Vergangenheit ebenso wie die Zukunft unerforschlich und unbekannt bleibt. Die Tatsache, dass ich etwas erlebt habe, heißt ja noch lange nicht, dass ich die Bedeutung einer Begebenheit begriffen habe. Deshalb fürchte ich die Vergangenheit genauso wie die Zukunft. Es könnte sich herausstellen, dass etwas, was ich für beständig und sicher halte, aus ganz anderen Gründen und auf ganz andere Weise geschehen ist, als ich bisher annahm. Dass es mich zu etwas ganz anderem geführt hat, ich aber die Richtung nicht sah, dass ich blind war oder schlief. Was fange ich mit meinem Jetzt an?

Da sind diese Menschen aus dem Internet, an die ich mich mit meinen Träumen angeschlossen habe – nichts verbindet uns so sehr wie Träume. Wir alle träumen die gleichen Dinge auf sonderbar ähnliche chaotische Weise. Diese Träume sind gleichzeitig unser Besitz und der Besitz aller anderen Menschen. Deshalb gibt es keine Autoren von Träumen, deshalb schreiben wir sie so gerne in allen möglichen Sprachen im Internet auf und zeichnen nur mit einem Buchstaben, einem Vornamen, einem Symbol. Das ist das Einzige auf der Welt, an dem niemand Besitzrechte hat. Auf der ganzen Welt, überall, wo Menschen schlafen, brechen in ihren Köpfen kleine, zusammengeknüllte Welten auf, die wie Wildfleisch die Wirklichkeit überwuchern. Vielleicht gibt es irgendwo einen Spezi, der weiß, was jeder einzelne Traum bedeutet, aber niemand weiß, was sie alle zusammen bedeuten.

## *Ein Traum aus dem Internet*

Ich bin in einer düsteren, alten Stadt, voll mit alten, schmalen Häusern. Ich untersuche ein bestimmtes Phänomen: In den Mauern der Häuser befinden sich runde Löcher, und niemand weiß, wie sie dorthin gekommen sind. Damit nun bin ich beschäftigt, ich untersuche diese Öffnungen in Mauern, Gittern, Zäunen und Fensterscheiben, und ich stelle fest, dass sie in einer bestimmten Ordnung vorkommen. Sie sind wie ein Tunnel in den Gegenständen, als wäre etwas herangeflogen und hätte alles durchschlagen, was ihm in den Weg kam. Das Objekt ist nicht Gegenstand meiner Untersuchungen. Was mich beschäftigt, sind die Flugbahnen an sich. Zuerst habe ich den Eindruck, dass etwas aus dem Himmel geflogen ist, sich der Erde genähert hat und dann wieder zum Himmel zurückgeflogen ist. Aber die Fakten sprechen für etwas anderes, und das lässt sich nicht widerlegen: Etwas ist aus dem Untergrund der Erde emporgeflogen und im Himmel verschwunden. Die Dinge selbst sind durch die Löcher nicht beeinträchtigt.

## *Vergessenes*

Ich ging zu Marta und mähte ihre Brennnesseln vom Pfad bis zum Bach. Sie trippelte hinter mir her, die Arme über der Brust verschränkt, und erzählte, Gott habe viele Tiere zu erschaffen vergessen.

»Zum Beispiel den Water«, sagte ich. »Er wäre hart wie eine Schildkröte, aber hätte hohe Beine und kräftige Malmzähne. Er würde durch den Bach waten und allen Schmutz, Schlamm, abgebrochene Zweige und sogar den Abfall aus dem Dorf verschlingen.«

Und so fingen wir an, all der Tiere zu gedenken, die aus irgendwelchen Gründen, die Gott gehabt haben mochte, nicht erschaffen wurden. So viele Vögel hat er ausgelassen, so viele Tiere, die in der Erde leben. Zum Schluss sagte Marta, am meisten fehle ihr dieses große, reglose Tier, das nachts auf der Wegkreuzung sitzt. Sie sagte aber nicht, wie es hieß.

## *Die Deutschen*

Im Frühsommer tauchten die Deutschen auf den Wiesen auf. Ihre weißhaarigen Köpfe schwammen auf dem Meer aus Gras. Die Nickelbrillen glitzerten lustig in der Sonne. Soundso sagte, die Deutschen könne man an den Schuhen erkennen, die weiß und sauber seien. Wir kümmern uns nicht um unsere Schuhe, haben keine Achtung vor dem Schuhwerk. Unsere Schuhe sind derb und immer aus dunklem Leder. Oder Gummistiefel, Gummigaloschen, in die Stasek Bachleda seine Zigarettenasche abstreift. Unsere Schuhe sind aus lederähnlichen Materialien, grelle schwarzweiße Mode-Sport-Imitate von den Straßen Europas. Unsere immer mit roter feuchter Erde beschmierten Schuhe, schiefgelaufen, durchgefroren und ausgetrocknet.

Die Deutschen ergossen sich aus Autobussen, die verstohlen auf Seitenwegen stehen blieben, um nicht aufzufallen. Sie gingen in kleinen Gruppen oder Paaren, meistens in Paaren. Er und sie, als suchten sie ein Plätzchen zum Knutschen. Sie machten Fotos von Plätzen, an denen nichts war, was viele verwunderte. Warum fotografierten sie nicht die neue Haltestelle oder das neue Dach anstatt dieser leeren Stätten, an denen nur Gras wuchs. Gelegentlich bewirteten wir sie mit Tee und Keksen. Sie machten es sich nicht auf den Stühlen bequem und baten nie um eine zweite Tasse. Sie tranken ihren Tee und gingen wieder. Es war uns unangenehm, wenn sie uns ein paar Mark in die Hand drücken wollten. Wir fürchteten immer, wie Barbaren auszusehen mit unseren ewigen Reparaturen, dem Putz, der auf die Erde bröckelte, und den morschen Treppenstufen.

Wo sie auch hingingen, am Ende fanden sie sich immer vor dem Laden wieder, wo kleine Kinder sie erwarteten und die Hände um Bonbons ausstreckten. Das empörte manche, und es wurde immer ein wenig ungemütlich. Während dieser wenigen Minuten, in denen die Deutschen vor dem Laden Bonbons verteilten, vibrierte etwas ganz Patriotisches über uns in der Luft; sie verfärbte sich gleichsam rotweiß, als stiege dort, in gasförmige Konsistenz verwandelt, die Landesfahne auf, und trotz dieser Bonbons fühlten wir uns in solchen Augenblicken sogar als Polen.

Manche Deutsche kamen immer wieder. Einige luden Leute aus dem Dorf, ein oder zwei Personen, meistens die, die sich um ihre deutschen Gräber kümmerten, ins Reich ein und besorgten ihnen Arbeit.

Oder das ältere Ehepaar, das irgendwann einmal in unserer Gegend auftauchte. Beide zeigten uns mit dem Finger die Häuser, die es nicht mehr gab. Später schickten wir uns gegenseitig Weihnachtskarten. Sie sagten uns beruhigend, die Familie Frost erhebe keine Ansprüche mehr auf unser Haus.

»Warum sollte jemand auf unser Haus Ansprüche erheben?«, fragte ich Marta empört.

Und sie antwortete:

»Weil er es gebaut hat.«

Eines Abends, als wir die geleerten Teegläser und Kuchenteller von der Terrasse in die Küche brachten, sagte Marta, die wichtigste Aufgabe der Menschen sei es, Dinge zu retten, die verfallen, und nicht neue zu schaffen.

## *Peter Dieter*

Als Peter Dieter und seine Frau Erika die Grenze überquert hatten, setzte sich ein Maikäfer auf Peters Hand. Peter betrachtete ihn eingehend, der Käfer hatte sieben Punkte. Darüber freute er sich.

»Das ist zur Begrüßung«, sagte er.

Sie fuhren über eine merkwürdige Autobahn. Auf beiden Seiten standen Mädchen in engen Miniröcken und winkten den Autos zu.

Am Abend kamen sie in Wroclaw an, und Peter war überrascht, dass er die Stadt wiedererkannte. Ihm kann alles nur kleiner und dunkler vor, als steckten sie im Inneren einer Fotografie. Im Hotel musste er vor dem

Schlafengehen seine Tabletten nehmen, denn sein Herz rumpelte unregelmäßig, und die Pausen zwischen den einzelnen Schlägen dehnten sich manchmal unendlich aus.

»Wir sind zu spät gekommen«, sagte seine Frau Erika ernst und setzte sich auf das Bett. »Wir sind zu alt für solche Aufregungen. Sieh mal, wie geschwollen meine Beine sind.«

Am nächsten Tag sahen sie sich Wroclaw an; die Stadt unterschied sich nicht von all den anderen Städten, die sie im Leben gesehen hatten. Verfallende Städte und blühende Städte, Städte, die zu einem Fluss hin abfielen, solche, die tief in der Erde verwachsen waren, und solche, die auf Sand gebaut waren, zart wie Gebilde aus Schimmelpilz. Verlassene, zerstörte Städte, Städte, die auf Friedhöfen erbaut worden waren und in denen die Menschen dann lebten, als wären sie tot. Städte, die in der Mitte geteilt waren und die auf der einzigen Brücke balancierten, dem steinernen Zünglein an der Waage.

Dann kamen die Berge. Der Karpacz voller Buden mit Andenken, die Szklarska Poreba, die Peter hartnäckig »Schreiberhau« nannte, als wolle er mit dem neuen polnischen Namen wetteifern. Aber eigentlich achteten sie nicht besonders auf die Gegend und dachten nur daran, wann sie endlich weiterfahren konnten, in Richtung Neurode und Glatz, und ob sie auch alles sehen würden, was sie sich vorgenommen hatten. Ob die Zeit überhaupt reichen konnte, all das zu sehen, was da gewesen war, und ob ihre Augen zu Fotoapparaten würden, die einfach alles aufnehmen, was sie sehen.

Peter wollte sein Dorf wiedersehen, und Erika wollte Peter sehen, wie er sein altes Dorf betrachtete. Sie dachte, dann verstünde sie endlich den ganzen Peter, vom Anfang bis zum Ende, all seine Traurigkeit, seine lakonischen Antworten, die Neigung dazu, Entscheidungen plötzlich umzustoßen, was sie immer wütend machte, oder sogar diese hartnäckige Angewohnheit, Patiencen zu legen und Zeit auf solche Dummheiten zu verschwenden, die riskanten Überholmanöver auf der Autobahn und all dieses Fremde, das immer in ihm gewesen war und sich auch nach den vierzig Jahren ihres Zusammenlebens nicht geändert hatte.

Sie stiegen in einer Pension auf dem Land ab, in der die Aufschriften auf Deutsch einluden, ersuchten, warnten und informierten. Schon vor dem Frühstück zog sich Peter die Jacke an und ging hinaus. Es war Mai, die Disteln blühten viel später als unten im Flachland. Er sah seine Berge als einen von Dunst umwobenen verschwimmenden Umriss am Horizont. Er sog die Luft durch die Nase ein. Erst der Geruch, und nicht der Anblick, löste eine Lawine von Bildern aus, überbelichtete, unscharfe Bilder, abgerissene Filme ohne Ton, ohne Pointe, ohne Fabel.

Zum Frühstück gab es ein weichgekochtes Ei, danach brachen sie auf. Die Straße führte sie erst hinab, dann sanft wieder bergauf. Sie wand sich in Serpentinen, und bald verloren sie das Gefühl für die Himmelsrichtung, in die sie fuhren. Sie kamen an Dörfern vorbei, die verstreut auf den Hängen lagen, an großen und kleinen Häusern und rätselhaften Bächen, die allem Anschein zum Trotz immer derselbe kleine Fluss waren. Jedes Dorf hatte seinen Talgrund, der wie ein Stück Schokolade in den samtenen Senken lag.

Das Traurigste an diesem Tag war, dass Peter sein Dorf nicht wiedererkannte. Es war zu einem Weiler geschrumpft, es fehlten Häuser, Höfe, Wege und Stege. Nur ein Skelett war übrig.

Sie stellten das Auto vor der verschlossenen Kirche ab, hinter der einst, von Linden umgeben, Peters Elternhaus gestanden hatte.

Er atmete auch hier tief die Gerüche des Ortes ein, und wieder setzte das diesen seltsamen Film der Vergangenheit in Gang. Und dann wurde ihm klar, dass er diesen Film von nun an überall würde abspulen können, in der Kneipe, an der Tankstelle, in der Untergrundbahn, im Urlaub in Spanien oder beim Einkauf im Warenhaus, und vielleicht würde dieser wunderbare Film dann noch deutlicher und klarer, denn das, was die Augen jetzt sahen, käme ihm dabei nicht mehr in die Quere.

Sie wanderten einen schmalen, festgetretenen Weg entlang und sahen von oben auf das Dorf, das Skelett des Dorfes, die verbliebenen Häuser, die kleinen Gärtchen, die großen Lindenbäume. Und das alles lebte, dort unten gingen Menschen umher, trieben Kühe, Hunde liefen, ein Mann lachte laut auf, ein Auto hupte, ein Mensch winkte ihnen von weiter oben zu, Rauch stieg aus den Kaminen in die Luft, Vögel flogen in westliche Richtung.

Sie setzten sich ins Gras am Wegrand und aßen Chips. Erika warf einen verstohlenen Blick auf Peters Gesicht und fürchtete schon zu sehen, dass seine Augen feucht waren oder sein Kinn zitterte. Aber er machte ein Gesicht wie vor dem Fernseher.

»Geh alleine weiter«, sagte sie. »Sieh mal, wie geschwollen meine Beine sind«, setzte sie hinzu, und es hörte sich an wie ein Refrain.

Er gab keine Antwort.

»Wir sind zu spät gekommen. Ich bin alt, ich bin zu schwach, um bis auf den Gipfel zu steigen. Ich gehe zum Auto zurück und warte auf dich.«

Sie strich ihm leicht über die Hand und drehte sich um.

Sie hörte noch seinen letzten Satz: »Gib mir zwei Stunden, vielleicht auch drei.«

Ihr wurde plötzlich traurig zumute.

Peter Dieter ging langsam, Schritt für Schritt, er betrachtete die Steine und die Heckenrosen, die schon Knospen trugen. Alle paar Meter blieb er stehen und holte tief Luft. Dann sah er sich die Blätter an, die Grashalme und die kleinen Pilze auf ihren dünnen Stielen, die langsam die umgestürzten Bäume auffraßen.

Zuerst führte der Weg zwischen Brachland entlang, dann in einen Fichtenwald. Schließlich hörte auch der Wald auf, und Peter hatte das Bergpanorama vor sich, das er in seinem Kopf mit sich herumgetragen hatte. Er schaute nur einmal rundum, denn er hatte Angst, den Anblick allein durch sein Schauen zu zerstören, ähnlich wie bei kostbaren Briefmarken, die Farbe und Klarheit verlieren, wenn man sie zu oft betrachtet. Erst oben auf der Höhe blieb er stehen und drehte sich langsam im Kreis, er sog diesen Anblick ein, er trank ihn. Alle Berge der Welt hatte er immer mit diesen Bergen verglichen, und keine hatte er so schön gefunden. Sie waren entweder zu groß und gewaltig oder zu unscheinbar. Oder zu wild, zu dunkel, zu bewaldet wie der Schwarzwald oder zu besiedelt, zu gezähmt und hell wie die Pyrenäen. Er zog seinen Fotoapparat hervor und nahm auf, was er sah. Klick – die verstreuten Dörfer und Gehöfte. Klick – die dunklen Fichtenwälder voll schwarzer Schatten. Klick – das schmale Band des Bachs. Klick – die gelben Rapsfelder auf der tschechischen Seite. Klick – den Himmel. Klick – die Wolken. Dann hatte er das Gefühl, dass er keine Luft mehr bekam und jeden Moment ersticken würde.

Er machte sich erneut auf, stieg noch höher und stieß

auf den Wanderweg für Touristen; ein paar junge Leute mit Rucksäcken grüßten ihn, als er sich den Schweiß abwischte, der ihm in die Augen tropfte, und gingen weiter. Eigentlich tat es ihm leid, dass sie einfach weitergegangen waren. Er hätte ihnen davon erzählen können, wie er oft hierhergekommen war, als er in ihrem Alter war, wie er ein kleines Stück weiter unten auf dem feuchten Moos zum ersten Mal mit einer Frau geschlafen hatte, oder er hätte ihnen die Berge zeigen können und die Stelle, wo früher die Windmühle der Olbrichts stand, die mit ihren Flügeln den Dörfern Zeichen gab. Er wollte ihnen sogar hinterherrufen, aber er hatte nicht genug Luft in der Lunge. Sein Herz hämmerte irgendwo in seiner Kehle und drückte ihm den Atem ab. Jetzt zurückzukehren, da er schon einmal hier war, wäre dumm gewesen, deshalb schleppte er sich noch ein paar hundert Meter weiter, bis er genau auf dem Grat stand, über den die Grenze verlief. Nicht weit entfernt sah er die geweißten Pfosten, welche die Grenze markierten. Jetzt ging ihm der Atem ganz aus, offensichtlich bekam ihm diese längst vergessene dünne Luft nicht. Er hatte nicht daran gedacht, dass die dünne Luft für Lungen gefährlich ist, die an eine feuchte Meeresbrise gewöhnt sind.

Wenn er an den Rückweg dachte, wurde ihm schlecht. Und wenn er jetzt hier stürbe?, dachte er und schleppte sich zu den Grenzpfosten. Der Gedanke kam ihm aus irgendwelchen Gründen komisch vor. Nachdem er ein solches Stück bergauf gestiegen und durch halb Europa gereist war, jahrelang in einer Hafenstadt gelebt, zwei Kinder gezeugt, ein Haus gebaut, geliebt, den Krieg mitgemacht hatte. Er lachte in sich hinein und zog ein Stück Schokolade aus der Tasche. Er blieb stehen und wickelte es sorgfältig aus dem Goldpapier, aber als er es in den

Mund steckte, wusste er, dass er es nicht mehr hinunterschlucken würde. Etwas anderes nahm seinen Körper in Anspruch. Sein Herz zählte die Schläge ab, die Arterien erschlafften, das Hirn schüttete ein Betäubungsmittel aus, das einen sanften Tod bescherte. Mit der Schokolade im Mund setzte sich Peter an einen Grenzpfosten, und der ferne Abgrund des Horizonts zog langsam seinen Blick in sich hinein. Ein Bein hatte er in Tschechien, das andere in Polen. So saß er vielleicht eine Stunde lang und starb, Sekunde um Sekunde. Am Schluss dachte er noch an Erika, die unten im Auto auf ihn wartete und sich bestimmt Sorgen machte. Vielleicht hatte sie schon die Polizei benachrichtigt. Jetzt kam auch sie ihm unwirklich vor, ein Küsten- und Tieflandwesen. Als hätte er sein ganzes Leben geträumt. Er wusste nicht, wann er starb, denn es geschah nicht auf einmal, sondern nach und nach brach alles in ihm auseinander.

Als die Dämmerung fiel, fanden ihn die tschechischen Grenzwächter. Der eine tastete noch seine Hand nach dem Puls ab, der andere, jüngere, blickte erschreckt auf das braune Schokoladenrinnsal, das von seinem Mund bis zum Hals getropft war. Der erste zog sein Funkgerät heraus, sah den anderen fragend an, und beide schauten auf die Uhr. Sie zögerten. Beide dachten daran, dass sie zu spät zum Abendessen kommen würden. An den Bericht, den sie würden schreiben müssen. Und dann nahmen sie in stummem Einvernehmen Peters Bein und schoben es von der tschechischen Seite auf die polnische. Aber auch das reichte ihnen noch nicht, vorsichtig zogen sie den Leichnam ein kleines Stück in nördliche Richtung, nach Polen. Und mit schlechtem Gewissen gingen sie schweigend davon.

Eine Stunde später fiel der Strahl aus den Taschenlampen zweier polnischer Grenzschützer auf Peter. Der eine schrie »Jesus!« und fuhr zurück, der andere griff instinktiv nach seiner Waffe und sah sich um. Es war völlig still, und die Ortschaften unten im Tal sahen aus wie fortgeworfene Schokoladenpapierchen, in denen sich die Sterne spiegelten. Die Polen leuchteten Peter ins Gesicht und flüsterten miteinander. Dann fassten sie ihn andächtig schweigend an Händen und Füßen und trugen ihn auf die tschechische Seite.

Und so blieb Peter Dieter sein Tod in Erinnerung, bevor seine Seele ganz verschwand – als mechanische Bewegung zur einen und zur anderen Seite, als ein Balanceakt auf einer Kante, das Verharren auf einer Brücke. Und das letzte Bild, das in seinem entschlafenden Hirn auftauchte, war die Erinnerung an die Krippe in Albendorf: kleine Menschlein aus Holz, die sich in einer aufgemalten Landschaft bewegen und die ihnen vorgeschriebenen mechanischen Bewegungen ausführen. Die hölzernen Menschlein gehen umher, sie treiben hölzerne Kühe auf die Weide, hölzerne Hunde laufen, ein Mensch lacht hölzern auf, eine andere Gestalt mit Eimern in der Hand winkt, über dem aufgemalten Himmel zieht aufgemalter Rauch, aufgemalte Vögel fliegen gen Westen. Zwei Paar hölzerne Soldaten tragen Peter Dieters hölzernen Körper bis in die Unendlichkeit von einer Seite auf die andere.

## *Rhabarber*

Hinter dem Haus züchtete Marta Rhabarber. Das kleine Stück Land war abschüssig und die Pflanzen wuchsen in ungleichen Reihen. Sie mieden die größeren Steine und passten sich dem unregelmäßigen Rand des Feldes an. Im Winter verschwand der Rhabarber unter Erde und Schnee, drehte seine fleischigen Stängel und wuchs in die andere Richtung, wuchs umgekehrt, auf seinen Ursprung, seine schlafenden Wurzeln zu. Ende März bildete die Erde Aufwerfungen, und der Rhabarber entstand neu. Wieder war er klein, weißgrün, zart wie ein Körper ohne Haut, wie ein Säugling. Er wuchs nachts, wir hörten das Knistern seines Wachstums im Gras, winzige, splitterfeine Wellen dieses Geräusches weckten die anderen Pflanzen auf. Über Tag nahmen die Beete Gestalt an. Marta betrachtete sie mit vor Aufregung gerötetem Gesicht, es war, als erstehe dort eine schlafende Armee, als wüchsen Soldaten in Reih und Glied aus der Erde. Zuerst die Köpfe, dann die kräftigen Arme, die angespannten Körper, immer in Habtachtstellung, aus denen sich das gewellte grüne Zelt entwickelte.

Im Mai schnitt Marta mit einem scharfen Messer ihre Soldaten ab, als wollte sie zu ihnen sagen »Rührt euch!«. Von unten sahen die Pflanzen sie sicher als ein großes, mächtiges Weib mit einem Messer in der Hand. Das Knirschen des Messers quer durch die kernigen Stängel, der saure Saft auf der stählernen Schneide.

Marta brachte die gleichmäßigen Bündel auf den Gemüsemarkt in Nowa Ruda und verkaufte sie dort für das erste Eingemachte des Jahres oder Rhabarberstreuselkuchen, von dem man den ganzen Winter geträumt hatte. Beim Binden der Bündel half ich ihr. Die Strünke mit Mängeln, die beschädigt oder zu kurz waren, legten wir zur Seite, um später in meinem russischen Ofen Kuchen daraus zu backen.

## *Kosmogonien*

Mein Lieblingsphilosoph ist Archemanes, einer der Lehrer des Pythagoras.

Nach Archemanes ist die Welt durch das Zusammenwirken zweier Urgründe entstanden. Archemanes versteht diese als mächtige Urwesen, die ewig und allgegenwärtig sind. Dieses Zusammenwirken ließe sich am besten als ewiges Verschlingen bezeichnen. Das eine frisst das andere, ohne Ende. Darauf beruht die Existenz der Welt. Das erste der beiden Wesen ist Chthonos, das beständig Gebärende, Knospende, Sprießende. Ziel und Zweck seiner Existenz ist das Erschaffen aus sich heraus. Dieses Erschaffen beruht nicht nur auf der Vervielfältigung seiner selbst, sondern auf der Emanation von Wesen, die ihm ungleich oder sogar entgegengesetzt sind. Deshalb herrscht in Chthonos ein stetes Wachsen, blind und reflexionslos, dunkel – das Kanonenfutter der Existenz. Das zweite Wesen, Chaos, verschlingt Chthonos, konsumiert ihn sozusagen, frisst ihn auf. Ununterbrochen, vollkommen. Chaos ist immateriell, es ist ein Prinzip, es löst den Raum des Chthonos auf, als verzehre es ihn. Es könnte ohne Chthonos nicht leben und umgekehrt. Es verwandelt Chthonos in nichts, es annulliert ihn.

Die Verbindung zwischen den beiden Wesen ist außerordentlich intensiv, und aus ihr entsteht Chronos, das Prinzip, das man am besten mit dem Auge des Sturms vergleichen kann. Genau im Mittelpunkt dieses Verschlingens, Annullierens und Zunichtemachens entsteht ein Wesen scheinbarer Ruhe, ein oasenartiges, gleichsam fatamorganisches Wesen, dessen Eigenschaften Stetigkeit, Regelmäßigkeit, Ruhe, ja sogar eine gewisse Harmonie sind, die den Anfang des Bestehens der Welt ausmacht. Chronos bremst das Verschlingen, er gibt ihm eine bestimmte Form. Einerseits filtert er das Entstehen, gruppiert es zu kleinen Inseln, die durch die Zeit, die sein Wesen, sein grundlegendes Prinzip bildet, geordnet werden, andererseits schwächt er die Wucht der Vernichtung. An deren Stelle schafft er die Welt und ihre grundlegenden Ideen.

Aus Chronos gehen alle Götter hervor. Ihre grundlegende Eigenschaft ist Liebe (philia). Sie sind leuchtend von Liebe erfüllt und bestrebt, mit ihr den Streit (neikos) der Elemente zu überwinden, um schließlich eine unzerstörbare, ätherische Geistesnatur der Welt zu erlangen. Und zu diesem Ziel erschaffen sie eben die Menschen, Tiere und Pflanzen und schenken ihnen den Keim der Liebe.

Davon erzählte ich Marta, während ich ihr beim Bündeln des Rhabarbers half. Als wir fertig waren, sagte Marta ungefähr folgendes: Wenn die Menschen »alles«, »immer«, »niemals«, »jeder« sagen, kann das nur sie selbst betreffen, denn in der Außenwelt gibt es solche allgemeinen Dinge ja gar nicht.

Sie riet mir, vorsichtig zu sein, denn wenn jemand einen Satz mit dem Wort »immer« anfange, bedeute das, dass er den Kontakt mit der Welt verloren habe und nur von sich spreche.

Ich zuckte mit den Schultern.

## *Wer das Leben der Heiligen schrieb, und woher er das alles wusste*

Paschalis blieb nun im Kloster der Nonnen, um die Geschichte ihrer heimlichen viernamigen Patronin aufzuschreiben. Er bekam eine eigene Zelle im Wirtschaftsgebäude, damit er vom Rest des Klosters getrennt war. Es war eine große Zelle, warm und bequem, mit hohen Fenstern, vor die zur Nacht hölzerne Fensterläden geklappt wurden, und einem soliden Schreibpult, das eine Vertiefung für das Tintenfass hatte. Paschalis' Fenster ging nach Süden hinaus, und sobald die Winterwolken verschwanden, wurde die Kammer von einem breiten Lichtstrahl erhellt, in dem die Staubkörnchen wirbelten und die Fliegen aufgeregt umherflogen. Wenn ihm an seinem Schreibpult kalt wurde, stellte er sich in den Lichtstrahl und wärmte den durchfrorenen Körper auf. Dann sah er die Kette der sanft gewellten Berge, und es kam ihm vor, als stiegen sie auf und ab in einem für die Menschen unsichtbaren Tanz. Bald kannte er jede Krümmung dieses Horizonts, jedes Tal und jede Erhebung. Zweimal täglich stellten die Ordensschwestern ihm eine Mahlzeit vor die Tür – Brot und gekochtes Gemüse, an Sonn- und Feiertagen auch Wein. Alle zwei, drei Tage stattete die Mutter Oberin ihm einen Besuch ab. »Sie haben sich nach dir erkundigt«, sagte sie einmal, das war am Anfang, als er noch nicht wusste, wie er seine Aufgabe angehen sollte. »Sie haben nach dir gefragt, und ich habe gesagt, du hättest dich allein auf den Weg gemacht. Vielleicht sei dir unterwegs ein Unglück zugestoßen, meinten sie. Vielleicht hätten Wölfe dich zerrissen, aber ich habe ihnen gesagt, seit Jahren habe hier niemand mehr Wölfe gesehen, bestimmt seiest du davongelaufen und in die Berge gegangen.«

»Warum habt ihr das denn gesagt, Mutter Oberin?«, fragte Paschalis verwundert.

»Die Vorstellung, dass du davonläufst und deine Gelübde brichst, konnte ich besser ertragen als die Vorstellung, dass du tot in deinem Blut am Boden liegst.«

»Ich weiß nicht, wie ich anfangen soll«, klagte er.

Die Oberin zeigte ihm ein kleines Buch, das auf dem Pult lag. »Zuerst musst du das aufmerksam durchlesen, dadurch wirst du sie kennenlernen, die das geschrieben hat. Du musst es so lange lesen, bis du sie in allen Einzelheiten vor dir siehst: ihre Erscheinung, ihre Art sich zu bewegen, den Klang ihrer Stimme. Dann wirst du verstehen, was ein Mensch empfindet, der so etwas schreibt, und was der Mensch empfindet, der es liest, nämlich du.«

Also begann Paschalis zu lesen. Zuerst fand er es langweilig und verstand nicht viel von dem, was er las, denn sein Latein war nicht besonders gut. Aber mit der Zeit stellte er vergnügt fest, dass auch das Latein der Heiligen einiges zu wünschen übrigließ – tschechische, polnische und deutsche Worte steckten in ihrem lateinischen Text wie Rosinen in den süßen Kuchen der Nonnen. Aber nach und nach erkannte er in den Schriften der Kümmernis dieselbe Sehnsucht, die er auch in sich trug: die Sehnsucht, jemand anders zu sein, als man ist. Und das gab ihm Trost.

Es war ein merkwürdiges Buch, denn es ließ sich von zwei Seiten gleichzeitig lesen. Auf der einen Seite hieß der Titel *Hilaria*, und wenn man es auf den Kopf stellte *Tristia*. Also Trauriges und Fröhliches. In der Mitte des Buches, zwischen den beiden Teilen, befanden sich mehrere Seiten, die in andersfarbiger Tinte geschrieben waren. Dieser Abschnitt trug den Titel ›Unterweisung im Gebet‹.

Es gab auch noch einen anderen Grund für Paschalis' Schwierigkeiten, sich zu konzentrieren, nämlich das Leben der Frauen draußen, das ihn in seinen Bann schlug. Manchmal hörte er ihre Stimmen und das Geklapper ihrer Pantinen. Wenn die Essenszeit herankam, stellte er sich hinter die Tür und lauerte auf den Moment, in dem das leise Klirren des Geschirrs auf dem Steinboden verriet, dass sich hinter der Tür eine Frau befand. Aber er wagte nie, die Tür zu öffnen. Seine Zelle verließ er nur nachts, wenn es im Kloster still wurde. Dann durfte er hinausgehen. Eine bestimmte Strecke war ihm erlaubt: von der Zelle bis zur Kapelle mit dem Bildnis der gekreuzigten Kümmernis. Und nach einiger Zeit spürte er, dass die nackten weißen Brüste der Heiligen in ihm Begehren erregten. Er sehnte sich danach, sein Gesicht an sie schmiegen zu können. Manchmal sehnte er sich auch nach etwas Größerem, etwas, das mit Celestyn zusammenhing und von dem er wusste, dass es sündig und verboten war. Er erprobte seine Sehnsüchte an sich selbst, schmiegte sich nachts in seine raue Decke und erforschte den eigenen Körper.

Der erste Abschnitt der *Hilaria* begann mit den folgenden Worten:

»Ich könnte mich auf den Boden legen, meine Arme und Beine spreizen und warten, bis sich Dein Körper prall mit Sonne füllt und dann auf mich hinabsinkt, sich an meinen Bauch und meine Brüste schmiegt.«

So sah er sie zum ersten Mal vor sich. Sie lag im Gras, auf dem sanft ansteigenden Hang hinter dem Kloster, umgeben von blühenden Gänsedisteln, die so grell leuchteten, dass es Paschalis in den Augen wehtat. Deshalb löschte er die Blumen aus dem Bild. Jetzt war die Gestalt der Heiligen nur von grünem Gras und blauem Himmel umgeben. Ihr Körper war wie ein Kreuz auf einer Hügelkuppe, wie ein Zeichen, das ruft: »Schau, hier, hier!« Unten gehen Leute über den Weg, treiben Ochsen, Hunde laufen, ein Mann lacht plötzlich laut auf, am Hals der Schafe bimmeln Glocken, die Haut juckt, weiter oben geht ein Mann mit einem erjagten Hasen, er winkt mit der Hand, der Rauch aus den Kaminen steigt in den Himmel, Vögel fliegen gleichgültig nach Westen. Das alles sieht Paschalis.

Sich auf einen Menschen zu legen, der wehrlos mit ausgebreiteten Armen und Beinen auf der Erde liegt, sich mit dem ganzen Gewicht an diesen Körper schmiegen, auf ihn herabsinken, sich ganz in diesen Körper hineindrängen ... Und dann? Das wusste Paschalis nicht. Nachts drehte er sich die Decke zu einer langen Rolle, legte sie auf die Erde und stellte sich vor, dass unter ihm eine Frau lag, mit einem Körper voller Wärme, weich und hart zugleich, pulsierend und lebendig. Er legte sich vorsichtig auf sie, sein Atem ging flach und abgehackt, als fehlte ihm plötzlich Luft, er lag da und fühlte keine Erleichterung. Ihm fiel nichts Besseres ein, als den Körper an den Boden zu zwingen und zu drücken. Danach lag er im Bett, wartete darauf, dass sich sein Atem beruhigte, und dachte an den Vater der Kümmernis und dass dieser sicher dasselbe empfunden hatte.

»Was für ein Unfug«, fuhr ihn die Oberin am nächsten Tag an, und Paschalis schämte sich, dass er es gewagt hatte, sich ihr anzuvertrauen.

»Ich gewähre dir nicht Unterkunft und Verpflegung, damit du auf solche Gedanken kommst. Wenn du Hunger hast, iss. Wenn du dich einsam fühlst, bete. Hast du schon die Unterweisung zum Gebet gelesen?«

Ja, die hatte er gelesen, aber er hatte sie nicht verstanden. Was sollte das heißen: an nichts denken? Wie war es möglich, an nichts zu denken? Er stand in dem Lichtstreifen am Fenster und erforschte seine Gedanken. Sie waren allgegenwärtig, wie es ihm schien, sie kommentierten die Landschaft, die seine Augen draußen sahen, wiederholten: Da sind Wolken, Bäume, Berge, was für Schatten sie auf die Almen werfen! Und wenn er die Augen schloss, um nichts mehr zu sehen, änderten sich seine Gedanken, aber blieben genauso gegenwärtig: ich habe Hunger, ist schon Essenszeit, was ist das für ein Geräusch dort oben, läuft da jemand, wer ist diese große Nonne, die abends immer die Kühe melkt. Oder er sah Bilder: das aufmerksame Gesicht der Oberin, die Haare auf ihrer Oberlippe, ihre großen Zehen, die aus den Sandalen ragten, den Vorhang vor dem Bild der Kümmernis, den Körper am Kreuz, eine tote Fliege im Weihwasser. Wie konnte man an nichts denken?

Manchmal fühlte sich Paschalis wie ein Gefangener in seiner Zelle. Seine Beine verlangten nach Bewegung. Sehnsüchtig blickte er durchs Fenster zu den Bergen hin. Er verzehrte sich nach der Welt. Er bedauerte, dass er keine Städte sah, keine malerischen Paläste und Kirchen, die in den Himmel ragten. Weit unten im Süden war der Papst, der jetzt mit der Synode beriet, wie man die Welt vor den Lutheranern bewahren konnte. Er stellte sich diese Welt vor. Sie ist schön wie auf dem Bild, das er in dem anderen Kloster stundenlang betrachtet hatte. Eine sanfte Hügellandschaft mit sandfarbenen Schlössern in den Tälern, Flüsse, auf denen kleine Boote treiben, Streifen gepflügter Felder, daneben ordentlich gekleidete Bauern, eine Mühle, ein Bettler, Hunde. Und im Vordergrund sieht man nicht die Muttergottes mit dem Kind, sondern den Papst, ein großer, ernster Mann, der ein wenig an Celestyn oder den Bischof von Glatz erinnert. Im Kopf des Papstes entstehen Gedanken und Worte. Engel haben sie auf ein Band geschrieben, das sie jetzt über seinem Kopf aufgespannt halten.

Jeden Nachmittag erlahmte die Hand des Mönches, die

Gedanken erstarrten in der Luft und hingen wie Spruchbänder in Paschalis' Zelle. Sie waren ungereimt und ungeordnet, die Worte zerfielen und schwebten wie Staub zu Boden. Unter dem Einfluss des Nachmittagsdämons hatte der Mönch das Gefühl, dass sich der Lauf der Dinge verlangsamte und die Sonne stillstand. Paschalis starrte gedankenverloren auf irgendeinen Punkt. Die Arbeit, die er sich vorgenommen hatte, wurde zu einem Stein, der über seinem Kopf hing und wie eine Last auf der ganzen Welt lag. Die Versuchung, alles aufzugeben, eine plötzliche durchdringende Leere, eine Langeweile, die wie das Zirpen einer Grille klang. »Anxietas cordis quae infestat anachoretas et vagos in solitudine monachos«, las Paschalis und wusste, dass er eine Sünde beging, dass er nicht durch eine Tat, sondern durch die Unterlassung jeglicher Tat sündigte. Flucht erschien ihm die einzige Rettung zu sein.

Paschalis hatte erwartet, die Nonnen würden ihn wie ihresgleichen behandeln, wenn er im Kloster bliebe. Sie würden ihn ihren Habit tragen, an ihrem Tisch essen und an ihrem Leben teilnehmen lassen. Aber sie sperrten ihn in eine Zelle und behandelten ihn, als wäre er gar nicht da. Sie gaben ihm die Aufgabe, das Leben einer Frau zu beschreiben, die er nicht kannte, und ihre Schriften zu bearbeiten, die er nicht verstand. Ich soll die Geschichte der Kümmernis aufschreiben, und wer wird meine Geschichte schreiben?, dachte er. Beim nächsten Besuch der Oberin sagte er ihr, er wolle das Vorhaben aufgeben. Er müsse nach Rom gehen und den Papst bitten, ihn als Frau anzuerkennen. Und dann würde er zurückkehren, als richtige Nonne. Die Oberin blinzelte mit den Augen und sagte nichts. Er drückte die Lippen auf ihre Hand. »Nun gut«, sagte sie schließlich. »Ich will dir sagen, warum ich dir erlaubt habe zu bleiben. Als ich dich zum ersten Mal sah, erinnertest du mich an einen jungen Hirsch, einen jungen verwundeten Hirsch. Aber aus jungen Hirschen werden manchmal mächtige Hirsche. An dem Tag, als du mich batest, hierbleiben zu können, habe ich zu Kümmernis gebetet, denn ich wusste nicht, was ich tun sollte. Und dann hatte ich einen Traum, etwas, was nur selten geschieht. In meinem Traum sah ich ein schönes Relief aus Elfenbein, das zwei Tiere darstellte, einen Löwen und einen Hirsch. Der Hirsch fraß den Löwen. Seinen Kopf hatte er schon verschlungen.« Die Oberin schwieg und sah Paschalis erwartungsvoll an.

»Und was kam dann?«, fragte er.

»Nichts. Das ist alles.«

»Und was soll es bedeuten?«

Sie zuckte mit den Schultern. »Ich weiß nicht, was es bedeutet, aber ich weiß, dass man solche Träume nicht jeden Tag hat. Du musst bleiben, die Geschichte der Heiligen schreiben und damit zum Bischof von Glatz gehen. Und dann zum Papst nach Rom, damit er sie heiligspricht.«

An diesem Abend malte Paschalis sich die Szene in Rom in allen Einzelheiten aus. Der Papst ist von seiner Arbeit und der langen Reise tief beeindruckt. Der Papst erinnert ihn an Celestyn. Er legt Paschalis die Hand auf den Kopf, und die Bischöfe und Könige beneiden ihn darum. Und dann wendet er sich an die Mächtigen, Reichen und alle anderen, die auf dem Hof versammelt sind: »Von nun an ist Paschalis eine Frau«, sagt er. Auf dem Heimweg von Rom verändert sich Paschalis' Körper mit jeder Meile, seine Brüste wachsen, seine Haut wird glatt und weich, und schließlich verschwindet eines Nachts sein männliches Geschlechtsteil, als wäre es nie dagewesen. Statt dessen hat er eine Öffnung, die geheimnisvoll in die Tiefe des Körpers führt.

## *Der Graskuchen*

Derselbe Grenzschützer, der die Leiche des Deutschen auf die andere Seite gezogen hatte, patrouillierte im Winter im Schwarzen Wald. Er hatte die Aufgabe zu prüfen, ob der alte Waldweg nach Tschechien für eventuelle Alkohol- und Autoschmuggler unpassierbar war. Zu Beginn des Frühlings musste man mit einer elektrischen Säge dorthin fahren und mehrere Bäume so fällen, dass sie auf den Weg fielen. Das sind natürliche Formen des staatlichen Grenzschutzes. Zum Fällen der Fichten braucht man selbstverständlich die Genehmigung der Forstbehörde.

Der Grenzschützer kannte alle Leute der Gegend. Fremde machte er auf den ersten Blick aus, prüfte ihre Dokumente und rief bei seinem Stützpunkt an. Egal, um was für Fremde es sich handelte, ob es ein Pilzsammler war oder ein Tourist, der sich verirrt hatte, der Grenzschützer beobachtete ihn durch sein Fernglas von oben, bis sich der Betreffende von der Grenze entfernt hatte und auf die andere Seite gegangen war.

Auf diese Weise bekam er viele Menschen zu sehen: einzelne Wanderer auf wackligen Beinen oder mit entschlossenem Schritt, Paare, die sich schnell irgendwo in die Büsche schlugen, Grüppchen, die im Gänsemarsch, unter der Last ihrer Rucksäcke gebeugt, voranzockelten, Leute mit Tieren, mit Hunden, Pferden, Kühen, einem Korb blinder Kätzchen, die ertränkt werden sollten,

Leute mit Gegenständen und mit Maschinen, mit Fahrrädern, in Autos und auf Traktoren (eigentlich hatte nur einer in der Gegend einen Traktor), mit Netzen, mit einer Kreissäge, mit Pilzen in Plastiktüten, mit Wodkaflaschen. Der Grenzschützer hatte allenthalben ein Theater vor sich, doch leider war die Vorstellung ziemlich langweilig. Er musste sich viel zusammenreimen und viel im Voraus wissen: wohin Soundso ging, wenn er sein Fahrrad über die Kehren schob, was der weiße Opel vor dem Haus dort unten zu bedeuten hatte und was der dunkelblaue Bus, warum die roten Fensterläden eines anderen Hauses auf- oder zugeklappt waren, die Schafe auf der Passhöhe und nicht am Waldrand weideten und das Eisenbett im Garten stand. Diese Dinge musste er wissen. Sonst hätte er von dem, was er sah, nichts verstanden. Dann hätte er nur geschaut und nichts gesehen.

Natürlich kam es oft vor, dass er einfach gedankenverloren starrte und die Welt wie ein Bild vor sich sah. Unten, auf der asphaltierten Straße gehen Menschen, treiben Kühe, Hunde laufen, ein Mann bricht plötzlich in Lachen aus, die Glöckchen am Hals der Schafe bimmeln, die Haut juckt, weiter oben geht ein Mensch mit einem erwilderten Hasen und winkt jemandem zu, aus den Kaminen steigt Rauch zum Himmel auf, Vögel fliegen nach Westen. Dieses Bild währt und währt, es erscheint geradezu ewig. Eine Szene, der die Menschen widerfahren und nicht umgekehrt.

Am Silvesternachmittag fuhr dieser Grenzschützer, ein junger Bursche mit roten Wangen und einem frischen Gesicht, auf seinem schweren Motorrad langsam durch den Schnee. Die Räder sanken tief ein, und er musste aufpassen, dass er nicht in die Schlucht neben der Straße abrutschte. Im Schnee entdeckte er ein Gewirr von Fußabdrücken, die im Kreis und in Zickzacklinien verliefen, dann weiter der Straße folgten. In den größeren Schneewehen zeichneten sich menschliche Umrisse ab – jemand musste sich in den Schnee gelegt, sich darin gewälzt und die Arme und Beine hin- und herbewegt haben, sodass ein Abdruck in Gestalt eines großen Vogels zurückblieb.

Auf der Passstraße traf er die Leute dann. Sie trugen komische bunte Mützen. Und überhaupt sahen sie verdächtig aus. Außerdem kicherten sie, als er ihre Papiere überprüfen wollte. Sie warfen einander vielsagende Blicke zu und prusteten vor Lachen. Sicher waren sie betrunken, dachte er und kam sich wie ein Idiot vor. Schließlich war ja Silvester. Doch je lustiger sie wurden, desto ernster wurde er. Je mehr Heiterkeit sie verströmten, je mehr sie vor Vergnügen fast über dem Schnee zu schweben schienen, desto schwerer fühlte er sich, desto tiefer sanken seine Beine wie Blei in den Schnee. Ihre gute Laune machte ihn gereizt.

Sie waren jung. Das Mädchen, das bei ihnen war, fand er schön und unnahbar. Sie kaute an einer blonden Haarsträhne und blickte geheimnisvoll, als sei sie gerade aus einem angenehmen Traum erwacht, vielleicht sogar einem erotischen Traum.

Gedankenlos trieben sie sich ohne Papiere im Grenzgebiet herum, sodass er nicht mal ihre Namen aufschreiben konnte.

»Die Rucksäcke sind in der Hütte«, sagten sie.

Ihm blieb nichts anderes übrig, als mit ihnen zurückzugehen. Sie schoben abwechselnd das Motorrad durch den Schnee. Die Jungen verstanden etwas von Motorrädern, aber das imponierte ihm nicht besonders. Er hatte in ihrer Gegenwart die ganze Zeit das Gefühl, komisch und unwichtig zu sein, deshalb knöpfte er sozusagen beiläufig die Jacke auf, damit sein glänzendes Lederhalfter mit der Pistole sichtbar wurde.

In der Hütte roch es unbewohnt, nach Feuchtigkeit und den Resten des Herbstes, trockenen Blättern und Heu. Und nach Mäusen. Es war kalt. Er setzte sich an den Tisch und schrieb die Angaben aus ihren Pässen ab. Alle waren aus Wroclaw. Ihre Adressen hörten sich großstädtisch und weltläufig an: Wiener Straße, Wyspianskiufer, Grunwalder Straße, Straße der Kosmonauten. Nun ja, natürlich wusste er, dass sie gekommen waren, um Silvester zu feiern, um sich zu betrinken und herumzualbern. Es war offensichtlich, dass sie keine Schmuggler waren und der Grenze keinerlei Schaden zufügen würden. Aber jetzt konnte er keinen Rückzieher mehr machen, nicht mehr sagen: Na schön, ich fahre weiter, ich habe heute Abend auch etwas vor, der dunkle Anzug hängt schon gebügelt und gebürstet am Schrank, der Wodka liegt im Eisfach, und der Sekt prangt in der Minibar der Schrankwand.

Inmitten dieses unerträglichen Gekichers, bei dem er sich kaum aufs Schreiben konzentrieren konnte, setzte das Mädchen ihm einen Becher Tee vor. Dankbar trank er den Tee, der ihn von innen wärmte und entspannte. Er zündete sich eine Zigarette an. Er aß ein Stück von dem merkwürdigen dunklen Kuchen, der nach exotischen Kräutern schmeckte und ein wenig an Honigkuchen erinnerte. Ihr Lachen galt seinem Ernst. Er sollte sie jetzt entweder in Frieden lassen oder ihnen eine Strafe aufbrummen, dann in Richtung Wald fahren, zum Posten zurückkehren, seinen Dienst zu Ende versehen und nach Hause gehen. Aber er blieb sitzen und aß diesen Kuchen, der ihm mit verdächtigem Eifer und unter vielsagenden Blicken, die sic untereinander wechselten, serviert wurde. Alle sahen zu, wie er die Bissen im Mund verschwinden ließ, kaute und schluckte. Er hatte das Gefühl, dass sich ihre Gedanken miteinander verbanden, dass sie für ihn unhörbar miteinander redeten und dass er allein unter ihnen der Fremde war. Sie sind hier heimisch, und er ist der Fremde, dabei war es doch sein Gelände.

Schließlich ging er, ohne zu wissen warum und ohne es eigentlich zu wollen, vors Haus und rief den Stützpunkt an. Er sagte, er sei unterwegs. Es wurde schon dunkel. Sie winkten ihm mit ihren Mützen nach und prusteten vor Lachen.

Er fuhr über den ihm wohlbekannten Weg, aber irgendwie kam er ihm länger vor als sonst. Er müsste schon an der Brücke sein, hatte aber kaum das letzte Haus passiert. Er dachte an diese jungen Leute, ja er konnte gar nicht aufhören, an sie zu denken, sie kamen ihm irgendwie wolfshaft vor. Mein Gott, dieser Gedanke machte ihm Angst. Wolfshaft. Er stellte den Motor ab, schaltete den Scheinwerfer aus und stand mit einem Schlag in einer Finsternis, die ihm Angst machte. Von Weitem sah er das Dorf, die Fenster leuchteten wie viereckige Löcher im Raum. Vielleicht sollte er umkehren, zurück zu diesen Leuten fahren und es ihnen sagen. Aber was? Er riss das Motorrad hoch und drehte es um. Er ließ den Motor an, setzte sich in Bewegung, aber landete kurz darauf in einer Schneewehe. Das ganze Vorderrad verschwand im Schnee. Die Hände begannen ihm unangenehm zu kribbeln, er musste die Finger in den Handschuhen hin und herbewegen.

Irgend etwas war mit der Zeit geschehen. Tausend abgerissene, angefressene, unvollständige Gedanken fuhren ihm durch den Kopf. Und daraus rieselten Worte wie aus einer löchrigen Mohntüte. Er begann, sie einzusammeln, aber es dauerte so lange. Es war sicher schon eine

Stunde vergangen, da stand er immer noch an derselben Stelle und riss unschlüssig an dem im Schnee festgefahrenen Motorrad. Er warf einen Blick auf die Uhr, aber das Zifferblatt war dunkel, deshalb suchte er in den Taschen nach Streichhölzern. Er musste sie in dem Haus gelassen haben, wo sie immer mehr Heukuchen buken. Der Geruch stieg ihm wieder in die Nase, und ihm wurde übel. Er rieb sich eine Handvoll Schnee übers Gesicht, aber auch das half nichts. Er sah sein Motorrad an, und es kam ihm vor, als sei es eingeschlafen, er musste es bis zum Morgen so stehenlassen. Er zog die Jacke aus und deckte sie über den müden Körper des Motorrads, das ihm dankbar zuzwinkerte.

Der Grenzschützer machte sich wieder auf den Weg in Richtung Passstraße, an den dunklen Häusern des kleinen Weilers vorbei. Er hatte den Geschmack des Kuchens im Mund, und ihm wurde wieder unwohl. Un wohl. Unwo. Ihm fehlte etwas, irgendetwas, was mit Wärme und Essen zusammenhing. Einen Augenblick lang hielt der Fluss der Zeit inne, und der Grenzschützer dachte mit völlig klarem Kopf, dass er einen Fehler gemacht hatte, es war dumm, sich ohne Jacke und zu Fuß auf den Weg zu machen, er musste sich beeilen, denn es war gefährlich, nachts alleine draußen herumzulaufen. Schließlich gab es immer noch Wölfe.

Und in diesem Augenblick hörte er sie im Wald, vom Berg her: eine durchdringende, tief verzweifelte Stimme, ein angstvolles Rufen voller Schmerz und Verlassenheit.

Im Zoo in Wroclaw hatte er einmal einen Wolf gesehen. Er sah aus wie ausgestopft, obwohl er sich bewegte. Sein Fell war struppig und ungesund. Er sah aus wie ein gewisser Köter im Dorf, der jeden Tag seinem Motorrad hinterherjagte und versuchte, nach seinem Hosenbein zu schnappen. Aber er schaffte es nie. Denn ein Köter hat seine Zeit, ein Wolf aber ist zeitlos. Wölfe werden nicht geboren und sterben nicht. Sie existieren sogar dort, wo es sie nicht gibt. Diese Entdeckung verblüffte den Grenzschützer so sehr, dass er stehen blieb und horchte. Das klagende Geheul verstummte, aber jetzt war es ihm, als hörte er das vom Schnee gedämpfte Tapsen laufender Pfoten.

Er sehnte sich nach seinem verlorenen Feuerzeug wie nach einer Frau. Er könnte es anzünden und auf die Uhr sehen. Dann wüsste er mehr. Er könnte im Schein seiner Flamme den Berg hinaufsteigen, dorthin, wo er hinwollte. Aber so wusste er nicht einmal, ob er nach rechts oder links, nach oben oder nach unten gehen sollte. Egal, er machte sich trotzdem auf den Weg, glitt so leicht über den Schnee wie auf Skiern. Das gefiel ihm. Er kam gut voran. Gut voran, dahin, wo Licht und Wärme waren. Zu dem schläfrig-schönen Mädchen mit der hellen Haarsträhne im Mund. Hinter ihm zog sich lautlos eine fünffache Tatzenspur durch den Schnee.

Er sah ihn. Nicht vor und nicht hinter sich, nur irgendwo im Dunkel. Er war gewaltig. Sein graues Fell reflektierte das Licht des Schnees.

»Wolf, verschone mich im Namen der Staatsgrenze«, sagte er ins Dunkel hinein.

Der Wolf blieb hinter ihm stehen. Er überlegte.

## *Ein Traum aus dem Internet*

Ich befand mich in einer merkwürdigen, verlassenen Gegend. Ich wusste, dass ich mich verlaufen hatte. Ich irrte durch diese öde Wüste, die ganze Zeit über herrschte

Dämmer. Von Zeit zu Zeit stieß ich auf meine eigenen Spuren: Fußabdrücke, mein verlorenes Feuerzeug, meine Mütze, meinen Fotoapparat, und es tröstete mich, dass ich auf meinen Spuren wandelte. Plötzlich stand ich vor einem Bach. Darin spiegelte sich der graue Himmel. Ich sah auch mein Gesicht, und ich war erstaunt, denn es war ein anderes Gesicht. Mein Leben lang hatte ich gedacht, dass ich anders aussah. Ich begann mich zu waschen und stellte entsetzt fest, dass das Wasser mein Gesicht abwusch. Es tat gar nicht weh. Mein Gesicht schmolz dahin, als wäre es aus Wachs. Es löste sich im Wasser auf. Schließlich spürte ich die bloßen Knochen unter den Fingern. In diesem Augenblick erkannte ich die grausige Wahrheit: Ich war gestorben. Es gab kein Zurück.

## *Ephemeriden*

Marta hatte eine Angewohnheit, die mir besonders unangenehm war: Sie stand hinter mir und sah mir über die Schulter zu, was ich gerade tat. Ich hörte ihren Atem, leicht, schnell und flach – der Atem eines alten Menschen. Und ich spürte ihren Geruch, sie roch immer nach Schlaf, nach Bettzeug, nach schlafender Haut. Kinder riechen manchmal so. Dieser Geruch, den Erwachsene gerne mit Parfums und Deodorants überdecken, und erst dann fangen sie an wie Dinge zu riechen und nicht mehr wie Menschen.

Marta stand also hinter mir und rührte sich nicht von der Stelle. Egal, was ich gerade tat, ich begann Fehler zu machen. Wenn ich las, verlor ich den Faden, und der Sinn der Sätze entging mir. Wenn ich schrieb, fiel mir plötzlich nichts mehr ein. Dann rückte ich vorsichtig von ihr ab, um sie nicht zu verletzen, aber ich war ärgerlich auf sie.

Nur beim Lesen der Ephemeriden, der genauen Tabellen mit den Positionen der Planeten, konnte sie mich nicht aus der Ruhe bringen. Vielleicht lag es daran, dass es in diesen Tabellen keine Sätze und Worte gibt und nicht einmal Zeichnungen, die man mit dem Blick erfassen muss. Nichts als Zahlen gibt es darin, vollkommen gleichgültige, unveränderliche Zahlen, die sich nicht missverstehen lassen, die ein für alle Male abgezählt und schwarz auf weiß gedruckt sind, Zahlen von eins bis sechzig, denn so viele Möglichkeiten haben die Menschen der Zeit für ihre Erscheinungsformen gegeben. Nichts als Zahlenkombinationen und zwölf einfache grafische Zeichen, die den Himmelsraum bestimmen. Und dazu noch die zehn Symbole der Himmelskörper. Das ist alles. Und wenn man sich aufmerksam in diese Lektüre vertieft, den Blick über die Reihen und Spalten gleiten lässt, kann man mit einem gewissen Geschick die Ganzheit erfassen, erblickt das zarte, nur Augenblicke währende Gleichgewicht, wie es die Papiermobiles haben, die meine Schwester macht – behutsam ausbalancierte räumliche Konstruktionen an seidenen Fäden, die der kleinste Windhauch in Bewegung versetzt. Aber Mobiles sind zerbrechlich, sie sind viel leichter zerstört als angefertigt. Die Welt, die in den Ephemeriden zum Ausdruck kommt, ist auf eine wundersame Weise stabil, ja eigentlich unsterblich. Das ist sicher auch der Grund, weshalb mich nichts bei ihrer Betrachtung stören kann.

Kometen waren in meinen Ephemeriden allerdings nicht enthalten.

## *Das Feuer*

Heuer ist das Jahr des Kometen«, sagte Agnieszka, während sie mir Milch in die Kanne schüttete. »Das ist das vorletzte Lebensjahr des Papstes. Zwei Elemente treffen aufeinander, und dann kommt ein seltsamer Winter. Die Leute werden sterben wie die Fliegen.«

Agnieszka erging sich gerne in solchen Prophezeiungen. Wenn man tagein, tagaus nur Pietno betrachtet, kann man wahrscheinlich nichts anderes prophezeien als den Weltuntergang. Jedes Mal bekamen wir eine andere Version der zu erwartenden Ereignisse zu hören. Ihre Phantasie kannte keine Grenzen. Außerdem konnte sie ein Wort so in alle Richtungen strecken und dehnen, dass immer irgendeine Geschichte herauskam, die sich, genau wie bei Soundso, je nach Zeit, Ort und Umständen, in denen sie erzählt wurde, änderte, ob abends oder morgens, ob am Brunnen oder im Restaurant Lido, beim Wein oder beim Wodka.

Nach der Prophezeiung ging ich die Straße hinunter nach Hause. Ich blieb stehen und trank Milch direkt aus der Kanne. Sie schmeckte wie weißer Himmel. Ich dachte darüber nach, ob es schon Pilze gab. Es war warm genug für die ersten Champignons, feucht genug für Röhrlinge, sonnig genug für Boviste. Dann sah ich, den Mund noch voll Milch, dass die Wiesen oberhalb der Häuser brannten. Das Feuer zog sich in einem dünnen Streifen den Berg hinauf, in Richtung Wald, wohin der Wind es trieb. Der schmale Streifen schob sich langsam vorwärts, flackerte fröhlich in der Sonne, ganz leise, hinter ihm blieb Schwärze zurück, die so ähnlich aussah wie ein Wolkenschatten, aber hundertmal dunkler.

»Halt«, sagte ich, und jetzt hätte alles stillstehen sollen, so wie in einem Computerspiel oder auf der Wetterkarte im Fernsehen, wo die Welt auf gewellten Linien und aus Zahlen besteht.

Aber nichts dergleichen geschah. Jemand rief hinter mir her. Agnieszka stand oben auf dem Abhang, ihre kleine, gedrungene Gestalt wirkte unförmig in dem ausgeleierten Trainingsanzug.

»Wenn der Wind dreht, geraten unsere Häuser in Brand!«, schrie sie. Ich hatte fast den Eindruck, dass in ihrer Stimme Genugtuung mitschwang.

Ich rannte bergab. Die Milch schwappte aus der schlenkernden Kanne und spritzte mir auf die Schuhe.

Wir arbeiteten mehrere Stunden, bis die Feuerwehrleute eintrafen. Sie waren rußverschmiert und erzählten, die Wiesen auf der anderen Seite des Hügels stünden auch in Flammen. Mit nacktem Oberkörper gingen sie ohne Eile und ganz gelassen durch die Feuerwand und ergriffen die beiden Enden des brennenden Streifens. Sie wussten genau, was sie taten, denn auf diese Weise konnten sie den Streifen wie ein langes, über den Boden gespanntes Band manövrieren. Sie zogen die Enden in einen Bogen, bis der Streifen einen Kreis bildete und das Feuer in die Mitte des Kreises schlug. Der Wind legte sich einen Augenblick, und ein großes Feuerrad bildete sich. Darin wütete das Feuer wie ein Hurrikan oder ein Wirbelsturm. Durch die erschrockene, zitternde Luft sah ich, wie die Spitzen der Grashalme unrettbar vergingen und die Spuren der letztjährigen Eskapaden der Sonne verschwanden. Der Feuerwirbel toste, bis sich das Feuer selbst verschlungen hatte und erstarb.

Die Wiesen, ein kleines Stück Wald und die Blaubeerhänge waren verbrannt. Vor allem um die Beeren tat es mir leid. Das Feuer hatte damit ein Stück saftiger Zukunft getötet. Marta zeigte uns, dass man brennendes Gras am besten löscht, indem man mit einem Fichtenzweig darauf schlägt. Behutsam, so als gebe man dem Feuer einen kleinen Klaps. Wenn man es zu heftig macht, führt man dem Feuer nur Luft zu. Marta sagte auch, dass die Wiesen alle paar Jahre brennen und das sei kein Grund zur Besorgnis. R. ist da allerdings anderer Meinung.

## *Wer das Leben der Heiligen schrieb, und woher er das alles wusste*

Er begann zu schreiben. Langsam und mit großer Mühe fügte er Stück für Stück die Geschichte des Mädchens zusammen, dem der Herr später sein Gesicht verleihen würde, womit er sie dem Märtyrertod aussetzte. Der erste Satz lautete: »Kümmernis wurde unvollkommen geboren, aber unvollkommen in dem vom Menschen diesem Wort beigelegten Sinne.« Und der zweite Satz: »Doch zuweilen ist Unvollkommenheit in der Welt der Menschen Vollkommenheit in der Welt Gottes.« Dafür brauchte er vier Tage. Er verstand eigentlich gar nicht, was er schrieb, was diese Worte bedeuteten. Oder er verstand es anders als in Worten oder Gedanken. Er legte sich auf den Boden, schloss die Augen und wiederholte diese Sätze immer wieder, bis sie jeglichen Sinn verloren. Und erst da begriff er, dass er das Wichtigste geschrieben hatte, was es gibt. Irgendwoher wusste er jetzt, wie es weitergehen würde, dass er nur dann würde weiterschreiben können, wenn er sich vom Geschmack der Gerichte, dem Geruch der Luft, den Geräuschen fernhielt. Er würde trocken und starr werden, ohne Gefühle, ohne

Geschmacks- und Geruchssinn, der Streifen Licht in seiner Zelle würde aufhören, ihn zu erfreuen, die Sonnenwärme und alles andere, was er gern hatte, würde ihm leer und uninteressant vorkommen. Der Körper würde hölzern, er würde sich von ihm ablösen und auf seine Rückkehr warten.

Er schrieb und konnte es kaum erwarten, endlich fertig zu werden, um wieder er selbst zu sein, wieder in seinem Körper zu wohnen und sich darin zu recken und zu strecken wie in einem gemütlichen Bett.

Er beschrieb die Kindheit der Heiligen, die so einsam in ihrer großen Familie, so verloren unter all ihren Geschwistern war. »Als der Vater sie einmal zu sich rufen wollte, hatte er ihren Namen vergessen, denn er hatte so viele Kinder, so viele Dinge zu erledigen, so viele Untergebene und so viele Kriege, in denen er gekämpft hatte, dass ihm der Name der Tochter einfach entfallen war.« Paschalis war jetzt überzeugt, dass die Kindheit der Kümmernis außergewöhnlich gewesen war. Ihr biegsamer Kinderkörper strömte einen balsamischen Geruch aus, und auf ihren Laken fand man frische Rosen, obwohl es Winter war. Als man sie einmal vor einen Spiegel führte, um sie für einen festlichen Anlass zurechtzumachen, erschien das Antlitz des Gottessohns auf dem Spiegel und blieb eine Zeit lang dort. Paschalis nahm an, dass das den Vater der Kümmernis (»Er war kräftig von Gestalt, heftig und aufbrausend«) dazu bewegt haben musste, die Tochter in einem Nonnenkloster erziehen zu lassen. Das Kloster sah so aus, wie er es aus den Fenstern seiner Zelle sah: ein großes Gebäude auf einer Erhebung, aus den Fenstern sah man die Berge. Die Oberin, die das Mädchen betreute, sah seiner Äbtissin ähnlich. Natürlich war sie weniger greifbar, zum Beispiel hatte sie keine Härchen auf der Oberlippe, aber sogar die Oberin erkannte sich selbst als Vorbild darin.

»Woher weißt du das alles?«, fragte sie verwundert, als sie die ersten Seiten gelesen hatte. Doch in ihrer Stimme schwang Bewunderung mit.

Woher wusste er es? Er wusste nicht, woher er es wusste. Ein solches Wissen entsteht hinter geschlossenen Augenlidern, aus Gebeten und Träumen, beim Umherschweifen der Blicke, von überall her. Vielleicht sprach die Heilige selbst auf diese Art und Weise zu ihm, vielleicht stiegen diese Bilder zwischen den Zeilen ihrer Schriften auf.

Er hatte das Gefühl, dass es nicht nur darum ging zu schreiben, wie es war, dieses Gefüge aus Ereignissen und Taten zu benennen. Ebenso wichtig oder noch wichtiger war es, Zeit und Raum für das zu lassen, was nicht war, was nicht oder nur vielleicht geschehen war; es reichte, dass man es sich vorstellte. Das Leben der Heiligen – das ist auch das, was nicht da ist. Er wollte sogar auf dem Papier freie Stellen lassen, zum Beispiel Lücken zwischen den Zeilen oder sogar den Worten, aber schließlich kam ihm das doch zu einfach vor. Er wollte lieber neben den beschriebenen Begebenheiten aus dem Leben der Kümmernis Freiräume lassen, weite Räume jeglicher Möglichkeiten, die Folgen der Taten, die sich in der Tiefe verzweigen.

Es störte ihn auch, dass die Heilige irgendwann in der Vergangenheit gelebt hatte, zu einer Zeit, als seine Eltern und Großeltern noch gar nicht auf der Welt waren. Woher sollte er wissen, wie ihre Welt ausgesehen hatte? Bäume wachsen, die Menschen roden Wälder, neue Wege und Straßen entstehen, die alten verschwinden unter Unkraut und Gras. Sein Dorf war damals sicher anders, als er es aus seiner Kindheit in Erinnerung hatte. Und Rom, das er nie gesehen hatte? War es so, wie er es sich vorstellte? Wie kann man Dinge erzählen, die man nie gesehen und nie erlebt hat?

Ob er es wollte oder nicht, er sah sie immer in einem ihm bekannten Umfeld vor sich, in diesem Kloster, auf diesem Hof hier, zwischen den Hühnern, deren Eier er aß, unter dem Kastanienbaum, dessen Schatten er im Sommer genoss, in derselben Tracht, wie die Oberin sie trug. Ihr Körper mit den ausgebreiteten Händen bildete ein Kreuz, das die Zeit überbrückte so könnte man es auffassen. Kümmernis lebte immer noch, und er schrieb über sie als eine Lebende, und sie würde nicht aufhören zu existieren, egal wie oft er sie in seinen Gedanken zu Tode kommen ließ. Die ganze Zeit war sie irgendwie unter und zwischen den Luftschichten anwesend, denn dort verging vielleicht nichts, obwohl es unsichtbar war. Und er erkannte, dass das Ziel seines Schreibens die Versöhnung aller möglichen Zeiten miteinander war, die Vereinigung aller möglichen Orte und Landschaften zu einem Bild, das reglos war und weder altern noch sich ändern würde.

Nun schrieb Paschalis täglich bis zum Mittag an der Geschichte der Heiligen, und brachte die Nachmittage damit zu, die *Tristia* und *Hilaria* sorgfältig abzuschreiben. Immer öfter geschah es, dass ihm wie ein Licht der innere Sinn eines Satzes aufging, den er gerade zu Ende abgeschrieben hatte. Das rührte ihn zutiefst, aber versetzte ihn auch in Erstaunen. Dass man dieselben Worte auf so viele Weisen lesen und verstehen konnte. Oder dass man den Sinn eines Satzes begreifen, aber nicht empfinden konnte. Mit der Feder in der Hand saß er reglos da, und seine Gedanken konnten sich nicht von dem losreißen, was sie gerade entdeckt hatten.

Kümmernis schrieb: »Ich sah mich selbst als edelsteinbesetzte Schatulle. Ich öffnete den Deckel und fand noch eine Schatulle, die ganz aus Koralle war, und darin wiederum eine aus Perlmutter. Und ich öffnete mich selbst immer weiter, ohne zu wissen, wohin das führen würde, bis ich schließlich in der letzten und kleinsten Schatulle Dein lebendiges, farbiges Bildnis fand. Sogleich zerschlug ich alle Riegel und Schlösser der Schatullen, um Dich nicht mehr aus mir zu verlieren, und seitdem bin ich in Eintracht mit mir selbst, ja habe mich sogar liebgewonnen, denn ich trage Dich in mir. Nichts, was Dich in sich trägt, kann vergebens sein, so kann auch ich nicht vergebens sein. Immer gehe ich schwanger mit dir, so wie auch andere Dich in sich tragen, aber es nicht wissen.«

Als Paschalis in seiner Heiligenvita an dem Punkt angelangt war, wo Kümmernis vor dem Verlobten ins Kloster flieht, war er so erregt, dass er den Lauf der Geschichte unterbrach und das Ende der Kümmernis beschrieb: wie sie eingesperrt und gekreuzigt wurde. Er brauchte weder Schlaf noch Nahrung. Die Nächte waren heiß, deshalb fror er nicht. Nur seine Finger wurden steif, und sein Nacken schmerzte.

Jetzt sah er Kümmernis so deutlich vor sich, als hätte er sie gekannt. Als wäre sie die Schwester, die sich um die Kühe kümmerte, oder diejenige, die ihm seine Mahlzeiten brachte. Sie war hochgewachsen und schlank, ihre Hände und Füße waren groß wie die der Oberin. Sie hatte dichte braune Haare, die zu Zöpfen geflochten und hochgesteckt waren. Ihre weißen Brüste hatten eine vollkommene Rundung. Sie sprach schnell und heftig.

Dann erschien sie ihm im Traum so, wie er sie geschaffen hatte. Er begegnete ihr in Korridoren, in denen sich die Einzelheiten aus diesem und seinem früheren Kloster mischten. Sie trug Geschirr, und als er auf sie zukam, gab sie ihm einen Becher. Er trank daraus, aber begriff, dass er einen Fehler begangen hatte: Er hatte Feuer getrunken. Sie lächelte geheimnisvoll und küsste ihn plötzlich auf den Mund. Er dachte in diesem Traum, er müsse jetzt sterben, das Feuer brannte schon in ihm, und es gab keine Rettung mehr. Er fühlte sich einsam und verloren.

Als die Oberin am nächsten Morgen kam, erzählte er ihr von diesem Traum. Sie drückte ihn zärtlich an ihr raues Gewand. »Deine Haare sind gewachsen, mein Junge«, sagte sie und wand eine schwarze Strähne um den Finger. »Sie fallen dir schon über die Ohren. Du siehst bald aus wie ein Mädchen.«

Nach dem Gebet ging sie mit ihm in den Garten. Die Düfte und die warme Luft betäubten ihm fast die Sinne. Die Rosen und die weißen Lilien blühten schon. Die makellos gejäteten Kräuter- und Gemüsebeete bildeten gerade Muster zwischen den Apfel- und Birnbäumen. Die Oberin betrachtete ihn lächelnd, während er in seinem grauen Hemd barfuß zwischen den Blumen umherging und sich an ihnen begeisterte.

Ende Juni schrieb Paschalis den letzten Satz des Lebens der Kümmernis von Schonau. Die Herstellung einer ordentlichen Kopie und die Vervollständigung der Abschrift der *Tristia* und *Hilaria* nahmen einen weiteren Monat in Anspruch.

Die Oberin schrieb indessen einen langen Brief an den Bischof von Glatz, und Paschalis sollte seine Reise bald antreten. Sein Habit wurde gewaschen und hergerichtet. Er musste eingelaufen sein (oder er war gewachsen), denn er reichte ihm nur noch knapp bis über die Knöchel. Er bekam neue Sandalen und eine lederne Schultertasche.

»Unterwegs wist du sicher manchen Abenteuern und vielleicht auch Versuchungen begegnen. Im ganzen Land herrscht Unfriede …« Paschalis nickte in Erwartung dessen, was die Oberin als Nächstes sagen würde, so wie seine Mutter es immer getan hatte, aber sie sagte etwas anderes und Seltsames: »Lass dich nur auf die Abenteuer ein, die es verdienen.« Er sah sie überrascht an. Sie drückte ihn fest an ihre Brust und strich ihm lange über das Haar. Er befreite sich behutsam aus ihrer Umarmung und küsste ihre Hand. Ihre Lippen streiften kurz seine Stirn, und bei dieser Berührung spürte er die Härchen auf ihrer Oberlippe. »Gott hat mich zu dir geführt«, sagte er.

»Gott sei mit dir, mein Sohn.«

Am nächsten Tag machte Paschalis sich bei Tagesanbruch auf. Aus dem Klostertor trat er in den sommerlichen Frühnebel, durch den die Sonne kaum heller als der Mond schimmerte. Er ging in Richtung der Berge, stieg höher und höher, bis er schließlich aus dem Nebelmeer auftauchte, die hellgrünen Berghänge und einen strahlendblauen Himmel sah. Er hatte zwei Bücher in seiner Tasche, die Schriften der Kümmernis in einem hölzernen Einband und die Vita. Plötzlich wurde es ihm leicht und froh ums Herz.

Vor ihm stiegen die sonderbaren flachen Berge auf, die aussahen, als hätten Riesen ihnen die Kuppen abgetrennt. Wie die Ruinen von Riesenpalästen ragten sie empor, Zeugnisse einer Macht, die zu Staub zerfallen war. Paschalis wusste, dass es einen bequemen Weg gab, der um das Gebirge herum von Neurode nach Glatz führte, aber nach kurzem Zögern ging er geradewegs auf die massiven, abgeflachten Gipfel zu.

## *Grasallergien*

Wenn die Gräser blühten, hatten wir Heuschnupfen. Unsere Nasen schwollen an, und die Augen tränten, und R. und ich weinten über etliche Hektar Wiesen- und Brachland voller Unkraut. Es gab keinen Winkel im Haus, an dem wir uns vor den unsichtbaren Pollenstäubchen verstecken konnten, höchstens in dem dunklen Kriechkeller, wo immer Wasser floss. Dort hätten wir uns beide verstecken und bis zum Abend sitzen sollen. In der Stadt war es anders, da konnte man immer die Fenster schließen und zu Hause bleiben. In der Stadt kannten die Augen Gras nur von Weitem, und die städtischen Gärtner ließen es erst gar nicht zum Blühen kommen. Die Füße kannten die Erde nur vom Fußballplatz und den kleinen Parks, wo man nach der Arbeit die Hunde ausführte. Man konnte sich völlige Gleichgültigkeit gegenüber der Grasblüte leisten, man konnte einfach nicht daran denken. Hier kommt das Gras seit dem letzten Jahr bis auf die Terrasse und wächst in den schmalen Ritzen zwischen den Steinen, sogar bis in meine Blumenkästen ist es gelangt und hat die Iris verschlungen.

R. nahm die Sense und mähte trotz des Heuschnupfens das Gras dicht über dem Boden ab. Die fallenden Halme streiften mit ihren Blütenbüscheln seine Beine und hinterließen dünne gerötete Streifen, die sich später zu einem Hautausschlag entwickelten. Das heißt, Leute wie wir dürfen Gras nicht ungestraft mähen. Das Gras steht mit uns auf Kriegsfuß. Ich sagte: »Wir sind fremd hier.« Aber R. behauptete, es sei gut, es sei ein Opfer, das unsere Körper den Wiesen bringen. Wenn die Wiesen uns nichts tun könnten, verstünden sie uns überhaupt nicht, ja vielleicht würden sie uns nicht einmal bemerken.

Dann wären wir Fremde, wie die Seelen von Toten, die inmitten der Lebenden umhergehen, aber weil sie ihnen gar nichts zufügen können, behauptet man, sie existierten gar nicht.

## *Franz Frost*

Franz Frost ging aus einem bestimmten Grund gerne zur Kirche. Er und seine Frau hatten eigene Plätze, er auf der rechten Seite, bei den anderen Männern, seine Frau auf der linken Seite. Die Kirche trennte ihre Familie, sie betrachteten sich gegenseitig von einander gegenüberliegenden Kirchenschiffen aus und warfen einander Blicke zu. Seine Frau überprüfte, ob er in seiner Sonn- und Feiertagsjacke eine gute Figur machte, er bewunderte voller Stolz ihre raffinierte Frisur voller Locken und Haarspangen, die sie schweigend am Toilettentisch in ihrem Schlafzimmer herrichtete, umgeben von einer Duftwolke aus Veilchenparfum, Lavendelwasser und gestärkter Wäsche. Später, im Verlauf der Messe dann, wanderten Franzens Augen vom Kopf seiner Frau zu anderen Dingen, die ihn in der Kirche am meisten interessierten. Zum Beispiel die Machart der Bänke, die kunstvoll ersonnenen Stifte, die Sitz und Lehne unsichtbar zusammenhielten. Oder er begeisterte sich für die Metalltäfelchen mit den eingravierten Namen. Ihre Schrauben hatten halbrunde Köpfe, und es war angenehm, mit dem Finger über die kühle Wölbung zu fahren. Auch wenn er die Bilder an den Kirchenwänden betrachtete, war es nicht der Inhalt, der ihn anzog, sondern die Beschaffenheit des Holzes oder der Leinwand, die den Untergrund des Gemäldes bildeten, oder die Rahmen. Ja, die Bilderrahmen stellten in seinen Augen die wahre Kunst dar.

In der Kirche hing ein Bild, von dem er den Blick nicht abwenden konnte, obwohl er es in- und auswendig kannte. Es stellte die Muttergottes dar, umgeben von mehreren Heiligen. Eine von ihnen trug ihren abgeschnittenen Kopf auf einem Teller. Die Hauptsache aber war, dass dieses Bild rund war und der herrlich verzierte Rahmen einen geradezu unglaublich vollkommenen Kreis auf der Wand bildete. Franz wurde ganz aufgeregt, wenn er darüber nachdachte, welches Holz man wohl benutzte, um etwas so Schönes herzustellen. Nach der Messe trat er oft an das Bild heran und untersuchte die Holzschichten in dem Rahmen. Er bestand aber nicht aus Stücken, wie er anfangs angenommen hatte und wie es ihm der gesunde Verstand und die Erfahrung nahelegten. Der Rahmen war aus einem einzigen Stück Holz gemacht, nur am unteren Ende wurde er mehr schlecht als recht von einer gewöhnlichen Blechspange zusammengehalten. Franz war sicher, dass man zur Herstellung dieses Rahmens speziell bereitetes Holz benutzt hatte, dass ein junger Ast so gebogen worden war, dass er in eine Rundung wuchs, vielleicht hatte man ihn mit Drähten gebunden, ihn zur Erde hinabgebogen, voller Bedacht sein Wachstum so im Raum gelenkt, dass er sich um einen unsichtbaren Kreis schloss. Der Baum, der einen so sonderlichen Zweig hervorbrachte, musste sich vor andren Bäumen schämen. Der gebogene Zweig störte den senkrechten Rhythmus der Fichten und Erlen. Er zog jeden Blick von Tier und Mensch auf sich. Die Pflanzen wissen nichts von der Existenz geometrischer Figuren, sie ahmen sie höchstens durch Zufall nach. In dieser unbewussten Nachahmung aber geht immer irgendwann die Spannung verloren, und es entsteht ein Astloch, eine Verdickung, eine Asymmetrie. Die Menschen nennen das »Unvollkommenheit«, weil sie aus irgendwelchen Gründen wissen, dass es so etwas wie Vollkommenheit gibt.

Diese Anwesenheit von Formen im Raum, die für das Auge unsichtbar sind, die Fülle möglicher Muster, fertiger Projekte, die sich unmittelbar vor dem Schauenden befinden, nah an der glasigen Oberfläche des Auges, die aber körperlos sind und die eine in der Luft bewegte Hand durchfährt, als wären sie aus Rauch, das war es, was Franz erregte. Vielleicht existiert auf diese Weise alles, was es jemals gab und geben wird, dachte Franz Frost. Es ist einfach da, bleibt aber unzugänglich. Vielleicht gab es da schon diese Pumpe, an der er erfolglos bastelte, diese geniale Vorrichtung zum Hochpumpen von Wasser; vielleicht gab es dort auch Maschinen, die Menschen erst in der Zukunft erfinden würden, Formen, die noch nicht einmal erdacht waren, und Geräte, mit denen man etwas sofort auf Metall, Holz oder Stein kopieren und damit festhalten konnte. Ein Raum voll mit unsichtbaren Zahnrädern, Getrieben und Blöcken, logischen und grundlegenden Strukturen und Ordnungen, die man noch gar nicht fassen konnte.

Irgendwann am Anfang der dreißiger Jahre spürte Franz Frost, dass irgendetwas nicht stimmte. Er stieg zwischen den beiden Dörfern den Berg hinauf und hielt die Nase in den Wind, betrachtete die Grashalme aus der Nähe und zerrieb Erde zwischen den Fingern. Er stellte fest, was er schon geahnt hatte: Nichts war mehr so wie früher. Das Gras wirkte schärfer, es schnitt bei einer unachtsamen Bewegung in die Finger, die Erde hatte eine dunklere Schattierung angenommen und war röter als je zuvor. Er hatte auch den Eindruck, dass die Pfade durch die Wiesen länger wurden und der Heimweg jetzt mehr Zeit in Anspruch nahm. Deshalb kam er zu spät zum Mittagessen. Und die Kartoffeln schmeckten nicht mehr wie sonst, sogar die neuen Kartoffeln, die frisch aus der Erde geholt worden waren, hatten einen Beigeschmack von Feuchtigkeit und Moder, als hätten sie lange im Keller gelegen. Die Gesichter der Leute verschwammen, und wenn er sonntags in die Kirche ging, hatte er das Gefühl, unscharfe Fotografien zu sehen, die sich bewegten. Er vertraute sich seiner Frau an, aber sie meinte, mit seinen Augen stimme etwas nicht. Nachtblindheit oder dergleichen. Auf diesen Gedanken war er noch gar nicht gekommen. Er dachte darüber nach, kam jedoch zu dem Schluss, dass es nicht an seinen Augen lag. Die Dinge fühlten sich ja auch anders an, Speisen schmeckten anders, das Holz roch anders. Die Messer schnitten das Brot irgendwie anders, und die Insekten summten anders. Das lag nicht an Franz Frosts Augen oder einem anderen seiner fünf Sinne, die Veränderung ging vielmehr außen vor sich, nur wussten die Menschen nichts davon. Sie waren selbst an dieser Verwandlung beteiligt, aber sie wussten nichts davon. Die Frauen zogen sich anders an. Ihre Schultern sahen jetzt kräftiger aus, denn die Jacke war von innen mit Polstern verstärkt, die Röcke wurden kürzer, was die Waden kantiger aussehen ließ. Selbst das in Formen gebackene Brot hatte jetzt schärfere Ränder, als wollte es die Zunge verletzen und bluten lassen.

Das alles bereitete ihm Sorgen, denn er hatte gerade Steine für ein neues Haus herangekarrt (der Stein war übrigens auch anders und hatte viel häufiger eine viereckige Form als früher), das oberhalb des alten Hauses errichtet werden sollte.

Er hörte im Radio, dass ein Astronom einen neuen Planeten entdeckt hatte, und diese Vorstellung ließ ihn nicht in Ruhe. Er dachte die ganze Zeit an diesen Planeten, der irgendwo im Weltraum kreiste, klein und eisig, sicher auch eckig. Da er vorher nicht dagewesen war, nun aber existierte, hieß das, dass sich sogar änderte, was unwandelbar bleiben sollte. Was für einen Nutzen hatte man von einer Welt, die sich so veränderte? Wie sollte man ruhig darin leben?

Trotzdem begann er mit dem Bau des Hauses. Zuerst fand der Wünschelrutengänger Wasser für ihn, und sie fingen an, einen neuen Brunnen auszuheben. Sie mussten tief graben, damit sich das Schmelzwasser, das den Berg hinab zum Bach floss, nicht mit dem sauberen Wasser vermischte, wie das im alten Brunnen der Fall gewesen war. Das Graben war mühsam, und sie holten große rote Felsbrocken aus der Erde, die wie tote Tiere aussahen, wenn sie dann in der Sonne lagen und trockneten. Das war ein trauriger Anblick. Er versprach den Steinen, sie für das Fundament seines Hauses zu benutzen und auf diese Weise wieder dorthin zurückzubringen, wo sie herkamen.

Sie wollten ein Kind haben, aber der Bauch von Franz Frosts Frau blieb leer. Er sagte ihr, sie solle sich keine Sorgen machen, wenn man ein Haus baue, komme das Kind ganz von selbst. Aber wenn er alleine war, überkamen ihn düstere Gedanken. Ihn quälte die Existenz dieses Planeten, an dessen Namen er sich nicht einmal erinnern konnte. Den ganzen Tag arbeitete er, hobelte die Dachsparren für das Dach, dann fuhr er mit dem Finger darüber, aber sie blieben so rau, dass man sich die Haut daran Aufriss. Die Ziegel waren vielleicht schlecht gebrannt, denn sie zerbröckelten und der Ziegelstaub rieselte auf die neuen Böden. Das Wasser floss von den Bergen herab durchs Haus, und da konnte auch die Keramikdrainage nichts ausrichten. Doch er gab die Hoffnung nicht auf, dass man mit harter Arbeit und Einfallsreichtum alle Probleme würde meistern können. Deshalb hobelte er nicht weiter an den Sparren, brachte einen groben Putz auf die Wände auf, und die Perückenmacherin im Nachbarhaus gab ihm den Rat, sich nicht länger mit den Drainagerohren abzugeben und das Wasser einfach durchs Haus fließen zu lassen. Sollte es ruhig im Frühling durch den Keller strömen und dann über die Steintreppe nach unten. Sieh zu, dass es einen Ausgang hat, sagte sie. Bohre Öffnungen in die Fundamente, dann kann es in den Teich abfließen. Und das tat er. Aber die ganze Zeit dachte er an den Planeten. Was war das für eine Welt, in der mir nichts, dir nichts ein neuer Himmelskörper auftauchen konnte? Und wenn man etwas nicht wusste, existierte es dann auch nicht? Und ändert sich ein Ding deshalb, weil der Mensch etwas von ihm erfährt? Verändert ein Planet die Welt?

Als er die Zementdecke über das obere Stockwerk gezogen hatte, begannen seine schlechten Träume. Er träumte Schreckliches. Das Tal war anders, dunkler, die Bäume waren größer, und dazwischen standen keine Häuser, nur hüfthohes Gras. Der Bach war ausgetrocknet, die Berge hatten ihre scharfen Umrisse verloren, sie sahen gedrungen aus und wirkten alt und kahl. Es gab keine Straßen, und Menschen waren auch keine da. Im Traum kam er an diesen Ort, der ihm lieb und vertraut war, und suchte nach seiner Frau und sogar nach Kindern, ja, er hatte irgendwann einmal Kinder gehabt. Aber niemand war da, und er selbst war ein Fremder, er betrachtete seine Handflächen, und es waren die Hände irgendeines anderen Menschen, den er nicht kannte. Es war ein quälender Traum, denn er spürte darin, dass er sich hoffnungslos verirrt hatte, er hatte sich verlaufen wie ein kleines Kind, und nicht genug damit, dass er den Weg nicht wusste, es gab gar keinen Weg. Aufgewühlt erwachte er und betrachtete den Traum noch mal aus dem Abstand, Bild um Bild, und er suchte nach dem schlimmsten Augenblick darin, um diesem die Stirn zu bieten, all seine geistigen Kräfte wollte er aufbieten, um dem Traum zu beweisen, wie sinnlos er war. Aber er konnte keine solche Stelle finden. Alles war grauenhaft, und zwar gerade deshalb, weil es keinen Sinn hatte.

Und so ging es auch dann weiter, als seine Frau endlich schwanger wurde und nachts mehrere Male aufstehen musste, um zur Toilette zu gehen. Das Scharren und Schlurfen ihrer Pantoffeln über den Boden aus frischem Fichtenholz weckte ihn kurz auf, dann schlief er wieder ein und hatte denselben Traum. Und an dem Tag, an dem sein Sohn geboren wurde, hatte er einen noch schlimmeren Traum: Auf dem Tisch lagen rote Fliegenpilze. Seine Frau briet sie in der großen Pfanne und fütterte das wehrlose Kind damit. Und er sieht zu, und es kommt ihm nicht mal in den Sinn, das Kind vor dem Tod zu bewahren. Das Kind stirbt, es wird klein wie ein Püppchen, er trägt es in den Garten hinaus und gräbt den nackten, rosigen Körper in einer Mulde ein. Er fühlte dabei einen so durchdringenden Schmerz, dass er aufwachte und sofort nachsehen musste, ob der Sohn noch atmete, ob der Traum nicht seine verschwommenen Grenzen durchstoßen hatte und Wahrheit geworden war.

Er quälte sich lange Zeit so, hatte Angst vor dem Abend und vor jeder Nacht. Er war halbtot von diesen Träumen.

»Haben Sie von dem neuen Planeten gehört, Hochwürden?«, fragte er den Pfarrer, der jeden Sonntag von Königswalde kam, um die Messe abzuhalten.

Der Pfarrer hatte nichts davon gehört.

»Woher wissen Sie denn solche Dinge, Frost?«, fragte er neugierig.

»Aus dem Radio.«

»Was für einen Sender hören Sie denn?«

Wie alle im Tal hörte Franz Frost einen Wiener Sender.

»Hören Sie diesen Sender nicht, die erfinden alles mögliche. Hören Sie den Berliner Sender.«

»Aber der Wiener Sender bringt unseren Wetterbericht.«

»Ach so«, antwortete der Pfarrer.

Als der Pfarrer sich zum Gehen wenden wollte, fasste Franz Mut und sagte: »Ich habe so unheimliche Träume. Die machen mir das Leben schwer.«

Der Pfarrer aus Königswalde sah auf ihn hinab und erwiderte: »Gibt es denn Träume, die nicht unheimlich sind?«

Vom Pfarrer konnte Franz Frost also keine Hilfe erwarten. Er hatte das Gefühl, dass ihre Gedanken völlig verschiedene Wege gingen, obwohl sie in derselben Kirche waren, ihre Blicke auf denselben Bildern ruhten, denselben runden Bilderrahmen mit der Muttergottes im Kreis der Heiligen sahen.

Er musste sich also selbst Abhilfe schaffen. Aus einem riesigen umgestürzten Ahorn sägte er eine dicke Scheibe des Stamms, entrindete sie und machte sich einen Hut daraus. In der Mitte höhlte er eine Vertiefung für den Kopf aus, rings um den Rand ließ er eine Krempe stehen. Er polierte ihn von innen und außen und polsterte die Kopfmulde mit alter Wolle aus. Sein Werk war so perfekt, dass man das Stück von Weitem für einen Filzhut aus dem Laden hielt. Auf solche Dinge verstand er sich. Erst aus der Nähe sah man die Maserung und die matte Spiegelung des Lichts auf dem Holz. Diese neue, wunderliche Kopfbedeckung fiel seiner Frau zwar sicherlich auf, aber sie wusste nicht, was sie dazu sagen sollte. Sonst hätte er ihr geantwortet (er hatte nämlich eine kluge Antwort vorbereitet), das sei der Schutz vor dem neu entdeckten Planeten, dessen Namen er nicht kannte, doch dieser Planet entsende böse Träume, die den Geist quälten und den Menschen im Wachzustand erschöpften, bis er völlig entkräftet sei, und dann verliere der Mensch den Halt und werde verrückt.

Mit dem Hut aus Holz ging es ihm etwas besser. An der Stelle, an der er jede Nacht sein totes Kind im Garten begrub, pflanzte er einen Apfelbaum, der Frühäpfel trug. Aber er kam nicht mehr dazu, die Äpfel zu kosten, denn der Krieg brach aus, und er wurde zur Wehrmacht eingezogen. Und da kam er wegen seines Hutes um, denn er wollte ihn nicht gegen einen Helm eintauschen.

## *Seine Frau, sein Kind*

Die Frau ohne Namen, deren besonderes Merkmal die Lockenfrisur war, die Gattin von Franz Frost, dessen besonderes Merkmal der Holzhut gegen den Planeteneinfluss war, fegte die Reste des Kalkmörtels von der Treppe vor dem Haus. Das neue Haus stand hinter ihr und schwieg in der Sonne. Es war jung, es hatte noch nichts zu erzählen. Am Teich hinter dem Haus war ihr Mann mit ihrem kleinen Sohn. Irgendwo weit im Westen fing der Krieg an.

Da kam jemand von der Sonnenseite her auf die Frau zu. Sie hob den Kopf und sah, dass es ihr kleiner Sohn war. Aber gleichzeitig hörte sie die Stimme des Kindes hinter dem Haus, deshalb erstarrte sie vor Schrecken.

»Wo ist dein Sohn, mein Bruder? Ich möchte ihn sehen«, sagte das Kind.

Sie ließ das Kind ins Haus und sagte ihm, es solle sich an den Tisch setzen, so wie sie es ihrem Sohn zu sagen pflegte. Es gehorchte.

»Ich weiß, wer du bist«, sagte sie und band ihm mit dem Schürzenzipfel das Bein an den Tisch. Dann lief sie hinaus zum Teich und berichtete ihrem Mann mit sich überschlagender Stimme, was geschehen war. Sie standen einander gegenüber und schauten sich in die Augen, sie schauten und schauten, aber sie konnten ihr Inneres nicht sehen, nicht ihre Gedanken, nicht ihre Angst, gar nichts. Sie konnten sich nur prüfend anblicken und dabei darauf warten, dass das erste Wort fiel. Wie sie so dastanden, meldete sich ihr kleiner Sohn zu Wort, der alles mitgehört hatte, aber, wie sie meinten, noch kaum etwas verstehen konnte. »Wo ist er, wartet er in der Küche auf mich, sieht er wirklich so aus wie ich, kann ich ihn sehen?«

Er lief den Abhang hinauf zum Haus, die Eltern hinter ihm her. Der Junge saß am Tisch, an dem sein Bein festgebunden war, und sie betrachteten lange die beiden Gesichter, die beiden Gestalten, die eine ihr eigen Fleisch und Blut, bekannt, vertraut, die andere, die genauso aussah, aber fremd war. Sie schien bekannt und war doch unbekannt, nicht vertraut, nicht nah, sondern fern und furchtbar. Dann ging der, der neben ihnen stand, zu dem, der mit dem Bein an den Tisch gebunden war, und umarmte ihn. Er küsste ihn auf beide Wangen, so wie er gelernt hatte, seine Tanten und Onkel zu begrüßen. Und der andere erwiderte den Kuss. Sie sahen aus wie Zwillingsbrüder, zum Spielen aufgelegt, bereit, hinaus, hinters Haus zu laufen, wo die wilden Himbeeren und die stattlichen Stachelbeeren wuchsen, begierig, über die kalten Steine im Bach zu waten und Verstecken zu spielen, wobei die Blätter der Kletten immer den besten Schutz boten.

Sie hatten keine Wahl, die mussten den Gast vom Tisch losbinden, und die Jungen liefen zusammen aus dem Haus. Als die Eltern einen Augenblick lang unachtsam waren, verschwanden sie im hohen Gras unter den Apfel- und Pflaumenbäumen. Der Klang ihrer hellen Stimmchen trieb von jenseits des Gartens ihrer Nachbarin, der Perückenmacherin, herbei.

»Weißt du, was das ist?«, fragte Franz Frost seine Frau.

Er sagte nicht »wer«, sondern »was«. In solchen Situationen, wenn das Herz hämmert, wenn die Hände zittern, wenn sich im Kopf eine seltsame Leere breitmacht und man nicht weiß, was man tun soll, ob man weglaufen oder bleiben soll oder so tun, als sei nichts geschehen, in solchen Situationen fragt man niemals »wer«, sondern immer »was«. Denn »was« ist größer als »wer«, es birgt mehr Möglichkeiten. Bei der Frage nach Gott fragt man ja auch nicht »wer«, sondern »was« er ist.

Franz' Frau brach plötzlich in Tränen aus und wischte sich die Augen mit dem karierten Taschentuch, das sie immer in der Schürze trug.

Am Nachmittag kehrte ihr Kind nach Hause zurück. Seine Haare waren voller Grassamen. Es war müde und schlief beim Abendessen am Tisch ein. Sie fragten nicht nach dem anderen, wo dieser jetzt schlief und zu wem er gehörte.

Dann zog Franz in den Krieg, den der neuentdeckte Planet ausgelöst hatte.

Am vorhergehenden Tag hatten die Arbeiter die letzten Dachziegel angebracht. Jetzt hatte sein Haus ein Dach.

Im Frühsommer tauchten die Champignons auf den Wiesen auf. Die eingekellerten Kartoffeln waren schon aufgebraucht, der Kohl verfault, die Äpfel vertrocknet, die Nüsse waren alle gegessen. Auf den Feldern keimte die Saat erst und in den Gärten auch. Es gab nur Rhabarber, um Kompott und Kuchen zu machen.

Die Frau von Franz Frost nahm deshalb ihren Sohn bei der Hand, und die beiden gingen auf die Wiesen am Waldrand. Dort pflückten sie die wunderbar glatten Köpfe der Champignons aus dem Gras. Zu Hause briet sie die Pilze, und sie aßen sie mit Buchweizengrütze. Der Champignon fühlt sich angenehm an, er mag es, wenn Menschenfinger über ihn streichen. Die abgeriebene weiße Haut riecht nach Anis. Die rosigen oder kaffeebraunen Lamellen erinnern an Blütenblätter. Man hat Lust, den Champignon zu berühren und zu streicheln, bevor man ihn in Scheiben schneidet und in die Bratpfanne wirft. Außerdem ist der Champignon einer der wenigen Pilze, die sich warm anfühlen. Er schmiegt sich an den menschlichen Körper.

Sie warfen die weißen, rundlichen Pilze in den Weidenkorb, und das Kind war schon gescheit genug, sie von den ebenfalls weißen Bovisten zu unterscheiden, denn die Boviste sind rau wie eine Kuhzunge. Das wusste das Kind der Frosts schon. Was es aber nicht wusste, war, dass auf den schattigen Stellen der Wiesen manchmal ein Doppelgänger der Champignons wächst. Der Knollenblätterpilz, ein Albinobruder des Fliegenpilzes, ein Einzelgänger, der mit einem dicken Bein fest in der Erde steckt, der Todesstab der Wiese. Er riecht süßlich und betrachtet die Herde der Champignons aus der Ferne. Ein Wolf im Schafspelz.

Sein schöner Körper lag, in feine Scheiben geschnitten, mit den Champignons in der Bratpfanne. Die saure Sahne überlagerte seinen eigenartigen Geschmack. Die Frau von Franz Frost deckte den Tisch und servierte die Grütze mit Pilzen. Das Kind wollte nicht essen, sie musste es füttern. Sie sagte: »Ein Löffelchen für Papa im Krieg, ein Löffelchen für die Perückenmacherin im Nachbarhaus, eins für den Lieblingshund, eins für die Leute im Dorf, eins für den Pfarrer in Königswalde, eins für die jungen Kätzchen, die gerade in der Scheune zur Welt gekommen waren, eins für die ganze Welt, möge sie nicht völlig verrückt werden.« Das Kind öffnete widerwillig den Mund.

In der Nacht begann es, sich zu erbrechen. In der Frühe trug die Frau von Franz Frost es auf dem Arm ins Dorf, wo die Leute vom Schloss sie mit dem Auto ins Krankenhaus nach Neurode fuhren. Dort spülte man dem Kind den Magen aus, aber das half wenig. Fünf Tage später starb das Kind.

Die Telegramme suchten Franz Frost an der Front, aber sie fanden ihn nicht.

Knollenblätterpilz in Sahne

500 g Pilze
30 g Butter
eine kleine Zwiebel
ein halber Becher saure Sahne
zwei Teelöffel Mehl
Salz, Pfeffer, Kümmel

Die kleingehackten Knollenblätterpilze zehn Minuten mit der in Butter angebratenen Zwiebel, Salz, Kümmel und Pfeffer dünsten. Das Mehl mit der sauren Sahne verrühren und zugeben. Mit Kartoffeln oder Buchweizengrütze servieren.

## *Marta, ihre Todesarten*

Vom Wald her schoben sich trübe, weiße Wolken übers Tal, und bald darauf begann es zu regnen. Marta walkte Teig auf der kaputten Wachstuchdecke. Unter ihrer Teigrolle verwandelte sich die Teigkugel in einen flachen Fladen. Mit einem Glas stach sie Kreise aus. Ich betrachtete ihre Hände, ihr konzentriertes Gesicht. In der kleinen, niedrigen Küche wurde es dunkel, der Regen trommelte auf die Rhabarberblätter. Martas altes Radio murmelte so leise vor sich hin, dass man nichts verstehen konnte. An welcher Stelle wird der Tod in ihren Körper eindringen?, überlegte ich.

Durch die Augen? Marta blickt auf etwas Dunkles, Unbestimmtes, Feuchtes, Klebriges und kann den Blick nicht mehr davon abwenden. Dieses dunkle, aufgeweichte Bild dringt in ihr Gehirn ein und löscht es aus. Und das wird ihr Tod sein.

Durch die Ohren? Zuerst hört sie einen fremden leblosen Laut, er summt in ihrem Kopf, tief, vibrierend, immer gleich, ohne Hoffnung auf eine Veränderung, das Gegenteil von Musik. Sie kann deshalb nicht mehr schlafen, sie kann deshalb nicht mehr leben.

Oder durch die Nase. Auf die gleiche Weise wie alle Gerüche. Wenn sie merkt, dass ihr Körper keinen Geruch mehr hat, dass die Haut papieren wird, wie eine Pflanze nur Licht von außen schluckt, aber nichts ausströmt. Besorgt riecht sie an ihren Händen, Unterarmen, Füßen, aber sie sind trocken und steril, denn der Geruch, das flüchtigste am Menschen, verschwindet zuerst.

Oder durch den Mund. Der Tod drückt die Worte in Kehle und Hirn zurück. Sterbende wollen nicht mehr sprechen, sie sind mit anderem beschäftigt. Wovon sollten sie erzählen, was sollten sie den Generationen mitteilen? Banalen Unfug, Gemeinplätze. Was für ein Mensch muss man sein, um sich im letzten Augenblick zu Botschaften an die Menschheit aufzuraffen. Am Ende ist keine Weisheit so viel wert wie das Schweigen dort drüben, am Anfang.

Durch den Mund kann der Tod auch anders kommen. Marta kann einen wurmigen Apfel essen, eines dieser dunkelroten Äpfelchen aus ihrem alten Garten, einen Apfel mit dem weißen Ei des Todes im Inneren. So nimmt sie den Tod in sich auf, und da es keinen besonders großen Unterschied zwischen der Materie eines Apfels und der Materie des menschlichen Körpers gibt, wird der Tod sie von innen auffressen. Eine hohle zerbrechliche Schale wird von ihr übrig bleiben, die eines Tages beim Rütteln am defekten Schloss der Gartenpforte bersten wird.

So betrachtete ich Marta verstohlen, während sie auf jeden Kreis einen Löffel Rosenkonfitüre gab und den Teig wie bei Piroggen zusammenkniff. Dabei entstanden kleine Halbmonde mit unregelmäßigen Rändern. Ich brachte meinen russischen Ofen, damit man nicht unter ihrem verbeulten Herd einheizen musste. Plötzlich schien die Sonne durchs Fenster, obwohl es draußen noch regnete. Wir schoben das Blech mit den Plätzchen in den Ofen und traten vors Haus.

Auf unserer Terrasse stand R. und zeigte auf den Himmel. Über den Hügeln stand ein Regenbogen. Er war direkt über unserem Auto aufgespannt, als hätte er es gerade zur Welt gebracht.

## *Der Geruch*

Alles Schlechte geschieht im Winter. Im Winter hatte R. einen Unfall. Auf den verschneiten Kehren der Gebirgsstraße geriet er ins Schleudern und prallte vor einen Lastwagen. Er schlug mit dem Kopf aufs Steuerrad und brach sich die Nase. Die lange verchromte Schnauze des Autos hat ihm das Leben gerettet. Von solchen Unfällen heißt es dann, es sei nichts passiert.

Und doch war etwas passiert. Seit dieser Zeit hatte R. einen merkwürdigen Geruch in der Nase, obwohl diese wieder gerade zusammengewachsen war und man die Nähte nicht mehr sah. R. sagte, der Geruch komme plötzlich, in Wellen, in unterschiedlicher Intensität. Am stärksten war er an einer Stelle auf dem Weg zum Teich. Dort standen Brennnesseln und mittendrin ein Ahorn, deshalb schnüffelte R. an den Blättern der Brennnesseln und der Baumrinde, aber er konnte nichts feststellen. Er meinte sogar, der Geruch – weder angenehm noch abstoßend, ein wenig süß und ein wenig bitter – käme vielleicht vom Wasser. Aber das Wasser war es auch nicht. Einmal stieg ihm der Geruch sogar aus einem Glas Cognac in die Nase. Dann nahm er ihn im Kaffee wahr und an einem Pullover, der lange im Winterschrank gelegen hatte. Schließlich stellte er fest, dass dieser Geruch nicht in den Dingen selbst saß, nicht aus etwas heraus kam, sondern sich nur kurzfristig und wahllos Dingen anheftete, zufällig und einmalig, und dass es deshalb so schwer war, ihn zu benennen. Er ist anders als jeder andere Geruch, sagte R. einmal, aber dann wiederum kam es ihm vor, dass es umgekehrt war, dass dieser Geruch in allen anderen Gerüchen saß und die gebrochene Nase, die zerquetschten Geruchszellen für ihn empfindlich geworden waren, sie hatten ihn aufgespürt und ihn für immer gespeichert. Es ist äußerst unangenehm, wenn man nicht benennen kann, was man mit der eigenen Nase riecht, was es ist, das die Aufmerksamkeit auf den Augenblick lenkt, in dem man sich gerade befindet. Es ist quälend, wenn man für eine Empfindung keinen Platz in der Hierarchie anderer Empfindungen finden kann, sie nicht verstehen und erklären kann. Manche Insekten riechen so, und ihr Geruch bleibt auf den Waldbeeren zurück. Der Geruch der Messerschneide, wenn man Tomaten hackt. Benzingeruch vermischt mit der Ausdünstung von reifem Käse. Meine alten Parfums in einer aus der Mode gekommenen Handtasche. Eisenspäne, eine Bleistiftmine, eine neue CD, die Fensterscheibe, verschüttetes Kakaopulver.

Deshalb sah ich oft, wie R. mitten in einer Tätigkeit innehielt und schnupperte. Sein Gesicht nahm einen konzentrierten Ausdruck an. Er schnüffelte an seinen Händen, und einmal begann er mitten im Gespräch an einem abgerissenen Knopf zu riechen. Oder er zerrieb Wermutblätter zwischen den Fingern, und meinte schon, den Geruch gefunden zu haben. Aber es war doch nie der richtige.

Wir meinten beide, es sei der Geruch des Todes. R. hatte ihn wahrgenommen, als er auf den Lastwagen prallte, in diesem kurzen unwahrscheinlichen Augenblick, in dem alles geschehen kann, in dem sich nichts mehr rückgängig machen lässt, in diesem einen Augenblick der absoluten Möglichkeiten, dem Sekundenbruchteil, der alle potenziellen Zeiten in sich trägt, wie ein Gramm Materie, das im nächsten Augenblick zur Atombombe wird. Dann riecht es so, und das ist der Tod.

R. befürchtete, dass er diesen Geruch jetzt nicht mehr los würde. Nie wieder würde er unschuldig über die verschneiten Serpentinenkehren zwischen Walbrzych und Jedlina fahren, nie wieder gedankenlos zum Bahnhof Miejsce fahren, nicht einmal mehr unvoreingenommen zu meinen Pilzgerichten greifen. Er wusste, dass ich wusste, dass er es wusste.

## *Vision der Kümmernis aus den* Hilaria

Ego dormio et cor meum vigilat.

Ich lag auf dem Rücken und sprach mein letztes Gebet vor dem Einschlafen. Da spürte ich plötzlich, dass ich mich in die Höhe erhob, als sei ich schwerelos, und als ich nach unten blickte, sah ich mich selbst, meinen Körper, der immer noch ausgestreckt auf meiner Bettstatt lag, und meine Lippen, die Worte formten, und es war, als hätte dieser Körper nicht bemerkt, dass ich mich nicht mehr in ihm befand. Und dann entdeckte ich, dass ich mich im Raum bewegen konnte. Das, was mich bewegte, war der Gedanke allein, selbst der geringste Wunsch ließ mich höher steigen, immer höher und höher hinauf, ich sah das Kloster von oben und das mit Holzschindeln gedeckte Dach und die steinerne Bekränzung des Kapellenturms. Und wenig später sah ich aus noch größerer Höhe die ganze Erde, sie war leicht gewölbt und dunkel, in Finsternis getaucht, nur um die Ränder der Welt drangen die Strahlen der Sonne, die sich hinter der Welt befand, und warfen in der Dunkelheit Schatten, die noch pechfinsterer waren. Diese stufenweise Finsternis erfüllte mich mit großer Traurigkeit, denn ich sah doch, dass das Licht existierte und nur verborgen war. Und als ich über das Licht nachdachte, erblickte ich es sogleich, anfangs war es blass wie eine Narzisse, trüb wie der Nebel, doch dann wuchs das, was ich sah, unaufhörlich, und ich fürchtete schon, davon zu erblinden. So begriff ich, dass das der Himmel sein musste und Gott, doch es wunderte mich – ich war ganz nüchtern in meinen Gedanken –, dass ich immer weiter alleine blieb und keinerlei Geleit bekam, da in Gottes Nähe doch die Engel und alle anderen Lichtwesen leben. Und ich spürte etwas wie einen Wind, der weder warm noch heiß war, der mich ganz einhüllte, als befände ich mich in der Nähe eines großen Luftwirbels: Diese Kraft drängte mich von dem Licht fort, und zwischen mir und dem Licht verlief eine unsichtbare, aber spürbare Grenze. Und so sehr ich sie auch überschreiten wollte, weil es mich zu diesem Licht hinzog wie noch nie zuvor zu etwas, ich war schwach, und die Kraft fehlte mir. Dann ertönte eine Stimme in meinem Kopf, die ebenso meine Stimme wie die eines anderen Wesens sein konnte, und diese Stimme sagte zu mir: »Es ist die Zeit.« Da begriff ich die ganze Wahrheit von der Welt: es ist die Zeit, die es dem Licht unmöglich macht, bis zu uns vorzudringen. Die Zeit trennt uns von Gott, und solange wir in der Zeit stecken, sind wir gefangen und der Dunkelheit preisgegeben. Erst der Tod befreit uns aus ihren Fesseln, aber dann kümmert uns das Leben nicht mehr. Da ergriff mich Traurigkeit, obwohl meine Augen die Fülle des Lichtes erblickten. Ich wollte nichts mehr als nur für immer sterben, und ich starb wohl wirklich, denn plötzlich verschwand der Wind der Zeit, und ich tauchte in das Licht. Und das Einzige, was man über diesen Zustand im Licht sagen kann, ist, dass man nichts sagen kann, denn zusammen mit mir selbst vergingen auch alle Worte. Ich vermochte nicht einmal mehr zu denken, denn auch jegliche Gedanken waren verschwunden. Ich konnte auch nicht sein, weder hier noch an einem anderen Ort, denn es existierte kein Hier und kein Dort und auch keinerlei Bewegung. In diesem Zustand gab es kein Wiesein, weder gut noch schlecht, und ich weiß nicht, wie lange es anhielt, denn es gab weder Augenblick noch Jahrtausend.

Und so wäre ich auf ewig verharrt, weder lebend noch tot, wenn ich mich nicht plötzlich nach der Welt gesehnt hätte. Da entfaltete sich vor meinen Augen ein Bild, das bunt war wie ein Gemälde. Ich konnte davon nicht den Blick abwenden.

Die Welt, die von dort sichtbar wurde, war eine Welt der schlafenden Menschen. Es war eine viel dichter bevölkerte Welt als die, die ich kannte, denn dort waren auch all die, von denen wir meinten, sie seien tot. Ich begriff, dass dies der Tag des Jüngsten Gerichts war, und die Engel begannen schon, die Enden der Welt aufzurollen, als seien es die Ränder eines großen Teppichs. Von oben und unter drang das Getöse einer großen Schlacht, das Klirren von Waffen und Hufgetrappel, doch ich wusste nicht, wer mit wem kämpfte, denn mein Blick war auf die vor mir ausgebreitete Erde geheftet. Einige Menschen wachten schon auf, rieben sich die Augen und blickten zum Himmel. Aber Ihre Aufmerksamkeit war noch wankend und unsicher, denn sie wussten nicht, auf was sie schauten. Ich sah auch Berge, die wie vor Angst erzitterten, und ihre Umrisse verschwammen in der dünner werdenden Luft. Die Sonne verharrte im Zenit und erleuchtete den Raum mit einem heißen hellen Licht. Auf den Steppen begann das Gras zu brennen, und das Wasser in den Bächen schäumte auf. Die Tiere kamen aus dem Wald und stiegen, ohne ihrer natürlichen Feinde zu achten, in die lärmigen Täler hinab. Die Menschen ebenso – über ausgetrocknete Straßen zogen sie zu bestimmten vereinbarten Orten. Sie gingen entschlossen und munter voran, niemand blieb zurück. Der Himmel war nicht rein und blau, er war voll dunkler Wolken und Sturm. Die Pflanzen wurden darunter zu Stein.

Da begriff ich in meinem Herzen, dass ich Zeugin der letzten Augenblicke der Zeit war, dass es mir vergönnt war, das Ende aller Dinge zu erblicken.

Ich verstand, dass unser Jüngstes Gericht ein Erwachen sein wird, denn unser ganzes Leben über haben wir nur geträumt, dass wir leben. Aber einmal haben wir schon wirklich gelebt und sind gestorben, und jetzt sind wir tot. Unsere Lebensträume, die wir für Wahrheit halten, haben für Gott nicht die geringste Bedeutung, denn nichts geschieht in Wirklichkeit, für unsere Träume sind wir nicht verantwortlich, allein wir sind für das verantwortlich, was wir nicht mehr erinnern, denn der Tod hat uns eingeschläfert. Nur jene vergessene Existenz ist wahrhaftig gewesen, darin haben wir gesündigt oder waren tugendhaft. Deshalb wissen wir nicht, was das Erwachen uns bringen wird – das Höllenfeuer oder ein ewiges Leben im Licht.

Und noch einmal muss ich es sagen: Unsere Welt ist mit Schlafenden bevölkert, die gestorben sind und träumen, dass sie leben. Deshalb gibt es auf der Welt immer mehr Menschen, die schlafenden Toten erfüllen sie, ihre Zahl nimmt ständig zu, doch die wahren Menschen, die zum ersten Mal leben, sind nicht zahlreich. In dieser ganzen Wirrnis weiß niemand von uns, kann niemand von uns wissen, wer nur sein Leben träumt und wer wirklich lebt.

## *Fronleichnam*

Marta sagte, man solle sich über das, was man sieht, nicht aufregen. Das sagte sie, als wir aus dem Fenster der Fronleichnamsprozession zuschauten, die in der Ferne über die Felder zog, auf denen Flachs gesät war. An der Spitze ging der Pfarrer, hinter ihm zwei Fahnenträger und eine Gruppe Menschen. Weiter unten lief ein Hund über eine leuchtend grüne Wiese, als wollte er die Menschen bei diesem unerwarteten Gruppenspaziergang über die Felder begleiten.

Ich weiß nicht, warum sie mir das sagte; sie war schon auf dem Weg nach draußen, stand an der Tür mit der Hand auf der Klinke.

Am Abend fiel mir der Satz wieder ein. Ein stehendes Bild in einem laufenden Film, in dem sich alles wandelt und aufhört zu sein, was es ist. So sind die Augen konstruiert: Sie sehen einen toten Ausschnitt eines größeren, lebendigen Ganzen, und das, was sie sehen, spießen sie auf und töten es. Deshalb glaube ich, etwas Statisches zu sehen, wenn ich schaue. Aber das ist ein falsches Bild der Welt. Die Welt ist voller Bewegung und Schwingung. Für sie gibt es keinen Nullpunkt, den man in Erinnerung behalten und verstehen kann. Die Augen machen Aufnahmen, die nur ein Bild, ein Schema sein können. Die größte Täuschung ist die Landschaft, denn es gibt keine Statik in der Landschaft. Man erinnert sich an eine Landschaft wie an ein Bild. Die Erinnerung schafft Ansichtskarten, aber begreift nichts von der Welt. Deshalb passt sich die Landschaft der Stimmung des Betrachters so gut an. Der Mensch erblickt in der Landschaft den eigenen inneren, vergänglichen Augenblick. Überall sieht er nur sich. Und sonst nichts. Das war es, was Marta mir hatte sagen wollen.

## *Traum*

Ich dringe durch den Mund ins Innere der Menschen ein.

Die Menschen sind innen wie Häuser. Sie haben Treppen, große Dielen, Flure, die immer zu schwach beleuchtet sind, sodass man die Türen zu den Räumen nicht zählen kann, Zimmerfluchten, feuchte Kammern, gekachelte glitschige Badezimmer mit gusseisernen Wannen, Treppengeländer, die straff sind wie Adern, Korridorknoten, Treppenabsatzgelenke, Gästezimmer, Durchgangszimmer, Durchzugszimmer, in die plötzlich ein Strom warmer Luft fährt, Schlupfwinkel, Biegungen und Verstecke, Vorratskammern, in denen man die Vorräte vergessen hat. Ich kann mich ungestraft darin bewegen, denn ich bin allein.

Von innen wirken diese Häuser unbewohnt. In den Schlafzimmern sind die Betten gemacht, mit resedagrünen Überwürfen bedeckt, die Haut der Kissen ist gespannt, die Vorhänge sind aufgezogen, der dichte Flor des Teppichs ist unangetastet, ein Kamm liegt auf dem Toilettentisch. Ich kann mich weder auf das Bett setzen noch den Kamm in die Hand nehmen. Ich bin unkörperlich. Ich kann nur alles sehen, kann in jeden Winkel blicken.

Aber ich weiß, dass ich im Innern eines Menschen bin. Das erkenne ich an kleinen Einzelheiten. Eine der Korridorwände ist fleischfarben und pulsiert leicht. Manchmal dringt aus der Tiefe ein fernes, gleichmäßiges Rumoren an meine Ohren, manchmal rutscht mein Fuß auf etwas Festem, Geädertem aus. Wenn man genau hinschaut, schimmert durch die Küchenkredenz eine formlose, schwammige, lebendige Struktur.

## *Das Monstrum*

Meine erste Begegnung mit Soundso: Er stand auf der Terrasse, hatte den Mund aufgesperrt und zeigte mit dem Finger in seinen morschen Schlund. Ein kleiner, unrasierter, hässlicher Gnom, wie sie im Sommer unter den Mützen der Fliegenpilze zu Dutzenden entstehen.

»Aaah!«, sagte er, und ich sah eine weiße Pille auf seiner Zunge.

Da standen wir einander gegenüber auf der Terrasse in dem leeren Tal. Hinter ihm war die Sonne, hinter mir Schatten. Ich wollte vor allem verhindern, dass er in den Flur kam, dann hätte er sich bis zum Abend darin festgesetzt, hätte mit offenem Mund »aaah« gesagt und andere Laute ausgestoßen, die ich nicht verstand. Deshalb ging ich rückwärts zur Türschwelle und versperrte mit meinem Körper den Eingang zum Haus. In einem Anfall von Panik überlegte ich, wie ich zum Telefon kommen könnte, ohne ihn aus den Augen zu lassen. Ich glaube, ich hatte Angst vor ihm. Dann machte er mit der Hand eine Gebärde, als hebe er etwas zum Mund. Mit seinem »Aah« wollte er offensichtlich sagen: »Gib mir Wasser.« Ich sagte ihm er solle warten, und lief in die Küche, um ein Glas zu holen. Als ich zurückkam, stand er immer noch mit aufgerissenem Maul da und betrachtete das Bild auf der Außenwand, einen Schutzdrachen mit einem hellblauen Auge. Die Tablette verschwand im Dunkel seines gnomenhaften Körpers.

»Monstrum«, sagte er und zeigte auf den Drachen.

Gleich nach dem Krieg, als es noch einen Teich im Dorf gab, tauchte darin ein Monstrum auf. Es war riesig, groß wie eine schwere Kuh, und hatte den Körper eines Krokodils, mit geschuppten Pfoten und einem Maul voll messerscharfer Zähne. Es fraß alle von den Deutschen zurückgelassenen Fische in dem Gewässer, das Schilf, die Weidenbäume, dann machte es sich daran, Schafe, Hunde, Hühner und Gänse zu fangen. Nachts ging es auf die Straße hinaus und kroch unbeholfen über den Asphalt in Richtung Nowa Ruda, morgens entdeckten die Menschen entsetzt die Spuren des Monstrums in ihren Höfen. Die Enten verschwanden spurlos, von den Gänsen blieben nur krampfhaft gespreizte orangefarbene Schwimmfüße zurück, am Ufer des Gewässers lagen ausgespiene Hammelhörner herum. Die Gemeindeverwaltung war indessen mit anderem beschäftigt: Man teilte das Land auf, machte Jagd auf Provokateure, richtete Kooperativen ein. Deshalb schritten die Männer des Dorfes selbst zur Tat. Sie warfen Karbid und Rattengift ins Wasser, und eines Nachts auch eine angerostete Granate, die explodierte. Danach sah der Teich aus wie eine Pfütze mit braunem, vergiftetem Wasser. Es half nichts. In der nächsten Nacht fraß das Monstrum einen Stier. Und es sah danach aus, dass es sich rächen wollte. Da schnitzten sich die Männer lange spitze Stecken, zimmerten aus dicken Balken ein Floß und stakten in die Mitte des Teiches. Sie stachen immer wieder ins Wasser hinein, durchkämmten methodisch die trübe Brühe des Teiches. Doch die Löcher, die sie stachen, schlossen sich sofort wieder, und das Wasser war genauso undurchdringlich wie zuvor. Beim dritten Mal nahmen sie die Technik zu Hilfe; irgendwo trieben sie einen großen Dynamo mit einer Kurbel auf, der Strom produzierte. Sie spannten Drähte von dem Dynamo aus und zogen damit ein Netz über das Gewässer. Dann drehten sie an der Kurbel, wobei sie sich abwechselten, denn es war anstrengend, und setzten das im Wasser verborgene Monstrum peitschenden Stromstößen aus. Der große Körper wand sich unter der Wasseroberfläche vor Schmerz, das Wasser trat über die Ufer, dann beruhigte es sich. An diesem Abend trank das ganze Dorf bis zum frühen Morgen.

Aber wenige Tage später hatte sich das Monstrum erholt und rächte sich, indem es eine unachtsame Frau ins Wasser riss. Nur ihr Zinkeimer blieb am Ufer zurück.

Und das war der Anfang vom Ende des Monstrums. Alle waren sich einig: Pflanzen konnten zerstört und Tiere abgeschlachtet werden, doch an Menschenleben durfte es sich nicht vergehen. Das Monstrum hatte ein ehernes Gesetz gebrochen. Vertreter der Behörden kamen, der Grenzschutz, die Podhaler Armee und die Sappeure. Mit einer großen Explosion öffneten sie den Teich zum Bach hin, und das Wasser floss ab. Am Boden lag das Monstrum, verletzt und geschwächt, aber immer noch lebendig. Da packten die Soldaten ihre Maschinengewehre aus und stellten sie am Ufer auf. Der Offizier gab ein Zeichen, und eine Salve aus den Mündungen durchbohrte den Körper des Ungeheuers. Nach der ersten Verwundung versuchte es noch anzugreifen, und die Leute stoben schreiend auseinander. Rasch lud man weitere Munition, und Kugeln prasselten auf den hässlichen Körper ein, bis er wie ein Netz durchlöchert war. Das war das Ende des Monstrums.

Soundso ging nach Nowa Ruda, schob sein ehemals deutsches Fahrrad neben sich her, aber am Abend kam er wieder zurück, denn auch dieses Ende war kein richtiges Ende gewesen.

Die folgenden Nächte über hörte das ganze Dorf ein Heulen aus dem Wald auf der tschechischen Seite. Im Dunkeln heulte dort ein Wesen mit einer so herzzerreißenden Stimme, dass einem die Haare zu Berge standen. Und einen Monat darauf fand man in der ausgetrockneten Mulde des Teiches den Leichnam des Ungeheuerweibchens, das durch Wälder, Wiesen und über die Staatsgrenze gekommen war, um nach seinem Liebsten zu suchen, und hier, am Ort seines schrecklichen Todes, selbst gestorben war.

## *Regen*

An meinem Namenstag fing es an zu regnen, deshalb brachten wir die Stühle in den Hausflur, um den Regen dort abzuwarten. Aber er hörte nicht auf, er fiel in Schnüren vom Himmel, die den Horizont verdeckten. Das waren keine Tropfen, sondern Stränge. Im Flur wurde es allmählich klamm, ich weiß selbst nicht warum, vielleicht sickerte das Wasser durch die Wände. Vielleicht war es auch die Schuld der Hunde, die auf dem Boden das fünftupfige Siegel ihrer Pfoten zurückgelassen hatten. Draußen wurde das Heu langsam feucht, und die Schwarzschnecken freuten sich. In ihrer Welt unter Erde und Laub waren die Vorbereitungen zum Fest im Gange: zum Fest der Feuchtigkeit.

Zwei Kilometer weiter in Richtung Nowa Ruda steht ein seltsames Haus, das heißt, nicht das Haus ist seltsam, nur seine Lage. Es steht in einem engen Tal zwischen den dunkelgrün bewaldeten Gipfeln. Es steht tiefer als jedes andere Haus in der Gegend, man kann es von nirgendher sehen, höchstens von den Gipfeln aus. Der Bach umspült es von zwei Seiten, leckt an seinen feuchten Wänden. Als R. in der Tür stand und in den Regen hinausblickte, begann er zu erzählen, das dort die Familie Schwarzschneck lebe, ein dicker, dunkelbrauner Papa, eine etwas schlankere Mama und zwei Kinder. Abends sitzen sie schweigend am Tisch, im Dunkeln, ohne ein Licht, denn wegen der Feuchtigkeit funktioniert der Strom nicht. Auf ihrer glänzenden dunklen Haut spiegeln sich nur schwach die Schatten des verdunkelten Tages. Nachts legt sich die ganze Familie zum Schlafen in einem Winkel auf den Boden. Vier aneinanderhaftende Körper, die im Rhythmus des Schneckenatems leicht pulsieren. Morgens machen sie sich auf in das üppige feuchte Grün und hinterlassen ihre schleimigen Spuren auf den Blättern. Sie tragen angefaulte Waldbeeren unter ihr Dach und Erdbeeren mit einem bleichen Anflug von Schimmel. Sie kauen schweigend. Das Wasser sickert auf den Boden und überzieht ihn mit einem glänzenden Lack.

Keiner fand diese Geschichte amüsant. Wir öffneten die hellen Computerwelten und schickten uns an, für den ganzen Abend darin zu verschwinden. Unsere von der künstlichen Sonne des Bildschirms beleuchteten Gesichter wurden geisterhaft bleich. Kurze Zeit später fiel der Strom aus, und wir legten Patiencen. Würde der Regen aufhören? Er hört nicht auf. Er hört nicht auf. Aus dem Fenster sah ich Martas Haus, die Regenstriemen rannen durch es hindurch. Vielleicht sollte ich sie herüberholen, dachte ich, was soll sie da so allein im Dunkeln. Sicher hat sie ihren Kasten mit den Perücken geöffnet und streicht jetzt über diese toten Kopfbedeckungen, die niemand braucht. Sie flicht die Strähnen fremden Frauen, die entweder schon gestorben sind oder irgendwo am Ende der Welt leben, umherreisen, mit ihrer Jugend, die wie eine Kruste in ihnen eingetrocknet ist, in Altersheimen altern.

Als ich die Gummistiefel anzog, sah ich trotz der Dämmerung, dass das Wasser an derselben Stelle, die R. im Frühling so sorgfältig abgedichtet hatte, aus dem Teich floss. Es lief oben über die Betonsperren und stand schon bis dicht unter dem Steg. Es war trüb und rot, dick und klebrig. Es rauschte nicht mehr auf die vertraute Weise, sondern dröhnte, als wollte es schreien. In seinen gelben Gummistiefeln und seiner gelben Öljacke sah R. aus wie ein Geist.

Ich sah, wie er ratlos auf dem Damm hin und herlief. Ich sah seine Fische, die sich in den dunkelroten schäumenden Strudeln angstvoll auf den Tod einstellten. Die empfindlichen, behäbigen, bürgerlichen Karpfen, die immer so faul waren, drängten sich jetzt unter der wirbelnden Oberfläche und klappten verwundert die Mäuler auf und zu, ohne dass ihnen ein Laut entstieg. Und zwischen ihnen die Forellen, aufgeregt von der plötzlichen Aussicht auf eine Reise zur Neiße, zur Oder, ins Meer.

»Ich wusste doch, was du machst«, sagte ich, als ich eintrat.

Marta saß am Tisch und breitete ihre Sammlung aus. Sie wickelte Haarsträhnen aus dem Zeitungspapier und kämmte sie mit den Fingern. Dann begann sie, Fäden für das Gewebe zu knüpfen. Ich zog meine Gummistiefel und die Jacke aus, und auf dem Boden bildete sich eine Pfütze.

»An einen solchen Regen kann ich mich nicht erinnern«, sagte Marta, »oder mit meinem Gedächtnis stimmt etwas nicht.« Sie lächelte mich an. »Ich will dir ein Geschenk zum Namenstag machen. Ich mache dir eine Perücke. Aus echten Haaren, auf Seide, speziell für deinen Kopf angefertigt.«

Sie nahm ein Büschel heller Haare vom Tisch und hielt es mir gegen das Gesicht. Es gefiel ihr nicht, und sie nahm ein anderes. Sie wollte, dass ich mir die Haare aussuchte, aber ich konnte es immer noch nicht über mich bringen, sie anzufassen. Dann musste ich mich setzen, während sie das vergilbte Heft und den Bic-Kugelschreiber hervorholte, den ich ihr gegeben hatte. Sie begann, meinen Kopf zu messen, zart berührte sie meine Schläfen und meine Stirn mit ihren Fingerkuppen. Ich fühlte, wie mich der gleiche angenehme Schauer durchrieselte, wie früher, wenn meine Mutter mich zur Schneiderin mitnahm und ich ganz still stehen musste, während Frau Poniewierka, denn so hieß die Schneiderin meiner Mutter, an mir Maß nahm. Sie baute um mich einen Raum aus Zentimetern, geplanten Schnitten und Mustern, formte diesen Raum mit ihren Händen, wand ihn um meine Schultern und meine Taille. Sie berührte mich kaum, aber dennoch reagierte meine Haut heftig mit einem unterdrücken Wonneschauer darauf. Ich schlief im Stehen.

Und jetzt wiederholte Marta dieses Ritual des Maßnehmens. Ich genierte mich wegen meiner wohligen Empfindung und schloss die Augen. Du hast einen großen Kopf. Du hast einen kleinen Kopf. Ich weiß nicht mehr, was Marta gesagt hat.

## *Die Überschwemmung*

In dieser Nacht toste es in der Finsternis über dem Teich. Die Hunde bellten ängstlich, deshalb wachten wir auf und sahen, dass trotz des Regens der Tag anbrach.

Der Teich war verschwunden. An seiner Stelle floss ein Bach, der mächtig, böse, aufgewühlt war. Weder Sperren noch Steg, noch das Blech, mit dem R. gestern verzweifelt die Ufer befestigt hatte, waren mehr da. Die anmutigen, fast warmen Karpfen waren ebenso verschwunden wie die ungeduldigen Forellen. Der Teich war weggelaufen. Er hatte sich von dem aus allen Seiten herbeiströmenden Wasser überreden lassen, war über die Wiese hinabgeflossen, dann am Fuß des Waldes durch Pietno, und in einen anderen Fluss, der ihn zur Neiße führte. Jetzt war er vielleicht in Klodzko, vielleicht noch weiter weg. Die aristokratischen Karpfen, die an solche ungestümen Reisen nicht gewöhnt waren, sind in den Windungen des Flusses stecken geblieben oder die Strömung hat sie auf überschwemmten Sträuchern aufgespießt. Es gab keinen Teich mehr. R. aß roten Mangold und schaute aus dem Fenster.

Marta goss das Wasser aus den überfüllten Regenfässern. Ich winkte ihr, sie winkte zurück und verschwand dann in ihrem Haus.

Nach dem Mittagessen kam R. wieder auf die Schnecken zu sprechen. Er erzählte, womit sich der Herr des Hauses befasst. Nachts kriecht er durchs Gras bis zur Straße und macht sich dann, nach einer kurzen Rast, zu den Wohnstätten der Menschen auf. Dort frisst er den Leuten den feuchten Salat aus den Gärten und die zarten jungen Zucchinitriebe. Mit Genuss beißt er Löcher hinein, und zwar nicht aus Boshaftigkeit, sondern weil das seine Art von Kreativität ist. Löcher und Regen bereiten ihm Freude. Aber am meisten gefällt ihm Asche, die sich in feuchten Schmutz verwandelt hat. Er wälzt sich darin und kommt schmutzig nach Hause, trunken von den feuchten Überbleibseln des Feuers. Seine Frau macht ihm wortlos Vorwürfe. Sie hat sich fast zu Tode gesorgt.

Am Abend hörten wir den Wetterbericht, es gab Überschwemmungen, aber wir fürchten das Wasser nicht. Hier kann das Wasser nicht von irgendwoher kommen, nur vom Himmel. Wie alles andere auch.

## *Nägel*

Marta und ich fuhren nach Nowa Ruda, um Nägel zu kaufen. Die Autos krochen langsam in einer langen Schlange voran, denn das Wasser hatte ein Stück der Landstraße mitgerissen. An der Bushaltestelle im Dorf nahmen wir Fräulein Krysia mit, die in Männerstiefeln im Regen stand und völlig durchnässt war. Als sie eingestiegen war, zog sie die Stiefel sofort aus und schlüpfte in die Pumps, die sie in einer Plastiktüte bei sich hatte.

Alle Straßen in der Nähe des Flüsschens waren schlammbedeckt. Der verschmierte, angetrocknete Schlamm kroch an den Hauswänden bis zu den Fenstern im Erdgeschoss hoch. Die Händler trockneten ihre Ware. Die Besitzerin des Lumpenladens hängte gebrauchte Kleidung auf Leinen zum Trocknen auf, Kleidungsstücke, die so vieles in ihrem Läppchenleben schon mitgemacht hatten, Umzüge, Schrankwechsel, defekte Waschmaschinen, überhitzte Bügeleisen, das Fetterwerden ihrer Besitzer, manchmal sogar ihren Tod und jetzt den nächtlich außer Rand und Band geratenen Fluss.

Auf Sandsäcken waren Sportschuhe ausgelegt, Dutzende identischer Adidas- und Nike-Schuhe. Die Schuhbänder hingen wie Schiffstaue ins Wasser hinab. Vor dem grauen Hintergrund der verschmutzten Hauswände loderten ihre hellen Farben.

Fräulein Krysia bedankte sich, dass wir sie mitgenommen hatten. Im Davongehen zog sie sich ihren zitronengelben Pullover zurecht. Hinter der Brücke blieben wir neben dem Juweliergeschäft stehen und kauften Einmachgurken. Da kam der Verrückte auf uns zu, den jedermann kennt, der Prophet und Hellseher, ein bärtiger Mann in einem Poncho aus einer alten Decke. Er lächelte Marta an, offensichtlich kannten sie sich.

»Wie geht's dir?«, fragte er.

»Wie früher«, antwortete Marta.

Er sah sie ungläubig an.

»Wie früher?«

Ich hatte plötzlich den Eindruck, als verfinstere sich sein Gesicht, als wolle er gleich in Tränen ausbrechen. Marta sagte ihm, er solle sich zusammennehmen oder etwas Ähnliches, aber er nahm eine Gurke von der Waage, drehte sich um und ging davon.

# *Der Hellseher*

Dieser Mensch hatte einen schönen, exotischen Vornamen: Leo, wie der Löwe. Und so sah er auch aus. Haare und Bart hatte er sich lang wachsen lassen. Im Laufe eines einzigen harten Winters wurden sie aus irgendeinem unerfindlichen Grund ganz weiß.

Der Hellseher Leo lebte von der Rente, was man kaum glauben konnte, doch als junger Mann hatte er ein Grubenunglück miterlebt, zwei Tage lang hatte er fast hundert Meter tief in einer heißen schwarzen Kohlennische verschüttet gelegen wie im Mutterbauch, die ganze Zeit über bei Bewusstsein mit quälend klaren Gedanken, die wie eine phosphoreszierende Aureole um seinen Kopf lagen. Er war überzeugt, dass er sterben werde, aber er starb nicht. Die Rettungsmannschaft zog ihn heraus, danach lag er lange im Krankenhaus. Nach alldem befasste er sich mit dem Leben selbst, das heißt, er las von morgens bis abends Bücher. Zuerst las er alles, was ihm in die Hände fiel, dann begann er sich für die unveröffentlichten Typoskripte zu interessieren, die er aus einer halblegalen Versandbuchhandlung in Krakau bezog. Dabei waren auch die Schriften von Besant und Blavatsky, Ossowiecki und unsorgfältig hingekritzelte Berichte von spiritistischen Sitzungen, Prophezeiungen und indisch-jüdische mystische Schriften. Sie enthielten Tabellen, die längst vergessene Ordnungen wieder aufleben ließen, Diagramme, die mit ihren vielstufigen Harmonien lockten. Eines Tages stieß er auf die Adresse der Astrologischen Vereinigung in Bydgoszcz und in den anschließenden Weihnachtsferien lernte er aus den Büchern, die sie ihm schickten, wie man ein Horoskop stellte. Von da an vertiefte er sich mit Hingabe in die winzigen

Zahlenreihen der Ephemeriden, und nichts bereitete ihm ein größeres Vergnügen. Manchmal saß er bis zum frühen Morgen darüber, und wenn der Tag anbrach, begann er, die Zukunft zu sehen. Sie war immer schrecklich, leblos und leer. Niemals waren Menschen oder Tiere darin. Er sah, wie sie in den dunklen Ecken des Zimmers entstand und sich nach draußen ausdehnte, auf das Treppenhaus seines Blocks, die Rasenflächen davor, die Straßen und den Markt in Nowa Ruda. Wenn er abends einen kurzen Spaziergang machte, streifte er an sie, sie hinterließ auf den Ärmeln seines Mantels einen fremden, metallischen Geruch.

Als seine Frau starb, wurde er ein richtiger Hellseher. Man konnte fast meinen, sie habe ihn unter dem Pantoffel gehabt und hätte jeden seiner Gedanken, jede Ahnung zu Boden gedrückt. Sie war wie ein kräftiges Tiefdruckgebiet, das keine Rauchwolke aus den Kaminen hochsteigen lässt und über den Städten den Wintersmog entstehen lässt. Sie lenkte seine Gedanken wie durch Zauber zum Schlangestehen in den Geschäften, zu den roten Rüben im Schrebergarten und der Kohle, die in den Keller geschaufelt werden musste. Außerdem verfolgte ihre Stimme ihn durch die ganze Stadt. Sie steckte den Kopf aus dem Fenster und rief über den Hof: »Leo, Leo, Leochen!«, bis alle Kinder den Kopf hoben und sie nachäfften: »Leo, Leo, Leochen!« Eine richtige Hexe.

Und als sie starb, wurde es plötzlich still. Die seit Jahren unterdrückten Bilder in seinem Kopf begannen zu wachsen und breiteten sich aus wie Eisblumen auf einer feuchten Fensterscheibe, nahmen einander unerwartet an den Händen und bildeten Kreise, phantasievolle Reihen, fügten sich aufs Geratewohl zu planvollen, ja geradezu faszinierenden Mustern. Und das war Hellseherei.

Nur Frauen nahmen seine Dienste in Anspruch. Ein einziges Mal in seiner Hellseherkarriere kam ein Mann zu ihm. Ein gut gekleideter älterer Herr, aufgedunsen von schlechter Ernährung oder vielleicht auch von übermäßigem Wodkagenuss. Er kannte ihn vom Sehen, aber er konnte ihm nicht helfen, denn dem älteren Herrn ging es um die Liebe, dieses am meisten überschätzte Gefühl der Welt, das überdies auch noch ein absurdes Gefühl ist, weil es einer inneren Verwirrung entspringt. Er suchte nach seiner jugendlichen Geliebten, was ebenso erbärmlich wie komisch war. Leo wollte sich nicht damit abgeben, zumal die Jugendliche auch nicht den kleinsten Gegenstand, nicht die geringste Spur hinterlassen hatte. Die Verzweiflung des Mannes jedoch war so ergreifend, in seinem steifen Wollmantel und dem tief in die Stirn gedrückten Filzhut sah er so bemitleidenswert aus, als habe er sich sogar in die eigene Kleidung verirrt.

»Wo ist sie? Das ist alles, was ich wissen will«, sagte er.

Da sah Leo in die Zukunft. Sofort sah er das gesuchte Mädchen, denn sie war beweglicher und deutlicher in der Zeit als andere Wesen. Er erschrak, sie war weder Mädchen noch Frau. Bei Gott, das war ein echter Schreck für Leo, und er sagte dem Mann nur: »Sie ist hier«, denn er sah sie in der Gegenwart und der Zukunft.

»In der Stadt?«, fragte der Mann erfreut, und jetzt erst sah Leo seine Augen, die geschwollen und trüb waren.

»In dieser Gegend hier.«

Bevor er ging, drückte ihm der Mann verstohlen einen Geldschein zu.

»Bitte behalten Sie die Sache für sich«, sagte er.

Das hätte er nicht sagen müssen, dachte Leo hinterher. Von solchen Dingen sollte man nie sprechen. Wer hätte es auch geglaubt? Dass man etwas sieht, was es nicht gibt.

Dass der Mensch nicht ganz und gar Mensch ist. Dass jede Entscheidung eine Illusion ist. Gott sei Dank hatten die Menschen die Gabe des Unglaubens, das war ein wahres Gottesgeschenk.

Die Frauen, die der Liebe wegen zu ihm kamen, waren immer konkreter, sie wollten umarmt werden, an der Hand genommen und im Park spazierengeführt werden, sie wollten einem Mann Kinder gebären, samstags Fenster putzen und für jemanden Suppe kochen. Wenn er die Augen schloss, sah er ihre Leben vor sich; sie kamen ihm langweilig vor, und es fiel ihm schwer, sich auf die Einzelheiten zu konzentrieren, die sie interessierten. Kastanienbraunes oder dunkelblondes Haar. Ein Kind oder zwei. Körperlich krank oder gesund. Geld oder leere Schubladen. Aber auch das traf er richtig, wenn er sich anstrengte. Er zählte die Kinder in seinen Visionen, blickte in Schubladen und begutachtete die Haarfarbe von Männern, die ihre sonntägliche Fleischsuppe aßen. Weibliche Wesen stimmten ihn sentimental. Wenn sie ihm gegenübersaßen, den Blick erwartungsvoll auf sein Gesicht gerichtet, wirkten sie wie scheue Tiere, wie Rehe oder Hasen im Frühling, zart und scheu, doch gleichzeitig unübertreffbar klug, wenn es darum ging, Haken zu schlagen, die Flucht zu ergreifen oder sich zu verstecken. Manchmal dachte er sogar, eine Frau zu sein sei eine Maske, die man gleich nach der Geburt anlegt, um sich keinem völlig zu offenbaren. Um das Leben in Tarnung zu verbringen. Er war der Meinung, sie stellten nicht die Fragen, die sie stellen sollten.

Das Geld, das er mit der Hellseherei verdiente (es war spärlich), tauschte er in Dollar. Er wollte nach Indien reisen, was er übrigens nie in die Tat umsetzen konnte, denn wie alles andere hörte Indien auf zu existieren.

Doch zuerst betrachtete er viele Male fremde Versionen der Zukunft, bis sie für ihn zu einer gemeinsamen totalen Zukunft zusammenfloss. Er wusste, dass die Welt dem Ende entgegensah, und zwar bald, es war nur eine Frage der Berechnungen.

Er sah also ein Tal, über dem ein tiefer, orangefarbener Himmel hing. Die Umrisse in dieser Welt waren alle unscharf und wirkten, als lägen sie in einem fremden Licht. In dem Tal gab es kein einziges Haus und keine menschlichen Spuren, es wuchs kein Busch und kein wilder Johannisbeerstrauch. Es gab auch keinen Bach, das frühere Bachbett war jetzt mit einem dichten, harten rötlichen Gras überwachsen. Es sah aus wie eine Narbe. An diesem Ort gab es keinen Tag und keine Nacht. Der orangefarbene Himmel leuchtete immer gleich, weder warm noch kalt, völlig unbewegt und gleichgültig. Die Hänge waren zwar bewaldet, doch wenn er näher hinschaute, sah er, dass der Wald abgestorben war, er war versteinert und erstarrt. An den Fichten hingen Zapfen, und an den Zweigen steckten noch weißliche Nadeln, denn es kam kein Wind, der sie abgeschüttelt hätte. Er hatte die schreckliche Ahnung, dass der Wald bei der kleinsten Bewegung in dieser Landschaft mit einem trockenen Krachen in sich zusammenstürzen und zu einem Haufen Staub würde.

So konnte nur das Ende aussehen. Keine Flut, kein Feuerregen, kein Auschwitz, kein Komet. So würde die Welt aussehen, wenn Gott, wer auch immer das sein mochte, sie verließ. Ein im Stich gelassenes Haus, ein kosmischer Staub, der alles bedeckt, Dumpfheit und Stille. Alles Lebendige erstarrt und verschimmelt von einem Licht, das keine Vibrationen kennt und deshalb tot ist. Unter diesem gespenstischen Licht zerfällt alles zu Staub.

Ein Mensch, der tagtäglich das Ende der Welt sieht, lebt ruhig. Von Zeit zu Zeit fährt er nach Krakau, um Bücher zu kaufen, betrachtet aus dem Zugfenster die Landschaft, die draußen vorüberzieht, vor allem Oberschlesien mit seinen Industrieheiligtümern, dann die Felder der Oppelner Gegend, die sich bis zum Horizont erstrecken und alle gleichförmig mit Raps bepflanzt sind, der jedes Jahr zum 10. Mai blüht. In seinem Segeltuchrucksack hat er alle möglichen Apokalypsen bei sich, die unzählige Male auf der Maschine abgeschrieben wurden (die letzten Kopien sind fast unleserlich, doch wohnt ihnen immer noch eine erhabene Stimmung inne, Aussagen von Geistern zum Untergang der Zivilisation, Offenbarungen der Muttergottes, die komplexe Dichtung des Nostradamus.

Plötzlich hört die Ebene auf, und die Berge beginnen. Der Zug fährt in Fichtenwälder ein, schiebt sich durch Felsenschluchten, windet sich durch Täler, bis er plötzlich mitten in Walbrzych ankommt. Viele steigen an der Haltestelle Miejsce aus, aber Leo fährt weiter zum Hauptbahnhof, weil er da einen Anschluss nach Klodzko hat.

Der Walbrzycher Hauptbahnhof ist ein menschenleerer dunkler Bahnhof mit einem einzigen Kiosk, wo die Bergleute von der Nachtschicht Zigaretten und Kondome kaufen. Im Buffet gibt es Piroggen mit ausgelassenem Speck und dünnen Tee, der mit lauwarmem Wasser notdürftig aufgebrüht wurde. Der Zug über Nowa Ruda nach Klodzko ist meistens leer. Leo sitzt immer oben, weil man von da aus besser sieht. Denn das ist die schönste Eisenbahnstrecke, die es gibt. Sie führt über hohe Viadukte über weite Täler, an Berghängen entlang, an Dörfern und Bächen vorbei. Mit jeder Kurve öffnen sich neue atemberaubende Ausblicke. Die zarten Umrisse der Berge, der seidige Himmel, die Streifen Grün. Unten über die Straße gehen Menschen, treiben Kühe, Hunde laufen, ein Bauer lacht plötzlich laut auf, Glocken läuten am Hals der Schafe, die Haut juckt, weiter oben geht ein Mensch mit einem Rucksack und winkt, aus den Schornsteinen steigt Rauch in den Himmel, Vögel fliegen gleichgültig nach Westen. In einem solchen Zug lässt es sich nicht lesen. Man muss schauen.

Leo begann, ein Buch zu schreiben. Er fing an mit dem Titel: *Das Ende muss nah sein*. Es ging um den Untergang der Welt. Er nahm darin eine umfassende Analyse des Himmels vor. Am 2. April 1995, wenn Uranus ins Zeichen des Wassermanns tritt, beginnt der Weltuntergang und endet im August 1999, wenn Sonne, Mars, Saturn und Uranus ein großes Kreuz am Himmel bilden. Er schrieb dieses Buch im Winter 1980, als er noch von nichts wusste, aber damals begannen die Streiks, und in Wroclaw bildeten die streikenden Straßenbahnen ein großes Kreuz, so groß wie die ganze Stadt. Leo überlegte, dass er sich in seinen akribischen Beobachtungen und der Interpretation der kleinen Ziffern in den Ephemeriden vielleicht getäuscht hatte und das Ende der Welt doch näher sei. Und er konnte es eigentlich kaum abwarten. So lebte er in Erwartung. Die alten Schuhe liefen sich ab, die Wäsche verschliss in den Nähten, der Gummibund der Unterhosen riss, die Socken wurden löchrig, auf den Fersen bildete sich ein dünnes Netz aus Nylonfäden, durch das man die Hornhaut sehen konnte. Keine Vorräte hatte er, nichts, was »für später« war. Die leeren Mayonnaisegläser riefen nach Marmelade, nach Konfitüren für den Winter, nach Eingemachtem, falls man plötzlich ins Krankenhaus musste. Aber der Winter konnte nicht kommen, es konnte keinen nächsten Sommer geben. Das Brot musste man ganz aufessen, bis zum letzten Krümel, die Seife bis zu einem dünnen Plättchen abnutzen, das man dann zum Waschen der Kleidung verwenden konnte.

Für den Sommer 1993 hatte er eine gewaltige Flut vorhergesagt. Das Eis im hohen Norden würde schmelzen und der Wasserspiegel der Meere steigen. Holland würde unter der Flut verschwinden. Die Zulawy auch. Vielleicht würde es noch schlimmer kommen, und nur die Bergkuppen und -gipfel würden über Wasser bleiben. Nowa Ruda würde erhalten bleiben, weil es hoch gelegen war. Dann würde im Nahen Osten ein Krieg ausbrechen, der sich im Laufe des Jahres zu einem Weltkrieg ausdehnen würde. Heere würden wieder durch das unterspülte Tiefland ziehen. Die Kathedrale in Wroclaw würde zur Moschee. Anfang 1994 würden Atomexplosionen den Himmel für mehrere Tage verdunkeln. Die Menschen würden krank. Gott sei Dank würde Nowa Ruda nichts passieren.

1990, als die Papierzuteilungen abgeschafft wurden, brachte Leo sein Buch selbst heraus, er bezahlte mit dem Geld, das er mit seiner Hellseherei verdient hatte. Drei Jahre wartete er auf die ersten Anzeichen des bevorstehenden Weltuntergangs, aber trotz der leeren Mayonnaisegläser und der bis auf die letzte vertrocknete Kruste aufgegessenen Brotlaibe zeigten sie sich nicht. Der Sommer 1993 war heiß, und diese schreckliche Hitze deutete er als den Anfang vom Ende, aber dann ging auch er vorüber, das neue Schuljahr fing an, die Leute buken Pflaumenkuchen und ernteten Kartoffeln. In Leos Küche ging der Gasofen kaputt, und da es kalt wurde und er heißes Wasser brauchte, musste er ihn reparieren. Während er an den Düsen des Junkers-Boilers bastelte, hatte er ein Gefühl von Vergeblichkeit, das ihn eiskalt durchrieselte.

Wenn die Welt zu Ende geht, wird jede Aktivität zu einer Krankheit.

Doch für Leo ging die Welt am 14. November 1993 unter, zum Zeitpunkt der großen Konjunktion von Uranus und Neptun im achtzehnten Grad des Steinbocks. Das begriff er eines Nachts, als er in der Badewanne saß, denn ein Bad ist die einzig erfolgreiche Methode, den Körper rasch aufzuwärmen. An diesem Tag hatte man im Fernsehen berichtet, dass eine Sekte in Uruguay den Untergang der Welt erwarte. Danach hatte der Papst, der die rechte Hand in einer Armbinde hatte, die Welt mit der linken gesegnet, und der Wetterbericht hatte vor Schneetreiben gewarnt. Zum Schluss war die müde Nachrichtensprecherin noch einmal zu sehen gewesen und hatte nach dem Gutenacht-Gruß mit unüberhörbarem Sarkasmus die folgenden Worte hinzugesetzt: »Den pessimistischen Voraussagen der uruguayischen Sekte zum Trotz bleibt die Welt weiter bestehen.« Da sagte sich Leo, bis zum Weltuntergang blieben jetzt noch fünfundvierzig Minuten. Eine Schulstunde. Und er ging baden.

Als er in der Wanne saß, erlosch das Licht in Leos Badezimmer, der Fernseher verstummte, und aus dem Kran floss nur noch eiskaltes Wasser. Vor Schrecken saß er wie versteinert da und versuchte nicht einmal im Dunkeln Hilfe zu suchen. Die Zahlenkolonnen der Ephemeriden und das düstere, lautlose Diagramm des Sonnenstands galoppierten ihm durch den Kopf. Die Rohre im Badezimmer dröhnten wie die Trompeten des Jüngsten Gerichts, und Leos nackter Körper wurde von einem Zittern ergriffen. Er dachte an alle seine Angehörigen – er hatte allerdings nur entfernte Angehörige – und daran, was all die Tiere in der Stadt jetzt wohl machten, die Hunde, Katzen, Meerschweinchen und Hamster, ob sie auch Angst hatten und ob Tiere weiterhin unsere Gefährten sein würden. Ob in jedem Haus ein Feuerschwert erscheinen würde, sogar auf allen elf Stockwerken der Blocks in seiner Siedlung, und wo sich die Erde auftun könnte, da es doch kaum noch Platz zum Parken gab. Plötzlich sah er in dieser Badezimmerdunkelheit ein Bild vor sich, das ihn hatte erbeben lassen, als er noch ein Kind war: Aus der Erde steigen die Toten, nackt und verschlafen blinzeln sie ins Licht, heben die Hände an die Augen, weil das Licht sie blendet. Die steinernen Kreuze auf dem Friedhof geraten ins Schwanken, die Grabplatten schieben sich auseinander. Am Horizont steht ein Engel, sein schönes Gesicht ist vor Entsetzen und Angst verzerrt, um sein Haupt tost ein Wirbelsturm. So sah es in Leos Augen aus, in seinem Kopf.

Das Badezimmer blieb dunkel.

Das Dröhnen der Rohre ließ die Wände leicht vibrieren. Leos Unterkiefer begann zu zittern, und er hörte das eigene Zähneklappern. Aber das war keine Angst. Seine einzige Empfindung war Enttäuschung. Zuerst war sie klein, wie damals, als seine Mutter ihm zu Weihnachten anstatt des ersehnten Schaukelpferds einen Schlafanzug gekauft hatte, dann wurde sie größer und größer und schließlich unerträglich. So sollte der Weltuntergang aussehen? Dunkelheit und röhrende Wasserrohre in der Wand?

Dieser Mensch, der das Ende der Welt voraussagte (auch wenn er sich im genauen Datum geirrt hatte), war im Grunde ein Optimist. Er wollte von allem Zeuge sein, als habe er es selbst heraufbeschworen, er hatte sich sogar auf eine bestimmte seltene Konjunktion besonnen, Neptun und Uranus, die sich knirschend aneinander reiben, während ihre aufgefächerten Energien rasseln.

Sein einziger Wunsch war es jetzt, zum Himmel hinaufzublicken, um zu sehen, ob er schon erloschen war, ob sich die Laufbahnen der Planeten schon ineinander verheddert hatten, ob die rasenden Galaxien schon aufeinandergeprallt waren und der apokalyptische Staub bei null Grad Kelvin erstarrte. Er biss die klappernden Zähne zusammen und stieg aus dem abgekühlten Badewasser.

Und dann kam der eine unbegreifliche Moment in Leos Leben, in dem die Glühbirne aufleuchtete, der Kran gurgelte und heißes Wasser ausstieß und aus dem Wohnzimmer die Stimme des Fernsehsprechers an seine Ohren drang, als wäre das Fernsehen mit seinen Millionen Gesichtern das Einzige vom Tode auferstandene Wesen. Verblüfft von dieser unerwarteten Wendung der Dinge erstarrte Leo mit dem Bein auf dem Wannenrand und blinzelte, geblendet vom Licht. Dampfwolken bildeten kleine Tröpfchen auf dem geborstenen Spiegel. Die gewaschenen Handtücher hingen reglos an den Haken. Auf der flachen Flasche stand immer noch und unverändert leidenschaftslos *WARS*.

Leo stieg aus der Wanne, öffnete die Tür zum Korridor und horchte. Jemand ging mit schlurfenden Schritten durchs Treppenhaus. Aus der Wohnung über ihm drang eine monotone mechanische Musik. Leo ging quer durch das Zimmer und öffnete die Balkontür. Sein Körper war in solcher Anspannung, dass er die Kälte gar nicht spürte. Vor ihm lag die Stadt, genauso wie gestern, genauso wie vor einer Stunde. In den Talsenken funkelten Lichter, es rauschte und raunte. Aber Leo hatte den Eindruck, dass nichts so war wie vorher. Er spürte etwas Falsches in diesem beruhigend vertrauten Anblick. Er zog die Luft durch die Nase ein, als erwarte er, einen brandigen Geruch wahrzunehmen. Er begriff nach einigen Minuten, in denen sein Körper vor Kälte erstarrte, dass es mit der Welt vorbei war, obwohl sie noch den Schein von Dauer wahrte. So sah das wirkliche Ende aus.

Aus irgendwelchen Gründen sind die Menschen nicht imstande, sich ein Ende vorzustellen, und zwar nicht nur von großen Dingen, sondern auch von ganz kleinen. Vielleicht ist eine geistige Vorstellung an sich schon zu viel für die Wirklichkeit, vielleicht will die Wirklichkeit nicht, dass die Menschen sie sich im Kopf vorstellen, vielleicht will sie frei sein wie ein rebellischer Teenager, und deshalb ist immer alles anders, als man es sich vorgestellt hat.

Vom nächsten Tag an lebte Leo in einer Welt, die nicht mehr existierte, die ganz und gar Täuschung war, ein Traum mit Eigendynamik, eine bloße Angewohnheit der Sinne.

Ein solches Leben war gar nicht schwer, ja es war leichter als jenes andere Leben, das man im Ernst geführt hatte. Jetzt ging er in die Stadt wie in einen Nebel hinein, wie in Theaterkulissen. Er schnitt Leuten Gesichter und lachte, wenn sie ihn verblüfft ansahen. Er klaute sogar etwas im Lebensmittelgeschäft, aber nur wenig, nicht viel, dann wäre ihm nicht wohl in seiner Haut gewesen. Er kümmerte sich jetzt gar nicht mehr um seine Kleidung. Er sorgte nur dafür, dass ihm nicht kalt wurde. Er zog sich zwei verschiedene Schuhe an, und als er sich aus Versehen Öl auf die Jacke geschüttet hatte, tauschte er sie gegen eine Decke ein, in die er ein Loch schnitt, um sie wie einen Poncho anziehen zu können. Da er seine Ephemeriden und andere Berechnungen an den Nagel gehängt hatte, hatte er jetzt viel Zeit. Er saß stundenlang auf einer Bank im Park am Fluss und betrachtete eingehend jeden Stein und jede Hauswand. Er prüfte sie auf jedwede Anzeichen von Zerfall. Und die fand er in Hülle und Fülle. Der Fluss änderte seine Farbe fast jeden Tag. Einmal war er braun, dunkel wie Kaffee, am nächsten Tag rosenfarben wie Champagner. Die Steine bekamen Runzeln. Die Brücke bröckelte ab, und Leo wartete ungeduldig darauf, dass die menschlichen Erscheinungen in das unreale Wasser fielen. Er wanderte zwischen den Ständen auf dem Gemüsemarkt umher und nahm die reifsten Früchte aus den Körben. Manche schimpften, andere nicht. Er belästigte junge Mädchen in Toreinfahrten, eher zum Spaß oder um seine Angst vor der lockenden Weiblichkeit in engen Röcken zu überwinden, aber natürlich hatte er keine Lust, es mit jemandem zu treiben, den es gar nicht gab.

Er blickte auch zum Himmel hinauf. Das weckte Sehnsucht in ihm. Er sah jeden Tag anders aus, so wie der Fluss, der ständig seine Farbe wechselte, denn die Sterne zogen ihre Bahnen ohne jede Ordnung und jeden Plan. Stundenlang suchte er den Mars, denn er war nicht da, wo er sein müsste. Die Milchstraße war fast unsichtbar geworden. Über dem Annaberg leuchtete manchmal ein helles Licht auf, aber er hatte keine Ahnung, was das sein konnte. Manchmal sah er Menschen, menschliche Erscheinungen, die auch zum Himmel hinaufblickten, aber gar nicht beunruhigt wirkten. Sie küssten sich im Mondschein, obwohl es seit jenem Tag schwierig geworden war, seine Phasen vorherzusehen. Der Mond tat, was er wollte.

Leo ging schlafen und träumte, dass er nicht schlief, sondern durch die Stadt ging, Obst von den Marktständen nahm und den Fluss betrachtete.

Manchmal steckte er einen Finger in die Wand und bohrte in deren warmem, morschem Inneren. Der Stein gab unter dem Druck der Fingerkuppe nach, zerbröckelte, zog sich vor der Berührung zurück. Es blieb ein Loch, das nicht wieder zusammenwachsen konnte. Einmal sah er ein Haus am Fluss, das in sich zusammenfiel. Es wirkte wie ausgetrocknet, zerbrechlich und wehrlos. Es sackte unter seiner Last zusammen und legte sich leise auf die Erde. Nur eine Wand blieb, die wurde vom Nachbarhaus gestützt. Die Menschenerscheinungen bemerkten es nicht. Jetzt gingen sie an dem leeren Ort vorbei, als sei dort nie etwas gewesen, als sei dieser Standort des Hauses vor ihren Augen zugewachsen.

In solchen Augenblicken traurigen Erstaunens dachte er über sich selbst nach, darüber, ob er existierte oder nicht. Er fasste seine Arme und Beine an, aber konnte sich nicht überwinden, seinen Bauch zu berühren. Er fürchtete, sein Finger könne in Versuchung geraten, ein Loch zu bohren, dann würde er sich selbst durchbohren und nie wieder zusammenwachsen, er würde dann immer ein Loch haben.

Er begegnete auch Menschen, deren Gesichter ihm bekannt vorkamen. Aber das kam immer seltener vor. An die Stelle der Gemüsefrau trat ein neues, ausdrucksloses Gesicht, das eher wie ein Blumenkohl aussah als wie ein Mensch. Er sah auch nicht mehr den Lyzeumsdirektor, seinen Nachbarn vom ersten Stock. Er hatte den Eindruck, dass in dessen Wohnung jetzt jemand anders lebte, ein schlüpfriger, glatter Mensch mit einer geschniegelten Visage, täglich aufs I-Tüpfelchen rasiert, immer mit einem Telefonhörer in der Hand, in den er seine papierene Klugheit zischte und jeden Radiowettbewerb gewann. Auch die beiden Mädchen waren nicht mehr da, die einander glichen wie ein Ei dem anderen und im Sommer auf dem Garagendach spielten. In der warmen Jahreszeit lagen dort jetzt junge magere Frauen herum und hielten ihre bloßen Bäuche den ergrauten Strahlen der Sonne hin. Die Sonne bräunte die Haut auch nicht mehr so wie früher, sondern machte sie aschfarben, grau wie einen verwaschenen Jutesack.

Die bekannten Gesichter waren eine Frau, die er seit dem Krieg kannte, aber schon lange für tot gehalten hatte, und ein junger Mensch mit schulterlangen Haaren, ein Provinzhippie, den er fast jeden Morgen auf der Brücke sah, neben der verwitterten Statue des Heiligen Nepomuk. Der Mann ging über die Brücke und spuckte in den Fluss. Vielleicht ging er zur Arbeit, irgendwo gab es wohl Arbeitsstellen. Leo hörte zum Beispiel das Werk Blachobyt hinter dem Berg dröhnen, und in manchen Nächten stieg von dort der Widerschein eines schmutziggelben Lichtes auf.

Weine!, sagte er zu sich selbst, denn es kam ihm passend vor, obwohl er keinerlei Trauer empfand. Manchmal gelang es ihm auch. Er stand auf der Kreuzung von Piasten- und Pojazdowastraße und weinte, und die klobigen Autos fuhren durch ihn hindurch und konnten ihm nicht das geringste anhaben.

## *Mysmantie*

Im Internet habe ich merkwürdige Dinge gefunden. Zum Beispiel verschiedene Wahrsageverfahren:

Aeromantie: Wahrsagen aus der Luft
Alektryomantie: Wahrsagen unter Verwendung eines Hahns

Antinipomantie: Wahrsagen aus den Innereien von Frauen und Männern
Gastromantie: Wahrsagen aus den Magengeräuschen
Idolomantie: Wahrsagen anhand von Figuren, Bildern und Statuen
Kattabomantie: Wahrsagen aus Metallgefäßen
Logarithmantie: Wahrsagen mithilfe von Logarithmen
Machaiomantie: Wahrsagen aus Messern
Oinomantie: Wahrsagen aus Wein
Omphalomantie: Wahrsagen aus dem Bauchnabel
Scaeomantie: Wahrsagen aus Schatten
Stareomantie: Vorhersagen der Zukunft aus den Elementen
Thaeromantie: Wahrsagen anhand von wilden Tieren
Tuframantie: Wahrsagen aus Asche
Tyromantie: Wahrsagen aus der Art und Weise, wie man Käse schneidet

## *Der Mensch aus zweiter Hand*

Im September fing im Radio Nowa Ruda die Lesung eines neuen Fortsetzungsromans an. Es war ein englischer oder amerikanischer Roman, *Der Mensch aus zweiter Hand*. An den Autor kann ich mich nicht mehr erinnern, sein Name hörte sich an wie etliche andere. Es war die weitschweifige traurige Geschichte eines Mannes, der das hartnäckige, zerstörerische Gefühl hatte, sekundär, unecht zu sein, die Nachahmung von etwas, was es schon gab. Er fühlte sich wie ein Ersatz für ein Original, ein ursprüngliches Wesen. Zum Beispiel stellte er sich vor, er sei aus einem Waisenhaus adoptiert worden und kenne seine biologischen Eltern gar nicht. Leute, deren eigener Sohn gestorben war, hatten ihn adoptiert. Er musste also jemanden ersetzen. Er war kein Sohn an sich, sondern ihm war es bestimmt, der Ersatz für einen anderen Menschen zu sein, für jenes Kind, das gestorben war. Die ersten drei Kapitel handelten von seiner Jugend. Er wuchs in der Ahnung heran, dass er der Abklatsch von etwas war, das anders und besser war als er. Im vierten Kapitel ging er zur Universität und war fasziniert von Platon. Er verstand genau, was dieser meinte, als er über die Idee und ihren Schatten schrieb. Dass etwas Echtes, Einmaliges, Unwiederholbares, in seiner Einzigartigkeit Vollkommenes existiert. Und daneben etwas Unklares, eine Kopie, die wie jede Kopie lückenhaft, voller Mängel und Brüche ist, eine Fälschung, die vom Original weit entfernt ist. Dieses Kapitel war ein wenig langweilig. Das Radio stand auf der Terrasse, ich strich die Tür an, die Arbeiter reparierten gerade das Dach und auch sie hörten die Geschichte von Emanationen, Höhlen, Duplizität und Verzweiflung. Der Held des Buches verliebte sich in die Philosophie. Er schrieb seine Magisterarbeit über einen Epigonen des Platonismus, an den Namen kann ich mich nicht erinnern, er hörte sich an wie etliche andere altgriechische Namen, und schließlich stellte sich heraus, dass sogar diese Arbeit ein unfreiwilliges Plagiat war, dass er dasselbe geschrieben hatte, wie schon mal jemand vor ihm. In den nächsten Kapiteln heiratete er eine geschiedene Frau, er war ihr zweiter Mann. Seine Frau hörte nie auf, den ersten zu lieben. In einer Szene in dem Buch – die hörte ich auf dem Speicher beim Aufräumen – findet der Held im Badezimmerschrank ihres Hauses (ihr gehörte das Haus nämlich) die Toilettenartikel jenes Mannes, die wie in einem Museum aufgebaut sind. Schließlich fängt er an, sich die Zähne mit der Zahnbürste des ersten Mannes zu bürsten, bespritzt sich mit dessen Toilettenwasser und zieht dessen Schlafanzug an, und seine Frau überredet ihn sogar dazu, auf dieselbe Weise mit ihr zu schlafen wie jener. Mir fiel sofort Polanskis *Untermieter* ein, weniger der Film selbst als der Untermieter, so wie er sich mir eingeprägt hatte, als ich den Film zum ersten Mal sah. Der Zahn, der aus dem Loch in der Wand geholt wird, was bedeutet, dass die Welt Zeichen gibt, dass sie etwas will, und dann diese mehrfachen Selbstmordversuche, wie er sich aus dem Fenster wirft und wieder nach oben kraxelt. Erfolglose Sterbeproben ad infinitum. In dem nächsten Kapitel des Buches ging es darum, dass der Held natürlich Stiefvater ist, Zweitvater. Er kann keine eigenen, keine Originalkinder haben. Menschenschatten können sich nicht vermehren, denkt er. Er arbeitet als Lektor in einem Verlag und lektoriert die Bücher anderer. Er träumt davon, ein eigenes Buch zu schreiben, aber in den fremden Büchern findet er immer seine eigenen Einfälle, die schon jemand aufgeschrieben und behandelt hat. Im Telefonbuch stehen Dutzende Menschen mit demselben Namen, und das ist wohl auch der Grund, weshalb die Polizei ihm zusetzt, denn er heißt genauso wie ein Heiratsschwindler. Hinzu kommt, dass er eine gewisse Ähnlichkeit mit einem nicht besonders beliebten Politiker hat und dass alle ihn mit diesem verwechseln. Sein Foto fällt von der Tafel mit den Ehemaligenbildern im Gymnasium, und aus Versehen klebt man das eines anderen an die Stelle. Die beiden letzten Kapitel habe ich verpasst, weil ich in Wambierzyce Holz holen musste. Ich habe keine Ahnung, wie die Geschichte des Menschen aus zweiter Hand zu Ende ging. Wie jeder andere musste auch er sterben. Vielleicht wurde bei der Gelegenheit sein

Leichnam vertauscht, und er wurde unter einem anderen Namen beigesetzt. Vielleicht fand zur Zeit seiner Beerdigung am Nebengrab das Begräbnis eines bedeutenderen Menschen statt, und das Blasorchester übertönte die zuerst fotokopierte und dann auswendig gelernte Ansprache des Pfarrers.

## *Weiß*

Sie kamen in einem weißen Auto an. R. ging zu ihnen hinaus und half ihnen, die Taschen aus dem Kofferraum zu holen. Sie standen eine Zeit lang vor dem Auto, denn R. bewundert immer die Autos unserer Gäste. Er fragt nach dem Baujahr und dem Treibstoffverbrauch. Beide Hündinnen tanzten vor Freude um sie herum, dann setzte sich die eine von ihnen, Janka, wie immer auf den Fahrersitz.

Das Auto war weiß, strahlend weiß. Ich trat auf die Vortreppe hinaus und winkte ihnen zu. Sie war schon auf dem Weg zu mir, den Blick auf den steilen Pfad unter ihren Füßen geheftet. Das Weiß des Autos bildete den Hintergrund zu ihrer schlanken Figur. Sie löste sich von dem weißen Schirm wie eine Gestalt, die aus einem Film tritt und im Dunkel des Zuschauerraums verschwindet. Ich war dieser Zuschauerraum.

Ich beobachtete sie, lächelte, und mir wurde bewusst, dass jegliches Weiß unnatürlich ist. In der Natur gibt es kein Weiß. Selbst der Schnee ist nicht weiß, er ist grau, gelb, schimmert golden, kann hellblau oder graublau sein. Deshalb rebellieren die weißen Tischtücher und Laken, deshalb gilben sie hartnäckig, als wollten sie sich dieser unnatürlichen Schminke entledigen. Herkömmliche Waschmittel helfen da nicht. Wie so viele Erfindungen der Menschen sind auch sie nur eine vervielfachte Täuschung, indem sie das Licht reflektieren.

## *Julivollmond*

Marta sah, dass wir die Stühle auf die Terrasse hinaustrugen und in zwei oder drei Reihen hintereinander aufstellten. Mit Tabletts voller Gläser drängten wir uns durch die Tür, klirrten mit den Löffeln in Tassen, schoben Hocker scharrend hin und her. Einige hatten sich schon hingesetzt. Sitzend unterhielten wir uns in dem gleichförmigen halblauten Ton, wie er einen Zuschauerraum vor der Theatervorstellung erfüllt. Aus den Worten wird nichts verständlich, sie sind kaum hörbar, simulieren Sätze, bewegen die Luft wie die Samen der Pusteblume. Aus knisternden Packungen zogen wir weiße Zigaretten.

Jemand gab jemandem über die Köpfe anderer hinweg einen Becher oder Teller, jemand ging in den Flur, um einen Pullover zu holen. R. brachte zwei Flaschen Wein und stellte sie auf den Küchentisch. Er hatte ein Fernglas um den Hals gehängt. Eine Frau lehnte sich an das Holzgeländer und prüfte die Einstellung ihres Fotoapparates. Ein junger Mann mit Bart sah auf seine Uhr, und auf einmal blickten alle auf die Uhr, um festzustellen, wie spät es war. Das Licht im Hausflur erlosch plötzlich, und das Haus wurde dunkel wie jede Nacht. Nur die rotglühenden Enden der Zigaretten bewegten sich wie durchsichtige Johanniskäfer auf und ab und bezeichneten in der Dunkelheit den Weg zwischen Hand und Mund.

Marta knöpfte ihre Strickjacke zu, denn vom Wald her wehte es schon kühl. Die Nacht war still und leer. Grillen gab es noch keine.

Dann hörte Marta, dass plötzlich Bewegung in die Gesellschaft auf der Terrasse kam. Wir seufzten vor Begeisterung laut auf, und eine Frauenstimme sagte: »Da ist er.«

Marta wandte den Kopf und sah dasselbe wie wir: einen dünnen, blutroten Streifen am Horizont, genau zwischen zwei Fichten. Der Fotoapparat klickte, das Fernglas schlug leise gegen die Plastikknöpfe des Hemdes. Der rote Strich wuchs und verwandelte sich in eine Kuppel, bis am Horizont ein großer leuchtender Pilzkopf spross. Er wuchs und wuchs vor unseren Augen, wurde zu einem Halbkreis, und dann sah man ganz deutlich, dass es der Mond war, der da am Rande der Welt entstand. Zwei Fichten nahmen ihn in die Mitte wie ein Kind. Der Fotoapparat klickte ein ums andere Mal, bis sich der Mond schließlich von der Erde erhob, sich von dem schwarzen Strich des Horizonts löste und unsicher schwankend emporstieg. Er war riesig.

Einer begann andachtsvoll zu applaudieren, andere Hände fielen ein. Als der Mond den sicheren Raum zwischen den Fichten verlassen hatte, änderte sich seine Farbe nach und nach. Zuerst wurde er gelb, dann weiß und dann grünlich. Über den Baumwipfeln konnte man seine Gesichtszüge deutlich erkennen.

Aber Marta sah zu den Leuten auf der Terrasse hinüber. Dort klangen die Gläser. Sie zuckte zusammen, als ein Sektkorken knallte. Nach einiger Zeit begannen die Leute zu reden, zuerst gedämpft, dann immer lauter, und schließlich war alles so wie immer.

## *Hören*

Weil so viele Leute im Haus waren und die Schlafgelegenheiten nicht ausreichten, ging ich in den Garten und legte mich auf die rote Liege, auf der ich tagsüber lese. Ich deckte ein weißes Laken darüber. In der Nacht schimmerte es grau.

Ich sah das Haus von außen, aus dem Badezimmerfenster fiel Licht und warf eine lange helle Spur auf den Teich, dann sprang lärmend die Pumpe an. Nach einer Minute verstummte sie, das Haus wurde dunkel und ich verlor es aus dem Blick. Der Himmel wirkte jetzt heller.

Die Nacht ist nicht so dunkel, wie man behauptet. Sie birgt ein sanfteres Licht, das vom Himmel auf die Berge und Täler fällt. Die Erde leuchtet auch. Es ist ein kalter, graufarbener Schimmer, der etwas leicht Phosphoreszierendes an sich hat, wie das Leuchten von blanken Knochen und Fäulnis. Am Tag sieht man diesen Schimmer nicht, auch nicht in hellen, vom Mond erleuchteten Nächten oder in Städten und Dörfern mit künstlicher Beleuchtung. Das Licht der Erde wird nur in echter Dunkelheit sichtbar.

Außerdem gibt es ja auch die Sterne und den Mond. Deshalb ist es hell.

Ich betrachtete eingehend jedes Stück des Raumes, das ich von meiner Liege aus sehen konnte, jeden Baum, jedes Grasbüschel, jede Krümmung des Horizonts. Alles sah aus wie mit Asche oder Mehl bestäubt. Das Nachtlicht ließ die scharfen Ecken verschwinden, milderte die Kontraste ab. Die Grenzen zwischen den Dingen verwischten sich. Eine Vielheit von Dingen wurde zu einem vielfachen Einen. Diese Bilder hatten offensichtlich meine Gedanken gefesselt und eingelullt, denn irgendwann fuhr ich auf, und die aus dem Schlaf gerissenen Augen sahen nichts als Finsternis, der Mond war schon untergegangen. Aber dafür hatte sich mein Gehör geschärft, es übernahm jetzt die Kontrolle über den ganzen Körper und zog mich mit sich. Es kroch über die Hauswände und horchte. Aus der scheinbaren Stille stiegen langsam die Atemzüge der Schlafenden im Innern des Hauses. Zuerst war es nur ein leichtes Streichen, ein Rascheln, das in meinen Ohren knisterte, bis ich ganz und gar Gehör wurde, eine fleischige Muschel, ein ausgetrockneter Becher, ein feuchter seidiger Rüssel, der sich an der Wand festsaugte. Zum ersten Mal in meinem Leben begann ich voll und ganz zu hören: Der Atem der Schlafenden im Innern des Hauses wurde zu einem Rauschen, einem Sausen, das in die Körper der Menschen fuhr und diese leblosen zombieartigen Gebilde bewegte. Ihre Lider schnalzten unruhig wie Fleischbrocken, die auf kalten Steinboden geworfen werden; ihre Herzen schlugen mit einem dumpfen Klang, der schwerer als Luft war und gleich in die Erde sickerte. Die Betten knarrten gleichmäßig im Rhythmus des Schlafes. Dann vernahm ich den Lärm der Mäusemetropolen in den Hauswänden, die kleinen belebten Kreuzungen, Schauplätze zärtlicher Rendezvous, die Vorratskammern. Ich hörte die Holzwürmer in den Beinen des Kieferntisches. In der Küche startete der Kühlschrank mit ohrenbetäubendem Brummen zu seinen nächtlichen Eisflügen. Die Motten kitzelten den kühlen Raum der Nacht. Und das hysterische Läuten der Tropfen, die aus dem Wasserhahn in der Küche fielen, schnitt das alles in kleine Stücke. Betäubt von den Geräuschen, drehte ich mich auf den Rücken und blickte zum Himmel hinauf. Es sollte still sein wie immer, aber das war nicht so. Ich hörte das Pfeifen fallender Meteore und das

Rauschen von Kometen, das einem das Blut in den Adern gefrieren ließ.

## *Wer das Leben der Heiligen schrieb, und woher er das alles wusste*

Ein junger Geistlicher nahm ihm die Papiere ab und bat ihn, am Abend wiederzukommen, dann zeigte er ihm wortlos das Zimmer, in dem er wohnen sollte, während er auf den Beschluss des Rates wartete. Das Zimmer war dunkel und feucht, aus dem Fenster sah er den Fluss und ärmliche Häuser am anderen Ufer. In gewisser Weise erinnerte ihn das Zimmer an seine Zelle im Kloster – das schmale Bett, davor Tisch und Stuhl, anstatt eines Schaffells ein Betpult. Er kniete sich sofort an das Pult und versuchte zu beten, aber Kümmernis wollte nicht zu dem Betpult kommen. Paschalis' Gedanken schweiften immer wieder von der Heiligen ab und zu den hübschen Verzierungen der Möbel, deshalb kniete er sich schließlich auf den Steinfußboden. Aber auch da konnte er sich nicht konzentrieren. Das Rauschen des Flusses drang durchs Fenster, der Lärm der Straße, das Quietschen von Rädern, Stimmen. Glatz war dem Gebet nicht förderlich. Zum ersten Mal seit vielen Jahren schlief er ohne Gebet ein.

Am nächsten Tag teilte ihm derselbe Geistliche mit, der Bischof lese nun die Schriftstücke und die Audienz sei am folgenden Tag. Am nächsten Tag sagte er ihm dasselbe. Und am darauffolgenden Tag wieder. Paschalis lebte unterdessen im bischöflichen Palast und hatte Zeit, sich die Stadt anzuschauen.

Er sah eine ungeheure Menge von Menschen, es kam ihm geradezu unwahrscheinlich vor, dass so viele an einem Ort wohnen konnten. Es wunderte ihn, dass sie sich nicht alle kannten. Sie gingen auf der Straße gleichgültig aneinander vorbei, ohne sich eines Blickes zu würdigen. Vom Morgen bis zum Abend wanderte er in dieser seltsamen Stadt umher, bis die Riemen seiner Sandalen ihm die Haut wund gescheuert hatten. Er sah die Händler auf dem Markt neben ihren Ständen, in denen sich alle möglichen Waren türmten. Man konnte sich kaum merken, wozu all diese Dinge dienen sollten. Er sah Kinder, die mitten auf der Straße spielten, Tiere, die vom Lärm und der Hitze erschöpft waren, und in den Kirchen bunt bemalte Statuen, die wirklichen Menschen täuschend ähnlich sahen.

Aber am meisten faszinierten ihn die Frauen. Hier in der Stadt waren sie noch viel sichtbarer und spürbarer. Wenn er in der Kirche betete, erkannte er sie am Rascheln der Kleider und dem leisen Klopfen ihrer Absätze. Verstohlen betrachtete er dann jede Einzelheit ihrer Tracht, ihre Haarsträhnen und Zöpfe, die Form ihrer Schultern, die fließenden Bewegungen ihrer Hände, wenn sie das Kreuzzeichen schlugen. Wenn er sich unbeobachtet fühlte, ahmte er diese Bewegungen nach, als übte er komplizierte Zauberformeln.

In einer Straße am Fluss stieß er auf ein Haus, vor dem immer junge Mädchen standen, die ihre Kleider bis über die Knie hochgeschürzt hatten. Die Bänder ihrer Hemden waren immer wie unabsichtlich gelöst und entblößten magere Dekolletés. Paschalis kam mehrere Male täglich durch diese Straße, ohne eigentlich zu wissen, wie er immer dorthin gelangte. Wenn er in Gedanken versunken war, trugen ihn seine Beine wie von selbst dorthin, in diese feuchten Gassen am Fluss, in diese immer von Wasser getränkte Gegend. Die Mädchen wechselten, aber nach einiger Zeit konnte er sie alle auseinanderhalten. Sie erkannten ihn auch und lächelten ihm wie einem alten Bekannten zu. Eines Tages ging er wieder raschen Schrittes vorbei, und eines der Mädchen flüsterte ihm zu: »Komm, Brüderchen, ich zeige dir etwas, was du noch nie gesehen hast!« Diese geflüsterten Worte waren wie ein Hieb. Paschalis rang einen Augenblick lang nach Atem, und das Blut stieg ihm ins Gesicht. Aber er blieb nicht einmal stehen. An demselben Tag sah er auf einem Marktstand kleine hölzerne Kreuze mit dem Bildnis der Kümmernis. »Das ist die heilige Kümmernis«, sagte der Händler. »Sie ist die Schutzpatronin aller Veränderungen.« Paschalis kaufte sich ein solches Kreuz von dem Geld, das die Oberin ihm gegeben hatte.

Endlich ließ ihn der Bischof zu sich rufen.

»Das alles ist sehr lehrreich und erbaulich. Du hast die Geschichte vom Leben dieser außergewöhnlichen Frau sehr schön aufgeschrieben, doch in ihren Schriften gibt es vieles, was uns Sorgen macht.«

So begann ein Mann in einem schwarzweißen Habit. Danach breitete er die beschriebenen Blätter vor sich aus und ließ den Blick eine Zeit lang darüber gleiten. Der Bischof stand mit dem Rücken zu ihnen am Fenster und sah hinaus.

»Was heißen zum Beispiel diese Worte: ›Das habe ich gesehen. Es war unendlich und mächtig, doch war es nicht überall gleich. Es gab auch ein Näheres und ein Ferneres von Ihm. An den Rändern erkaltete es, es erstarrte wie flüssiges Eisen.‹«

»Das handelt von Gott«, sagte Paschalis, aber der Bischof reagierte nicht.

Der weißschwarze Mönch hingegen sagte: »Ich sehe ein, dass das eine dichterische Metapher sein mag, aber mein Junge, du musst doch selbst zugeben, dass sie ein wenig riskant ist. Die Mutter Oberin sollte ein wenig achtsamer und kritischer sein. Das ist nicht ausgearbeitet, mein Sohn … Oder das hier: ›Ohne Rücksicht auf meine Taten – das ist die Liebe zu Dir, und indem ich Dich liebe, muss ich auch mich lieben, denn das, was in mir lebendig ist, das, was liebt, das bist Du.‹ Das hört sich nun sehr ketzerisch an … ›Ohne Rücksicht auf meine Taten …‹ Da meine ich, einen dieser Abtrünnigen reden zu hören. Oder hier, Euer Exzellenz, hören Sie sich das an …«

Ein Blatt mit Paschalis' gleichmäßiger Schrift flatterte zu Boden.

»Ich weiß, dass Du in mir wohnst. Ich sehe Dich in mir. Du erscheinst mir in allem, dem ich vertrauen kann – dem Rhythmus von Ebbe und Flut, von Pulsieren und Schwinden. Ich gehöre zu Sonne und Mond, denn ich gehöre zu Dir, ich gehöre zur Welt der Pflanzen und Tiere, denn ich gehöre zu Dir. Wenn der Mond jeden Monat das Blut in mir in Bewegung bringt, weiß ich, dass ich Dein bin, dass Du mich an Deinen Tisch gebeten hast, um den Geschmack des Lebens zu kosten. Wenn jeden Herbst mein Körper rundlicher und voller wird, werde ich wie eine Wildgans, wie ein Reh, dessen Körper mehr von der Natur weiß als die weisesten Menschen. Du schenkst mir große Kraft, um die Nacht durchzustehen.«

»Sonne und Mond«, wiederholte der Bischof unvermittelt, und das waren die ersten und letzten Worte, die er bei dieser Begegnung sprach.

Aus irgendeinem Grund begriff Paschalis, dass alles verloren war, und zog sein letztes Argument aus der Tasche, das kleine Holzkreuz mit dem halbnackten Körper einer Frau, die das Antlitz Christi trug.

»Das kann man überall kaufen«, sagte er. »Die Gläubigen pilgern nach Albendorf, um ihren Segen einzuholen.«

Er legte das kleine Kreuz auf die beschriebenen Blätter. Der Bischof und der Mönch beugten sich darüber.

»Was für eine geschmacklose Kuriosität.« Der Mönch verzog das Gesicht. »Die Leute wissen nicht, was sie tun.«

Er nahm das Kreuz mit offensichtlichem Widerwillen zwischen zwei Finger und gab es Paschalis zurück.

»Wir schätzen die Mühe, die du in die Niederschrift des Lebens dieser Frau investiert hast. Wir haben auch volles Vertrauen zu Mutter Aniela, doch bei allem guten Willen wissen wir nicht, welchen Nutzen diese Geschichte für die Gläubigen haben sollte. Du siehst doch selbst – wir leben in Zeiten der Wirren. Die Menschen haben die Furcht vor Gott verloren und meinen, sie selbst könnten Gott Bedingungen diktieren, den Glauben in ihre irdische, menschliche Fehlbarkeit hinabzerren. Ich brauche dir keine Beispiele zu nennen, unser ganzes Land ist voll von Abtrünnigen. Unsere Aufgabe ist es, die Reinheit des Glaubens zu verteidigen. Wir haben viele anerkannte Heilige, die nicht vom wahren Glauben abgewichen sind und sich damit im Märtyrertod aufgeopfert haben. Die heilige Agatha, die ihre Hand dem heidnischen König von Sizilien verweigert hat … Ihr wurden die Brüste abgeschnitten. Die heilige Katharina von Alexandrien, die gevierteilt und geköpft wurde, oder Apollonia, ein Fels des Glaubens in den Stürmen der Verfolgung. Sie wurde an eine Säule gefesselt, und man riss ihr einen Zahn nach dem anderen aus. Oder die Heilige Fina, die gelähmt war und ihre Qualen selbst noch steigerte, indem sie auf einem steinernen Bett schlief, bis sie schließlich von Ratten gefressen wurde …«

Der Bischof hob plötzlich den Kopf und sah den Mönch tadelnd an. Stille trat ein.

»Das alles sind Beispiele aus dem wahren Leben«, begann der Mönch wieder, aber diesmal leiser. Behutsam sammelte er die Blätter ein. »Menschen, die den Glauben verteidigt haben und eines ehrenvollen Märtyrertodes gestorben sind. Ihr Leiden hat einen Sinn, ihre Qualen sind zwar entsetzlich und furchterregend, doch sie halten sich in den Grenzen des guten Geschmacks. Aber das hier, dieser nackte Körper am Kreuz hat etwas Krankhaftes, ja geradezu Blasphemisches an sich. Das Kreuz lässt uns an den Erlöser denken, an Gottes Sohn. Doch hier sind nackte Brüste, und über diesen nackten Brüsten das Angesicht des Herrn … Du hast dich von diesem Anblick verführen lassen. Und Mutter Aniela hat sich davon verführen lassen … Die Sache muss eingehend untersucht werden, dann erst kann eine endgültige Entscheidung getroffen werden. Deine Arbeit ist noch nicht beendet.«

Der Mönch reichte Paschalis das Kreuz und die Vita.

Paschalis verschwand in der Stadt, und als der Abend kam, hatte er wahrscheinlich alle Straßen durchwandert. Seine Beine erwarteten immer noch die Reise nach Rom, sie waren auf den langen Weg eingestellt, deshalb musste er laufen, laufen, laufen. Für diese Nacht hätte er noch in den bischöflichen Palast zurückkehren können, wo er Unterkunft und Abendbrot bekommen hätte, aber das wollte er nicht.

»Scheiße«, sagte er zu sich selbst, zum ersten Mal in seinem Leben sprach er dieses Wort aus, und im selben Augenblick bemerkte er, dass er sich in der kleinen Straße am Fluss befand. Vom Fluss her wehte es kühl, und es roch nach Wasser. Paschalis stand vor einer Schenke. Menschen gingen hinein und kamen heraus, und jedes Mal, wenn die Tür sich auftat, schlug ihm die stickige feuchte Wärme menschlicher Körper entgegen.

Jemand berührte ihn am Ärmel, und Paschalis sah eines der Mädchen neben sich stehen, die sich tagsüber mit ihren roten Lippen und Wangen so deutlich von den grauen Häuserwänden abhoben. Sie sah ihm in die Augen, und langsam verzog sich ihr Mund zu einem Lächeln. Sie griff an ihr Korsett, und im nächsten Augenblick wölbten sich zwei weiße Brüste Paschalis' Gesicht entgegen. Sie erschienen ihm makellos, genauso, wie er sie sich immer vorgestellt hatte. Das Mädchen zog ihn hinter sich her ins Innere eines der Nachbarhäuser. Sie gingen durch einen stinkenden niedrigen Flur, stiegen eine Holztreppe hinauf und gelangten in einen Raum. Es war dunkel, aber Paschalis spürte, dass es ein kleiner Raum war.

»Hast du Geld?«, fragte sie und zündete eine Kerze an.

Er rührte an den Geldbeutel, den er unter dem Habit trug, und die Münzen klingelten. Die Kammer war wirklich klein. An der Wand lag eine strohgefüllte Matratze auf dem Boden. Paschalis stellte seine Tasche mit den Papieren an der Tür ab, das Mädchen legte sich auf die Matratze und schlug den Rock bis zum Kinn hoch. Er sah ihre gespreizten Beine in löchrigen Strümpfen und dazwischen einen schwarzen Fleck. Er stand über den liegenden Körper gebeugt und wusste nicht, was er tun sollte.

»Na, Brüderchen, worauf wartest du?«, lachte das Mädchen.

»Ich möchte mich auf dich legen«, stieß er heiser hervor. Die Kehle war ihm wie zugeschnürt.

»Na so was, du willst dich auf mich legen!«, rief das Mädchen in gespielter Verwunderung aus.

Paschalis ging in die Knie und ließ sich behutsam auf sie sinken. So blieb er eine Zeit lang liegen und wagte kaum zu atmen.

»Und was jetzt?«, fragte das Mädchen.

Er nahm ihre Arme und breitete sie aus. Seine Finger berührten ihre Handflächen, die hart und rau waren. Sein Gesicht berührte ihre Haare, sie rochen nach Bratfett. Das Mädchen lag unbeweglich unter ihm, er spürte ihren gleichmäßigen Atem.

»Es mag hier nicht besonders warm sein, aber du ziehst dich besser aus«, sagte sie plötzlich gelassen.

Er überlegte einen Augenblick, dann stand er auf und begann sich auszuziehen. Sie schlüpfte rasch aus ihrem Kleid. Jetzt berührten sich ihre nackten Körper. Er lauschte auf ihren Atem. Ihre rauen Haare kitzelten die Haut an seinem Bauch.

»Irgend etwas stimmt nicht mit dir«, flüsterte sie ihm ins Ohr und bewegte ihre Hüften in gleichmäßigem Rhythmus hin und her. Er gab keine Antwort und rührte sich nicht. Sie nahm seine Hand und führte sie langsam zwischen ihre Beine. Er suchte nach der Öffnung ins Innere des Körpers, die er sich so oft vorgestellt hatte, aber es war alles anders.

»Ja, genau so«, sagte das Mädchen.

Plötzlich erschraken seine Finger, er zog die Hand zurück und versuchte aufzustehen, aber sie zog ihn mit den Beinen zurück.

»Du bist so schön, du hast Haare wie ein Mädchen.«

Da griff er nach ihrem Kleid, das sie zur Seite geworfen

hatte, und stand auf. Sie sah ihm verblüfft zu, wie er das Kleid andachtsvoll überstreifte. Sie kniete sich neben ihn und half ihm, das Korsett zu schnüren.

»Die Strümpfe«, sagte er.

Sie zog sie von den Beinen und gab sie ihm. Sie reichten ihm kaum bis zu den Knien. Er schloss die Augen und fuhr mit den Händen langsam über seine Brust und seine Hüften. Er bewegte sich, und das Kleid bewegte sich mit.

»Leg dich hin wie eben und breite deine Arme aus, dann mache ich die Augen auf«, sagte er.

Sie tat, was er sagte. Er stand über ihr und sah sie lange an, dann hob er den Rock hoch und kniete sich zwischen ihre Beine. Er senkte sich langsam auf sie, drang ganz leicht in sie ein, als hätte er es schon Hunderte von Malen erprobt, dann begann er langsam und systematisch, sie auf den Boden zu hämmern.

## *Ein Traum*

Ich bekam einen Brief. Er lag auf dem Schreibtisch, zwischen anderen Papieren, die sich ansammeln, wenn wir nicht da sind, und die man alle nacheinander lesen muss. Dabei verliert man unwiederbringlich das Vergnügen am Öffnen des Postkastens, wo man einzelne Briefe bestimmter Leute findet und sie in andächtiger Konzentration liest. Der betreffende Brief lag zwischen Wahlflugblättern und Reklamezetteln für Makro-Cash und Fremdsprachenschulen, zwischen Kontoauszügen, Telefonrechnungen, Briefen mit einem Stempel anstatt dem Absendernamen, Vorladungen zu Ämtern, Postkarten mit knappen Grüßen, Erinnerungen, Informationen, Benachrichtigungen. Es war eigentlich auch kein richtiger Brief, als sei diese Gattung von Sendungen unmerklich ausgestorben. Es war eher ein Reklamezettel, ein Wisch mit einem undeutlich fotokopierten Text, ein verschwommenes, zerfließendes Druckbild – etwas, was man nicht mal zu Ende lesen will. Er steckte zwischen den Flugzetteln einer politischen Partei. Es gab noch einen Grund, weshalb es kein richtiger Brief war. Das Blatt war gleichzeitig sein eigener Umschlag, wie es für Behördenbriefe typisch ist – ein vierfach gefalteter Bogen Papier mit einer gummierten Klappe, die zugeklebt ist. Darauf Adresse und Briefmarke.

Er begann mit den Worten: »Wach auf!« Weiter las ich nicht, oder ich habe vergessen, was weiter darin stand. Vielleicht: »Wach auf! Polen steht am Rande des Abgrunds. Gib Deine Stimme unserer Liste!« Oder: »Wach auf! Versäume nicht die Gelegenheit. Bei einem Kauf im Wert von 300 Zloty erhalten Sie ein Geschenk in Gestalt einer Kollektion von Narzissenzwiebeln in verschiedenen Farbtönen.« Oder: »Wach auf und sprich eine Fremdsprache. Unser Lehrsystem garantiert Ihnen, dass Sie innerhalb von drei Wochen eine Fremdsprache im Schlaf erlernen.« Ich erinnere mich nur, dass ich diesen Brief wie alle anderen mit dem Messer aufschnitt, und jetzt assoziiere ich jedes Messer mit diesem »Wach auf«, und das wird sicher immer so bleiben. Das Aufschneiden des zu einem flachen Körper zusammengelegten Papiers, das Ausweiden des Papiertieres, um an seine bedeutungsvollen prophetischen Innereien zu gelangen.

## *Dunkler Steinpilz in Sahne*

Wir bekamen Besuch von Bekannten aus Walbrzych, und ich kochte Pilze für sie. Als alles schon fertig war, fragten sie, was das für Pilze seien, und als ich es ihnen sagte, aßen sie nichts davon. Als könnte das Essen oder Nichtessen einer Speise uns vor dem Tod retten. Man stirbt unabhängig davon, ob man dies oder jenes isst, ob man dies oder jenes tut oder dies oder jenes denkt. Man könnte meinen, dass der Augenblick des Todes natürlicher ist als das Leben.

Der Krempling zum Beispiel war immer ein wohlschmeckender Pilz, bevor moderne Pilzführer ihn als giftig einstuften. Ganze Generationen aßen ihn, er wächst überall. Als ich Kind war, wurde der Krempling beim Pilzesuchen in einem gesonderten Korb gesammelt, weil man ihn besonders lange kochte und das Wasser dann wegschüttete. Heute wird behauptet, der Krempling töte langsam, greife die Nieren an, lagere sich irgendwo in den Innereien ab und sondere da sein Gift aus. Der Genuss des Kremplings macht einen folglich gleichzeitig tot und lebendig, zu einem gewissen Prozentsatz ist man lebendig und zu einem gewissen Prozentsatz tot. Es lässt sich kaum sagen, wann das eine in das andere übergeht. Es ist nicht klar, warum die Menschen diesem einen kurzen Augenblick des Entweder-Oder so viel Bedeutung beimessen.

Den dunklen Steinpilz mit Wein und Sahne bereitet man folgendermaßen zu:

etwa ein Kilogramm dunkle Steinpilze
4 Esslöffel Butter

eine Vierteltasse trockenen Weißwein (am besten den tschechischen Wein mit der Sonne)
eine Prise Pfeffer, eine Prise scharfen Paprika
Salz
eine Tasse saure Sahne
eine halbe Tasse geriebenen Käse

Die Pilze fünf Minuten in der Butter braten. Wein zugeben und weitere drei Minuten dünsten. Mit Pfeffer, Paprika und Salz würzen, die Sahne zugießen, den Käse darüberstreuen und alles vermischen. Auf Toast oder mit Kartoffeln servieren.

## *Sommerhitze*

An heißen Tagen saß Marta den ganzen Tag vor dem Haus in der Sonne und beobachtete von ihrer Bank aus unser Haus. Sie hatte immer denselben Pullover an, darunter musste ihre Haut sehr heiß sein und schwitzen. Auf der Passstraße lag das Motorrad des Grenzschützers unter einem Holunderstrauch. Daneben blickte der Grenzschützer mit dem Fernglas auf Marta und auf uns. Noch höher, am wolkenlosen und unbeweglichen Himmel zog ein Habicht seine Kreise, den wir immer den Heiligen Geist nannten, denn er bewegte sich so, wie sich der Heilige Geist bewegen musste, ohne Anstrengung und allwissend. Er betrachtete den Grenzschützer, der Marta betrachtete, die uns betrachtete. Den ganzen heißen Monat lang sah Marta immer dasselbe.

Den Tag über saßen wir auf der Holzterrasse. Sobald die Sonne hinter den Apfelbäumen aufstieg, zogen wir uns fast nackt aus und boten dem Himmel unsere weißen Körper dar. Wir cremten uns mit Sonnenschutzmittel ein und legten die Beine auf Hocker, die wir vor unsere Stühle schoben. Gegen Mittag verschwanden wir kurz im Flur – da tranken wir Kaffee –, und kurz darauf lagen wir wieder in den Sonnenflecken.

»Gott sei Dank gibt es Wolken, die ihrer Haut wenigstens ab und zu ein wenig Schonung gönnen«, dachte Marta wahrscheinlich.

Nachmittags war unsere Haut gerötet, und Soundso, der wie immer auf dem Weg nach Nowa Ruda vorbeikam, riet uns zum soundsovielten Mal, sie mit Sauermilch einzureiben.

Marta sah, wie wir die Lippen bewegten, denn wir schwatzten sogar im Liegen. Wir sahen uns dabei nicht einmal an. Die Sonne verfälschte träge unsere Worte. Aber was kann man sich schon zu sagen haben, wenn unter den Augenlidern eine glühende Kugel aufblüht? Unsere Lippen bewegten sich, und manchmal trug der Wind Fetzen einzelner Worte an Martas Ohren. Marta wusste, dass wir uns quälten. Sie sah, dass dann und wann einer oder eine von uns aufstand und durch den kühlen Flur auf die andere Seite des Hauses ging, wo noch ein Streifen Schatten war. Da waren wir dann einzeln und für uns, und unsere dem Schweigen entwöhnten Münder standen tatenlos offen, der von allen Worten befreite Unterkiefer schwang hin und her wie eine verlassene Schaukel. Diese hintere Terrasse war der Warteraum, der Ruheraum, wo man nichts dachte und nichts sagte. Die Haut kühlte ab, die erglühten Augen dunkelten ab, die Zeit bekam wieder einen Rhythmus. Das dauerte eine Weile, dann kehrten wir wieder in die Sonne zurück.

# *Worte*

Den ganzen Abend tranken wir den tschechischen Wein mit der Sonne und redeten über Namen. Wer war dieser Mensch, der über Nacht deutsche Ortsnamen zu polnischen gemacht hatte? Manchmal hatte er poetische Geistesblitze gehabt, manchmal einen entsetzlichen Wortschöpfungskater. Er benannte alles von Grund auf neu, er schuf diese gebirgige unebene Welt. Aus dem Vogelsberg machte er Nierode, Gotschenberg taufte er patriotisch in Polska Gora (Polenberg) um, das melancholische Flucht wurde zu dem banalen Rzedzina, dafür nannte er den Magdal Felsen in Bogdal um. Weshalb Kirchberg zu Cerekwica und Pfeifferberg zu Swistak gemacht wurde, werden wir nie erraten.

Dabei schaffen Worte und Dinge doch einen symbiotischen Raum wie Birken und Pilze. Die Worte wachsen aus den Dingen und sind erst dann in ihrem Sinn gereift und bereit, ausgesprochen zu werden, wenn sie in einer Landschaft wachsen. Erst dann kann man damit spielen wie mit einem reifen Apfel, daran riechen, mit der Zunge über die Schale fahren und ihn mit einem lauten Knacken entzweibrechen und das schamhafte saftige Innere untersuchen. Solche Worte sterben nie, denn sie können andere Bedeutungen hervorbringen, der Welt entgegenwachsen, es sei denn, die ganze Sprache stirbt.

Mit Menschen ist es wohl ähnlich, denn sie können nicht losgelöst von einem Ort leben. Menschen sind Worte. Erst dann werden sie real.

Vielleicht war es das, was Marta meinte, als sie sagte: »Wenn du deinen Ort gefunden hast, bist du unsterblich.«

# Ergo Sum

Ergo Sum hatte Menschenfleisch gegessen. Das war im Vorfrühling 1943 gewesen, irgendwo zwischen Workuta und der kleinen Station Krasnoje. Man hatte sie zu fünft in einem Schuppen bei den Gleisen zurückgelassen, wo sie die nächsten Waggons entladen sollten, aber es kam kein Zug. In der Nacht fiel Schnee, noch weißer als der Schnee, der schon lag. Sie gruben Zweige und die letzten Reste Gras unter dem Schnee heraus und aßen sie. Sie kratzten das alte Moos von den Brettern der Schuppenwand. Zum Glück war ringsherum Wald; das Feuer wärmte ihre Körper, denn von innen wärmte sie nichts mehr.

Ergo konnte sich an die Namen seiner Gefährten nicht mehr erinnern, es war ihm gelungen, sie zu vergessen, aber das Gesicht des Menschen, der erfror und dessen Leiche sie aßen, das konnte er nicht vergessen. Der Mensch musste in der Nacht erfroren sein, denn am Morgen lag er zusammengekrümmt an dem glimmenden Feuer, einer seiner Schuhe war angekohlt, als hätte er das Bein ins Feuer gestreckt, um sich beim Sterben zu vergewissern, ob er noch am Leben war. Vielleicht war das Bein auch erst ins Feuer gerutscht, als er schon tot war. Er hatte eine Glatze und einen rötlichen Bart. Ergo erinnerte sich noch daran, dass zwischen den bleichen Lippen das vom Skorbut zerfressene Zahnfleisch sichtbar wurde.

Ergo Sums Vater war Dorfschullehrer. Er wohnte in der Nähe von Boryslaw. Sein Name war ganz alltäglich, er hieß Wincenty Sum, aber in einem Anfall von etwas zweifelhaftem Humor hatte er seinem Sohn den Namen Ergo gegeben. Ergo Sum – das klang stolz und selbstbewusst. Zumindest empfand er es so. Später bereute er, dass er seinen Sohn nicht mit zwei Vornamen ausgestattet hatte, das wäre vornehmer gewesen, zivilisiert, ein Zeichen dafür, dass sein Volk und damit auch Wincenty Sum und seine Kinder zum Westen gehörten.

Ergo Sum studierte in Lemberg Geschichte und Klassische Philologie. Als er deportiert wurde, war er vierundzwanzig Jahre alt.

Der Erfrorene lag zu einem Knäuel zusammengerollt unter einer Pferdedecke, und nur sein angekohlter Schuh ragte darunter hervor. Die Ohrenklappenmütze war ihm vom Kopf gerutscht, und seine Glatze war sichtbar geworden. Sein Gesicht hatte menschliche Züge, sah aber nicht mehr menschlich aus. Wortlos trugen sie ihn hinter den Schuppen und legten ihn in eine Schneewehe. Der Schnee rieselte wie Sand aus dem Himmel – fein, scharf und angriffslustig. Nach ein paar Stunden hatte er alle Spuren zugedeckt. Aber Ergo Sum dachte an den erfrorenen Menschen, und er hatte ständig diesen angekohlten Schuh vor Augen. Er versuchte sich ins Gedächtnis zu rufen, was jener gesagt hatte, was er getan hatte, wie seine Stimme geklungen hatte, aber er konnte sich an nichts erinnern. Er hatte alles vergessen, als wäre dieser Mensch mit dem angekohlten Schuh nie bei ihnen gewesen. Sie tranken den geschmolzenen und aufgewärmten Schnee und sprachen kein Wort miteinander. Ein Schneesturm hob an, und alles ringsum heulte und knisterte. Der Schnee drang durch die Ritzen in den Wänden und bildete weiße, fest umrissene Häuflein, wie ein lebendiges Geschöpf, das zu Besuch kam, wie ein Bewohner der Himmelsräume zwischen den Sternen, der sich für diese Nacht ein Obdach auf der Erde gesucht hatte. Am Morgen lebten sie noch alle. Einer von ihnen ging nach draußen und kam sogleich zurück. »Der Schnee hat ihn ganz zugeweht. Man sieht nichts mehr. Jetzt finden wir ihn nie mehr wieder«, sagte er verzweifelt.

Sie sprangen von ihren Plätzen auf und gingen in den Schnee hinaus, um die Leiche zu suchen, die plötzlich so kostbar und begehrt war. So dachte Ergo an ihn: dass man ihn brauchte, ihn begehrte. Dabei spielte es gar keine Rolle, was er darüber dachte, denn irgendwelche Gedanken hatte er schon, irgendwelche Sätze trieben ihm durch den Kopf, aus Vergil oder Tacitus, er wusste selbst nicht, woher sie kamen. Cum ergo videas habere te omnia quae mundus habet, dubitare non debes quod etiam animalia, quae offeruntur in hostiis, habeas intra te. Mit Stöcken schlugen sie auf den weißen Körper des Schnees, und als sie nichts fanden, begannen sie, den Schnee mit den Händen beiseite zu fegen und Löcher hineinzubohren, bis Ergo den angekohlten Schuh entdeckte und außer sich vor Freude rief:

»Ich habe ihn! Ich habe ihn!«

Sie trugen den Körper zum Schuppen, legten ihn an die Außenwand und bedeckten ihn mit Zweigen und Brettern. Sie kehrten in den Schuppen zurück und tranken etwas aufgewärmten Schnee, denn sie waren halb erfroren. Dann ging einer von ihnen hinaus und kam mit gefrorenen Streifen Fleisch zurück, die er ins Wasser warf. Ergo Sum war es nicht gewesen, das wusste er noch genau. Beim ersten Mal hatte es ein anderer gemacht. Die Fleischstreifen tauten im Wasser auf, und dann kochten sie eine Weile vor sich hin. Nicht lange. Träge schwammen sie im Kessel umher, blass und dünn. Man roch nichts, nur Dampf stieg über dem Kessel auf. Einer von ihnen lehnte ab, davon zu essen, aber das war auch nicht Ergo. Ergo hielt das Fleisch im Mund, es war zäh, halb roh, und er fühlte sich außer Stande, es hinunterzuschlucken.

Nur mit einer sagenhaften gedanklichen Anstrengung gelang es ihm, es hinunterzubekommen. Denk dir, dass es normales Fleisch ist, sagte er sich. Suppenfleisch. Erst dann schluckte er es hinunter und erstarrte, als hätte er eine Zeitbombe verschluckt. Derjenige, der nichts davon gegessen hatte, sagte am Abend zu ihm, sie könnten eine Allergie bekommen, weil ihr Immunsystem nicht darauf eingestellt sei, diese Proteine zu verdauen. Er war Biologe oder so etwas Ähnliches.

»Halt's Maul!«, sagten sie zu ihm.

Der Zug kam auch weiterhin nicht, und eigentlich war es komisch, noch darauf zu hoffen, dass er kommen würde. Die Gleise waren längst unter dem Schnee begraben. Allmählich verschwanden auch die kleineren Büsche und der Schuppen unter dem Schnee. Jeden Tag mussten sie sich zu dem schütteren Birkenwald aufmachen, um Holz zu holen. Sie brachen die Birkenzweige mit den Händen ab und schleiften sie zum Schuppen. Nachts hörten sie nachts das Heulen der Wölfe, fern und schrecklich. In Ergo Sums Kopf entstand ein Gedanke, der ihn wie Feuer wärmte: Das ist alles nichts, kein Grund zur Unruhe. Dieser Gedanke war wie eine Mauer, eine Wand. Er wuchs, verdrängte andere Gedanken, vermehrte und wiederholte sich tausendfach, erfüllte das ganze Bewusstsein: Alles ist in Ordnung, alles ist gut. Das dachte er auch, als er an der Reihe war, Fleisch zu holen. Er trat vor den Schuppen und wiederholte in einem leisen Singsang diese Worte, die wie ein Mantra wirkten und alle Gedanken in einfache, an nichts und niemand gebundene Stränge kämmten. Deshalb sah er keinen Menschen mehr. Er sah eine verdrehte, kantige Gestalt unter einer dünnen Schneedecke. Mit dem Messer schnitt er Fleisch heraus, bis auf den Knochen. Es war schwer, denn das

Messer war stumpf, und das Fleisch war gefroren und hart wie Stein. Erst da fuhr es ihm wie ein Blitz durch den Kopf, dass er Stücke aus der Wade geschnitten hatte. Dass sie das Bein schon fast aufgegessen hatten. Der Biologe war so schwach, dass er keinen Einspruch erhob, als sie ihm heiße Brühe mit ein paar Fleischstückchen gaben, obwohl ihnen gar nicht daran gelegen war, dass er überlebte. Jetzt war er genauso wie sie.

Das ging eine Woche so, vielleicht zwei. Ergo holte noch mehrere Male Fleisch, schnitt es mit dem Messer vom Knochen ab und zerbrach kleine Knochen, weil sie schließlich auch noch die Knochen verwenden mussten. Der Schnee und alles andere sorgten dafür, dass sich die Quelle ihrer Verpflegung bald nicht mehr erkennen ließ. Es war ein Haufen Knochen, etwas Erfrorenes von ungleichmäßiger Form. Der Biologe erbrach sich nur einmal, und zwar als sie anfingen, die Innereien zu essen.

Irgend etwas wachte beschützend über sie, dachte Ergo Sum, denn am Tag vor dem Angriff der Wölfe sahen sie menschliche Spuren im Birkenwald. Sie folgten ihnen ein Stück und sahen, dass dieser Mensch auf einem Pferdeschlitten Holz transportiert hatte. Aufgeregt kehrten sie zum Schuppen zurück. Sie beteten darum, dass kein Schnee fallen möge, der diese irdischen Spuren zudeckte. In der Nacht hörten sie das Heulen erst in der Ferne, dann in der Nähe, schließlich Lärm und Gefauche unmittelbar am Schuppen. Erst zerfetzten und fraßen die Wölfe ihre Vorräte auf, dann stürzten sie sich, vom Kampf um die elenden Beutestücke zur Raserei gebracht, gegen die Tür und bissen in die Wände. Sie schürten ihr Feuer, bis es so groß war, dass die Decke ganz rußig wurde. Wenn die Nacht eine Stunde länger gewesen wäre, hätte der Schuppen nicht mehr standgehalten, und sie hätten in den Rachen der Wölfe ihr Ende gefunden.

Sobald die Sonne aufging, machten sie sich zum Birkenwald auf, zu der Stelle, wo sie die Spuren des Menschen mit dem Schlitten und dem Pferd gesehen hatten. Sie gingen zu dritt, denn am Morgen stellten sie fest, dass der Biologe gestorben war. Auch das war gut so, dachte Ergo Sum, wieder hatte die Vorsehung über sie gewacht, denn sie wären nicht imstande gewesen, den geschwächten Biologen zu tragen. Und sie hatten einen langen Weg vor sich, niemand wusste, wie weit er war und ob er überhaupt zu einem Ziel führen würde.

Sie gingen den ganzen Tag, zuerst durch den Wald, dann am Waldrand entlang, bis sie am Abend, mehrere Stunden nach Einbruch der Dunkelheit, in der Ferne Lichter sahen. Irgendwo in ihrem Rücken heulten Wölfe.

So wurden Ergo Sum und seine beiden Gefährten, deren Namen ihm nicht einmal in Erinnerung geblieben waren, gerettet. Sie kamen an ein kleines Dorf, einen Weiler, der aus fünf Häusern bestand. Dort konnten sie sich wärmen und bekamen zu essen, dort heilten sie den Frostbrand an ihren Füßen, Händen und Fingern aus. Von dort gelangte Ergo Sum zur polnischen Armee, legte den ganzen Weg von Lenino bis Berlin zurück und landete schließlich in Nowa Ruda als Geschichtslehrer am alten Gymnasium, wo in der Eingangshalle eine Marmorbüste von Goethe stand.

Es fing immer unmittelbar nach Weihnachten an und steigerte sich im Februar zur Verzweiflung. Jedes Jahr kehrte Ergo Sum nach den Weihnachtsferien als ein anderer Mensch in die Schule zurück. Er war müde und erschöpft, Augen und Kopf schmerzten. Der Anblick des schmutzigen Schnees war so deprimierend, dass er fast wehtat. Ergo kniff die Augen zusammen und fühlte sich wie eingesperrt in einem unbeholfenen, steifen, plumpen Körper, der wiederum in einer unbeholfenen, steifen, plumpen Welt gefangen war. Und das bloße Dasein der Kinder in der Schule erschien ihm sinnlos – man unterrichtete sie mit solcher Mühe, kämpfte mit ihrem zügellosen Übermut, verdarb sich beim Korrigieren der Klassenarbeiten die Augen, wurde taub von ihrem Geschrei und bekam von dem allgegenwärtigen Kreidestaub graue Haare, und die Kinder wuchsen heran, nur um in den nächsten Krieg zu ziehen und sich gegenseitig umzubringen. Oder um sich in Friedenszeiten zu betrinken und fortzupflanzen. Er las mit ihnen Vergil. Sie begriffen nichts davon, das wusste er. Er nahm mit ihnen einfache lateinische Phrasen durch, die in ihrem Mund zu bloßen Fremdworten wurden. Die Bedeutung rieselte aus ihnen heraus wie Mohn aus einer aufgeplatzten Tüte und mischte sich in die Strömung des stinkenden, verfärbten Flusses, der unverdrossen durch die Stadt rauschte. Niemand im Umkreis von hundert Kilometern verstand Vergil, niemand sehnte sich danach. Er war zu nichts notwendig. Ringsum lebten Menschen, die nicht von den Büchern entdeckt wurden; Menschen, die vor einem Stapel Bücher mit Aischylos, Platon und Kant standen, aber wie durch ein Wunder darin unweigerlich einen Pilzführer oder ein Kochbuch mit hundert neuen Kartoffelrezepten fanden.

Das Einzige, was auf den Straßen dieser aller Weisheit beraubten Stadt rhythmisch erklang, war ein Spottvers, den die Kinder einhellig unter seinem Fenster herunterleierten: »Vater Vergil lehrte seine Kinder all, hundertvierzig an der Zahl.«

Dabei kam ihm Latein so schwerfällig vor, ganz ohne Schwung, so verknöchert durch die kirchlichen Assoziationen. Und diese ihm so fremde Stadt war damit durchsetzt. Es passte zum Rathaus am Markt, zu den hohen Bürgerhäusern, zu den spitzbögigen Verzierungen, die Gotik vorspiegelten, zu den Fenstern mit den zerschlagenen Fensterscheiben, zu den Passanten mit ihren Barbarengesichtern. Das war die Welt der vierten Ekloge, die Welt, die auf die Geburt des Kindes wartete, mit dem das goldene Zeitalter anbrechen sollte.

Deshalb zog er Griechisch vor. Er vermisste es schmerzlich, denn im Gymnasium konnte er nur Latein unterrichten.

Wenn es mit der Korrektur der Klassenarbeiten nicht recht vorwärtsging, griff er in seiner Verzweiflung nach Platon, denn er hegte immer noch die Hoffnung, eines Tages eine bessere Übersetzung als die von Witwicki vorlegen zu können. Er hatte sogar das Gefühl, dass dies seine eigentliche Sprache war, diese schönen, wohlklingenden griechischen Worte, die ihn an die Harmonie geometrischer Figuren erinnerten. Er übertrug sie in polnische Worte, die weniger ebenmäßig waren, überdies mehrdeutig und voller Suffixe, welche die Bedeutung der Worte auf unerwartete Weise völlig veränderten. Wenn es einen Gott gab, sprach er mit Sicherheit griechisch.

Also Platon. Er sah sie vor sich, wie sie sich unterhielten, vier oder fünf Männer in halb liegender Stellung auf steinernen Lagern. Die nackten Arme, die Haut, die vielleicht nicht mehr jung ist, aber glatt, gesund und goldbraun, Sonnenreflexe auf dem hinten geknöpften Obergewand, die Hand mit dem Becher ein wenig angehoben, die Haare auf den Schläfen graumeliert und kurz gestutzt. Das ist der Ältere. Und die beiden Jüngeren: dunkelhaarig, dunkeläugig, mit vollen Lippen. Einer von ihnen ist Phaidros, dachte Ergo Sum. Der vierte hat sich aufgerichtet und spricht im Sitzen, seine Hand schlägt den Rhythmus seiner Worte in der Luft. Ein Knabe schenkt Wein ein, auf den Tellern türmen sich Weintrauben und Oliven, obwohl Ergo Sum nicht wusste, wie Oliven aussehen. Allein dem Wort nach zu urteilen mussten sie glatt und straff sein, und der fettige Saft spritzte auf die Lippen, wenn man ihre Haut durchbiss. Die Sonne erhitzt die steinernen Wege und vernichtet jeden verirrten Wassertropfen auf der Stelle. Es gibt kein Wort zur Bezeichnung von Nebel, Schnee ist ein Mythos, von dem man sich nachts erzählt, aber keiner glaubt daran. Wasser tritt nur als Okeanos auf oder in Zusammenhang mit Wein. Der Himmel ist ein einziger großer Regenbogen der Götter.

Vor Ergo Sums Fenster lag ein dunkler Hof, der auf drei Seiten von Häusern und auf der vierten Seite von einer bewaldeten Böschung umgrenzt war. Wenn Ergo Sum den Himmel sehen wollte, musste er sich direkt ans Fenster stellen und nach oben schauen. Meistens war der Himmel perlmuttgrau.

Seine Wohnung lag in einem alten, niedrigen Mietshaus am Fluss. Sie bestand aus einer Küche, einem azurblau gekachelten Badezimmer, zwei Zimmern und einer verglasten Veranda, mit der er nichts anzufangen wusste. Im Winter sperrte er sie zu und dichtete die Tür zusätzlich mit Lappen ab. Im Sommer machte er hier seine Morgengymnastik zu der entsprechenden Radiosendung, bevor er in die Schule ging. Dort stand auch das Bügelbrett, auf dem die Putzfrau seinen makellosen weißen Hemden die erforderliche Glätte verlieh, und eine alte deutsche Nähmaschine. Er spielte mit dem Gedanken, auf der Veranda Topfblumen zu ziehen, wie er es auf anderen Veranden sah, aber er wusste nicht, wie er es anstellen sollte. Ein alter Junggeselle und Blumen. Ergo Sum hoffte eines Tages zu heiraten, dann wäre diese Wohnung genau das Richtige. Jetzt war sie zu groß. Einmal in der Woche kam Frau Eugenia, räumte auf und putzte. Sie wachste und bohnerte die braunen Fußböden, bis sie glänzten, und zum Schluss buk sie dem Herrn Professor einen Streuselkuchen. Immer denselben, nur das Obst darauf änderte sich. Im Herbst und Winter waren es Äpfel, im Sommer Blaubeeren oder Himbeeren. Im Frühling musste es Rhabarber sein, der in Bündeln vom Markt geholt wurde. Ergo Sum assoziierte den Geruch von Bohnerwachs immer mit dem Duft von frisch gebackenem Kuchen. Er machte sich eine Tasse Tee und griff aufs Geratewohl in sein Platon-Regal – der wichtigste Gegenstand im ganzen Haus –, zog einen Band heraus und las.

Welch eine Wonne, welch ein süßes Leben, im kühlen Haus zu sitzen, Tee zu trinken, Kuchen zu knabbern und zu lesen. Die langen Sätze auszukosten, ihren Sinn zu schmecken, plötzlich, von einem Augenblick zum nächsten ihren tieferen Sinn zu erfassen, darüber in Erstaunen zu geraten und wie erstarrt sitzen zu bleiben, die Augen auf das Rechteck des Fensters geheftet. Der Tee erkaltet in der dünnen Tasse, Dampf steigt auf wie feine Spitze und löst sich in der Luft auf, hinterlässt nur einen kaum merklichen Geruch. Die Buchstabenreihen auf der weißen Buchseite bieten den Augen, dem Geist, dem ganzen Menschen Obhut. Dadurch wird die Welt offenbar und ungefährlich. Die Kuchenkrümel rieseln auf eine Serviette, die Zähne treffen mit einem leisen Klirren an das Porzellan. Das Wasser läuft einem im Munde zusammen, denn Weisheit ist appetitlich wie Hefekuchen und belebend wie Tee.

Auf dem Nachttisch lag griffbereit Diogenes Laertios, der ihm als Bettlektüre vor dem Einschlafen diente, aber manchmal griff er auch zwischendurch danach, wenn ihn die Klassiker oder das monotone Gerede im Radio ermüdeten, dann öffnete er den Band auf gut Glück und las von Heroen, großen und außergewöhnlichen Menschen. Von dem großen Thales, der als Erster den Mut hatte, über die Unsterblichkeit der Seele zu sprechen, von Pherekydes, dem Lehrer des Pythagoras, und von Sokrates und seinem Daimonion, der ihm einen ruhmreichen Tod voraussagte, von Epikur (man kann nur angenehm leben, wenn man weise lebt), Empedokles (was die vier Elemente verbindet, ist die Liebe) und dem außergewöhnlichen Archemanes von Metapont, der »Von der Zweiheit der Dinge« schrieb (jede Sache hat eine zweifache Natur), und vor allem von Platon.

Und dann geschah diese merkwürdige Sache. Er kannte Platon fast auswendig, aber aus irgendwelchen Gründen hatte er einen bestimmten Abschnitt immer übersehen. Im achten Buch des *Staates* entdeckte er plötzlich einen Satz, der ihn erschreckte. Er erstarrte, als er ihn las und seinen Sinn verstand: »Wer von menschlichen Innereien gekostet hat, wird unweigerlich zum Wolf.« Ja, genauso stand es da. Ergo Sum erhob sich, ging in die Küche, sah aus dem Küchenfenster mit dem Blick auf das benachbarte Mietshaus und dachte schon, es sei ihm gelungen, den Satz zu vergessen. Er schaltete das Radio ein, irgendeine beiläufige Musik drang aus dem Lautsprecher. Er wühlte in der Schublade, riss ein Kalenderblatt ab, stocherte mit einem abgebrochenen Streichholz nach den Kuchenresten in seinen Zähnen, aber das half alles nichts.

In Ergo Sums Gedanken erschienen die ersten Frostkristalle, die sich jetzt nach allen Seiten hin ausbreiteten und alles zum Gefrieren brachten, was ihnen in den Weg kam. Die Küche war dieselbe, der Ausblick war so wie immer, der Duft des Tees hing noch in der Luft, und die Fliegen fuhren zärtlich mit ihren Rüsseln über die Kuchenreste, aber um ihn herrschte bereits diese schreckliche leere Landschaft des ewigen Winters. Ringsum nichts als weißer, gefrorener Raum, scharfe Kanten, Kälte und knirschender Schnee.

Er las den Satz mehrere Male täglich, denn immer wieder meinte er, ihn sich nur eingebildet zu haben. Das Unbewusstsein spielte ihm sicher einen Streich. Dann prüfte er den Satz in anderen Ausgaben und Exemplaren nach, in den polnischen, deutschen und russischen Übersetzungen. Dieser Satz existierte, und Platon hatte ihn geschrieben. Deshalb war es die Wahrheit.

Wie merkwürdig sind manche Gedanken, wenn sie aufgehen und wachsen wie ein Hefekuchen, bevor er gebacken wird. (Diese kulinarischen Assoziationen, dachte Ergo Sum. Wie tief bin ich gesunken!) Ein Satz und ein Bild erfüllten jetzt Ergo Sums Leben. Er ließ sich beurlauben, obwohl die Maturaprüfungen bereits begonnen hatten, und saß in seinem Sessel. Abends begann er zu schwitzen, und ihn überlief eine Gänsehaut. Er hatte Angst, seine Hände anzusehen. Das eigene Zähneklappern weckte ihn auf. Und als eines Nachts der Vollmond kurz über den Häusern erschien, heulte Ergo Sum auf. Er presste seine Hand vor den Mund und grub die Fingernägel in seine Wangen, aber es half nichts. Er heulte in sich hinein, und merkwürdigerweise verschaffte ihm das Erleichterung, als hätte er lange Zeit die Luft angehalten und atme endlich auf.

Er litt nur, wenn er sich hin und her wand, wenn er den Wolf in sich nicht zuließ, wenn er kein Mensch, kein Historiker mit einem komischen Namen mehr war, aber auch noch kein Tier. Das verursachte ihm höllische Schmerzen. Der ganze Körper tat ihm dann weh, jeder Knochen und jeder Muskel, und dazu fühlte er dieses entsetzliche Grauen – im Vergleich dazu war der Tod ein sanftes Streicheln. Das konnte Ergo Sum nicht ertragen, und das war nicht verwunderlich. Also ließ er dieses krampfhafte Festhalten am Leben fahren, von einem Augenblick zum nächsten gab er den Kampf auf, er ließ sich bis ganz auf den Grund seiner selbst rutschen und blieb dort schwer atmend liegen. Er wusste nicht, wie es kam, dass nun der Wolf die Oberhand gewann. Ergo Sum trieb es in den Park, zwischen das Gras auf den Böschungen, in die nächtlichen Schrebergärten und die Friedhofsbeete, nur fort, so weit wie möglich fort von den Menschen und dem Gestank ihrer Häuser. Die Erinnerungen verschwammen ihm dabei so sehr, dass er am nächsten Morgen nicht mehr sagen konnte, wo er in der vorhergehenden Nacht gewesen war.

Die Kastanien blühten, als Ergo Sum nach Wroclaw fuhr, wo er mehrere Bibliotheken aufsuchte und in Erfahrung brachte, dass es sich bei ihm um ein klassisches Beispiel für die Verwandlung in einen Werwolf handelte. Und während er in dieser immer noch sagenhaft zerstörten Stadt umherging, blickte er wiederholt auf seine Hände, um zu prüfen, ob darauf nicht inzwischen schon ein graues Fell spross. Es wurde ihm zur Gewohnheit, und immer wenn er in Gedanken versank, seine Wachsamkeit verlor, wenn er in dem Tunnel irgendwelcher Zukunftsphantasien verschwand, sich in eingebildete Dialoge mit Ärzten, Psychiatern, Quacksalbern und sogar mit diesem doch toten Menschen verstieg, den er gegessen hatte, streckte er automatisch seine Hände vor sich aus und kehrte in die Wirklichkeit zurück, in der diese Ergo Sum, dem Lehrer am Gymnasium von Nowa Ruda, gehört hatten.

So ging es die ganzen Ferien über. Das muss etwas 1950 gewesen sein, denn es war ein bedeckter, feuchter Sommer. Das Gras stand hoch und saftig, die Büsche trieben kräftig aus, und man sah, wie gut die Feuchtigkeit den Pflanzen tat. Aber die Menschen waren unzufrieden und saßen auf ihren Veranden herum, spielten Karten und tranken Wodka dabei.

Dann kam der Julivollmond, und das war der dritte Vollmond in Ergo Sums Werwolfdasein. Er bereitete sich sorgfältig darauf vor. In einem Geschäft für Gartenbedarf kaufte er sich eine Schnur, wechselte die Schlösser in den Türen aus und besorgte sich sogar (mein Gott, wenn er das je geahnt hätte!) ein wenig Morphium. Alles war wie im Theater: Die Wolken teilten sich, und der Mond erschien wie eine hängende Bombe. Er ging über den Schrebergärten auf, verhedderte sich in den Obstbäumen und schoss dann so schnell empor, dass man förmlich sah, wie er aufstieg und dabei die ganze Welt in Besitz nahm. Ergo Sum schlief an seinen Stuhl gefesselt.

## *Zwei kleine Träume aus dem Internet*

Ich betrachte mich von hinten. Ich sehe dicke, lose Haut auf meinem Rücken. Darauf wachsen spärliche schwarze Härchen. Die Haut fühlt sich warm, weich, ein wenig rau an. Ich bin erstaunt, denn ich sehe meinen

Rücken zum ersten Mal. Diese nichtmenschliche Haut weckt keinerlei Ekel oder Widerwillen in mir. Ich schaue nur und wundere mich. Was mich noch mehr überrascht, ist ein Bauchnabel dort. Ich wusste nicht, dass ich auf dem Rücken auch einen Nabel habe. Ich hätte nie gedacht, dass Menschen hinten einen Bauchnabel haben. Dieser Nabel ist sozusagen die Umkehrung des vorderen: Der vordere Nabel wölbt sich nach innen, der hintere wölbt sich nach außen.

Ich stehe auf einer Brücke, einer niedrigen Brücke, und tauche meine Hände in das saubere Wasser. Ich sehe mein Spiegelbild. In dem Wasser sind viele Goldfische, die ich fange. Aber je mehr ich herausfische, desto mehr sind da.

## *Der Haarschnitt*

Marta und ich saßen auf den Holzstufen der Terrasse. R. hatte aus Meerrettich und Alkohol einen Aufguss gemacht, und damit rieb ich jetzt Martas Hände ein.

Marta ist alt. Ihre Haut an den Händen ist dünn und glatt, übersät mit braunen Flecken. Ihre Fingernägel sind weiß, als wäre kein Leben darin, als hätte sie nie gearbeitet. Unter dieser Haut ertastete ich zarte Knochen, die sich in der Gelenkgegend verdickten. Das war es auch, was Marta Schmerzen bereitete, ihr Rheumatismus, dieser Frost des Körpers. Vielleicht fror Marta deshalb immer, sogar jetzt, wo die Sommerhitze begann. Marta trug die ganze Zeit denselben langärmeligen Pullover und darunter noch ein graues Kleid. Der Kragen des Kleides war ganz verschlissen und um den Hals herum ausgefranst.

Der Rettichaufguss roch scharf und ätzend. Er überlagerte den Geruch der Blumen auf den Rabatten. Ich rieb die Flüssigkeit in Martas Haut ein, bis sie aufgesogen war, bis sie ganz in die Hände eingedrungen war und mit ihrer Wärme das Eis auftaute, das den Körper angriff.

Ein Fuhrwerk mit Mist fuhr auf der Straße vorbei. Daneben ging ein Mann und blickte zu uns. Kurz darauf mischte sich der Geruch des Meerrettichs mit dem Mistgeruch.

Danach tranken wir Tee, der nach allem ringsum schmeckte. Marta betrachtete meine Haare und fragte: »Wie machst du es, dass sie so gleichmäßig abgeschnitten sind? Sieh dir mal meine an.«

Sie schob die Finger zwischen die schlohweißen Strähnen. Sie waren wirklich ungleichmäßig, man sah gleich, dass sie sich selbst die Haare schnitt. Wahrscheinlich machte sie es mit zwei Spiegeln, dabei bringt man immer durcheinander, was rechts und was links ist. Ich stand auf und holte den Philips-Apparat, den R. zu Weihnachten bekommen hatte. Ich zeigte ihr, wie er funktionierte, stellte die Schärfe und die Länge ein, in der man scheren kann. Ihre grauen Augen wanderten zwischen dem Apparat und meinem Kopf hin und her, und plötzlich erklärte Marta, ich sollte ihr damit die Haare scheren.

Nun gut. Ich zog das Kabel in den Flur und steckte den Stecker in die Dose. Dann stellte ich die Klingen ein. Marta zeigte mir mit zwei Fingern, wie kurz sie die Haare haben wollte. Im nächsten Moment fielen schon die ersten Büschel, dünn, weiß, wie Flaumfedern. Marta wischte sie von ihrer Jacke auf die Holzbohlen. Als ich fertig war, war ihr Kopf mit einem silbernen, weichen Igelpelz bedeckt. Wir strichen beide mit der Hand darüber, hin und her. Plötzlich lachte Marta laut auf, und da ich guter Laune war, drückte ich ihr den Apparat in die Hand und hielt meinen Kopf hin. Zuerst schor Marta zaghaft, dann immer mutiger. Meine dunklen Haare fielen neben ihre hellen. Als ich später die von der Terrasse gefegten Strähnen wegwerfen wollte, ballte Marta sie zu einer helldunklen Kugel zusammen und vergrub sie im Blumenbeet. Wir setzten uns wieder auf die Treppe und fuhren uns noch mehrere Male gegenseitig über die geschorenen Köpfe.

## *Marta entwickelt eine Typologie*

Marta und ich gingen Kamille sammeln, die wir trocknen wollten. Es war heiß, doch Marta trug wie immer ihren warmen grauen Strickpullover. Wir pflückten die weiß-gelben Blüten und warfen sie in den Korb. Marta sagte, Menschen würden auf die Dauer der Erde ähnlich, auf der sie leben. Ob sie wollen oder nicht. Ob sie es wissen oder nicht.

Dort, wo der Boden locker und sandig ist, kommen kleine, schmale Menschen zur Welt, die eine trockene, helle Haut haben. Auf den ersten Blick hält man sie für schwach und energielos, aber sie sind hartnäckig wie der Sand und können sich am Leben so festklammern wie die Kiefern in dem Sandboden, in dem sie wachsen. Sie sind misstrauisch und glauben nicht an das, was anderen dauerhaft und sicher vorkommt. Sie sind rege und immer unterwegs, fürchten sich nicht vor langen Reisen und wandern oft in andere Länder aus, denn sie fühlen sich an vielen Orten wohl. Sie gewöhnen sich an Neues ebenso schnell, wie sie vergessen, was ihnen zugestoßen ist. Sie leiden nicht lange, wenn sie Unglück, Enttäuschungen in der Liebe oder Verluste erleben. Sie können die Zukunft erahnen, wissen, was geschehen wird. Sie haben den Nachteil, dass sie keine Versprechen halten, denn alles erscheint ihnen so unbeständig und veränderlich. Wer etwas verspricht, ist nicht mehr derselbe, wenn es darum geht, das Versprechen zu halten. Sie bekommen viele Kinder, die ebenso kleinwüchsig und hell sind wie sie selbst. Diese Kinder wachsen rasch heran und verlassen die Eltern ohne Bedauern. Zu den Feiertagen schicken sie dann Grußkarten. Solche Menschen haben keine Sehnsucht, für sie ist immer das wichtiger, was noch geschehen wird. Das, was war, ist vergangen und fort.

Anders sind Menschen, die in der Nähe von Gewässern geboren werden, in den fruchtbaren Gegenden an Seen und am Ufer großer Flüsse. Sie sind körperlich zart, weich, empfindsam, ihre Haut ist dunkler, hat einem olivfarbenen Hauch und blaue Adern dicht darunter. Die Haut ist feucht und kühl. Sie haben kalte Hände und Füße, in der Jugend haben sie Hautausschläge auf der Stirn, und ihre Haare sind fettig. Diese Menschen hängen an der Vergangenheit und sind deshalb vorsichtig und mögen keine Veränderungen. Wie leicht sind sie zu kränken, wie leicht macht man eine unschuldige Bemerkung, die ihnen aber tief in Erinnerung bleibt und dort keimt, Gefühle hervorbringt, die so lange leben, wie der Mensch selbst. Ihre Augen neigen von Natur aus zum Weinen, und zwar nicht nur aus Zorn oder Traurigkeit, sondern auch aus Rührung und Freude. Sie sind zutraulich wie Tiere, deshalb verlieben sie sich oft, und dieses Gefühl wird dann schnell zu einer Bindung auf Leben und Tod. Ihre Körper gewöhnen sich aneinander, und ihre Seelen fließen ineinander wie zwei große

Pfützen; dann braucht man nicht viele Worte, um sich zu verständigen. Die größte Abneigung haben sie gegen Reisen jeder Art. Sie behaupten, es sei überall gleich, kaum etwas verändere sich, auf seinem Platz sitzen zu bleiben und die vertraute Luft zu atmen sei besser als in einem auch noch so interessanten Land umherzuziehen. Wenn sie in Zeiten von Krieg oder Unruhen ihren Heimatort verlieren, sterben sie bald darauf. Sie bekommen schwierige, weinerliche Kinder, derentwegen man nachts aufstehen muss, um sie umherzutragen. Diese Kinder wollen nicht zur Schule gehen, und zwar nicht, weil sie dumm sind, sondern weil Lärm und Durcheinander ihnen Angst machen. Die Tiere bei ihnen sind genauso, ruhig und gefühlvoll. Die Kühe geben viel Milch, die Schafe haben ein dichtes Fell, die Hühner legen dicke, schwere Eier. Ihre Häuser bauen sie für das ganze Leben oder für viele Generationen. Die Häuser sind gedrungen und haben dicke Wände.

Es gibt auch Menschen, die auf felsiger Erde geboren werden, auf Sandstein oder Granit. Ihre Haut ist rau und hart wie Muskeln oder Knochen. Ihre Haare sind dicht, ihre Zähne fest und die Haut an Händen und Füßen ist dick. Von außen sind sie fest und hart, denn ihr Körper ist wie ein Panzer. Innen haben sie viele Hohlräume, deshalb klingt alles, was sie sehen und hören, in ihnen nach wie eine Glocke. Sie vergessen nichts. Sie erinnern sich fast an alle Tage ihres Lebens, den Geschmack jeder Speise, an jedes Wort, das man zu ihnen gesagt hat. Sie kommen ohne andere Menschen aus, sie brauchen keine anderen, aber die anderen Menschen brauchen sie, denn sie sind wie Wegweiser oder wie Steine am Feldrain, die anzeigen, wo etwas zu Ende ist und wo etwas anfängt und in welche Richtung der Weg verläuft.

Ich fragte Marta, was für ein Typ sie selbst sei. Sie wisse es nicht, sagte sie weise.

»Solche Regeln denkt man sich immer nur für andere aus«, sagte sie nach einer Weile.

## *Das Schloss*

Sie lebten im Schloss, obwohl sie es weder erbaut hatten noch genau kannten, was bei den verschiedenen unerlässlichen Reparaturen besonders deutlich wurde. Sie lebten in dem Schloss, seit sie denken konnten, mit anderen Worten seit ihrer Geburt, und manchmal hatten sie das Gefühl, sie hätten schon vor ihrer Geburt dort gelebt, in früheren Leben, denn in ihren Träumen erschien ihnen nur das Schloss, seine Räume und Korridore, der Hof und der Park, als kannten ihre Seelen gar nichts anderes. Ihre Lebensaufgabe bestand nur darin, das Schloss zu erhalten und dafür zu sorgen, dass die Felder und Wiesen genügend Erträge brachten, um das Schloss weiter ausbauen und verschönern zu können. Auf der Bank gab es immer Geld, das sie nahmen, geschickt investierten und wieder in die Bank einzahlten. Sie reisten nur fort, um mehr über Gärten, Landwirtschaft und Schafzucht zu lernen oder um die Fresken in Venedig, die Dachfirste in der Schweiz oder die Innenräume in Versailles, die Abgleichsteine in den Mauern französischer Schlösser, Gobelins und Rokokomöbel zu besichtigen. Und um diese Dinge entweder tatsächlich per Schiff und Zug oder als Vorstellung in ihrer Erinnerung nach Hause zu bringen.

Einige von ihnen studierten Philosophie oder Literatur,

aber auch nur zu dem Zweck, ihr Leben in diesen paradiesischen Gefilden noch intensiver und voller auskosten zu können. Um Bescheid zu wissen. Um sich eines Ziels oder des Mangels eines solchen klar zu werden. Um sich darüber klar zu werden, wie es sein kann. Und das musste reichen.

Seit Jahrhunderten wurden sie im Schloss geboren. Auf die Erziehung der kleinen Kinder verwandten sie nicht viel Sorgfalt, diese wuchsen unter der Aufsicht von Ammen und Bäuerinnen aus dem Dorf heran, die immer bereit waren, alles, was klein war, mit ihren ungebremsten Zärtlichkeiten zu bedenken. Keines der Kinder starb jung. Sie waren gesund, gut gebaut, kräftig. Ihre Fingernägel waren rosig, ihre Augen klar. Einzig und allein die Zähne waren bei ihnen nicht gut geraten, aber das war ja nicht so schlimm in einer Welt, in der die Äpfel immer geschält werden, das Brot von der Kruste befreit und das Fleisch weichgekocht oder zu Gehacktem verarbeitet wird. Und wenn ihre eigenen Zähne schwarz wurden und dann ausfielen, hatten sie im Schloss immer einen Feldscher oder Dentisten zur Hand, der sich auf die Anfertigung falscher Zähne und sogar ganze Gebisse verstand, die auf die verschiedensten Weisen an dem unschuldigen Zahnfleisch befestigt wurden. Das künstliche Gebiss hätte eigentlich ins Wappen der von Goetzen aufgenommen werden müssen.

In ihren Gärten und Parks, auf ihren verglasten Veranden und in Bädern voller Spiegel wuchsen sie heran. Es war ein schmerzloser Prozess ohne Höhenflüge und Tiefschläge. Sie lehnten sich nicht gegen die mit den Annehmlichkeiten des Lebens beschäftigten Eltern auf und hatten keine Einwände gegen das Leben im Palast. Manchmal zog sie etwas in die nicht näher bestimmte

Welt hinaus, dann landeten sie im Dorf zum Erntedankfest oder zum Jahrmarkt an Fronleichnam. Aber da gefiel es ihnen nie lange, deshalb kehrten sie zum Nachmittagstee wieder nach Hause zurück. Sie hatten nicht mal Pickel in der Pubertät.

Dann kam die Zeit der Liebe. Die klugen Mütter sorgten meistens dafür, dass sich in der Umgegend geeignete Objekte fanden, doch es kam auch vor, dass man zu diesem Zweck nach Pommern oder Hessen fuhr. Dann gewann die Liebe einen Hauch von Exotik. Zu guter Letzt brachten sie ihre Ehegatten und -gattinnen immer in den Palast, und dann musste ein neuer Flügel oder ein neues Stockwerk angebaut werden. Auf diese Art und Weise wuchs der Palast mit ihnen, dehnte sich in den Park hinein und zum Himmel empor aus.

Und die frühe eheliche Liebe blühte und gedieh immer im Haus, bei Teegesellschaften, Kartenspielen, kleinen Tanzabenden im Familienkreis, dann, wenn das Licht sanft durch die Fenster fällt und besser als der beste Puder die Gesichter weichzeichnet, wenn es still ist und kein Wind das flüsternd hingehauchte Wort unverständlich macht oder die sorgfältig zurechtgelegte Locke in Unordnung bringt. Sie verliebten sich auf den ersten Blick, meistens jedenfalls.

Im Schloss hatte die Liebe eine besondere Kraft, die meisten Paare lebten lange und glücklich, und wenn nicht in leidenschaftlicher Liebe, so doch zumindest in gegenseitiger Achtung und Freundschaft. Betrügereien waren undramatisch, dann handelte es sich um ein Dienstmädchen oder einen Gärtner, ein Augenblick der Selbstvergessenheit nach einem Ball, in der Garderobe in einem anderen Schloss. Nur eine der Damen von Goetzen verließ ihren Mann plötzlich und ohne Grund. Sie verschwand irgendwo in der dunklen Welt. Er litt, jedoch nicht lange, schon im Jahr darauf heiratete er eine bildhübsche Nachbarin, und sie bekamen sogar Zwillinge.

Die von Goetzen waren im Allgemeinen nicht kinderreich. Vielleicht, weil sie in dem Schloss kein zu großes Gedränge haben wollten. Die meisten hatten ein Kind. Zwei Kinder, wie diese Zwillinge, waren eine Seltenheit. Die Kinder brachten Lärm ins Schloss, aber man brauchte sie nur hübsch anzuziehen, ihnen zu gestatten, dass sie sich das Gesicht mit frischen Erdbeeren beschmierten, und sogleich wurden sie zu lebenden Bildern eines blühenden Geschlechts, des Frühlings, Metaphern der Blüte oder der Unschuld, je nachdem, was man gerade wünschte.

Die Abendessen auf der Veranda zogen sich bis in die späte Nacht. Im Garten wurden Lampen angezündet, in deren Schein die märchenhaft ausladenden Linden noch größer erschienen. Eine Generation der von Goetzen baute einen Wintergarten voller Efeu, Philodendron und Feigenbäumen an. Im wärmsten Teil des Gartens wuchsen Kakteen, von denen eine einmal im Jahr blühte, immer um dieselbe Zeit, in derselben Nacht. Dann veranstaltete man einen Ball, lud die Verwandten aus der Ferne oder die Nachbarn aus anderen Schlössern ein und amüsierte sich bis zum frühen Morgen. Die Blüte war zwar unauffällig, ähnlich wie eine Distelblüte, nur kleiner, doch man verewigte sie auf Gemälden und später auf Fotografien.

Sie alterten in Eintracht und ohne Gebrechen. Keiner von ihnen litt an einer langen Krankheit, verlor den Verstand oder wurde von Lähmungen, Sklerosen, Bluthochdruck oder ähnlichen Krankheiten heimgesucht, die außerhalb des Palastes alten Menschen das Leben schwermachen. Vielleicht wurden sie öfter von Fliegen geplagt, die immer irgendwoher wissen, wer der nächste ist, den der Tod holt. Sie wurden höchstens schwächer, von Jahr zu Jahr und dann von Tag zu Tag, aber auch dann fanden sie noch genug Kraft, um Pläne für den Umbau eines Schlossflügels zu zeichnen oder Fotos zu ordnen, oder ihre Memoiren zu schreiben. Oder die Memoiren anderer, denn die eigenen Erinnerungen waren nicht sehr umfangreich. Wenn sie alt waren, zogen sie um in die mit türkischen Teppichen ausgelegten Räume, deren Fenster direkt auf die Blumenbeete hinausgingen. Von dort aus fielen sie den Gärtnern mit ihren Bemerkungen auf die Nerven: dass man die Rosen anders schneiden musste, dass die Azalee zu hoch sei, die Georginenbüsche das Gras überwucherten, dass der Jasmin nicht stark genug rieche. Der Schlossdentist hatte sie vorsichtig dazu ermuntert, das künstliche Gebiss des Öfteren aus dem Mund zu nehmen. Deshalb wurden ihre Kiefer immer weicher, so wie sie am Anfang ihres Lebens gewesen waren, und eine Schleimhaut wie bei Säuglingen wuchs darüber. Ein untrügliches Zeichen des nahenden Todes.

Die von Goetzens starben immer schön und ruhig. Der Tod kam wie ein Nebel über sie, wie eine plötzliche Unterbrechung der Stromzufuhr, ihre Augen erloschen, ihr Atem ging langsamer und versagte schließlich ganz. Diejenigen, die an ihrem Bett wachten, brauchten dem Toten nur die Lider zu schließen, dann konnte wieder jeder seiner Wege gehen. Sich in die aufgeheizte Luft der Veranden und Wintergärten versenken, in die kühlen Korridore im Parterre, das Rascheln der Seiten illustrierter Bücher über Gartenbau und Kunst, in der sonnendurchglühten Lethargie der Terrasse, wo die Luft die unverständlichen Stimmen von Menschen und Tieren aus dem Dorf heranwehte. Der Verstorbene hinterließ Fotografien, Blumenrabatten, Tagebücher, die anderen glichen, einen Schrank voll verblichener Kleidung und Krümel im Bett, doch gleich darauf wurde sein Zimmer von einem anderen Mitglied der Familie bezogen. Es war deshalb so, als stürben sie nie. Da sie außerdem – wahrscheinlich infolge der Heiraten innerhalb der Familie – alle einander ähnlich sahen, spürte man die Abwesenheit einer bestimmten einzelnen Person nicht. Jetzt steckte jemand anders seinen Kopf aus dem Fenster über den Blumenrabatten und gab dem Gärtner mit derselben Stimme Anweisungen: dass man die Rosen anders schneiden müsse, dass die Azalee zu hoch sei, der Jasmin nicht stark genug rieche. Man könnte also sagen, dass im Palast nie jemand starb.

Das Leben ist schön, trotz all der schrecklichen Dinge, die andere darüber sagen. Es ist schön, und dieser Satz könnte Motto sein und im Wappen prangen.

Das Leben ist schön. Die frische Morgenluft weht durch die geöffneten Fenster herein und breitet sich über die weichen Teppiche. Die großen Spiegel reflektieren Ausschnitte des strahlendblauen Himmels, der so hoch und durchsichtig ist, dass die Schwärze des Kosmos hindurchscheint. Das Wasser ist dazu da, den Körper mit seinem warmen Strahl zu umspielen und die Porzellanwanne auf Messingfüßen zu füllen. Die Sonne ist dazu da, die Terrassen zu erwärmen und hübsche Reflexe auf den Boden der Orangerie zu werfen. Der Regen kommt, um die Blumen zu gießen und den Menschen die Möglichkeit zu geben, sich beim Kartenspiel im Salon zu erholen. Und die Nacht stellt selbstverständlich die notwendige Pause zwischen den Vergnügungen dar.

Die von Goetzenschen Rosen sind die schönsten in ganz Schlesien. Auf der Rückseite des Schlosses liegt eine große Terrasse, dahinter befindet sich der Rosengarten. Die Büsche bilden Spaliere und Beete. Der feine Kies, mit dem die Wege bestreut sind, knirscht geheimnisvoll unter den Füßen, und im Sommer geht dieses Geräusch mit dem betörenden Geruch einher, den die Rosen hervorbringen. Sie wachsen in Gruppen, die mit Bedacht zusammengestellt sind. Karmesinrote, blutfarbene Wilhelminen bilden einen dunklen Kranz um den ganzen Garten. Ihre Blüten sind dicht, fett und glänzend, doch ihr Duft ist nicht sehr ausgeprägt, denn das wäre zu viel des Guten. Im Inneren des blutroten Kreises sind vier Beete, und auf jedem wächst eine andere Variante: die warmrosigen Odetten, die fuchsienfarbene Papst Johanna, die hellroten und gelben Melitten. Dazwischen windet sich ein von Teerosen der Sorte Eulalia gesäumter Pfad, und diese duften am stärksten. Ihr Geruch erinnert an exotische Früchte und treibt über die Mauer hinweg bis ins Dorf, wo er sich an schönen Tagen mit dem Geruch der Kühe und der gemähten Wiesen vermischt. Die Blütenblätter sind zart und haben einen gezackten Rand. Und genau in der Mitte der Beete steht ein Kreis weißer Blumen, das sind die seltensten und wertvollsten Rosen des Gartens. Sie haben keinen Namen, eine der Damen von Goetzen hat sie gezüchtet, doch niemand weiß mehr, welche es war. Ihr Weiß blendet, es erinnert an Schnee mit seinem kaum wahrnehmbaren bläulichen Schimmer in der Tiefe des Blütenlabyrinths. Ihre Schönheit überwältigt jeden, doch irgendetwas stimmt nicht mit ihrem Geruch. Wenn sie sich entfalten und den Höhepunkt ihrer Schönheit erreichen, entwickeln sie einen Geruch, der an umgekippten Wein und faulende Äpfel erinnert. Vielleicht hat deshalb niemand gewagt, ihnen einen Namen zu geben.

Die Auffahrt zum Schloss führt zwischen zwei Linden durch, die Anfang Juli blühen. Zu der breiten Treppe des Schlosses gelangt man über einen mit Sandstein gepflasterten Weg und einen kleinen Hof, der das Gesindehaus vom Weg trennt. Auf der großen Eingangstür befindet sich das Familienwappen derer von Goetzen. Auffallend ist daran ein Schaukelpferd auf einem mit Langobardenlilien ausgefüllten Feld – Zeichen der europäischen Verbindung der Familie. Durch die Tür tritt man in eine ansehnliche Halle. Unten befindet sich der Speisesaal, durch den man auf die Veranda kommt, die Bibliothek und zwei Gästezimmer mit direktem Zugang zu den Terrassen. Es gibt auch ein Musikzimmer mit Flügel und Cembalo und einen Rauchsalon für die Herren (in dem mit der Zeit auch Damen zugelassen wurden). Über die mit cremefarbenen Läufern bedeckte Treppe gelangt man in den ersten Stock mit seinen beiden hintereinander liegenden Ballsälen und einem ungleichmäßig geschnittenen Salon, der irgendwann einmal angebaut wurde. Auf der anderen Seite der Etage liegen die Gemächer der älteren Generation der Familie. Im zweiten Stock lebt die jüngere Generation. Das Ganze krönt der Dachboden, riesig und hoch unter dem Steildach, mit kleinen Fenstern in alle Himmelsrichtungen. Aus den Fenstern sieht man die Berge und die Häuser, die sich in die Täler schmiegen wie teures Besteck in die Samtauskleidung der Futterale. Die Wipfel der Fichten polieren den Himmel, der vorüberzieht. Das alles gehört der Familie von Goetzen.

Nie wäre es ihnen in den Sinn gekommen, dass sie jemals ihr Schloss verlassen müssten. Ein solcher Gedanke dürfte nicht einmal aufkeimen. Er war genauso absurd wie die Vorstellung, eine Muschel sollte ihre Schale oder eine Schnecke ihr Haus verlassen. Doch einer der von Goetzens hatte eine Vorahnung. Er wusste selbst nicht warum, aber noch vor dem Krieg erwarb er ein kleines Landgut in Bayern. Die Landschaft war der heimischen frappierend ähnlich, die gleichen sanften Berge mit den dunklen Nadelwäldern, die gleichen seichten Bäche mit Kieseln auf dem Grund, auch die Menschen waren ähnlich und die Kirchen, Kapellen und gewundenen Straßen. Das Schlösschen war zwar viel kleiner, aber bot umso mehr Möglichkeiten zum Ausbau. Er bezahlte nicht viel dafür, denn die merkwürdig schweigsamen Besitzer wanderten irgendwohin aus. Er bekam sie eigentlich kaum zu sehen, es wurde alles durch den Rechtsanwalt geregelt.

Er erzählte keinem ein Wort davon, denn es sollte eine Überraschung werden. Aber dann vergaß er seine Erwerbung selbst, bei all den Herbstjagden, Winterbällen und Maifeiern kam ihm der Gedanke daran einfach abhanden. Als sie die amtliche Benachrichtigung erhielten, dass die Sowjets vor der Tür standen, versammelte sich die ganze Familie im Salon und beschloss, ihre ältesten Weinvorräte anzugreifen. Eine der Damen spielte auf dem Flügel, die andere legte Patiencen. Da brachte jener von Goetzen eine Fotografie aus dem Obergeschoss und zeigte allen das neue Schloss. Ein langes Schweigen folgte, aber die Verlockung aller möglichen Renovierungen und Umbauten war stärker als alles andere. Ihnen gefiel die klassische Form des neuen Hauses. Sie machten sich schon daran, Pläne zu zeichnen, doch gegen Abend verstummten sie wieder und der Funke der Begeisterung erlosch. Sie schlichen durch das große Haus und strichen mit den Fingern über die englische Holztäfelung, ließen die Blicke über die Tapetenmuster schweifen.

»Können wir wirklich nicht hierbleiben?«, fragte die älteste der Damen.

Am Morgen gaben sie dem Gärtner den Auftrag, die Rosen auszugraben.

Ein Beben lief durch ihren Schlaf. Derselbe von Goetzen, der das Schlösschen in Bayern gekauft hatte, machte sich, einer plötzlichen merkwürdigen Unruhe folgend, in die Stadt auf und fand alles in Aufruhr. Die Menschen packten ihre Habe auf Fuhrwerke und Lastwagen und brachen auf, alle stur über die einzige Straße nach Westen, die durch die Berge führte. Man sah den Feind noch nicht, aber man spürte ihn schon in der Luft. Die Gegenwart des Feindes erfüllte die Sträßchen am Fluss bereits mit einem fremden, den Ohren unangenehmen Geräusch, es war ein Gebrumm, ein unbestimmtes Dröhnen. Zum ersten Mal in seinem Leben hatte von Goetzen Kopfschmerzen. Er betrat die Apotheke und bat um Tabletten.

»Das ist schrecklich«, sagte er.

»Wir bleiben«, erklärte der Apotheker darauf und erbot sich, ihm sein Auto zu leihen, einen schwarzen, wendigen DKW mit glänzenden Kotflügeln und einem Steuerrad, das so selten benutzt worden war, dass es noch die Spuren des Schutzpapiers von der Fabrik trug. Die Ledersitze hatten sich noch nicht einmal an den Körper des Besitzers gewöhnen können.

»Aber nein, das ist ein neues Auto. Das kann ich auch nicht als Leihgabe annehmen!«

»Bitte, machen Sie sich keine Sorgen. Sie werden ihn mir ja zurückgeben.«

Von Goetzen suchte in seinen Taschen nach irgendeinem Pfand, einem Beleg dafür, dass es sich hier um eine ehrliche Transaktion handelte, aber er hatte nichts Wertvolles bei sich. Bedauernd blickte er auf den Familiensiegelring derer von Goetzen an seinem Finger, ein riesiger Rubin in Weißgold gefasst, darauf das eingravierte Wappen – auf einem Feld langobardischer Lilien das Schaukelpferd. Er zog ihn vom Finger und legte ihn auf den Ladentisch der Apotheke.

Als er zum Schloss zurückkehrte, sah er schon von der Anhöhe, dass Militärfahrzeuge auf dem Hof standen. Er konnte sich denken, dass die Soldaten ihm das Auto abnehmen würden, sobald er damit auftauchte. Sie würden höflich und gesittet bitten und dann hinzufügen, dass es ein Befehl sei. Deshalb bog er von der Straße auf eine Wiese ab und fuhr über einen steilen Pfad auf einen Buchenhain zu. Der Pfad war so schmal, dass die Räder des nicht einmal besonders großen DKW kaum Platz fanden. Vor einem dichten Fichtenwäldchen hielt er an, denn er sah ein, dass er nicht weiterkonnte. Schweißtropfen traten ihm auf die glatte junge Stirn. Mit Mühe brachte er das einzige Schimpfwort über die Lippen, das er kannte: im Arsch. Von Goetzen löste die Handbremse und schob das Auto in das Wäldchen. Mit einer so wirkungsvollen Tarnung hatte er gar nicht gerechnet: Der DKW verschwand, löste sich zwischen den unruhigen Fichtenästen auf. Sein Schwarz verschmolz alchemisch mit dem Schwarz des Waldbodens und der Borke. Der glänzende Lack und die Scheiben spiegelten den Wald wider und bedeckten damit die Karosserie mit einem Tarnkleid aus Bildern von Himmel und Erde. Von Goetzens hochentwickelter Sinn für Ästhetik ließ das Blut in seinen Adern schneller fließen. Wie schön das ist, dachte von Goetzen. Wie schön die Welt doch ist, trotz allem, was man über sie sagt.

Er lief durch das Gestrüpp den Berg hinab nach Hause und ruinierte dabei seine englische Hose.

Die von Goetzens saßen in Autos und einem Lastwagen. An die Brust gedrückt hielten sie ihre wertvollen Uhren, Spieldosen, Schmuckschatullen, Porzellansaucieren, wie man sie nirgends mehr herstellte, ihre Fotoalben, Dahlien- und Anemonenzwiebeln, Watteau-Imitationen und atlasseidenen Kopfkissen. Ein weiterer Lastwagen hatte die kostbarsten Möbel, Spiegel und Bücher geladen. Die Soldaten spannten die Vollblutpferde aus den von Goetzenschen Ställen vor die evakuierten Geschütze. Von Weitem sah es aus, als brächen sie zu einem außerordentlichen, verrückten Ausflug auf. In Wolken aus Staub und Benzin zog die Karawane los, bergauf in Richtung Waldenburg.

## *Mein Schloss*

Ich bin auch in einem Schloss geboren. Es war ein Jagdschloss, das zu einer Schule umfunktioniert worden war. Damals sagte man nicht »Schloss«, sondern nur »Gebäude«. Dieses Wort assoziierte ich mit Beugeln anstatt mit Bauen, und deshalb stellte ich mir mein Zuhause immer als etwas Essbares vor.

Wahrscheinlich habe ich es einmal aus Versehen wirklich gegessen, denn jetzt steckt es in mir drin, ein mehrstöckiges Gebäude mitten in mir. Seine Form ist allerdings weder beständig noch berechenbar, denn das Schloss ist lebendig, es verändert sich mit mir. Wir bewohnen einander. Ich bin in ihm, und es ist in mir, manchmal fühle ich mich wie ein Gast darin, manchmal als Besitzerin. Nachts tritt das Schloss deutlicher hervor, es leuchtet grünlich durch die Dunkelheit. Im Sonnenlicht ist es zu grell, deshalb bleibt das Schloss tagsüber unsichtbar, aber ich fühle es in mir.

Die Kellerräume bilden ein verschlungenes Labyrinth, dessen kleine Fensterchen auf die grasbewachsenen Innenhöfe hinausgehen. In den feuchten unterirdischen Räumen, die durch dünne Wände voneinander getrennt sind, liegen Haufen keimender Kartoffeln, stehen vergessene Fässer mit sauren Gurken, die inzwischen mit einem dünnen Schimmelpelz überzogen sind. Ich weiß, dass die Keller bis tief in die Erde führen, ich meine sogar, einen Durchgang zu unterirdischen Höhlen zu kennen. Diese zu entdecken ist ebenso aufregend wie gefährlich, denn man kann sich verirren und den Rückweg nicht mehr finden.

Das Schloss ist manchmal bewohnt, manchmal verlassen. Zuweilen finden hier wissenschaftliche Kongresse statt, es kommen viele Gäste, Konferenzen werden abgehalten und festliche Abendessen. Dann fungiert das Schloss als Hotel. Aber manchmal steht es leer, ist geradezu verlassen. Die Möbel sind verschwunden, die Steinfußböden brüchig, die Kamine eingestürzt, sämtliche Treppen sind morsch und schwanken, brechen plötzlich unter den Füßen ein und offenbaren unerwartete Abgründe. Dann ziehen Tiere in das verlassene Schloss. Ich habe Rehe gesehen, die auf Stapeln von Pappschachteln schliefen, Hunde, die sich auf verschossenen Sofas zusammenrollten, habe in dem leeren Korridor das weiche, leise Streifen von Katzenpfoten vernommen. Ich habe auch ein schweres Stapfen auf der Marmortreppe gehört, habe aber nie herausbekommen, was das für ein Tier war.

Das Parterre ist eine große Halle, die von einem eisernen Ziergitter in zwei Hälften geteilt ist. Hier hat mein Vater seine Aquarien. Das grünliche Wasser verlangsamt die Zeit – die Fische bewegen sich bedächtig und anmutig. Sie sagen etwas, ihre Münder bewegen sich, aber ich kann sie nicht hören. Die Schleierschwänze, diese Marilyn Monroes unter den Fischen, ziehen ihre Tüllkleider hinter sich her, die Neonriffs leuchten vibrierend. Die Aquarien gehen im Meer der Agaven unter, die sie umgeben. Ihre fleischigen, spitzen Hände schneiden durch die Luft. Wer kann der Versuchung widerstehen, seine Initialen auf den dicken grünen Blättern einzuritzen? Die Initialen oder *Ich liebe Ewa*. Die Agave heilt diese Wunden und verewigt damit gleichzeitig die fremden Bekenntnisse auf ihrem Körper.

Von der Halle aus gelangt man in die Bibliothek. Zwischen den Hunderten, vielleicht Tausenden von Büchern, die alle in graues Papier eingeschlagen und auf dem Rücken mit einer Nummer versehen sind, steht hier das erste Buch, das ich gelesen habe: ein schwerer, dicker Band voll mit dichtgedruckten Buchstaben, parallele Pfade mit Versprechen unzähliger Existenzen und Welten. Die Seiten verlockten meine Augen, zogen den Blick fort vom Himmel, den Baumwipfeln, dem Wasserspiegel des Teiches, den gewundenen Zwischenräumen zwischen den Bäumen und hin zu dem kleinen Viereck direkt vor meinen Augen, wo sich die Vorstellung jederzeit aufmachen konnte.

Eine breite mit Teppich ausgelegte Treppe führt in den ersten Stock. Dort befinden sich Schlafzimmer und zwei große Vortragssäle. Ihr Parkett hat die Erinnerung an alle möglichen Tanzschritte bewahrt. In dem zweiten Saal, der einen Ausgang zur Terrasse und zum Park hat, ist ein großer offener Kamin mit einem Spiegel darüber. Einmal im Jahr wird hier Feuer gemacht, und zwar zu Allerseelen. Ich kann an den Marmorsäulchen hochklettern und mich vor den Spiegel stellen, der so groß ist, dass ich mich ganz darin sehe und außerdem noch die Terrasse und den Park und die Säle. Bevor ich alles über Spiegel lernte, wusste ich schon, dass man durch sie in einen anderen Teil des Palastes gelangen konnte, der völlig vergessen war. Dort sind enge, in Fels gehauene Durchgänge, Kreuzgänge und hohe Innenhöfe. Ich fand dort achtlos abgestellte Steinskulpturen. Ich begriff, dass sie keinen anderen Platz mehr haben konnten. Sie waren im Exil. Selbst die absonderlichsten Kunstliebhaber würden ihre Ästhetik kaum zu schätzen wissen: grob gemeißelte Darstellungen von Gestalten, die halb Mensch, halb Tier waren. Der Regen fiel darauf und verwischte die Konturen.

Über den oberen Stockwerken, die kleine, enge Zimmer haben, liegt der Dachboden. Ich erinnere mich an die Treppe, die hinaufführt, unten ist sie breit mit verzierten Streben und einem glattpolierten Geländer, doch nach einer Biegung verwandelt sie sich plötzlich in eine enge Stiege mit knarrenden Stufen. Man muss dicht an der Wand entlanggehen, sich an ihre glatte Fläche drücken, um nicht mit dem Fuß unvermittelt in einem Loch stecken zu bleiben.

Der Dachboden ist riesig. Staub bedeckt die Holzbohlen. Eine dicke Staubschicht liegt auf allen Gegenständen, und ganz kleine Dinge werden geradezu unkenntlich darunter, ein kleiner abgegessener Apfelbutzen wird zu einer flauschigen symmetrischen Auswölbung, ein liegender Besenstiel bildet eine unerwartete Welle auf dem Boden.

Man kann sich hier verirren, der Dachboden ist so groß, dass sich niemand dort auskennt. Ich weiß, dass in einer Ecke eine alte Matratze liegt, der Ort längst vergessener unerlaubter Spiele. Was es für Spiele waren, weiß ich nicht mehr. Das Verwunderlichste hier aber sind die Fenster in dem Steildach. Kleine Fenster, die etwas zu hoch angebracht sind, sodass man sich auf die Zehenspitzen stellen muss, um hinauszuschauen. Der Blick von hier ist etwas Außergewöhnliches, und man vergisst ihn nie. Hier sieht man erst, wie groß und mächtig das Schloss ist. Aus den Dachbodenfenstern wirkt alles klein und unwirklich, wie eine künstliche Welt, die für eine elektrische Eisenbahn hergerichtet wurde, mit Gebäuden aus Lego und einer Landschaft wie aus einem Disneyfilm. Und man sieht so viel von dieser Welt – Wälder, Felder, Flüsse und Eisenbahnschienen, große Städte und Häfen, Wüsten und Autobahnen. Man sieht sogar – obwohl ich nicht weiß, wie das möglich ist – die Krümmung der Erdkugel. Dieser Anblick verschlägt einem den Atem, später sehnt man sich danach und denkt oft daran, dass man noch einmal von unten über die wacklige Treppe auf den Dachboden steigen, zwischen den Sonnenstreifen stehen und sich auf die Zehenspitzen stellen will, um zu sehen, was es draußen gibt.

Ich sagte zu Marta, wir alle hätten zwei Häuser, ein konkretes Haus, das in Zeit und Raum steht, und ein zweites, unfertiges, das keine Adresse hat und keine Aussicht, in architektonischen Plänen verewigt zu werden. Und wir leben in beiden Häusern gleichzeitig.

## *Dächer*

In der Familie von Goetzen gab es einen Professor, einen echten Professor, der sein ganzes Leben über Bücher las, studierte, reiste und sich nicht für die Gärten interessierte. Er hieß Jonas Gustav Wolfgang Tschischwitz von Goetzen. Im Laufe seines langen Lebens von 1862 bis 1945 schrieb er viele Bücher über Religionsgeschichte. Die Bücher *Das Heilige. Über Schlesiens Mystik* von 1914 und *Der Ursprung der Religion* von 1918 waren besonders bedeutend. In seinem Leben hatte er zwei Leidenschaften: Religion und Dächer. Diese beiden Themen mussten etwas gemeinsam haben, dachte er, sie mussten sich irgendwie ergänzen. Sein Interesse erwachte schon in seiner Kindheit, und zwar bei einer Weihnachtsmesse in der Dorfkirche. Dort hing ein Bild der Muttergottes, auf dem Heilige mit den Attributen ihres Märtyrertodes die Gestalt in der Mitte umschwebten. Seine Leidenschaft für Dächer entwickelte sich später, während einer der vielen Reparaturen des Palastes, als das Dach völlig abgedeckt und mit neuen Ziegeln gedeckt werden musste. Was Jonas Gustav Wolfgang auch tat, es war immer genau, sorgfältig und ordentlich. Er las also alles über Dächer, Dachziegel, Schindeln und Dachstühle. In einer Anwandlung von revolutionärem Mut, wie er am Anfang des Jahrhunderts den Zeitgeist durchwehte, entschied er sich dafür, die traditionellen »Biberschwanz« genannten Flachziegel gegen die weniger typischen, in der Gestaltung gotisch inspirierten hellen Ziegel einzutauschen, die »Mönch und Nonne« genannt wurden und eher zur westlichen Architektur passten. Von da an war das Schloss seines Daches wegen eine Besonderheit in Schlesien. Die Nachbarn, die Adeligen und Architekten kamen von nah und fern, um sich das Dach anzuschauen. Das Schloss sah aus wie eine burgundische Burg oder ein bayerisches Kloster.

Wo Jonas Gustav Wolfgang auch hinfuhr, sein Blick wanderte immer zu den Dächern hinauf. Wenn er im Zug reiste, glitt sein Blick langsam und wie beiläufig über die oberen Ränder der Städte, die er durchfuhr, doch nahm er jeden Schornstein und jede Rinne wahr. An den Dächern erkannte Jonas immer, in welchem Teil Europas er sich gerade befand.

Er studierte in Lausanne und Genf. Dort lernte er die Schriften von Sigmund Freud, James George Frazer und Émile Durkheim kennen. Rudolf Otto hinterließ einen tiefen Eindruck. Die Schweizer Dächer gehören zu den schönsten der Welt. Die Ziegel werden dort aus einem besonderen, vielfarbigen Lehm hergestellt, und kein einziges Dach hat eine gleichmäßige Farbe. Die Dächer schillern in allen Nuancen, in den tausend Farbtönen, die gewöhnlicher Lehm aufweisen kann. Sie sehen aus wie ein Patchworkmuster. In der Schweiz empfiehlt es sich, Hotelzimmer im obersten Stock zu nehmen und diese faszinierenden Dächer aus der Nähe zu betrachten. Die Ziegel werden nicht wie in Schlesien im Spitzenmuster, sondern wie Fischgräten gelegt, deshalb sehen die Häuser aus wie riesige Fische, die mit dem Bauch nach oben aus irgendwelchen unvorstellbaren Meeren an Land geworfen worden sind.

Dann promovierte er in Heidelberg mit einer Doktorarbeit über die Vita und die Schriften der schlesischen Heiligen Kümmernis. Er lehrte an der Universität und spezialisierte sich auf Sekten in Schlesien zur Reformationszeit. Er befasste sich vor allem mit den Schwenckfeldianern und den Messerschmieden. Darüber schrieb er Aufsätze.

Die Dächer in Heidelberg sind typisch deutsch: rot und grau. Die schlanken, hohen Kirchturmhauben sind anthrazitfarben, das wirkt beruhigend auf die Augen. Nach seinen Vorlesungen spazierte er zum Schloss und blickte von oben auf die Stadt hinunter, die abends von billigem Studentenwein aus Äpfeln und wissenschaftlichen Theorien summte.

Es gibt eine vage Parallele zwischen der Religion der Menschen und Hausdächern. Vordergründig betrachtet ist sie banal: In beiden Fällen handelt es sich um die höchste Sphäre. Aber daraus lässt sich weiter nichts schließen. Etwas anderes ist wesentlich – Jonas Gustav Wolfgang kam eines Tages darauf, als er vom Heidelberger Schloss auf die Stadt hinabblickte: So wie das Dach ist auch die Religion der endgültige Abschluss, die Krönung, die gleichzeitig den Raum beschließt, ihn vom Rest des Raumes, vom Himmel, von der Höhe und emporstrebenden Unendlichkeit der Welt abgrenzt. Dank der Religion kann man normal leben und braucht sich nicht mit der Unendlichkeit in irgendeiner Form abzugeben, was unerträglich wäre; man kann sich im Haus vor Wind, Regen und kosmischen Strahlen in Sicherheit bringen und verkriechen. Es ist eine Klappe, ein Schirm, den man zumacht, ein Schlupfloch, das man zuschiebt, man versteckt sich, schließt sich ein in sicheren, wohlvertrauten, möblierten Räumen.

## *Die Messerschmiede*

Sie beschäftigten sich mit dem Singen ihrer Psalmen und der Herstellung von Messern. Keiner in Schlesien fertigte so gute Klingen an wie sie. Sie fassten sie in Ahornholz, in sorgfältig polierte Griffe, in die sich jede Menschenhand sogleich verliebte. Sie verkauften ihre Messer einmal im Jahr, im Frühherbst, wenn die Äpfel an den Bäumen reiften. Dann hielten sie einen Jahrmarkt, und aus der ganzen Gegend strömten die Leute herbei, kauften mehrere, manchmal über ein Dutzend Messer, um sie mit Gewinn weiterzuverkaufen. Bei diesen Jahrmärkten vergaßen die Leute, dass die Messerschmiede anderen Glaubens waren und an einen anderen Gott glaubten. Hätte man unbedingt gewollt, hätte man ihnen das leicht nachweisen und sie dorthin verjagen können, wo der Pfeffer wächst. Aber wer hätte ihnen dann solche Messer gemacht?

Wenn ihnen ein Kind geboren wurde, klagten sie, anstatt sich zu freuen. Wenn jemand starb, zogen sie den Leichnam nackt aus, legten ihn in ein Loch in der Erde und tanzten auf dem Grab.

Ihre Siedlung lag am Ende einer Hügelreihe, die zwischen zwei Bergketten verlief. Sie bestand aus einem steinernen Gebäude und umliegenden kleinen Lehmhütten ohne Fenster und Schornstein, die aussahen wie Hundehütten. Diese Hütten waren voller Messer. Sie lagerten sie wie Räucherkäse: Mit den Klingen nach unten hingen sie von dem hölzernen Sturzboden. Sie schwankten im Durchzug hin und her und klirrten aneinander wie Glocken. Die Leute gingen furchtlos unter diesem Himmel voller Klingen umher. Die stählernen Spitzen streiften über ihre Köpfe mit einer todverheißenden Zärtlichkeit.

In ihrer Vorstellung war die Materie ein Affekt des Geistes, und der bildete den Anfang der Welt. Der Geist hatte sich vergessen, er hatte sich entkonzentriert in seiner grenzenlosen Ruhe und etwas empfunden, was ein Geist nicht empfinden darf, einen Affekt, eine überwältigende Emotion. (Die Theologen zerbrachen sich später den Kopf darüber, was dieses Gefühl wohl gewesen sein mochte. Furcht? Verzweiflung, dass man existiert und es keinen Ausweg aus dieser Existenz gibt? Aber darüber gibt es keine klaren Aussagen.)

Die Messerschmiede glaubten, die Seele sei ein in den Körper gestoßenes Messer. Das verursachte ihnen einen unausgesetzten Schmerz, der als Leben bezeichnet wurde. Der Schmerz belebt den Körper und tötet ihn zugleich. Denn mit jedem Tag entfernt sich das Leben weiter von Gott. Ohne Seele würde der Mensch nicht leiden. Er würde leben wie eine Pflanze in der Sonne, wie ein Tier, das auf sonnigen Wiesen weidet. Doch mit einer Seele im Leib, einer Seele, die einst in ihrem Anfang den unaussprechlichen Glanz Gottes geschaut hat, erscheint alles finster. Man ist von der Ganzheit abgespalten, aber erinnert sich ihrer. Ist zum Tode geboren, muss aber leben. Ist getötet, bleibt aber lebendig. Das heißt es, eine Seele zu haben.

Morgens und abends wiederholten sie monoton ihre düsteren Psalmen – wenn sie das Ahornholz für die Messergriffe schnitzten, den Stahl für die Klingen schmolzen und schmiedeten, wenn sie im Herbst die Äpfel von den Bäumen schüttelten und sich mit ihren wenigen Kindern beschäftigten, den Unglücklichen, die ungewollt zur Welt gekommen waren.

Sie hatten wunderliche Bräuche, ihr ganzes Leben war wunderlich. Beim Beischlaf achteten sie darauf, dass ihr Samen nicht in den Schoß der Frau drang. Sie spritzten ihren Samen nach draußen und brachten ihn ihrem Gott zum Opfer, weil sie meinten, im menschlichen Samen sei der Glanz Gottes enthalten, der durch diese Opferung von der Materie befreit würde, um zu Gott zurückzukehren. Deshalb zeugten sie selten Kinder.

Ihre einzige Art zu beten waren die Wehklagen, die sie Psalmen nannten, und ihr Ritual war die Darbringung des Samens zum Opfer. Andere Gebete kannten sie nicht, sie glaubten daran, dass Gott kein menschliches Wesen sei, mit dem Menschen nichts gemein habe und die menschlichen Gebete nicht einmal verstehe.

## *Der Wald, der krachend zerfällt*

Marta neigte nicht zu Bekenntnissen. Aber einmal vertraute sie mir an, sie könne sich an viele Zeiten erinnern, sogar an Zeiten, wie sie auf den Votivbildern in Wambierzyce dargestellt sind. Sie erkannte eine Zeit nicht an den Menschen, die in ihr lebten, denn diese blieben sich bejammernswert ähnlich und waren immer dieselben, sondern an der Farbe des Lichts, an der Art und Weise, wie das Licht auf die Dinge fiel. Marta war sich dessen ganz sicher: Die Zeit ließ sich an den Farben erkennen, und das war ihre einzige kennzeichnende Eigenschaft. Vielleicht hatte das etwas mit der Sonne zu tun. Vielleicht pulsierte die Sonne, änderte ihre Wellenlänge, oder die Luft filterte das Licht anders und verlieh allen Dingen auf der Welt in jedem Jahr eine andere unverwechselbare Schattierung.

Marta hatte gelernt, ein erinnertes Detail, das sie zu einer bestimmten Zeit zurückführte, mit der Schattierung der Welt zu assoziieren. Das konnte beispielsweise die Form eines hölzernen Wagenrads in Verbindung mit einer bestimmten rötlichen Farbe sein, die der Himmel hatte, als Räder dieser Art über die steinigen Wege rollten und Heu, Jutesäcke mit Mehl, Lehm für den Hausbau oder hastig zusammengeworfenes Hausgerät transportierten. Oder der Schnitt eines unter der Brust zusammengerafften Kleides in Verbindung mit einer lichterfüllten, hellen, fast grünlichen Luft oder der blassen Bläue frostiger Winter.

So funktionierte Martas Gedächtnis. So erkannte Marta die Vergangenheit. Es kam aber vor, dass auch diese Methode, in der Zeit nach einer Ordnung zu suchen, fehlschlug und Marta Bilder sah, die sie nicht verstand und die als Einzige – denn was kann man schon fürchten, wenn man so viel gesehen hat? – in ihr Angst weckten.

So sah sie einmal ein Tal, über dem ein tiefer, orangefarbener Himmel hing. Die Umrisse in dieser Welt waren alle verschwommen, die Schatten waren unscharf und wirkten wie von einem fremden Licht beleuchtet. In dem Tal gab es kein einziges Haus und keine menschlichen Spuren, es wuchs kein Busch und kein wilder Johannisbeerstrauch. Es gab auch keinen Bach, das frühere Bachbett war jetzt mit einem dichten, harten rötlichen Gras überwachsen. Es sah aus wie eine Narbe. An diesem Ort gab es keinen Tag und keine Nacht. Der orangefarbene Himmel leuchtete immer gleich, weder warm noch kalt, völlig unbewegt und gleichgültig. Die Hänge waren noch bewaldet, doch wenn sie näher hinschaute, sah sie, dass der Wald abgestorben war, er war versteinert und erstarrt. An den Fichten hingen Zapfen, und an den Zweigen steckten noch weißliche Nadeln, denn es kam kein Wind, der sie abgeschüttelt hätte. Sie hatte die schreckliche Ahnung, dass der Wald bei der kleinsten Bewegung in dieser Landschaft mit einem trockenen Krachen in sich zusammenstürzen und zu einem Haufen Staub zerfallen würde.

## *Der Mensch mit der Säge*

Sein Erscheinen bedeutete immer Lärm. Das knirschende mechanische Kreischen, das wie ein unsichtbarer Ball von den Hängen des Tales abprallte und immer in der Nähe der Terrasse hängen blieb. Wir hoben beunruhigt den Kopf, den Hunden sträubte sich das Fell, die Ziegen schossen in verschrecktem Galopp rund um den Baum, an den sie gebunden waren. Dann erst tauchte er selber auf: ein großer, magerer Mann, der aus dem Wald trat und eine Motorsäge über dem Kopf schwenkte wie ein schweres Gewehr, als träte er nicht aus einem Birkenwald, sondern käme auf einem Schlachtfeld, zwischen ausgebrannten Panzern und aus den Trümmern gesprengter Brücken hervor. In seiner Geste meinten wir etwas Triumphierendes festzustellen – dieses Schwenken von einem Stück Eisen, manchmal sogar das kurze Anwerfen der Säge, um ihr ein Geräusch zu entlocken, das das Tal in kleine Stücke schnitt. »He!«, schrie er fröhlich. »Hier bin ich!« Und damit kam er den Hang herab, direkt auf uns zu, zog dabei seine Säge auf und schnitt mit der Klinge Birkenschösslinge, junge Ahorn- und Buchenbäume und die Spitzen der Gräser ab. In seinen Bewegungen lag eine übermäßige Wucht, eine übertriebene Lebhaftigkeit, bis sich seine Füße im Gras verhedderten und er fiel. Wir schlossen die Augen, um nicht zusehen zu müssen, wie er sich selbst mit dieser entblößten länglichen Klinge verstümmelte. Aber er tat sich nichts. Er stand auf, überrascht darüber, dass er gefallen war, und vergaß es auch gleich wieder, denn er hatte ja uns auf der Terrasse vor Augen, so viele neugierige Augen, so viele leere Hände, die zum Klatschen bereit waren. Wenn er auf der Straße vorbeiging und in den Pfad einbog, sahen wir, dass er betrunken war. Die Säge zog unregelmäßige unheilvolle Kreise um ihn, als wollte sie ihrem berauschten Besitzer entfliehen, als fühlte sie sich von ihm in Versuchung geführt. »Soll ich euch was abmurksen?«, fragte er gutgelaunt, verschwitzt und gerötet, auf unsicheren Beinen.

Und einmal machte R. einen Fehler. Er ließ ihn einen umgestürzten Kirschbaum zersägen. Mit aufgeregtem Kreischen fraß sich die Klinge in den abgestorbenen Baum und sägte ihn in ungleiche Stücke, doch als er fertig war, hatte er noch nicht genug und fuhr fort, die Luft in Scheiben zu schneiden. Die Augen des Mannes irrten über die Stämme unserer Linden und Apfelbäume, bis R. sich ihm in den Weg stellen musste, um ihm den Blick auf die wehrlosen Bäume zu versperren. »Und was ist mit diesem Ahorn da?«, fragte der Mann und fuchtelte mit seiner Waffe, um seiner Frage größeren Nachdruck zu verleihen. »Nimmt der euch nicht die Sonne weg?« R. brachte ihn zurück zur Straße und den Berg hinauf und ging so lange neben ihm her, bis der Mann mit der Säge eine neue Gelegenheit witterte.

## *Ergo Sum*

Als er aufwachte, schien die Sonne. Er lag in einem Entwässerungsgraben zwischen hohen Pflanzen. Zwei Meter von ihm entfernt verlief ein Weg, er hörte die rhythmischen Schritte eines Pferdes und das Quietschen eines Fuhrwerks. Er war nur mit einer Hose bekleidet, und die war völlig zerfetzt. Die Haut auf seiner Brust war mit Schmutz und offenbar auch Blut beschmiert.

Er sah sich um, tastete sich ab, prüfte, ob alles an ihm ganz war. Er war heil und unversehrt, aber er hätte sich gewünscht, die Quelle der Blutflecken am eigenen Körper zu entdecken, und sei es auch nur eine Schürf- oder Schnittwunde. Dann wäre wenigstens klar gewesen, dass es sein Blut war, das an ihm klebte.

Aber er fand keine Verletzung. Er stand auf, und ihm wurde schwindlig. Der Kopf tat ihm merkwürdig weh, als wäre er nicht sein eigener Kopf, als flösse das Blut nicht ganz richtig darin. Vor den Augen tanzten ihm schwarze Flecken. Die größte Sorge war für ihn der Heimweg, den er jetzt irgendwie hinter sich bringen musste. Auf welche Art und Weise sollte er in diesem Zustand zu seiner Straße in der Innenstadt gelangen, wo um diese Zeit alle Welt unterwegs war, um Brot und Milch zu holen, oder am Fenster stand, um das Wetter zu begutachten, wo die Männer sich sogar auf dem Balkon rasierten, damit ihnen kein Augenblick dieses schönen Julitages entging? Sie würden ihn in diesem Zustand nicht einfach vorbeigehen lassen, sie würden ihn ausfragen, was dem Herrn Professor denn zugestoßen sei, und entsetzt auf seine Wunden blicken. Oder vielleicht wussten sie es schon? Vielleicht war die Miliz schon in der Gegend unterwegs, weil man eine Leiche gefunden hatte … Ergo Sum setzte sich auf die Erde und betrachtete seine Hände. Sie waren völlig normal. Dann kam er zur Besinnung. Er beschloss, so, wie er war, auf das Kommissariat zu gehen und alles zu gestehen. Er ging also voller Zuversicht los, erleichtert, dass er sich endlich jemandem anvertrauen und sich in sichere, fürsorgliche Hände begeben würde. Und dann sollten sie ihn schnell verurteilen. Auf Mord stand der Strang, sie sollten das Urteil sprechen und ihn unverzüglich aufhängen. Amen. Aber warum bloß hatte er das alles mitmachen müssen, um jetzt wie ein Verbrecher zu sterben? Doch das war nicht mehr seine Sorge, er wusste es nicht und würde es nie erfahren. Irgendein Gott übernahm die Verantwortung dafür, irgendwelche Götter, die Teilnehmer an Festmählern mit Oliven und Trauben, sollten sie nur.

Ihm wurde klar, wo er war: am Annaberg. Das war weit von seiner kleinen Stadt entfernt, etwa sechs Kilometer. In der Nähe verlief der alte Wanderweg für Touristen, noch vor einem Jahr war er hier mit seinen Schülern entlanggegangen. Unten im Tal floss ein Bach, darüber erhob sich eine ungewöhnliche Bogenbrücke aus Stein. Auf der Landkarte war sie als *Buchhalterbrücke* verzeichnet. Ja, jetzt wusste er, wo er war. Dieser kleine Weiler, der aus wenigen Häusern bestand, hieß Pietno. Von dort führte der Weg geradewegs zur Landstraße und zur Stadt. Er beschleunigte seine Schritte, dann begann er zu laufen.

In Pietno, gleich hinter der Brücke, stand eine Gruppe von Menschen stumm auf einer sumpfigen Wiese. Als sie Ergo Sum erblickten, traten sie beiseite, und zwischen ihren Beinen sah Ergo Sum den großen Körper einer toten Kuh. Sie lag mit aufgerissenem Bauch auf der Seite, ihre Eingeweide waren herausgezerrt und lagen über das nasse Gras verstreut. Ergo Sum schlug wie im Reflex die Hand vor den Mund, aber er konnte nicht anders, er musste nähertreten. Die Leute machten ihm Platz. Alle hatten graue, hässliche Gesichter, weißlichgraue Haare und schrundige Lippen.

»Der Hund hat die Kuh gerissen«, sagte ein Alter mit schiefem Gesicht.

»Bobols Hund«, setzte eine Frau hinzu, die ein kleines Kind bei sich hatte.

»Das war nicht mein Hund. Der war angekettet.«

Das war wohl Bobol, aber sogleich stürzte ein kahlgeschorener Kerl mit einer Zigarette auf ihn zu.

»Red keine Scheiße, du hast ihn gerade erst angekettet.«

»Bobol passt nicht auf seine Hunde auf«, bekräftigte der Alte mit einem Blick auf Ergo Sum. »Er weiß nicht mal, wie viele er hat.«

Ergo Sum wurde übel, denn er begriff, was passiert war. Er hatte sogar noch Fetzen von Erinnerungen an die Ereignisse der letzten Nacht im Kopf, aber vielleicht bildete er sich das nur ein. Er wollte schreien, brüllen, heulen, aber er fasste sich nur an die Kehle. Das war keine gewöhnliche Geste, und die Leute sahen ihn neugierig an. Dann löste sich Bobol aus der Gruppe, er sah aus wie ein Waldschrat, klein, gedrungen und bärtig. Entschlossen ging er auf einen großen schwarzen Hund zu, der an einer kurzen Kette lag. Der Hund jaulte auf und drückte sich an den Boden, wahrscheinlich spürte er, dass sein Tod nahe war. Bobol hob einen dicken Knüppel auf, holte aus und schlug ihn damit auf den Kopf. Der Hund schrie so durchdringend, dass manche Frauen erschauerten, dann kippte er schlaff zur Seite und regte sich nicht mehr, erstarrte.

Da fiel Ergo Sum neben der Kuh und zwischen den Beinen der Leute im nassen Gras auf die Knie und begann zu schluchzen. Die Leute sahen ihn verwundert an und wechselten spöttische Blicke miteinander. Ihre stählernen Augen blitzten.

»Mensch, reiß dich zusammen. Worüber heulst du denn, über die Kuh oder den Hund? Die Leute tun dir gar nicht leid?«

Ergo Sum blickte zum Gesicht des Alten auf und suchte darin nach Mitleid. Vielleicht dachte er sogar, dieser Mensch würde ihn an sich drücken und mit seinem schmutzigen Kittel die Tränen von Ergo Sums Gesicht wischen. Aber die Augen des Bauern waren wie Messer.

Dann war er wieder auf der Hauptstraße, aber noch nicht im Zentrum der Stadt. Er kam am Lido vorbei, einer Kneipe, die um diese Zeit geschlossen war, und seine zerstreuten Gedanken kreisten um Platon. Dass er weise und gelassen war wie ein griechischer Gott, nein, das war ein schlechter Vergleich, die griechischen Götter waren nicht weise und gelassen. Aber die Welt war damals anders, wer weiß, aus welchem Grund, die Sonne leuchtete golden und pfirsichfarben, Olivenbäume breiteten ihr Grün über die Hänge, die Menschen hatten helle Haut und trugen weiße Gewänder. Diese Vision schob sich in seinen Gedanken vor die tote Kuh, den erschlagenen Hund und die Gesichter der Leute in Pietno. Das eine war im anderen enthalten, wer weiß, warum, aber so war es. Das eine war ein Teil des anderen. Platon, seine erhobene Hand, die eine Olive zum goldenen Mund führte, und Pietno bildeten die Prolegomena zu Ergo Sums Zukunft.

Die Leute drehten sich nach ihm um, aber er achtete nicht darauf, sie taten es diskret, aus dem Augenwinkel, sicher, um ihn nicht in Verlegenheit zu bringen. Ein paarmal hörte er: »Er hat sich betrunken! Der Herr Professor ist betrunken!« Er biss die Zähne zusammen und war schon an der Kreuzung bei der Kirche des Heiligen Nepomuk, als ihm plötzlich einfiel, sich zu waschen, bevor er zur Miliz ging, deshalb schlug er automatisch die Richtung zu seiner Wohnung ein. Die Tür des Treppenhauses fiel barmherzig hinter ihm ins Schloss. Ergo Sum presste die geballten Fäuste vor seine Augen, weil er spürte, dass er die Tränen jetzt nicht mehr zurückhalten konnte. Was hätte Platon in einer solchen Situation gemacht? War das überhaupt denkbar? Er hätte sich umgebracht, dachte Ergo Sum. Er hätte sich wie Petronius die Pulsadern aufgeschnitten, und er hätte es bei einem Gastmahl gemacht, unter Freunden, im hellen, offenen Raum, wo alles golden war, die Luft, die Oliven, der Wein und so weiter. Und sterbend hätte er gescherzt. Wie Sokrates.

Ach, wie sehr verlangte es Ergo Sum nach dem Tod. Er sah sich vor sich, wie er in der Veranda an einem Strick baumelte.

Aber Ergo Sum nahm sich nicht das Leben und ging auch nicht zur Miliz. Der Küchenstuhl – derselbe, an den er sich so sorgfältig gefesselt hatte – bot seinem von dieser schrecklichen Nacht geschundenen Körper barmherzig Platz. Reglos saß er bis zum nächsten Morgen da.

Am Morgen wusch er sich nur, dann packte er eine Hose, ein wenig Wäsche und einen Pullover in einen Pappkoffer, schloss seine Wohnung ab und ging aus der Stadt hinaus nach Pietno. Dort gelang es ihm, den koboldhaften Bobol zu überzeugen, dass jeder Bauer einen kräftigen Knecht brauche, und sei es auch nur dazu, die verendeten Tiere zu vergraben. Bobol sah ihn misstrauisch an, aber als sich herausstellte, dass dieser Knecht kein Geld wollte, nur eine Ecke zum Schlafen und etwas zum Essen, da willigte er ein, und seine grauen Äuglein funkelten wie die eines Wolfes.

Ergo Sum wurde Bronislaw Sum, beziehungsweise Herr Bronek. Mit großer Erleichterung begrüßte er diesen normalen Vornamen. Die Leute in Pietno setzten ein »Herr« davor, weil er immer noch zarte Hände und graumelierte Schläfen hatte. Nur Bobol nannte ihn Bronek, wenn Ergo Sum den Stall ausmisten, den Kühen Wasser bringen oder das Heu wenden sollte, das in Pietno wegen der sagenhaften Feuchtigkeit des Bodens nie ganz trocken wurde.

Herr Bronek musste bei Tagesanbruch aufstehen und die Kühe melken. Er lernte es sofort, er brauchte die Euter der Kühe nur als fleischige Behälter mit Flüssigkeit ansehen und sie mit den Fingern behutsam abwärts drücken, bis der weiße Strahl mit einem leisen Klirren auf die Eimerwand traf. Danach trank er von der Milch, die warm war und nach Mist roch. Das war sein Frühstück. Dann trieb er die Kühe auf die Weide und auch das Pferd, das den Kopf auf und ab bewegte, als wolle es ihn begrüßen oder ihm danken. Wenn er zurückkam, mistete er die Ställe aus. Dort hatte sich im Laufe der Jahre, in denen nicht saubergemacht worden war, so viel Mist angesammelt, dass er sich verfestigt und allmählich in Stein verwandelt hatte. Bronek stach ihn mit der Stichschaufel wie Torf, legte ihn auf die Schubkarre und fuhr ihn vor das Haus, wo er ihn zu Haufen aufschichtete. Gegen Mittag ging er in die Küche, schälte Kartoffeln, kochte sie, übergoss sie mit ausgelassenem Speck und servierte sie mit Sauermilch. Er und Bobol aßen schweigend. Aus dem Flur sahen Bobols ewig hungrige Hunde ihnen zu, die jungen und die alten. Keiner wusste, wie viele er hatte. Nach dem Mittagessen legte sich Bobol zu einem Nickerchen hin, und Herr Bronek setzte sich auf die Vortreppe und betrachtete die gewellte Linie des Horizonts und die faltige Ebene der Weiden und Felder. Dann musste wieder gemolken werden, die Milch wurde geseiht, der Käse angesetzt, die Milchkannen wurden gefüllt, das Heu wurde wieder gewendet und der Mist wieder abgekarrt. Zum Abendessen gab es Brot mit Dauerwurst oder Mettwurst, dann ging Bobol zu den Nachbarn zum Trinken, und so begann die Nacht.

Die Nacht keimte immer irgendwo in der Gegend des Baches, und erst von diesem feuchten, kühlen Ort her begann der Himmel zu dunkeln. Jeden Abend war Herr Bronek Zeuge dieser Verwandlung. Er saß auf der Treppe vor dem Haus und schaute. Zuerst hörte er den regelmäßigen Ruf des Nachtvogels, der sich wie das kreischende Ticken einer Uhr anhörte. Dann, wenn die Dunkelheit vollends herabsank, hörte man die Menschen. Ihre betrunkenen Stimmen steckten tief in der Dunkelheit, dumpf, hilflos, stammelnd, umgeben vom Dunst des schnell hinuntergestürzten Fusels. Wie immer war Herr Bronek bemüht, nichts zu denken oder zumindest so wenig wie möglich zu denken, was am nächsten Tag zu tun war, ob es schon Zeit war, schlafen zu gehen, wo Bobol bloß die Mistgabel hingelegt hatte. Und schließlich ging er nach oben und schlief und saugte sich bis zum Morgen voll mit dem Geruch nach Dämmer, Feuchtigkeit und Mist.

Aber es gab auch andere Nächte, die kristallklar und furchtbar waren, und dann konnte Herr Bronek nicht schlafen. Einmal verlangte es ihn im Traum nach Tee, das Wasser lief ihm im Munde zusammen, seine Kehle schnürte sich zu. Er wälzte sich mit wachsender Wut von einer Seite auf die andere, die Beine juckten ihm, als wollten sie ihn die Treppe hinunter, über den Hof und immer weiter weg treiben. Das halte ich nicht aus, dachte er, denn es war wie das peinigende Bedürfnis zu urinieren, wie eine Gefülltheit zum Platzen, die sich entleeren will und gegen die keine Willensanstrengung etwas ausrichten kann. Einige Male weinte er, aber auf eine merkwürdige Weise, nur die Tränen rannen, doch innerlich war er ruhig wie eine Wiese mit dichtem Gras.

Dann ging er in den Wald und lief zwischen den Bäumen umher, trat gegen Baumstümpfe und krallte die Hände so fest ineinander, dass er sich mit den Fingernägeln die Haut aufriß. Was ihm noch in Erinnerung blieb, war der Waldrand und die Kapelle, die am Eingang zum Wald wachte wie die Billettkasse am Stadion. Der Putz bröckelte ab, die Steine waren brüchig, und im Innern schimmerte undeutlich eine Gestalt am Kreuz mit abgeschlagenen Beinen. Er ging widerwillig daran vorbei, den Berg hinauf auf die Grenze zu, und der einzige Gedanke, der in seinem benommenen Kopf auftauchte, war, dass er jetzt einen Schuss hören wollte und dass dieser Schuss ihm gelten sollte, dass er auf seinen Körper zielen und mit einem gewaltigen Krachen seinen Kopf durchschlagen sollte, bevor es wieder geschah.

Aber immer wieder geschah dasselbe: Zuerst spürte er einen Schmerz im ganzen Körper zu dem Schmerz kam Ekel, bis ihm speiübel wurde, und wenn er sich zusammenkrampfte, um zu erbrechen, erlosch sein Bewusstsein, und das letzte, was er noch mit entsetzlichem Grauen sah, waren Pfoten, die in Klauen ausliefen und zottiges Fell. Dann ging er ganz und gar in einem Verlangen auf, das ihn aber auf irgendeine Weise nicht gefangennahm, sondern befreite.

Manchmal stand seinem Herrn, dem Jasiek Bobol, der Sinn nach Reden. Er zog eine zerdrückte Packung Sport-Zigaretten aus der Tasche und paffte zwei, bis er den ersten Satz herausbrachte. Sie saßen auf der Steinstufe in der Tür, der Durchzug fuhr ihnen in den Rücken, und ihre Hintern froren auf der beständigen Kälte des Steins. Jasiek Bobol hatte immer nur schlechte Nachrichten. Er erzählte, dass er im Radio einen Bericht über eine Frau gehört hatte, die in den Wäldern der Bieszczaden lebte. Sie sagte die Zukunft voraus. Einmal waren drei Touristen in der Gegend unterwegs, und als es Nacht wurde, fanden sie sich unversehens vor ihrer Hütte wieder. Sie gab ihnen Milch zu trinken und erklärte: »Ich sage euch die Zukunft voraus, aber erst müsst ihr mir Schuhe kaufen.« Sie schickten den Jüngsten ins Dorf hinunter, und er kaufte ihr Turnschuhe. Die Alte zog die Schuhe an und zeigte ihnen drei Särge. In einem lag Getreide, im anderen Spelz, und der dritte war voller Blut. »So werden die drei Jahre aussehen.« »Welche Jahre?«, fragten die Touristen. Das wollte sie ihnen nicht verraten. »Im ersten Jahr gibt es eine reiche Ernte. Im nächsten Jahr gibt es nur Spelz, und im dritten Jahr fließt Blut.« »Wessen Blut?« Das sagte sie nicht, und nun dachte Bobol darüber nach, welches Jahr jetzt war, das Getreidejahr, das Spelzjahr oder das Blutjahr. In Pietno sah die Zukunft eigentlich immer düster aus. Das Gras war voll Blutegel, das Wasser im Bach trüb, und die Leute waren aufgedunsen, verkatert oder krank. Unter geheimnisvollen Umständen verendete ein Schaf, der Marder blutete die Hühner aus, der Blitz erschlug eine Kuh, im Gewitter ertrank ein Wurf Welpen. Es regnete länger als an jedem anderen Ort, mit leisem Knistern rostete das Metall, die Kuhfladen überzog ein weißer Schimmel, weil die Erde sie nicht haben wollte.

Bronek musste das Aas am Bach vergraben. Als Bobols ewig hungrige Hunde ein gerissenes Reh aus dem Wald anschleppten, ließ Bobol sie nicht davon fressen. Eine unerwartete Rührung trübte seine vom Alkohol triefigen Augen, und er befahl Bronek, das Reh zu vergraben. Bronek hätte Totengräber verendeter Tiere werden können. Aber eine Rehleiche zu beerdigen ist nicht einfach. Man muss eine tiefe Grube graben, denn das Reh hat lange und steife Beine, die in keinem Grab Platz finden. Und damit die Hunde es nicht wieder ausscharren, muss man die schlanken Läufe des Rehs mit dem Spaten zertrümmern. Das tat Bronek auch, aber obwohl das Reh unzweifelhaft tot war, war es schrecklich, ihm die Beine zu brechen.

Daran dachte er, als er zum ersten Mal zum Blutspenden mit dem Autobus nach Klodzko gefahren war. Diese Idee war ihm ganz von selbst plötzlich eines Nachts gekommen, als er an sich selbst so litt, dass er nur heulen wollte. Vielleicht war sie auch durch den regionalen Radiosender angeregt worden, es war ja immer vom freiwilligen Blutspenden die Rede. Vielleicht war ihm auch ein Stück Zeitung in die Hände gekommen. Er war schon so sehr Bronek, dass er nicht weiter über diesen Einfall nachdachte. Ihm kam es so lieblich und rechtschaffen vor, jemandem Blut zu spenden, das, was man in sich hat, was nie die Welt sieht, die Strahlen der Sonne nicht kennt und was einen am Leben erhält. Diese widerwärtig warmen und dicken roten Ströme aus dem eigenen Innern zu entlassen und daran zu glauben, dass jemand sie in sich aufnehmen will mitsamt ihren Erinnerungen an unscharfe weiße Landschaften des Nordens, sauer vor Angst und faulig vor Kraftlosigkeit.

Eine Frau mit weißen Händen massierte ihm zuerst eine Ader auf der Hand, dann stach sie eine Nadel hinein, und das Plastikröhrchen saugte Broneks Blut auf wie ein Schröpfegel, damit es an andere weitergegeben werden konnte. Hinterher verspürte Bronek nichts als Erleichterung. Er bekam Kaffee und Goplana-Schokolade. Er aß sie sofort und schmeckte nicht einmal ihre Süße. Als er dann wieder in den hohen Autobus stieg, der ihn zurück zum Fuß der Berge brachte, wurde ihm ein wenig schwindlig.

Seitdem spendete er öfter Blut, als erlaubt war, zwei-, dreimal im Monat. Er hinterging sie: In der freiwilligen Blutspendestelle herrschte Durcheinander in den Unterlagen, die weißfingrigen Krankenschwestern wechselten oft, und sie hatten andere Dinge im Kopf. Nach jedem Mal konnte er die nächste Blutspende kaum erwarten, wenn er den Arm ausstrecken und ein kleines Rinnsal Blut entlassen würde. Und den Schwindel danach genoss er, es war die einzige Wonne, die das Leben ihm bot. Er musste sich hinlegen und eine Zeit lang ausruhen. So stellte er sich den Beischlaf mit einer Frau vor. Er lernte, in den Maßeinheiten der Krankenschwestern zu rechnen, hundert Gramm, zweihundert Gramm Blut, dieser rote Saft, den sein Körper so unbeirrbar produzierte. Eines Nachts lauschte er dem Gegröle seiner betrunkenen Nachbarn und rechnete dabei aus, dass er zwei Eimer Blut gespendet hatte. Und er war immer noch nicht tot.

## *Pilze*

Der August begann mit Pilzen, es war also alles so, wie es sich gehörte. Die Sonne schien und trocknete die Erde aus, aber unsere Wiese war immer noch voller Wasser, das Gras darauf wuchs üppig und war von einem blendenden Grün.

Den ersten Pilz fand ich durch Zufall, er wuchs gleich neben dem Pfad zu Martas Haus. Ein kleiner roter Birkenpilz, er sah aus wie ein Streichholz, und der Himmel darüber wie ein Anreißstreifen. Vielleicht war er ein

Vorbote von Bränden, die das Gras versengen und den Himmel aufheizen würden, bis er orangefarben war.

Am Morgen dachte ich an nichts als Pilze. In der Nacht meinte ich, sie wachsen zu hören. Der Wald knisterte, es war ein kaum hörbares Geräusch, vielleicht mehr spürbar als hörbar. Deshalb konnte ich nicht schlafen. Im ersten Jahr verschlug mir die Menge der Pilze im Schwarzen Wald geradezu die Sprache. Ich brachte sie körbeweise nach Hause, legte sie auf Zeitungspapier aus und betrachtete meine Ernte so lange ich konnte, bis schließlich der Augenblick kam, in dem man das Messer zur Hand nehmen musste, um in ihre weichen kindlichen Körper zu schneiden, ihre Köpfe abzutrennen und zum Trocknen auf Schwarzdornzweige zu spießen. Die dornigen Zweige mit den darauf gekreuzigten Köpfchen stützten den ganzen Herbst über das Haus. Seine Mauern sogen sich voll mit dem Geruch getrockneter Birkenpilze. So war es im ersten Jahr, damals gab es alles in Hülle und Fülle, Äpfel und Pflaumen, und sogar der alte Kirschbaum spielte verrückt und bewirtete sämtliche Stare der Gegend. Dann wurde es von Jahr zu Jahr weniger. In diesem Jahr fand ich nur ein paar Äpfel. Ich zählte sie, hütete sie, hätte jemand sie stehlen wollen, wäre ich bereit gewesen, die Hunde auf ihn zu hetzen.

Trotz der Nässe gab es keine Schirmlinge in der Wiese, dabei war es schon ihre Zeit. Jeder August beginnt mit den weißen Hütchen am Waldrand.

Der Schirmling ist ein Pilz, der keine Jugend kennt. Er ist schon alt, wenn er in Gestalt einer kleinen weißen Glocke aus der Erde kommt. Sein Körper ist betagt, es ist der Körper einer Greisin, er erinnert mich an Marta. Der magere, von Adern durchzogene Fuß trägt den zarten Kopf, der sich immer etwas warm anfühlt. Man muss sich hinknien und an dem Pilz riechen, bevor man mit einem sanften Ruck das mürbe Bein abbricht und den Pilz mit nach Hause nimmt. Jeder weiß, wie man einen Schirmling zubereitet, man muss ihn in Milch einweichen, dann in Ei und Semmelbröseln wälzen und braten, bis er die Konsistenz einer Frikadelle hat. Und dann muss man ihn essen. So kann man auch den grünen Fliegenpilz essen, der nach Nüssen riecht. Aber die Leute sammeln keine Fliegenpilze. Sie teilen Pilze in essbare und giftige ein, die Pilzführer informieren seitenweise über die Eigenschaften, die diese Gruppen voneinander unterscheiden. Gute Pilze und böse Pilze. Es gibt kein Buch über Pilze, in dem sie in schöne und hässliche eingeteilt sind, in duftende und stinkende, in solche, die sich angenehm, und solche, die sich unangenehm anfassen, in solche, die zur Sünde verleiten, und solche, die von Sünden befreien. Die Menschen sehen, was sie sehen wollen, und am Ende kriegen sie das, was sie wollen. Klare, aber falsche Unterteilungen. In der Welt der Pilze jedoch ist nichts sicher.

Von August an irrten die fast immer verkaterten Männer bei Tagesanbruch durch die Birkenwäldchen und brachten mir hinterher Tüten voller Pilze an die Treppe. Sie wollten sie gegen eine Flasche hausgemachten Wein eintauschen. »Aber gerne«, sagte ich meistens, doch ich war enttäuscht, sie sammelten nur Birkenpilze und Steinpilze.

Doch ich aß alle Pilze. Wenn ich einen fand, den ich nicht kannte, brach ich ein Stück ab und legte es mir auf die Zunge. Ich befeuchtete es mit Speichel, rieb es mit der Zunge gegen den Gaumen, schmeckte und schluckte. Ich bin nie gestorben, noch nie von einem Pilz sterbenskrank geworden. Vielleicht von anderen Dingen, aber nie von einem Pilz. So habe ich gelernt, den Speitäubling zu essen, den keiner sammelt, und von dem im August der ganze Wald gelb ist. So habe ich auch gelernt, den Lorchel zu essen, der eine so exotische Struktur hat, dass er Architekten als Muster für perfekte Bauwerke dienen könnte. Und die Fliegenpilze, die herrlichen Amanitae. Ich briet ihre Hüte und bestreute sie mit Petersilie. Sie waren viel zu wohlschmeckend, um giftig zu sein. Ich wartete die ganze Nacht, sogar zwei, drei Nächte, denn Vergiftungserscheinungen können lange auf sich warten lassen. Gegen Morgen blickte ich auf den heller werdenden Flecken des Fensters mit dem Fensterkreuz in der Mitte. Auf dem Tisch lag der Autoschlüssel. Der Pilz wollte mich nicht töten. R. sagte ganz ruhig, wenn erst Vergiftungserscheinungen aufträten, sei es sowieso zu spät. Umsonst würde man mir den Magen ausspülen und mich an den Tropf hängen, das Gift wäre ohnehin schon in meinem Blut.

»Warum sollte etwas meinen Tod wollen?«, fragte ich ihn. »Bin ich etwa so wichtig, dass mich etwas sollte töten wollen?«

Als ich klein war, aß ich junge Boviste. Sie kamen mir im Chaos der Gräser so schön und vollkommen vor. Ich schluckte sie andächtig, bis heute kann ich mich an ihren puderartigen Geschmack erinnern. Ich nahm ein paar nach Hause mit, und meine Mutter befahl mir, sie wegzuwerfen. Ich sagte ihr nicht, dass ich schon welche im Bauch hatte. Seitdem esse ich sie immer in Butter gebraten und mit Zucker bestreut.

Die ersten Boviste, die ich fand, brachte ich Marta. Wir machten sofort einen süßen Nachtisch daraus und aßen alle auf.

Süßer Nachtisch aus Bovisten:

Junge weiße Boviste
Butter zum Braten
Puderzucker

Die Boviste in etwa münzdicke Scheiben schneiden. Die Pilze brauchen nicht gehäutet zu werden, es reicht, wenn man die härteren Papillen einfach abreibt. Butter in der Pfanne erhitzen, die Boviste goldgelb anbraten. Mit Puderzucker bestreut zum Tee servieren.

## *Wer die Geschichte der Heiligen schrieb, und woher er das alles wusste*

Das Kleid erinnerte ihn an seinen Mönchshabit. Es unterschied sich von dem Habit dadurch, dass es auf Taille geschnitten war, was ihm am Anfang so gar nicht behagte, weil es eng war, und dass es ein Dekolleté hatte, das man mit etwas bedecken musste. Katka fand ein verwaschenes altes Wolltuch und band es Paschalis um die mageren Schultern.

Er blieb mehrere Tage in der Kammer und ging nicht hinaus. Katka brachte ihm Essen, meistens Brot und Milch. »Trink Milch, dann wachsen deine Brüste«, sagte sie zu ihm, und er trank. Morgens, oder vielmehr gegen Mittag, wenn sie aufstanden, machte sie ihm kunstvolle Frisuren, flocht ihm Zöpfe, die sie um seinen Kopf steckte, und drehte ihm mit dem Finger Locken. Von dem Geld, das sie verdiente, kaufte sie ihm ein dunkelrotes Haarband. Wenn sie mit ihm sprach, brauchte sie viele tschechische Worte, und er verstand nicht alles. Für den ganzen Nachmittag und Abend verschwand sie, dann zog er die Schriften der Heiligen aus der Tasche und las sie aufmerksam, Wort für Wort, suchte nach etwas, was er vielleicht übersehen hatte.

Was Kümmernis schrieb, war widersprüchlich, und das bereitete Paschalis den größten Verdruss. »Gott ist ein großes Tier, das reines Atmen, reines Verdauen, reines Altern und reines Sterben ist. Alles befindet sich in Gott, aber vervielfacht und deshalb vollkommen und zerbrechlich zugleich.« Oder: »Gott ist vollkommene Dunkelheit.« Oder: »Gott ist eine Frau, die unentwegt gebiert. Ohne Unterlass fließt Dasein aus ihr. In diesem unausgesetzten Gebären gibt es keine Ruhe und Rast. Das ist das Wesen Gottes.«

»Was ist denn Gott nun?«, fragte Katka schläfrig, als er es ihr vorlas.

Darauf konnte er ihr keine Antwort geben.

»Hast du schon einmal darüber nachgedacht, dass es in deinem Körper ganz dunkel ist?«, fragte er einmal, als sie aneinandergeschmiegt auf der Matratze lagen. »Durch die Haut dringt kein Lichtstrahl. Da, wo die Männer bei dir eindringen, muss es auch dunkel sein. Dein Herz arbeitet im Dunkeln und alle deine anderen Organe auch.«

Es hatte eine ganz gewöhnliche Frage sein sollen, aber jetzt machte der Gedanke beiden Angst.

»Dunkelheit durchdringt unsere Körper. Wir sind aus Dunkelheit gemacht, wir kommen mit ihr auf die Welt, das ganze Leben über wächst sie mit uns und stirbt schließlich mit uns. Wenn unsere Körper zerfallen, wird sie von der unterirdischen Dunkelheit aufgesogen«, schrieb Kümmernis. Katka schmiegte sich noch enger an ihn.

»Ich wäre gerne klug und gelehrt. Ich wüsste gerne alles, dann müsste ich nicht hier liegen und Angst haben. Schade, dass wir nichts über die Menschen wissen, die vor uns lebten und nach uns leben werden. Vielleicht wiederholt sich alles irgendwie.«

Der Sommer ging zu Ende, und der rötlich-warme Vorhof des Herbstes tat sich auf. Paschalis wurde unruhig, er begann sich nach dem weiten Raum zu sehnen, den keine Mauern und Straßen begrenzten. Er sah ein, dass sein Aufenthalt in Glatz sinnlos geworden war, dass er weder für sich noch für die Heilige, Katka oder Gott mehr etwas ausrichten konnte. Nichts hatte ihn diese Reise gelehrt, nichts sah er klarer. Er sehnte sich nach seinem Kloster, aber er wollte ein größeres Kloster, groß wie die Berge sollte es sein, mit Bergwiesen anstatt Kreuzgängen, damit alles darin Platz hatte. Oberin Aniela wäre seine Mutter, und er wäre eine andere Person, die vielleicht Kümmernis oder Katka ähnlich war. Oder er wäre jemand, wie er ihn sich nicht einmal vorstellen konnte. Er begriff, dass er sich noch einmal würde erschaffen müssen, diesmal aus nichts, denn das, was er bisher war, wurde von der einen großen Ahnung getragen, dass er nicht richtig geschaffen worden war. Oder dass er so provisorisch geschaffen worden war, dass er sich selbst zerstören musste, um wieder neu aufzuerstehen. Er wusste nicht, was er jetzt tun sollte, wo er mit dieser Zerstörung und Neuschöpfung anfangen wollte. Eines Nachmittags, als Katka ausgegangen war, packte er seine Sachen und verließ die Stadt.

Bruder-Schwester Feuer, so nannten die Messerschmiede Paschalis, als er zu ihnen stieß. Der Regen peitschte, rotes Wasser überspülte die Trampelpfade, und er wollte sich vor der Nässe in Sicherheit bringen.

Sie wunderten sich weder über seine Kleidung noch über sein zurechtgemachtes Haar. Sie ließen ihn in einer der kleinen Hütten schlafen, und Paschalis fühlte sich dort wie in einer alten Zelle. Er hatte immer noch Sehnsucht. Er lag fast nackt auf dem Lager, seine Sachen trockneten im Steinhaus am Feuer, er sah nichts, weil es so dunkel war, und es kam ihm vor, als seien die Tage früher alle heller und länger gewesen und die Nächte wärmer. Auch der Regen fiel anders, in großen Tropfen und würdevoll, er kühlte die erhitzte Haut. Die Milch schmeckte feiner, die Städte wirkten faszinierend aus der Ferne, die Wege nach Rom gerade und angenehm.

Sie ließen ihn tagelang so liegen. Sie selbst arbeiteten, die Männer gingen in die Schmiede, und man hörte von dort den ganzen Tag, bis zum Abend das rhythmische Schlagen des Hammers und das Zischen des Wassers, das den glühenden Stahl härtete. Die Frauen verschwanden morgens in der Gemeinschaftskammer, vielleicht befestigten sie dort die Klingen in den Griffen, oder sie buken Kuchen. Ihre Kinder spielten schweigend. Sie waren trübselig und mürrisch. Am Abend wurden sie wie Geflügel ins Haus gescheucht. Am Morgen hörte er die weinerliche Klage der Messerschmiede. Ihre Gesänge verzerrten die Worte. Was sie auch sangen, es war voller Trauer und Leid. Was für ein düsterer Ort, dachte er bei sich, und wartete darauf, dass der Regen aufhörte, damit er über die Berge irgendwohin weiterziehen konnte.

Dann kamen zwei klare Tage, die Luft war scharf wie ein Messer, und von der Anhöhe sah man die halbe Welt. Weit im Süden sah er sein Kloster.

»Gott hat keine Eigenschaften, keine Gestalt«, sagte ihm einer der düsteren Männer, während Paschalis ihm half, einen Kirschbaumstamm in kleine Stücke zu sägen.

»Er erscheint, wie er will und wann er will. Selbst sein Nichterscheinen, wenn wir meinen, dass er erscheinen müsste, auch das ist eine Form von Erscheinung.« Er schwieg lange, und sie betrachteten den Klotz vor ihnen. Dann setzte er hinzu: »Er ist in uns, aber wir sind außerhalb von ihm. Er wirkt blindlings, aber er weiß, was er tut. Er ist wie das Brot: Jeder bekommt sein Stück und erkennt ihn auf seine Weise, aber kein Stück enthält den ganzen Brotlaib.«

Sie gaben ihm Brot für die Reise. Der erste Schnee war gerade gefallen, aber er schmolz schnell, denn die Erde war noch warm. Als er ins Tal ging und den Bach überschritt, der ihm noch aus der Kindheit vertraut war, dachte er an das, was der alte lederhäutige Messerschmied gesagt hatte. Wenn Gott von uns Ruhe will, wenn Er will, dass wir uns von der Welt zurückziehen und die Seele zu geistigen Dingen erheben anstatt zu materiellen, wenn Er von uns will, dass wir zu uns selbst zurückkehren und Er uns den Appetitus naturalis verliehen hat, die eingeborene Sehnsucht nach Ihm, wenn Er uns zu sich ruft, wenn Er vor uns die Pforten des ewigen Lebens öffnet und im hiesigen Leben das Böse zulässt, wenn Er seinen Sohn hat sterben lassen und darin einen Sinn erblickt, und wenn der Tod die vollkommenste Ruhe ist, dann ist sie göttlicher als alle anderen Dinge, die Gott geschaffen hat. Und wenn das so ist, kann der Mensch Gott kein liebevolleres Opfer bringen als den eigenen Tod.

Jedes Ding ist ein Zeichen, und manche davon kann man nicht ignorieren. Deshalb gibt es scharfe Dinge, dachte Paschalis, deshalb sind die Wälder voller Giftpilze, deshalb verwandeln Grasbrände Millionen von Insektenkörpern in Rußklumpen, deshalb waschen die Überschwemmungen das Leben aus den Tälern, deshalb gibt es Krieg, Blitzschlag, Katastrophen und Krankheiten, deshalb gibt es das Alter, deshalb hängen bei den Messerschmieden tausend Klingen von der Decke, und deshalb befördern sie selbst den Tod.

Gott hat die Welt geschaffen, damit sie uns zuflüstert, was wir tun sollen.

## *Das Ende*

Es gibt zwei Versionen über das Ende der Geschichte von Paschalis. Die eine heißt *Über den selbstmörderischen Tod des Bruders im Kloster der regulierten Chorherren Augustiner in Rosenthal* und besagt: »Während der Frühmesse bemerkte der Propst die Abwesenheit des Bruders Paschalis, der sich nie zum Gebet verspätete. Von einer Ahnung geleitet, begab er sich nach den ersten beiden Psalmen zu dessen Zelle, um ihn zu wecken, denn er nahm an, der Bruder habe verschlafen. Als er die Tür öffnete, sah er den Körper des Bruders Paschalis, der an dem Riemen hing, mit dem der Habit gegürtet wurde. Obwohl er sofort von dem Strick geschnitten wurde und man etliche Wiederbelebungsversuche unternahm, erlangte Bruder Paschalis das Bewusstsein nicht wieder und verschied kurze Zeit später.«

Die zweite Version ist ziemlich unklar und verschwommen und hat keinen richtigen Schluss. Angeblich wanderte er durch ganz Europa, vielleicht sogar noch weiter, und verkündete die Worte seiner Heiligen vermischt mit der Betrübnis der Messerschmiede. Wahrscheinlich bewegte er sich im Raum genauso wie in der Zeit, und jeder neue Ort eröffnete ihm andere Möglichkeiten. Diese

Versionen kennen diejenigen, die das Werk und allein schon die Existenz des Bruders Paschalis bewegte, die aus fremdem Mund von ihm gehört hatten, durch Zufall und absichtslos – Gerüchte, Zitate, Aussprüche, fremde Erinnerungen, von denen niemand wusste, woher sie stammten. Es gab auch andere Fälle, wie den Professor von Goetzen, die ihn auf den Spuren der Kümmernis entdeckten, in der Universitätsbibliothek auf die Vita stießen und sie lasen, zwischen der Lektüre Zigarettenpausen machten, Kaffee aus der Thermosflasche tranken und an den Nägeln kauten. In dieser Version steht nichts über den Tod des Verfassers der Vita, wie sollte das auch anders sein. Der Erzähler ist immer lebendig, in gewisser Weise unsterblich. Er geht über die Zeit hinaus.

## *Aloe*

Ich nahm an, dass sie gleichsam unsterblich war. Immer stand sie auf der Fensterbank und ließ sich durch das behutsame Abtrennen eines ihrer Ableger vermehren. Irgendwann vergaß ich, welche Pflanze die Mutter und welche Kind war. Ich verschenkte die Ableger an Bekannte in der Stadt und an Marta, Agnieszka, Frau Krysia, ich gab sie ihnen in irdenen Töpfen, in Yoghurt- und Sahnebechern. Durch mich geriet die Aloe also in Bewegung und wanderte. Ich wusste nicht, wie ich ihr Alter bestimmen sollte, berechnete man die Jahre nach der Zahl der umgepflanzten Ableger oder der Lebenszeit der grünen fleischigen Substanz? Die Ableger hatten ihre Zeit und ihren Raum, den sie überwucherten, wobei sie gierig mit ihren scharfen Kanten vorstießen, sie hatten Blumentöpfe, auf die man notfalls ein Etikett mit der Aufschrift *Exemplar Y* oder *Exemplar 2439* hätte kleben können, um auf diese Weise seine Verkörperungen im Auge zu behalten. Aber die grüne Substanz selbst, die die Blätter prall füllte, diese saftige und duftende Substanz, die man bei Verbrennungen auftragen konnte, und die dann die ganze Hitze und den Schmerz in sich aufsog, diese Substanz war unsterblich. Sie war in allen Pflanzen dieselbe, egal auf welcher Fensterbank und in welchem Blumentopf sie standen. Es war dieselbe Substanz, die vor Jahren am Fenster des Hauses meiner Eltern stand und davor wahrscheinlich im Schaufenster eines Möbelgeschäftes, das damals sicher völlig leer war, und davor ... wer weiß. Sie musste hierher gereist sein, das war klar, die Aloe wächst in unserem Klima nicht wild. Wahrscheinlich gab es einen Dampfer, der an der Ostküste Afrikas vorbeigesegelt war und dann durch den Suezkanal, und sein Laderaum war voller Kakaobohnen, exotischer Früchte, Affenkäfige und flattriger Papageien. Und im Unterdeck Töpfe mit Pflanzen, schlafende Aloen, unberührt von jeder Seekrankheit, unentschlossene Eroberer neuer Länder, unfreiwillige Feinde jeglicher Myrthen, Geranien, Rauten und Erika, Fensterbankbewohner, gierig nach der hysterischen Sonne des Nordens.

Ich weiß, dass die Dinge, egal ob sie belebt oder tot sind, Bilder in sich aufzeichnen, so hatte auch diese Aloe noch jene Sonne in sich und den unglaublich strahlenden Himmel und die Tropfen der heftigen Regenfälle, die geräuschlos den niedrigen Küstenhorizont reinwaschen. Und jeder Teil der Pflanze kann sich dieser leuchtenden Gegenwart in seinem Inneren rühmen und vervielfältigt das Bild des Sonnenballs, des Gottes der Pflanzen, und preist ihn im geheimen auf den Fensterbänken meines Hauses.

Am Abend, als ich Marta eine dieser jung-alten Pflanzen brachte, dachte ich bei mir, es müsse doch langweilig sein, so die Zeiten zu überdauern. Das einzige Gefühl, das Pflanzen eigen ist, muss die Langeweile sein, dachte ich. Marta war derselben Meinung, und als sie die Aloe auf die Fensterbank stellte, sagte sie:

»Wenn der Tod nur schlecht wäre, hätten die Menschen längst aufgehört zu sterben.«

## *Ein Lagerfeuer*

Am Abend kamen Bauern aus dem benachbarten Pietno, um mit uns ein Geschäft abzuschließen. Wir wollten ein Lagerfeuer machen. Sie hatten Wodkaflaschen unter den Arm geklemmt, als wären es weiße Zaubererkaninchen, deren Anblick allein der Welt schon Freude bereiten müsste. Mit triumphierendem Blick stellten sie die Flaschen auf den provisorischen Tisch. Marta und ich schnitten Brot und nahmen Salzgurken aus Einmachgläsern. R. brachte Gläser.

Herr Bobol, dem die Haare seit dem letzten Jahr bis auf die Schultern gewachsen waren, sagte:

»Für die Frauen gibt es Drinks, Frauen trinken keinen puren Wodka.«

Wir protestierten nicht. Ich machte mir Sorgen, dass Ohrenkneifer in die Tomatenviertel krochen, unter jedem Blatt wimmelte es von ihnen.

Es waren drei Gäste: Herr Bobol, Herr Zezula, sein Nachbar, und Herr Bronek, den alle »den Knecht«

nennen. Wir saßen auf Holzblöcken am Feuer, der Wodka floss in aller Stille aus dem engen Flaschenhals. Die Männer kippten halbe Gläser, und wir tranken in kleinen Schlucken von unserem Drink, der nach Martas Johannisbeersaft schmeckte. Sie erzählten von dem Menschen mit der Säge, die Polizei hatte ihn dabei erwischt, wie er Holz aus dem Wald stahl. Mir fiel der Vorfrühling ein und der Schnee und die Taschenlampen, die in der Dunkelheit blitzten. Das unheilvolle Knirschen der Säge, der dumpfe Knall einer stürzenden Fichte. Komm nie Holzdieben in die Quere, tu immer so, als ob du sie nicht siehst oder hörst. Alle Bäume sind zum Abholzen bestimmt. Wer das nicht weiß, dem landet mal schnell eine Axt auf dem Kopf. Also, wie viele Kubikmeter wollten wir für den Holzboden im Wohnzimmer?

Nur Herr Bronek trank nicht. In die Stille, die einen Augenblick lang eintrat, ertönte seine ernste Stimme:

»Wisst ihr denn, wie viel Blut ich gespendet habe?«

Keiner wusste es.

»Sagen Sie es uns!«

»Zehn Liter?«, schlug ich mit unerwarteter Forschheit vor.

Alle Gesichter wandten sich Herrn Bronek zu. Er lächelte und bewegte die Lippen, als wollte er schnalzen.

»Also, wie viel, Bronek?«, drängte Bobol ihn.

»Sechzehn Eimer Blut.«

Herr Zezula sagte etwas von Blunzn und zündete sich eine Zigarette an. Wie viel Blunzn man aus dieser Menge Blut machen könne.

Aber Herr Bronek, den alle »Knecht« nannten, obwohl dieses Wort keine Bedeutung mehr hat, verlangte mit einem zaghaften Räuspern nach Bewunderung. Aber nur

Marta, die barmherzige Marta, rechte mit dem Stock die Glut zusammen und sagte:

»Das ist sehr viel. Das ist ein ganzes Meer von Blut.«

Bobol machte uns einen weiteren Drink. Erst jetzt sah ich, dass es fast ein ganzes Glas Wodka war, mit einem Tropfen Wasser und ein wenig von Martas Johannisbeersaft. Meine Beine trugen mich nicht mehr.

## *Dem Herrgott – die Polen*

Was sie am meisten wunderte, war die schlechte Organisation überall. Aber was konnte man anderes erwarten? Der Krieg war kaum vorbei, noch qualmten hier und da die Trümmer, an denen sie im Zug vorbeikamen, während sie zwei Monate lang durch das vom Krieg verwüstete Land fuhren. Der Zug stand wochenlang auf grasbewachsenen Rampen. Zwischen den Gleisen weideten Kühe. Dann zündeten sie ein Lagerfeuer an, und die Frauen machten Kartoffelsuppe. Keiner wusste, wohin sie fuhren. Es gab zwar einen Zugführer, aber der ließ sich selten blicken und sagte immer nur mit geheimnisvoller Miene: »Morgen fahren wir los.« Aber wenn der nächste Tag kam, blieb der Zug weiter stehen, und sie wussten nicht, ob sie die in aller Eile gepackten Kochtöpfe herausziehen, wieder ein Feuer anzünden und Kartoffeln für eine Suppe schälen sollten. Oder er sagte, dort warteten ganze Dörfer auf sie, leerstehende Steinhäuser mit Geräten, von denen sie nie zu träumen gewagt hätten, und dass sie das alles haben könnten. »Du gehst hinein, und alles ist dein eigen.« Die jungen Frauen, die ihre Säuglinge stillten, träumten also von Schränken voller Seidenkleider, von hochhackigen Lederschuhen, von Handtaschen mit vergoldeten Verschlüssen, Spitzenservietten und schneeweißen Tischtüchern. Und mit diesem Bild menschlicher Güter vor Augen schliefen sie ein, und wenn sie am Morgen aufwachten, war es kalt und feucht vom Tau, denn die Waggons hatten keine Dächer, nur Bretter, die ihre Männer geschickt zu Holzdecken verarbeitet hatten.

Manchmal setzte sich der Zug unerwartet in Bewegung, und diejenigen, die den Aufbruch verpasst hatten, rannten hinterher, jagten über die Eisenbahnschwellen, wobei sie sich die rutschenden Hosen festhielten. Liebende blieben in Heuhaufen zurück, Verdutzte Alte, die sich in die fremden Horizonte vergafft hatten, irrten über Bahnsteige, auf denen sich die Menschen drängten, Kinder weinten Hunden hinterher, die an den umstehenden Bäumen umsonst ihre Markierungen hinterlassen hatten. Man musste dem Maschinisten zubrüllen, dass er stehen bleiben solle. Manchmal hörte er die Rufe nicht, oder er hatte es einfach eilig, und dann musste man suchen, hinterherjagen, Soldaten um Hilfe bitten, in den jeweiligen Behörden nachfragen, an den Bahnhofswänden Nachrichten hinterlassen. Und das Schlimmste war, dass die Züge keinen Zielbahnhof, keinen Bestimmungsort hatten. Nur eines war gewiss: Sie fuhren nach Westen. An Knotenpunkten bogen sie mal nach rechts und mal nach links, aber letzten Endes lief es immer darauf hinaus, dass sie der Sonne folgten, ihr hinterhereilten.

Und niemand herrschte darüber, es gab keinen Staat, eine Obrigkeit war nicht mehr als ein Traum, der aber eines Nachts plötzlich Wirklichkeit wurde, und zwar auf dem Bahnsteig eines Städtchens, wo man ihnen befahl auszusteigen.

Die Obrigkeit – das war ein Mensch in Offiziersstiefeln, der allgemein als »Chef« angesprochen wurde. Er rauchte, eine Zigarette nach der anderen, seine Lippen schienen vom Rauch geradezu aufgeweicht. Er befahl ihnen zu warten, das dauerte mehrere Stunden, dann hörten sie Fuhrwerke heranrollen. Sie tauchten aus dem Dunkel auf, die Pferde traurig und verschlafen. Im Dunkeln stiegen sie mit Sack und Pack auf diese Fuhrwerke und ratterten durch die leeren engen Straßen in den unteren Teil der Stadt. Der Lärm der hölzernen Räder klang wie das Dröhnen von Flugzeugen, die Schilder der Geschäfte gerieten davon ins Zittern. Eine Schaufensterscheibe kippte ins Dunkel und zerschellte auf dem Stein. Alle zuckten zusammen, und die Frauen griffen sich ans Herz. Da wurde dem alten Bobol klar, dass er immer noch Angst hatte, dass er seit mehreren Jahren ununterbrochen Angst hatte. Aber das spielte keine Rolle. Ein Kleinwagen des Militärs geleitete die Karawane in die Vorstädte, dann fuhren sie aus der Stadt hinaus und über eine kopfsteingepflasterte Straße hinab in ein Tal; es begann zu tagen, und sie sahen die Landschaft ringsum. Zu beiden Seiten der Straße erhoben sich Berge, die hoch und schattig waren. Zu ihren Füßen standen Häuser und Scheunen, aber nicht so wie in einem Dorf, sondern eher wie auf dem Vorwerk. Es waren große, gemauerte Häuser. Die Augen des alten Bobol waren weder an diesen Raum noch an solche Häuser gewöhnt, deshalb betete er insgeheim, dass es nicht hier sein möge, wo sie bleiben sollten.

Sie bogen ab, bergauf, über eine Brücke, die sich über einen steinigen, wilden kleinen Fluss spannte, und gelangten auf eine gewellte Hochebene. Rechts von ihnen ging die Sonne auf. Erst hier oben sah man sie, nicht vom

Tal aus. Sie beschien die fernen Berge und den Himmel, den der Morgennebel wie Schimmel überzog. Und alles war in Bewegung, schlug Wellen. Den Schwächeren unter ihnen, den Frauen und Alten, wurde es übel, sie mussten sich übergeben. Alles ringsum war so leer und so fremd, dass irgendjemand sogar laut aufschluchzte, und sie alle überkam die Erinnerung an die golden-grüne Ebene, die sie verlassen hatten. Gefahrlos und von Gott gegeben. Selbst die Hunde, die neben den Fuhrwerken hergelaufen waren, hielten sich in ihrer Nähe und liefen nicht ins Gras und Gebüsch. Unruhig nahmen sie Witterung auf, die Schwänze hatten sie eingezogen, das von der langen Reise schmutzige und räudige Fell gesträubt.

Schließlich erblickten sie von oben einige Häuser, die in großem Abstand voneinander in einem Tal verstreut standen. Der Kleinwagen blieb stehen, und die Obrigkeit stieg aus mit der Zigarette im Mund. Von einer Liste las er Namen ab und wies mit der Hand irgendwohin: Chrobak hier, Wangeluk dort, Bobol hier drüben. Niemand stritt, niemand protestierte, die Obrigkeit und die Zigarette waren zusammen wie der Finger Gottes: Sie schufen Ordnung, und egal wie diese Ordnung auch sein mochte, sie war mit Sicherheit besser als Unordnung.

Sie hielten vor einem Bauernhaus. Es sah solide aus. Die Scheune war angebaut, stand nicht allein, wie es sich gehört. Der kleine Hof war mit breiten flachen Steinen ausgelegt. Der Holunder blühte. Sie saßen auf dem Fuhrwerk, und keiner wollte als Erster absteigen. Bobol spuckte auf den Boden und schaute in die Fenster des Hauses. Nervös suchten seine Blicke einen Brunnen und fanden ihn nicht, vielleicht stand er hinter dem Haus. Schließlich erschien der Kleinwagen und bremste gleich neben ihnen.

»Da sind wir«, sagte der Mensch mit der Zigarette. »Geht hinein, das gehört jetzt euch.«

Er ging beherzt auf die Tür zu, doch als er davor stand, schien er leicht zu zögern. Er betrachtete die Tür, klopfte an, pochte. Nach einiger Zeit ging die Tür auf, und er trat ein. Sie warteten, bis er wieder herauskam. Ungeduldig bedeutete er ihnen, sich zu beeilen.

»Was ist los?«

Sie zogen ihre Federbetten und Töpfe vom Fuhrwerk. Bobol ging als Erster in den Flur. Es war ein dunkler Eingangsflur mit einer gewölbten Decke, es roch vertraut, nach Kühen. Sie tasteten sich durch das Dunkel bis zur Stube vor und blieben den Fenstern gegenüber stehen. Das Licht blendete sie, deshalb konnten sie zuerst nichts sehen. Dann bemerkten sie zwei Frauen, eine ältere mit weißen Haaren und eine jüngere, die ein Kind auf dem Arm hatte. Ein zweites Kind drückte sich an die ältere Frau.

»Ihr seid hier, sie dort«, sagte die Obrigkeit noch. »Sie werden später abgeholt.« Dann ging der Mensch an ihnen vorbei hinaus und verschwand. Sie hörten das Brummen des Kleinwagens.

Sie standen da, bis von irgendwoher eine Katze erschien, sich in die Mitte des Raumes setzte und die Pfoten leckte. Zuerst setzte sich die ältere Frau in Bewegung, sie nahm das Bettzeug vom Bett und ging in die andre Stube, die jüngere folgte ihr mit den Kindern. Dann stellte Frau Bobol scheppernd ihre Kochtöpfe in der Küche ab.

Als es Mittag war, hatten sie alle ihre Sachen vom Fuhrwerk hereingebracht. Es war nicht viel, ein paar Kleidungsstücke, Heiligenbilder, Federbetten, Fotografien in Holzrahmen. Frau Bobol machte unter dem merkwürdigen Herd Feuer, weil sie eine Suppe aufsetzen wollte.

Sie konnte nirgendwo Wasser finden. Sie ging mit dem Topf ums Haus herum, dachte schon, sie müsste zum Bach, um Wasser zu holen. Schließlich fasste sie Mut und warf einen Blick in die Stube mit den beiden Frauen. Die jüngere sprang auf.

»Wasser«, sagte Frau Bobol und zeigte auf den Topf.

Die jüngere ging zur Küche, doch die ältere fauchte sie an. Die Deutsche blieb einen Augenblick stehen, als zögerte sie. Unwillig zeigte sie Frau Bobol einen Schwengel in der Wand neben dem Herd, an den Bobol schon seine Hose gehängt hatte. Sie stellte den Topf darunter und bewegte den Schwengel auf und ab. Wasser floss heraus.

»Du kannst kochen. Das Feuer ist schon an«, sagte Frau Bobol zu der Deutschen. Als diese einen Topf mit Kartoffeln brachte und auf die Herdplatte stellte, erklärte Frau Bobol ihr, auf ihren Papieren sei ein Stempel mit den Worten *vorübergehend evakuiert*, und sie würden nicht lange bleiben, ohnehin redeten schon alle vom nächsten Krieg. Aber die andere weinte lautlos, schluckte ihre Schluchzer wieder in den Bauch, aus dem sie kamen, und ließ sich nicht trösten, deshalb biss sich Frau Bobol auf die Lippen und ging hinaus.

So lebten sie den ganzen Sommer über miteinander. Die Männer bauten gleich den Destillierapparat auf, und seitdem floss der Alkohol in einem dünnen Rinnsal in Gläser und Kannen. Am frühen Nachmittag, wenn die Hitze unerträglich wurde und man nichts mit sich anfangen konnte, begannen sie zu trinken. Die Frauen bereiteten nebeneinander schweigend das Mittagessen vor, wechselten einzelne Worte miteinander und lernten die jeweils verhasste Sprache der anderen, ohne es zu wollen. Sie beobachteten gegenseitig ihre Gewohnheiten. Sonderbare Dinge, die diese Deutschen aßen: Zum Frühstück eine Milchsuppe, zu Mittag Pellkartoffeln mit ein wenig Käse oder Butter, und sonntags schlachteten sie ein Kaninchen oder eine Taube, und dazu machten sie Grütze. Zum Nachtisch gab es Knödel und immer Eingemachtes.

Die Männer gingen in die Scheunen, um sich die Maschinen anzusehen, aber sie wussten nicht, wie sie funktionierten und wozu sie dienten. Sie hockten vor dem Haus, erörterten die Maschinen und tranken jeder ein Glas Selbstgebrannten. Es war ohnehin schon fast Abend. Schließlich brachte jemand eine Ziehharmonika, die Frauen kamen zusammen, und man begann zu tanzen. Der erste Sommer wurde zu einem nicht enden wollenden polnischen Festtag. Es gab Leute, die wurden überhaupt nicht mehr nüchtern. Das Einzige, was man machen konnte, war sich zu freuen, dass man überlebt hatte und irgendwo angekommen war, egal wo. Man wollte an keine Zukunft denken, denn die war ungewiss. Man konnte zweistimmig singen, tanzen, sich in die Büsche schlagen und sich lieben, bis einem Hören und Sehen verging, und die Deutschen, die geblieben waren, konnte man bei alledem völlig ignorieren, schließlich waren sie an allem schuld, sie hatten den Krieg vom Zaun gebrochen, ihretwegen war die Welt zu Ende gegangen, wie es die Königin von Saba vorausgesagt hatte. Manchmal überkam es sie einfach, dann gingen sie mit schwankenden Schritten ins Haus, rissen diese deutschen Heiligenbilder von den Wänden und warfen sie hinter die Schränke, dass das Glas brach. Sie hängten die eigenen Bilder an die Nägel, ganz ähnliche, vielleicht sogar dieselben Christusse und schmerzensreichen Gottesmütter mit blutendem Herzen.

Im Herbst waren sie vom Feiern müde, und, enttäuscht

darüber, dass die Obrigkeit sie vergessen hatte, taten sie sich zusammen, hämmerten ein Kreuz zurecht und stellten es an einer Weggabelung auf. Darauf schrieben sie *Dem Herrgott – die Polen*.

Den Sommer über arbeiteten sie nicht, weil sie feierten. Solange die Deutschen da waren, brauchten sie nicht zu arbeiten. Sie gaben den Deutschen, was ihnen gebührte, sie waren ja schließlich nicht aus eigener Schuld hier, es war nicht ihre Idee gewesen, ihre weiten Felder im Osten aufzugeben und zwei Monate lang hierherzuzockeln. Sie hatten nicht um diese fremden Steinhäuser gebeten. Die Deutschen melkten die Kühe und misteten die Ställe aus, danach gingen sie aufs Feld oder machten sauber, verschreckt, geduckt, schweigend. Nur sonntags wurden sie in Ruhe gelassen, dann zogen sie sich feierlich an, streiften sogar weiße Handschuhe über, und gingen in die Kirche, um ihre sündigen deutschen Seelen zu retten.

Im Herbst kam die Obrigkeit wieder, doch diesmal zu den deutschen Frauen, und sagte ihnen, sie sollten sich auf die Abreise vorbereiten. Die junge war ganz aufgeregt, sammelte ihre Dinge in Bündel, doch die ältere saß auf dem Bett und sagte kein Wort. Am nächsten Morgen standen sie vor dem Haus und warteten. Frau Bobol gab ihnen Speck für unterwegs und freute sich, dass sie jetzt ein Zimmer mehr hatten. Die junge Frau zog einen Handwagen hinter sich her und schloss sich der Karawane der anderen Deutschen an, die auf der Brücke standen, aber die Alte wollte nicht gehen. Sie ging zurück in die Küche und griff nach einer Porzellanschüssel. Bobol, der schon angetrunken war, versuchte, ihr die Schüssel zu entreißen. Sie rangen eine Zeit lang, bis die weißen Haare der Alten ganz zerzaust waren, und plötzlich, zum ersten Mal in all den Monaten, schrie sie etwas. Sie lief vor das Haus hinaus und schrie, wobei sie die Faust gen Himmel schüttelte.

»Was hat sie gesagt? Was brüllt sie da?«, fragte Bobol nach, aber die Obrigkeit wollte es ihm nicht sagen.

Erst als die Deutschen hinter den Hügeln verschwunden waren, kam die Obrigkeit zurück, um ihnen zu sagen, dass ihr Dorf nicht mehr Einsiedler hieß, sondern Pietno. Bobol erfuhr bei der Gelegenheit auch, dass die alte Deutsche ihn verflucht hatte.

»Sie hat dich verflucht, hat dir einen Haufen Dummheiten an den Kopf geworfen, die Erde soll dir nichts hervorbringen, du sollst allein auf der Welt bleiben, keine Krankheit soll dich verschonen, die Tiere sollen dir verenden, die Bäume keine Früchte tragen, deine Wiesen verbrennen und deine Felder überschwemmt werden. Das hat sie geschrien«, sagte die Obrigkeit. »Aber nur ein Dummkopf wird sich so etwas zu Herzen nehmen.«

## *Der Zinnteller*

Marta hatte viele Dinge mit Schäden oder Mängeln: einzelne Tassen, Untertassen mit verblichenem Randmuster, in dem man die einst goldfarbenen Blätterranken nur noch ahnen konnte, Blechbecher mit provisorisch daran befestigten Drahthenkeln, genietete Kochtöpfe mit Rostflecken da, wo das Email abgeplatzt war. Sie hatte eine große Gabel mit Hakenkreuz und Messer, deren Klingen nach jahrelangem Schleifen so schmal geworden waren, dass sie eher wie Spicknadeln aussahen. Ich vermutete, dass sie diese Dinge im Lauf der Jahre bei der Gartenarbeit im Frühjahr zu Tage förderte, sie zog sie aus der Erde, wusch sie, polierte sie mit Asche und warf sie in die Schublade. Das hätte bedeutet, dass Marta autark war. Aber auch für uns brachte die Erde unansehnliche Dinge dieser Art hervor. Wir wussten sie nicht zu schätzen, wie alle wollten wir lieber neue Dinge haben, die glänzten und noch die Spuren des Preisschildchens trugen und mit einer Langlebigkeitsgarantie versehen waren, wie sie die kühne Reflektion des Lichtes und die ungetrübte Glätte der Oberfläche versprechen. Die Reste eines metallischen Geruchs aus fernen Fabriken.

Ich beneidete Marta nicht um ihre Dinge, weder ihre schweren Kissen, in denen die Federn im Verlauf des nächtlichen Kampfs mit dem menschlichen Körper schwerfällig von einer Ecke in die andere rutschten, noch die verwaschenen Wandbehänge, die mit aufmunternden deutschen Sprüchen bestickt waren, zum Beispiel *Wo Mutters Hände liebend walten, da bleibt das Glück im Haus erhalten* oder *Eigner Herd ist Goldes wert.*

Nur ein Gegenstand zog mich an, und das war ein Zinnteller, ein grobes, schweres Stück mit einem gewölbten geometrischen Muster als Randverzierung, das vom vielen Anfassen eingeebnet war, an etlichen Stellen schon verschwand und mit dem Hintergrund verschmolz, sodass man beim Berühren das angenehme Gefühl hatte, diese Zeichen zu entziffern, ohne hinschauen zu müssen. Es war ein aus der griechischen Kunst oder dem Art déco entlehntes Muster, in dem Kreise und Quadrate abwechselten, durch Kreuze verbunden, die wie Pluszeichen addierten, aber die Faktoren dieser Additionen unberührt ließen. Die matte Vergoldung war abgegriffen, und das zerkratzte graue Metall kam darunter zum Vorschein.

Im Sommer legte Marta Obst auf diesen Teller und im

Herbst Nüsse. Der Teller prangte genau in der Mitte ihres wachstuchbedeckten Tisches. Von all den ramponierten Besitztümern, die Marta zugefallen waren, war allein er imstande, die Aufmerksamkeit auf sich zu ziehen. Der Rest weckte nur Mitleid.

## *Die Kinderfrau*

Ich hatte eine Deutsche als Kinderfrau. Sie hieß Gertruda Nietsche. Sie war klein und behände wie ein Nagetier, trug eine dicke Brille, in der sich alle Lichtquellen von der Glühbirne bis zur Sonne mehrfach widerspiegelten. Sie konnte nur ein paar Worte Polnisch, die sie meistens im Gespräch mit meiner Mutter benutzte, mit mir hingegen sprach sie in der Sprache, in der sie auch dachte, nämlich Deutsch. Ich erinnere mich gut an ihr Gesicht, an ihre liebevoll-groben Bewegungen, ihren Kakaogeruch und daran, wie sich ihre Pullover anfühlten. Aber an ihre Worte kann ich mich nicht erinnern. Ich hatte noch keine Sprache zur Hand, ich war noch jungfräulich, was Sprache betrifft, bedurfte keinerlei Worte, weder im Polnischen noch im Deutschen oder in irgendeiner anderen Sprache. Sie hatte ihre Sprache, die alle ringsum als fremd empfanden und sogar hassten (der Krieg war ja erst zwanzig Jahre her). Das war die Sprache, in der sie mit mir redete, in der sie schimpfte und sang. Sie setzte mich in den hölzernen Wagen und fuhr mit mir über den Damm an den Teichen zu ihren Verwandten namens Kampa, den einzigen Autochthonen in der Gegend, und dort, in dem mit Ziergegenständen vollgestopften Haus der Kampas, nahmen wir beide an nicht enden wollenden Gesprächen teil. Ich selbstverständlich schweigend.

Ich saß während dieser Gespräche, mit Kissen abgestützt, auf dem mit einem Überwurf bedeckten Bett und Gertruda am Tisch, mitten im Klirr-klirr der Kampaschen Tassen. Dann nahm sie mich auf den Arm, und wahrscheinlich spiegelte ich mich kurz in ihrer Brille. Aber daran kann ich mich nicht erinnern, es gab mich damals noch nicht als eigenes Abbild, ich existierte noch nicht für die Spiegel.

Wegen Gertruda habe ich immer noch die Hoffnung, dass ich Deutsch kann, dass es verborgen in mir schlummert, verschüttet unter dem Staub all meiner Gespräche auf polnisch, unter den Haufen der Bücher, die ich gelesen habe, unter den Fibeln mit Ali und Asa, und wenn auch nicht die ganze Sprache, so doch zumindest die wichtigsten Worte, genügend, um sich verständlich machen zu können. Ich warte auf den Augenblick, in dem diese Sprache sich in mir offenbart, ohne die Vermittlung von Lehrbüchern und langweiligen Sprachstunden. Plötzlich fange ich aus heiterem Himmel an zu verstehen und vielleicht sogar, wenn auch mit Mühe, da weder Lippen noch Zunge an die neuen Bewegungen gewöhnt sind, zu sprechen. Ich bin sicher, dass ich Deutsch verstünde, wenn sich jemand – wie Gertruda – über mich beugte, mich streichelte und fütterte. Wenn diese Person auf den Park vor dem Fenster zeigte und mir diese dümmlichen Fragen stellte, die Erwachsene Kindern zu stellen pflegen: »Und was ist das? Kann das laufen? Wo ist die Mama?« Wenn sie mir erlaubte, zärtlich mit den Händen über ihr Gesicht zu tasten und dessen Unverwechselbarkeit zu erkennen. Wenn sie das letzte Bild wäre, das ich vor dem Einschlafen, und das erste, das ich beim Aufwachen erblickte.

Bei den Kampas sah ich zum ersten Mal mich selbst und wurde verewigt. Ich war damals vielleicht ein Jahr alt, denn ich konnte schon sitzen. Es muss von demselben Wanderfotografen aufgenommen worden sein, der mich mehrere Jahre später im ersten Schuljahr fotografierte. Er muss Gertruda zugeredet, mit ihre gescherzt und sie überredet haben, denn sie zog mich aus und setzte mich auf das weiße Fell, das ihr Herr Kampa sicher eilfertig zugeworfen hatte. Ich habe bestimmt schreiend protestiert, denn man hat mir einen Kochtopfdeckel zum Spielen gegeben. Die Berührung des Topfdeckels auf der nackten Haut des Bauches, das helle Licht der Stehlampe und das auf mich gerichtete Auge des Fotoapparates, diese ganze auf mich konzentrierte Aufmerksamkeit bewirkten, dass ich zum ersten Mal im Leben, noch unbeholfen, unsicher und schwankend, außerhalb von mir stand und mich mit dem Auge dieses Objektivs betrachtete, mit einem irgendwie anderen Blick, der nicht ganz mein eigener war, der kalt, distanziert und gleichgültig wirkte und später ebenso ungerührt die Bewegungen meiner Hand, das Zittern meiner Lider, die Stickigkeit des Zimmers und die Gedanken – alle, auch die nicht zu Ende gedachten, unwichtigen – registrierte. Dieser Blick, der Ort außerhalb meiner selbst, von dem aus ich blickte, würde von da an immer häufiger auftreten, um schließlich mich selbst zu verändern, denn die Gewissheit, wer ich bin, wo meine Mitte ist, der Punkt, um den sich alles andere anordnet, würde mir abhanden kommen. Dieselben Dinge würde ich mit jedem Mal anders sehen. Zuerst würde ich die Orientierung verlieren und Angst bekommen. Verzweifelt würde ich Stabilität suchen. Schließlich würde ich erkennen, dass diese Stabilität zwar existiert, allerdings weit weg und außerhalb von mir, dass ich selbst ein fließender Bach bin, der kleine Fluss in Nowa Ruda, der immer wieder seine Farbe wechselt, und das Einzige, was ich mir sagen kann, ist, dass ich mir selbst widerfahre, dass ich durch einen Ort in Raum und Zeit fließe und die Summe der Eigenschaften dieses Ortes und dieser Zeit bin, nichts weiter.

Der einzige daraus erwachsende Vorteil ist die Erkenntnis, dass von unterschiedlichen Punkten betrachtete Welten unterschiedliche Welten sind. Deshalb kann ich in so vielen Welten leben, wie ich zu sehen imstande bin.

## *Psalm der Messerschmiede*

Vergeblichkeit auf der ganzen Erde
gesegnete leere Schöße
geheiligte Unfruchtbarkeit jeglicher Art
heiliger Zerfall und ersehnte Vergänglichkeit
wundersame Fruchtlosigkeit des Winters
leere Hülsen der Nüsse
zu Asche gewordene Scheite, die Form des Baumes
  bewahrend
Samen, die auf Stein fallen
stumpf gewordene Messer
ausgetrocknete Bäche
das Tier, das des anderen Nachkommen frisst
der Vogel, der sich von den Eiern anderer Vögel nährt
der Krieg, aus dem immer der Frieden entsteht
der Hunger, der Anfang der Sättigung ist
heiliges Alter, Morgengrauen des Todes
im Körper gefangene Zeit
plötzlicher Tod, unerwartet

Tod, ausgetreten wie der Pfad im Gras
handeln, doch ohne Ergebnis
wirken, doch nichts bewegen
sich bemühen, doch nichts verändern
aufbrechen, doch nirgends hingelangen
sprechen, doch keinen Laut hervorbringen

## *Schätze*

Mit der Zeit gaben die Häuser das, was sie bargen, bereitwilliger preis. Töpfe, Teller, Henkelbecher, Bettzeug, selbst Kleidung, fast neu und gelegentlich sogar elegant. Manchmal fanden sie einfaches Holzspielzeug, das sie ihren Kindern gaben – nach den Kriegsjahren war das ein Schatz. Die Keller waren voller Gläser mit Marmelade, Mus und Apfelwein. Oder Waldbeeren mit Zucker in einem Saft, der dick wie Tinte war und Flecken auf den unvorsichtigen Fingern hinterließ; gelbe Kürbisstücke in Essig, die ihnen nicht schmeckten, marinierte Pilze mit Wacholderbeeren. Der alte Bobol, der immer finsterer wurde, fand im Keller einen fast fertigen Sarg.

Die Deutschen hatten in ihren Kredenzen Gewürze und Salzstreuer hinterlassen, Flaschen mit Resten von Speiseöl, Keramikgefäße mit Grütze, Zucker und Gerstenkaffee. Sie hatten die Gardinen an den Fenstern gelassen, die Eisen auf der Herdplatte, die Bilder an den Wänden. In den Schubladen lagen alte Rechnungen, Pacht- und Kaufverträge, Fotos von Taufen und Briefe. In manchen Häusern waren auch Bücher zurückgeblieben, aber sie konnten niemanden mehr überzeugen, denn die Welt war zu einer anderen Sprache übergegangen.

Auf den Dachböden standen Kinderwagen, lagen Stapel alter Zeitungen und kaputte Koffer mit Weihnachtsbaumschmuck. In den Küchen und Schlafzimmern hing immer noch ein fremder Geruch. Er kam besonders aus den Schränken und Wäscheschubladen. Die Frauen öffneten sie zaghaft und zogen Wäschestücke heraus, eines nach dem anderen, und wunderten sich, denn es war eine fremdartige, komische, wunderliche Wäsche. Irgendwann fanden sie den Mut, die Kleider und Jacken anzuprobieren. Oft kannten sie nicht einmal den Namen der Stoffe, aus denen sie genäht waren. Sie standen darin vor dem Spiegel, steckten automatisch die Hände in die Taschen und fanden dort zu ihrer Überraschung zusammengeknüllte Taschentücher, Bonbonpapierchen, Münzen, die nicht mehr in Umlauf waren. Frauen haben ein besonderes Talent, unbemerkte Verstecke zu entdecken, übersehene Schubladen, getarnte Schuhschachteln, aus denen plötzlich die Milchzähne von Kindern oder abgeschnittene Haarsträhnen fielen. Später fuhren sie mit dem Finger über die Muster der Teller und wunderten sich über diese andersartige hellblaue Ordnung. Sie wussten nicht, wozu das Gerät mit der Kurbel diente, das an der Wand hing, und was die Aufschriften auf den Fayenceschubladen in der Kredenz bedeuteten.

Manchmal kam es vor, dass jemand beim Aufräumen des Kellers oder beim Umgraben im Garten etwas Besonderes fand. Eine Holzkiste voller Porzellan oder ein Glas mit Münzen oder ein in Wachstuch gewickeltes versilbertes Besteck. Die Nachricht verbreitete sich wie ein Lauffeuer im Dorf, und bald träumte jeder davon, einen Schatz zu finden, den die Deutschen hinterlassen hatten. Diese Schatzsuche hatte etwas Schlafwandlerisches an sich, es war, als wollten die Suchenden in der Erde die Keime einer fremden, gefährlichen Pflanze aufspüren, die eines Tages emporwachsen und ihnen das nehmen könnte, was sie hatten, und sie mit Schimpf und Schande verjagen könnte.

Einige fanden ihren Segen überraschend, aber wohl nicht durch Zufall. Man konnte immer darauf hoffen, dass das Blatt des Spatens beim Umgraben der Erde im Umkreis des Hauses herum plötzlich mit einem Klirren auf eine Metallkiste treffen konnte. Aber man konnte auch Spaten und Schaufel nehmen und ins Feld hinaus gehen, unter großen Bäumen graben, im Umfeld einsamer kleiner Kapellen, die Steine in Ruinen hochheben, alte Brunnen ausloten.

Deshalb säte im ersten Jahr kein Mann in Pietno auf seinem Feld, alle machten sich statt dessen auf die Schatzsuche. Nur die Frauen legten Gärten an mit Kohl und Rettich.

In der Frühe, wenn der Morgen noch kaum graute, brachen die Männer auf. Es sah aus, als gingen sie zur Arbeit – sie hatten ihre Spaten und Schaufeln geschultert und aufgerollte Seile hingen ihnen über die Schultern. Manchmal taten sie sich zu Paaren oder kleinen Gruppen zusammen und ließen einander in die Brunnen hinab. Dort konnte alles mögliche liegen. Nachdem einer von ihnen in einer Brunnenwand eine Eisenkiste mit hundert Messern gefunden hatte – eigentlich waren es nur Klingen, denn die hölzernen Griffe waren zu einem grauen Staub zerfallen –, erforschten sie alle Löcher in der Erde, die sie fanden. Die vorausschauendsten unter ihnen unterwiesen schon damals ihre Söhne in der Schatzsuche, denn das war eine gute, ja die beste Ausbildung.

Jahre später suchten ihre Enkel noch Schätze, sie kauften Metalldetektoren von den Russkis und bewegten sich durch das hüfthohe Gras, als untersuchten sie die Erde unter Riesenlupen. Nachmittags hockten sie vor dem Laden, eine Flasche warmes Bier in der Hand, und erzählten, auf der Straße habe schon wieder ein deutscher Reisebus angehalten, und in den Büschen hinter der Kirche seien Deutsche herumgekrochen. Jemand hatte sie gesehen, sie hatten Taschenlampen eingeschaltet und riefen einander geheimnisvoll und aufgeregt im Flüsterton etwas zu. Am Morgen fand man an der Stelle ein frisch gegrabenes Loch.

Der größte Schatzsucher war der alte Poploch. Er suchte Schätze wie andere Pilze, und für diese beiden Dinge muss man eine gute Nase haben.

Bei den Poplochs stammte alles aus gefundenen Schätzen: Kochtöpfe aus Messing, Teller, Porzellan, darunter auch ein Service aus Tässchen, die so dünn und zart waren, dass man gar nicht wusste, was man daraus trinken sollte. Alle festen Dinge kamen aus Schatzfunden, die anderen Dinge, die für Fäulnis und Zerfall anfällig waren, musste man leider kaufen.

Poploch streifte scheinbar achtlos durch die Felder und Haine, es sah aus, als betrachte er den Himmel und halte die Nase in den Wind, um das Wetter von morgen zu wittern. Und plötzlich ging er dann auf die Steine am Feldrain zu, schritt um sie herum, befühlte sie wie ein schwangeres Schaf und ging schnell Schaufel und Spaten holen. Und unter den Steinen fand er dann einen Koffer mit Besteck oder einen Kochtopf voll mit militärischen Abzeichen der Nazis. Ein- oder zweimal in seinem Leben fand Poploch auch eine Waffe. Er brachte sie nach Hause, reinigte sie, befahl Frau und Tochter das Maul zu halten, und versteckte die Waffe auf dem Speicher. Mit den Waffen über dem Kopf fühlte er sich sicherer. Er hatte eine Kiste mit Briefmarkenalben und von Zeit zu Zeit fuhr er nach Walbrzych, um ein paar deutsche Briefmarken zu verkaufen. In einem Antiquitätengeschäft verkaufte er die Altwaren, die, wie es ihm schien, niemand brauchen konnte, zum Beispiel eine Brille mit Drahtgestell.

Aber als Poploch einen richtigen Schatz fand, hatte er keine Ahnung, was er da hatte. Was konnte man schon an dem Inhalt der eisenbeschlagenen Holzkiste Besonderes finden: Es war ein komplettes Geschirr aus hellem Metall, zum großen Teil mit Grünspan überzogen und schwarz angelaufen, und von allem vierundzwanzig Stück. Verschiedenste Teller, Becher, Gabeln, Messer, Ess- und Dessertlöffel, dazu Kasserollen und Kochtöpfe mit Holzgriffen. Frau Poploch kochte Milch darin, und sie waren wirklich gut, nie brannte etwas an. Das alles stellten sie in der Kredenz im Wohnzimmer auf, und so stand es still und schweigend viele Jahre vor sich hin, bis Anfang der achtziger Jahre, als der Ausnahmezustand ausgerufen wurde. Ein reisender Altwarenhändler kam bei ihnen vorbei und bemerkte zufällig jenen Milchtopf. Er suchte am Boden nach einem Zeichen, aber sie wussten nicht, ob er es entdeckt hatte. Als Poploch ihm den Rest des Service zeigte, das die ganze Kredenz ausfüllte, schwieg der Händler kurz und bot ihm dann eine gewaltige Summe an, einfach so. Deshalb feilschten sie nicht, nur der Tochter tat es leid, dass sie sich von dem silbrigen Glanz des Geschirrs trennen musste, das abends den Raum wie ein Fernseher mit seinem Leuchten erfüllt hatte. Aber dann kaufte sie sich für das erhaltene Geld eine Couchgarnitur in Nowa Ruda und hatte sogar noch genug übrig, um eine dreitägige Arbeitnehmerreise nach Rom zu machen. Krystyna Poploch wollte nämlich unbedingt den Papst sehen, bevor es zu Ende ging. Ob mit dem Papst oder mit ihr, sagte sie allerdings nicht.

Wenn man Röntgenaugen hätte und die Erde wie einen menschlichen Körper durchleuchten könnte, was würde man dann sehen? Versteinerte Knochen, lehmige Ablagerungen der Innereien der Erde, Granitlebern, Sandsteinherzen, die Gedärme der unterirdischen Flüsse. Und Schätze, die wie Fremdkörper darin liegen, wie Implantate oder Bombensplitter.

## *Dahlien, Georginen*

Marta saß zwischen Dahlien und Georginen. Ich konnte ihren Kopf sehen. Ich winkte ihr, aber sie bemerkte mich nicht. Sie machte sich zwischen den Blättern der Blumen zu schaffen, vielleicht band sie die Stängel hoch oder sammelte Schnecken ab. Sie setzte die Wurzelstücke im Frühling und kümmerte sich fast so sehr um sie wie um den Rhabarber. Im August blühten sie. Man hatte immer Lust, ihre Blütenblätter zu zählen. Woher hatten sie diese Symmetrie und diese Ordnung? Marta sagte, Dahlien gefielen Kindern immer besser als Erwachsenen. Warum? Das weiß niemand. »Erwachsene haben lieber Rosen«, sagte Marta. Sie sind immer unberechenbar.

Ich wäre gerne schon so alt wie Marta. Das Alter sieht überall gleich aus: lange Vormittage, die liebliche Müßigkeit ausgedehnter Nachmittage mit einer klebrigen unbeweglichen Sonne über den Häuserdächern, eine träge Serie im Fernsehen, zugezogene Vorhänge. Der Gang zum Geschäft ist ein großes Ereignis, von dem man noch beim

Mittagessen erzählen kann. Sorgfältig abgewaschene Teller, Krümel, die vom Tisch in Plastiktüten gesammelt werden, damit man sie zweimal in der Woche in den Park bringen und den Tauben zwischen die Füße werfen kann. Das Blatt des Gummibaums, das in der Nacht abgefallen ist, das Begutachten der Wunde am Stängel der Pflanze. Abstreifen zweier Läuse von den samtigen Blättern der Zimmerlinde, Ausbessern der Serviette. Bewundern der Rübe im Gemüsegarten, die am Ende des Beetes so groß geworden ist, Radiohören mit in den Schoß gelegten Händen, Plan für das Aussortieren der Knöpfe am nächsten Tag. Sorge wegen der Stromrechnung, die gestern gekommen ist. Mit den Blicken den Zickzackweg des Postboten verfolgen. Aus dem Küchenfenster in den Himmel schauen und sich eines jeden Schritts der Sonne bewusst sein. Beiläufig den Kühlschrank öffnen, um sich noch einmal zu vergewissern, dass er nicht leer ist. Vorsichtig die Kalenderblätter abreißen und in die Schublade legen. Museen alter Zeitungen. Auslegen der Mottenkugeln zwischen den vom Altern bräunlich angelaufenen Kleidern, die inzwischen zu eng oder zu weit sind.

Aber dann dachte ich, vielleicht geht es gar nicht um das Alter, vielleicht ist es weniger eine Sehnsucht nach Betagtheit als nach einem Zustand. Vielleicht erfährt man diesen Zustand nur im Alter. Nicht zu handeln, und wenn schon, dann langsam, als gehe es nicht um das Ergebnis des Handelns, sondern um die Bewegung an sich, um den Rhythmus und die Melodie der Bewegung. Sich langsam vorwärts bewegen, die Wellenbewegung der Zeit betrachten, es nicht wagen, weiter mit dem Strom zu treiben, aber sich auch nicht gegen den Strom zu legen. Die Zeit ignorieren, als handle es sich nur um die naive Reklame für etwas anderes, was man wirklich haben will. Nichts tun. Die Schläge der Uhr im Wohnzimmer zählen, die Schläge der Taubenfüße auf die Fensterbank, die Schläge des Herzens. Und dann alles gleich wieder vergessen. Keine Sehnsucht, keine Wünsche haben. Höchstens auf Feiertage warten, dazu sind sie ja da. Den Speichel herunterschlucken und spüren, wie er durch die Speiseröhre in eine Tiefe fließt. Mit der Fingerkuppe die Haut in der Handfläche berühren und spüren, dass sie glatt wie ein Stück Eis geworden ist. Mit der Zunge einen Salatstreifen aus den Zähnen pulen und ihn noch einmal kauen, als äße man die Mahlzeit zum zweiten Mal. Sich an die eigenen Knie schmiegen. Sich Dinge in allen Einzelheiten in Erinnerung rufen, vom Anfang bis zum Ende, bis das Denken vor Langeweile einschläft.

Der weiße Igelschnitt auf Martas Kopf stand silbern zwischen den Blütenköpfen. Er bewegte sich nicht, Marta meinte vielleicht, mit Reglosigkeit könne man die letzten heißen Tage überstehen. Vielleicht zählte sie die Blütenblätter. Vielleicht verschlug deren Schönheit ihr den Atem. Plötzlich wusste ich einen kurzen Augenblick lang, was sie dachte. Dieser Gedanke tauchte in meinem Kopf auf, machte sich zwischen meinen Gedanken breit, explodierte und verschwand. Verblüfft blieb ich stehen, starr, die Hand an die Augen gehoben.

Marta hatte gedacht: »Am schönsten sind die von den Schnecken angefressenen. Am schönsten sind die, die am unvollkommensten sind.«

## *Wiederholungen, Entdeckungen*

Als das Gewitter kam, wurden die Grashalme plötzlich scharf, das Heu in den Raufen wurde rau und kratzig, die Dornen der Rosen und Brombeeren rissen die Windstöße in dünne Streifen. Scharf wurden auch die Kanten der roten Steine am Feldrand, und am Teich zischten die Stiletts der Schilfrohre. Die Welt wurde dunkel, alles Helle zog sich in großer Hast zurück, ballte sich dann mit letzter Kraft zu einem Blitz und schlug aus der Mitte ins Dunkel. Dann wurden die Zähne des Rechens unheilverkündend, und die Zinken der Gabeln, die am Brett hingen, stachen die Luft. Vom Tisch fiel ein Messer.

Ich lebte in einer Welt, die ich schon von irgendwoher kannte. Von Tag zu Tag erkannte ich mehr Bilder, Gesten, Bewegungsabläufe, Farben der Luft und Geräusche wieder. Das alles kannte ich schon, als hätte ich die Gabe, Neues anzutreffen, auf immer verloren, als hätte ich aufgehört zu lernen. Dieser Eindruck wurde stärker, zuerst waren es nur Ahnungen, kleine Blitze: ja, jetzt passiert dies, dann das, das wusste ich, obwohl ich nicht verstand, warum.

Die Welt wurde dadurch so nah, als sei sie an die Haut geklebt, mir kam es so vor, als fühlte sie das Pulsieren meines Blutes und imitierte diese Bewegung im Schwanken der kleinsten Zweige im Wind. Sie war meine Haut, und ich tat alles, um es zu vergessen.

Wir saßen auf der Terrasse und wärmten uns in den letzten Sonnenstrahlen, jemandes Hand rührte an einen Pfirsich, und plötzlich lief eine Welle über die Terrasse, einen Augenblick lang befanden sich alle Hände – allerdings zu verschiedenen Momenten – auf den Früchten. Es dauerte nur den Bruchteil eines Augenblicks lang, war fast nicht bemerkbar. Dann ging die Abfolge weiter: Ein Blatt fiel auf eine unreife Pflaume im Gras, streifte sie aber nur und schwebte weiter. Träge und unbeabsichtigt fiel im Gespräch mehrere Male das Wort »streifen«, aber niemandem fiel es auf, niemand hörte oder verstand es.

Ich dachte damals, dass ich mich irgendeinem Ende näherte. Dass es zwölf geschlagen hatte und jetzt der nächtliche Teil des Tages begann. Dass ich jetzt angefangen hatte zu sterben, und bis der Tod kam, würde ich alles auf diese schockierende Weise sehen: von unten, von der Seite der Geometrie der Ereignisse her, wo die Welt in einer unergründlichen Symmetrie ihren Anfang hat. Aber auch dieses Wissen würde ich nicht mehr brauchen, ich würde nichts damit anfangen, es auf keine Weise nutzen können. Ich konnte mich nur wundern, dass ich bis zu diesem Zeitpunkt diese so offensichtliche Ordnung nicht gesehen hatte, die außerdem nicht dort steckte, wo ich sie vermutet hatte – in den Gedanken, Ideen, mathematischen Mustern, in der Wahrscheinlichkeitsrechnung –, sondern in den Begebenheiten selbst. Die Achse der Welt waren die Konfigurationen von Augenblicken, Bewegungen und Gesten. Es geschah nichts Neues.

Fliegenpilztorte

3 große, frische Fliegenpilzhüte
50 Gramm getrockneten Fliegenpilz
2 Semmeln
1 Becher Milch
1 Handvoll Rosinen
1 Zwiebel
1 Strauß Petersilie
1 Ei

1 Eigelb
Semmelbrösel
Salz, Pfeffer nach Geschmack

Die Semmeln in der Milch einweichen. Die Zwiebel in Fett braten, die eingeweichten und kleingeschnittenen Trockenpilze zugeben, das Eigelb einrühren, die gehackte Petersilie einstreuen, nach Geschmack würzen. Die mit Ei und Semmelbröseln panierten Pilzhüte goldbraun braten. Die Füllung darauf verteilen und überbacken.

## *Sie und Er*

Sie tauchten kurz nach dem Krieg auf. Sie verliebten sich ineinander – leere Häuser, leere Straßen, leere Herzen waren jeglicher Liebe förderlich. Es war noch nichts vorhanden, alles schickte sich erst zum Vorhandensein an, die Züge fuhren, wie sie wollten, nachts hörte man gelegentlich noch einen Schuss, und man konnte kaum verstehen, was auf den Schildern über den eingeschlagenen Schaufenstern stand.

Ihre schlanken, gepflegten Hände, denen nicht einmal der Krieg etwas hatte anhaben können, fanden eine Beschäftigung zwischen den Arzneimittelflaschen in der mit einem Äskulapstab geschmückten Apotheke. Die ersten Monate brachte sie damit zu, die deutschen Etiketten zu überkleben und mit den polnischen Namen zu beschriften. Die Leute nannten sie »Frau Magister«. Er trug glänzende Offiziersstiefel und war damit betraut, den Bergbau wieder in Gang zu bringen. Zwei Monate, nachdem sie sich kennengelernt hatten, heirateten sie, bekamen ein Haus zugewiesen und trugen gleich Möbel aus den verlassenen Wohnungen am Markt hinein: eine Mahagonikredenz mit Türmchen, große Stilleben in schweren Rahmen, einen Schreibtisch voller Papiere und Fotografien, mit denen sie im Ofen heizten, Ledersessel mit glattgewetzten Armlehnen. Sie waren stolz auf ihr Haus, so etwas hatten beide sich immer schon gewünscht, dieses schmale Treppenhaus, in das Licht durch die Buntglasfenster der Eingangstür fiel, eine stabile Treppe mit Geländer, eine Diele voller Spiegel, die so schwer waren, dass sie niemand aus der Wohnung geholt hatte, ein Wohnzimmer mit Veranda, eine große, kühle Küche mit gekachelten Wänden. Auf den Kacheln waren ländliche Szenen dargestellt, eine Windmühle in einer kobaltblauen gestrichelten Landschaft, ein Dorf an einem Teich, Berge, durch die sich kleine Pfade zogen. Jedes Motiv wiederholte sich in gewissen Abständen, tauchte an anderen Stellen wieder auf, brachte Ordnung in den Raum. Jedes Ding musste seinen bestimmten Platz haben, sogar der marmorne Papierbeschwerer in Gestalt eines Skorpions. Sonst wären alle Menschen weggegangen. Anders konnte man hier nicht leben.

Von nun an wurden sie immer wieder von Dingen angezogen, die dem Auge gefällig waren: schöne Wohnungen, modische Kleider, die Aufmerksamkeit erregten, weil sie so elegant, so still und sittsam in ihrer Schönheit waren, das Gegenteil zu den Uniformen und Kriegslumpen, den Segeltuchrucksäcken, die man über der Schulter trug. Und nachmittags gingen sie oft zu den verwilderten Gärten und gruben Blumen aus, deren Namen sie nicht kannten. Damit umpflanzten sie ihr Haus wie eine Festung. Jetzt duftete es, wenn sie abends Karten spielten und dann mitten im Austeilen der Karten ins Bett gingen, in die Liebe hinein.

Er wurde rasch befördert und wechselte vom Bergwerk nach Blachobyt, dem größten Unternehmen der Gegend. Sie blieb Leiterin der Apotheke. Zum Einkaufen fuhren sie nach Swidnica und Wroclaw. Sie gingen oft spazieren, um sich der Stadt zu zeigen und der Stadt Gelegenheit zu geben, sich ihnen zu zeigen.

In ihren hellen, modischen, reinlichen Kleidern, die ihren Gesichtern eine gleichsam himmlische Helligkeit verlieht, schwebten sie daher, man wollte sich schon bekreuzigen und auf den Gehsteig knien beim Anblick dieses in sich geschlossenen menschlichen Paares, das sich so perfekt in die Fotografie fügte, welche die Welt darstellte.

Zuerst wollten sie keine Kinder. Sie gaben acht, trafen Vorkehrungen und fühlten sich sogar auf gewisse Weise besser als all die Ehepaare, die sich in der Liebe vergaßen und sofort in die Patsche gerieten. Ein solches Leben kam ihnen einfach zu banal vor, zusammen zu sein, dann ein Kind in die Welt zu setzen und zuzusehen, wie sich alles verändert und alltäglich wird. Die Küche riecht nach Milch und Pisse, im Badezimmer trocknen Windeln, und im Wohnzimmer erscheint ein neuer Einrichtungsgegenstand, nämlich ein Bügelbrett mit seiner abstoßenden Drahtarchitektur. Man muss sich um Kalbfleisch anstellen, zum Arzt gehen, sich Sorgen machen, wenn das Kind zahnt, und sich mit der Frage beschäftigen, ob die Zähnchen schon durchgekommen sind.

»Es geht uns doch so gut zusammen«, flüsterte er ihr ins Ohr, und sie schmiegte sich an seine muskulöse Brust mit den Narben, nach deren Ursprung sie nie fragte, und erwiderte: »Wie könnte ich meine Liebe zu dir je teilen?«

»Wir würden auseinandergerissen, würden nicht mehr nur einander, sondern noch einen anderen Menschen lieben, und diese Liebe würde Zeit, Aufmerksamkeit und Herzenskraft kosten.«

Neben ihrem Bett lagen deshalb die Stanniolhüllen der Kondome, auf dem Regal im Bad stand ein Irrigator, triviale Beweise dafür, dass sie ihr Leben unter Kontrolle hatten. Dafür waren sie frei, wirklich frei. Sie hatten ein Auto, wahrscheinlich als Einzige in der Stadt. Damit fuhren sie nach Klodzko und sogar nach Wroclaw, ins Theater, zur Anprobe bei der Schneiderin, wo man sich einen neuen Anzug oder ein Kostüm nähen ließ und dann ein hübsches Damenkleid auf Petticoat-Schaum. Und wenn andere, schmerzlich alternde Paare sie nach Kindern fragten, antworteten sie wie aus einem Munde: »Warum soll man in so ungewissen Zeiten Kinder in die Welt setzen, in einer Gegend, von der man immer noch nicht weiß, zu welchem Land sie nun gehört, nach all dem, was im Krieg geschehen ist, und all dem, was wir im Kino über die Lager gesehen haben. Wozu da Kinder?«

Aber wie es nun einmal ist, entstanden in ihnen trotzdem Keime von Kindern, denn ihre Körper scherten sich weder um solche Fragen noch um den Krieg. Jeden Monat entstand in ihren Eierstöcken ein unvollständiges Halbwesen, unentwegt brachte sein Unterleib ähnliche Wesen hervor. Und manchmal geschah es, dass sich diese Keime in ihrer Gebärmutter verbanden, aber sie wollte sie nicht austragen und nicht nähren oder hüten, deshalb starben sie still und leise ab, und ihre Blutungen spülten sie hinaus. Doch sie glaubten felsenfest daran, dass die Welt ihrem Willen untertan sei, und wenn man etwas nicht wolle, dann trete das auch nicht ein, und was man wolle, das geschehe.

Ohne also selbst davon zu wissen, schufen sie körperlose, unvollständige, unfertige Wesen, die wie Pusteblumensamen ohne Wurzeln in der Welt waren. Und weil diese Wesen keine Wurzeln in einem Körper schlagen konnten, wohnte ihnen kein Gott inne. Sie waren leer. Sie kreisten um ihr Haus, trieben sich in den luftigen Räumen des märchenhaften Gartens herum, sahen durch die Fenster herein, machten sich in den Gläsern breit, die sie zum Munde führten, und flossen ins Innere ihrer Körper, wo sie hartnäckig nach einem Ort suchten, an dem sie Wurzeln schlagen und wachsen konnten. Sie waren zahlreich und wie unstete, unruhige Aureolen begleiteten sie sie überall, wohin sie auch gingen.

Die Zeit hatte damals die Rastlosigkeit von Quecksilber. Tagtäglich kamen neue Fremde in die Stadt und bekamen verlassene Wohnungen zugewiesen. Die Stadt konnte nicht unbewohnt existieren. Arbeit wartete auf jeden, der arbeiten wollte. Die Schulen brauchten Lehrer, die Geschäfte Verkäufer, die Bergwerke flehten um Bergleute, das Rathaus um Beamte. Blachobyt wurde zu einem Unternehmen mit etlichen Lagerhallen, Nebengeleisen, Gebäuden, Häusern am Markt, einer Fabrik für Maschinenteile und einer Leinenweberei. Deshalb brachte der Zug täglich vom Reisen zerknitterte Siedler, die die Wartesäle im Amt füllten und dann mit Papieren in der Hand auf ihre Quartiere gingen. Sie ließen sich schwer einordnen, zumal sie alle verschiedene Varianten von Polnisch sprachen, entweder mit dem gedehnten Posener Singsang oder mit dem aspirierten Akzent der Leute aus den Bergen, den sie so vulgär fand, oder mit der östlichen Melodie der Gegend jenseits des Bug, den er immer mit seiner Kindheit verband.

Ganz am Anfang wurden bei ihnen einmal zwei Frauen

einquartiert. (»Vorübergehend«, sagte man ihm auf dem Amt, als er anrief, um sich zu beschweren.) Sie kamen von Westen, direkt aus dem Lager, irgendwo hatten sie ihre Familie verloren. Sie wussten, dass die beiden Frauen im Lager gewesen waren, dass sie nach Polen zurückkehrten, um ein normales Leben zu beginnen, deshalb empfingen sie sie mit einem Abendessen und Wein. Sie hatte ein dunkles Kleid angezogen, um nur nicht ihre Gefühle mit etwas Auffallenderem oder gar Grellem zu verletzen.

Aber die beiden – sie waren Schwestern, wie sich herausstellte – sahen eigentlich gut aus. Die kurzgeschnittenen Haare weckten vielleicht unangenehme Assoziationen, und ihre Zähne waren wie bei alten Leuten, außerdem waren sie sehr dünn. Beide trugen sie Kostüme, die aus gestreiften Häftlingskitteln umgeschneidert waren, enge Röcke bis knapp unters Knie und dazu ein Jackett mit Schößchen, das mit einem Ledergürtel zusammengehalten wurde. Die Schaftstiefel waren so auf Hochglanz poliert, dass sich die Sonne darin spiegelte. Und diese kurzen Haare, die erst nachwuchsen und mit Pomade zu einer Scheitelfrisur gelegt waren, als wären sie Zirkusartistinnen, die in engen Trikots über das Seil tanzen. Sie sahen einander zum Verwechseln ähnlich.

Sie sah sie nicht von oben herab an, als sie mit ihren Pappköfferchen hereinkamen, und bewunderte sogar ihre Eleganz. Die eine von ihnen hieß Lili, die andere so ähnlich. Abends saßen sie mit den Zwillingen am Tisch und rechneten schon damit, sich jetzt all diese Scheußlichkeiten anhören zu müssen, aber die beiden sahen nicht im mindesten verschreckt oder auch nur gedrückt aus. Sie scherzten die ganze Zeit, auf ihren dunkelhäutigen Gesichtern leuchtete rot die Schminke. Sie stellte missbilligend fest, dass sie kokettierten und sich benahmen, als kämen sie gerade von einem Ausflug. Aus der Nähe sah sie, dass sie in den gestreiften Häftlingsstoff Abnäher gearbeitet hatten, die der Magerkeit ihrer Körper Eleganz verliehen.

Irgendwann später erlaubte sie ihnen, ihre Singer-Nähmaschine zu benutzen, und in einer Aufwallung von Dankbarkeit oder geleitet von dem Wunsch, ihr näherzukommen, knöpften sie sich die Blusen auf und zeigten ihre Haut, die von Narben bedeckt war.

»Experimente«, sagte eine von ihnen. »Sie haben Experimente mit uns gemacht.«

»Sie haben gemeint, wir hätten eine gemeinsame Seele«, setzte die andere hinzu, und beide fingen an zu lachen.

Sie schämte sich und wusste nicht, was sie sagen sollte. Einen Monat wohnten sie bei ihnen, wurden runder, blühten geradezu auf. Sie gingen aufs Amt und besorgten sich Arbeit. Abends hörten sie die Fetzen ihrer hastigen, telegrammstilartigen Unterhaltungen, wie Zwillinge sie zu führen pflegen. Eine von ihnen schrie im Schlaf, vielleicht auch beide, man konnte ihre Stimmen nicht auseinanderhalten. Schließlich machten sie sich nach Warschau auf, um mit Anzeigen auf Häuserwänden und durch das Rote Kreuz ihre Angehörigen zu suchen.

Jetzt hatten sie ihr Haus wieder für sich. Sie erwarben ein von Deutschen zurückgelassenes Klavier einer guten Marke, das man nicht einmal zu stimmen brauchte. Eine Taste, ein d, war tonlos, deshalb fehlte jeder Melodie etwas, sie brach an dem leeren Ton, was ihn nervös machte. Aber sie spielte trotzdem darauf, um ihren vom Aufkleben der Etiketten ermüdeten Fingern etwas Erholung zu gönnen.

Es war schön. Man musste nur achtgeben, dass man nicht zu viel sagte und nicht zu laut. Dass man keine

Meinung äußerte, nicht bewertete, nicht zu viel hörte, nicht hinschaute. Das war nicht schwer, denn sie hatten ja einander und das Haus und das Klavier und die Blumen im Garten.

Doch dann geschah eines Tages etwas Seltsames. Ohne jede Vorwarnung. Eines Morgens wurde plötzlich alles unwirklich und finster. Es dauerte nicht länger als zwei Dutzend Stunden, einen ganzen Tag und zwei Nächte mit unruhigem Schlaf. Vielleicht war der Luftdruck gefallen, vielleicht hatte es auf der Sonne eine Explosion gegeben, von der nur die Astronomen wussten und die Leute, die an der Macht waren.

Von diesem Zeitpunkt an konnten die beiden sich nicht mehr daran erinnern, was sie den ganzen Tag über gemacht hatten. Ein Tag erschien ihnen wie der andere, wie Zwillinge, wie Lili und ihre Schwester, die sich aufs Haar glichen. Das Verrinnen der Zeit ließ sich nur an den Wäschehaufen im Badezimmer ablesen. Die Arbeit verlangte ihre ganze Hingabe, alles andere musste in den Hintergrund treten. Er musste jetzt zu Konferenzen ins Ministerium fahren oder nach Oberschlesien, wo er Maschinen und Technologien zur Verarbeitung von Anthrazit beschaffen musste, und er wurde auf endlose Kongresse und politische Schulungen geschickt. Sie begann mit dem Studium der Pharmazie, um das zu Ende zu führen, was der Krieg kaputtgemacht hatte, und um jedem Medikament einen neuen polnischen Namen geben zu können.

Dann entdeckte man an ihrem Eierstock eine Geschwulst von der Größe einer Pflaume. »Sie müssen Kobaltbestrahlungen bekommen, danach unter Umständen eine Operation«, sagte man ihr. »Wir werden sehen.«

Mit dieser Geschwulst fühlte sie sich so elend, so in

ihrem Wohlbefinden beeinträchtigt, dass sie begann, an ein Kind zu denken. Sie wollte doch ein Kind haben. Sie packte für ihren Mann den Anzug ein, als er wegfuhr, bügelte ihm die Hemden und biss sich auf die Lippen. Er merkte nichts. Allein legte sie den Weg bis nach Breslau zurück und kehrte danach erschöpft zurück. Zu Hause war es immer kalt, als schneite es ständig in den Zimmern, dabei hieß es doch, nach Stalins Tod sei ein Tauwetter eingetreten.

Einmal saß sie auf der offenen Veranda, rauchte und sonnte sich, als sie einen Jungen die Straße hinaufkommen sah. Er sah aus wie aus einer anderen Welt, mit Haaren bis auf die Schultern, einer knielangen Lederjacke und einem Soldatenrucksack. Er musste ihren Blick gespürt haben, denn er blieb an der niedrigen Mauer stehen. Sie sahen sich einen Augenblick an, dann setzte er sich wieder in Bewegung. Sie zog an ihrer Zigarette. Einige Minuten später kam der Junge zurück und blieb am Tor stehen.

»Ich könnte Ihnen den Gemüsegarten umgraben«, sagte er.

Sie wurde unruhig und stand auf.

»Wie bitte?«

»Ich könnte Ihnen den Gemüsegarten umgraben«, sagte er wieder und lächelte. Er sah aus wie ein Mädchen. Er war etwa achtzehn Jahre alt.

Sie nahm das Angebot an. Sie zeigte ihm, wo der Spaten stand, dann sah sie ihm zu, wie er sich die Jacke auszog und die Pulloverärmel hochkrempelte. Er grub systematisch, hob die Schollen aus, und die fette rote Erde glänzte in der Sonne.

Sie ging in die Küche zurück und machte sich einen Tee. Sie blätterte ein paar Tage im Kalender weiter. Sie trat ans

Fenster – der Junge saß jetzt auf dem Gartenmäuerchen und rauchte. Er entdeckte sie hinter dem Fenster und blickte zu ihr. Sie trat ein paar Schritte zurück ins Dunkel.

Als er fertig war, lud sie ihn zu einem Teller Suppe ein. Sie lehnte sich an die Kredenz und sah ihm beim Essen zu. Sein Gesicht war so glatt, als müsste er sich noch nicht rasieren.

»Angeblich haben sie die Grenze zur Tschechoslowakei geöffnet«, sagte er. »Ich fahre nach Österreich und dann nach Rom.«

Sie blinzelte erstaunt.

»Woher kommst du?«

Er lächelte breit und schob den Teller ein Stück auf sie zu.

»Kann ich noch etwas haben? Mir hat noch nie eine Suppe so gut geschmeckt.«

Sie merkte, dass sie rot wurde. Sie schöpfte ihm eine zweite Portion Suppe in den Teller und setzte sich an den Tisch.

»Wo kommst du also her?«

»Der Krieg hat mir die Biografie durcheinandergebracht«, sagte er. »Ich habe keine Eltern. Ich bin aus dem Kinderheim ausgerissen und will jetzt in die freie Welt. Ich habe gehört, dass sie die Grenze geöffnet haben. Das ist alles.«

»Wie heißt du?«

Sie meinte zu bemerken, dass er kurz zögerte, und war sicher, dass er nicht die Wahrheit sagte.

»Agni.«

»Ein merkwürdiger Name.«

»Ich bin auch merkwürdig.«

»Wie viel bin ich dir schuldig?«

»Können Sie mich vielleicht hier übernachten lassen?«

Sie betrachtete ihre lackierten Fingernägel und sagte ja. Sie zeigte ihm das untere Zimmer, in dem die Zwillingsschwestern einen Monat gewohnt hatten.

»Gute Nacht«, sagte sie.

Sie musste sich immer warm anziehen, wenn sie allein schlief. Über das Flanellnachthemd zog sie einen leichten Pullover, an die Füße wollene Strümpfe, aber selbst dann dauerte es mindestens eine Stunde, bis es ihr im Bett warm war. Auf den Bauch, in dem sich die Geschwulst eingenistet hatte, drückte sie eine heiße Wärmflasche. Sie fragte sich, ob der Junge schon eingeschlafen war. Sie hatte Lust, leise zu ihm hineinzugehen und die Hand in seine Jackentasche zu stecken. Was würde sie dort finden? Vielleicht eine Pistole, vielleicht ein Bündel Dollarscheine, vielleicht einen Plüschbär, vielleicht Blumensamen, vielleicht ein Gebetbuch, vielleicht glatte, nackte Haut … Ihre Gedanken spazierten in alle möglichen Richtungen, trübten sich, verschwanden. Plötzlich hörte sie ein leises Scharren und fuhr im Bett auf. In dem verschwommenen Lichtfleck der geöffneten Tür sah sie eine Gestalt.

»Ich bin's, Agni«, hörte sie.

»Was willst du? Geh!«

Die Gestalt löste sich aus dem Viereck der Tür und trat an ihr Bett. In ihrer Panik knipste die Frau die Nachttischlampe an. Der Junge trug seine Lederjacke und hatte den Rucksack über der Schulter.

»Ich wollte mich verabschieden. Es ist besser, nachts über die Grenze zu gehen.«

»Sie werden dich erschießen.«

Er setzte sich zu ihr und strich mit dem Handrücken über ihren Hals.

»Wo ist dein Mann?«

»In Warschau.«

»Wann kommt er zurück?«

»Am Montag.«

In Schuhen und Kleidung und mit dem Rucksack schlüpfte er zu ihr unter die Decke.

»Nein«, sagte sie, »nein, nein, ich kann nicht.«

Als er in sie eindrang, sagte sie sich immer wieder: Das ist ein Traum, das alles träume ich nur.

Am Morgen sah sie ihn aus dem Schlafzimmerfenster. Er grub den Garten um. Die Knie zitterten ihr. Sie zündete sich eine Zigarette an und ließ Wasser in die Wanne laufen. Sie lag im Bad und sammelte ihre Gedanken. Als sie danach in die Küche kam, machte er gerade Kaffee.

»Ich gehe jetzt zur Arbeit, und du musst hier verschwinden.«

Er küsste sie auf den Hals.

»Das willst du doch gar nicht. Du willst, dass ich bis Montag hierbleibe.«

»Ja«, sagte sie und schmiegte sich an ihn.

Und er blieb. Als sie von der Arbeit zurückkam, aßen sie den Rest der Suppe und gingen ins Zimmer der Zwillinge. Sie liebten sich den ganzen Abend. Dann tranken sie eine Flasche Wein und schliefen ein. Am Morgen fragte sie ihn: »Wer zum Teufel bist du? Woher kommst du? Was willst du?«

Aber er gab keine Antwort. Er blieb bis Sonntagabend, dann ging er fort, und sie konnte die ganze Nacht vor Sehnsucht nicht schlafen. Sie hatte das Gefühl, als kenne sie ihn schon seit Langem, schon seit ihrer Kindheit oder sogar schon seit vor ihrer Geburt, wenn das möglich war. Wenn er nicht versprochen hätte, wiederzukommen, wäre sie gestorben. Sie hätte sich ins Zimmer der Zwillingsschwestern gelegt und wäre gestorben.

Am Montag war alles wieder wie immer. Ihr Mann kam mit dem Frühzug zurück, wie im Film, und saß jetzt auf dem Sofa und streckte die Beine auf dem verschossenen Teppich aus. Unter dem Hosenbein sah ein Stück nackter Haut hervor, auf dem sich das Muster des Strumpfbundes abgezeichnet hatte. Seine Füße verbargen sich in grauen Socken mit Schlängelmuster. Er trank Tee aus einer Tasse mit Metallhenkel und erholte sich von der Reise. Sie setzte sich zu ihm, plötzlich verzog sich ihr Mund, und sie begann zu weinen. Er sah sie überrascht an, dann drückte er sie an das Revers seines Jacketts, das nach Zug und Schlaflosigkeit roch. Schluchzend erzählte sie ihm, sie müsse wieder nach Breslau, als erkläre sie damit ihre Tränen. Er strich ihr über die Haare und hatte das Gefühl, dass sie spärlicher geworden waren. Unter den Händen spürte er ihren Schädel. Er dachte »Schädel« und erschrak bei dem Wort.

Plötzlich hatte er den Wunsch, ihr eine Freude zu machen. Er stand behutsam auf und nahm eine graue Papiertüte aus dem Koffer, in der ihr Geburtstagsgeschenk war. Warum sollten sie noch einen Monat damit warten?

»Sieh, Liebling, was ich dir gekauft habe. Es sollte für deinen Geburtstag sein, aber wir tun so, als wäre er heute.«

Das Papier raschelte, und sie zog cremefarbene Pumps und eine dazu passende Tasche aus weichem, glattem Leder aus der Tüte. Ihre Tränen versiegten, als sie die Geschenke sah. Sie schlüpfte mit bloßen Füßen in die Schuhe. Sie passten wie angegossen. Der hohe, leicht gebogene Absatz betonte die schlanke Form ihrer Knöchel. Sie küsste ihren Mann auf seine unrasierte Wange.

»Die ziehst du an, wenn wir ins Kino gehen. Egal, welcher Film läuft, wir gehen, Hauptsache, du kannst deine Schuhe anziehen.«

Als sie schlafen gingen, sagte sie ihm, sie habe ihre Tage. In der Nacht meinte sie die pflaumengroße Geschwulst in ihrem Bauch zu spüren.

## *Schweigen*

Manchmal redeten wir tagelang nicht miteinander. R. fuhr weg und kam zurück. Er machte Einkäufe, erledigte Geschäftliches. Manchmal war er ein, zwei Tage nicht da. Die Hunde begleiteten sein Auto bis zur Brücke und kamen dann erschöpft zurück. Sie blinzelten. Die tiefstehende kalte Sonne konnte nur noch blenden, sie wärmte nicht mehr.

Über was hätten wir reden sollen. Die Leute reden nur von dem, was sich nicht wirklich ereignet.

Manchmal fiel im Laufe eines ganzen Tages nur ein einziger Satz. »Ruf die Hunde!« Wer von uns diesen Satz sagte, spielte keine Rolle. Es bestand keine Notwendigkeit zu sprechen, alles erschien offensichtlich und ein für allemal ausgesprochen und gesagt. Wenn niemand kam, war ein Tag wie der andere, warum dann noch reden und Verwirrung stiften, diese kristallene Ruhe in Aufruhr bringen?

Das Sprechen richtete Schaden an, säte Unfrieden und untergrub jede Selbstverständlichkeit. Mit dem Sprechen überkam mich immer ein Zittern. Ich glaube, ich habe in meinem ganzen Leben nichts wirklich Wichtiges gesagt. Für die wichtigsten Dinge fehlen ohnehin die Worte. Eine Liste der fehlenden Worte. Am häufigsten fehlt mir ein Verb, dessen Bedeutung irgendwo zwischen »ahnen« und »sehen« anzusiedeln wäre.

Wir schwiegen so gründlich, dass wir uns auch den Gästen gegenüber, die uns gelegentlich besuchten, nur auf lakonische Höflichkeiten wie »hallo« oder »grüß dich« beschränkten, und selbst diese Floskeln verkürzten wir und sagten »bei dir?« ohne das »Wie geht's?«, denn das wäre schon zu viel gewesen. »Tee?«, fragten wir, ohne eine Alternative anzubieten.

Dann saßen wir an der anderen Seite des Tisches, im Schatten, das Gesicht dem Wald zugewandt. Wir schwiegen die ganze Unterhaltung über. Selbst wenn wir kleine Wortfetzen aus den Mündern entließen, schwiegen wir. R.s Schweigen ist glatt wie seine Haut. Meines ist düsterer, es steigt aus der Tiefe des Bauches auf, zieht mich in sich hinein, ich versinke darin, bin unrettbar verloren. Wir schwiegen die Gäste an, uns selbst, alles ringsum.

Auch wenn wir uns liebten, schwiegen wir. Es fiel kein einziges Wort, kein Seufzer, gar nichts.

## *Sie und Er*

Als die nächste Bestrahlungsserie begann, musste sie ein paar Tage im Krankenhaus bleiben, und er war allein zu Hause. Er dachte daran, eine Haushälterin zu nehmen, am besten eine ältere Frau, die Hasenpastete und Schüsseln voll Piroggen zubereiten würde. Die mit einem warmen Lemberger Akzent spräche wie seine Mutter. Sie würde die Öfen heizen und den Staub vom Klavier wischen. Er gelobte sich, dafür zu sorgen. Dann müssten sie keine kalten Kartoffeln und aufgewärmten Frikadellen essen.

Als er am Mittwoch von der Arbeit kam, saß ein Mädchen auf der Treppe. Sie hatte schulterlanges Haar und ein resolutes Gesicht. Ein hübsches Gesicht, wie er gleich bemerkte. Sie sah etwas wunderlich aus in den Arbeitshosen, die aussahen wie die Overalls der Fabrikarbeiterinnen. Verblüfft blieb er vor ihr stehen. Sie hob den Blick und sah ihn an. Ihre Augen waren grün, vielfarbig.

»Ihre Frau hat mich gebeten, bei Ihnen zu putzen und im Ofen zu heizen. Bitte geben Sie mir für morgen den Schlüssel.«

Er ließ sie vor sich in den Flur eintreten. Das Mädchen ging zur Küche und rüttelte an der Kohlenschütte. Offensichtlich kannte sie die Wohnung schon. Die Situation irritierte ihn, er setzte sich an den Wohnzimmertisch und zündete sich eine Zigarette an.

»Wie heißt du?«, fragte er, um irgendetwas zu sagen.

»Agni«, antwortete sie.

»Sicher von Agnieszka.«

Sie verneinte es nicht, lächelte nur breit. Sie hatte die schönen, ebenmäßigen Zähne eines jungen Mädchens. Er hörte, wie sie sich im Haus zu schaffen machte, und es wurde warm und gemütlich. Als sie im Bad war, schenkte er sich ein Glas Wodka ein und leerte es in einem Zug. Danach tat er so, als ordne er Papiere auf seinem Schreibtisch. Sie brachte ihm aufgewärmten Bigos und Tee.

»Morgen kann ich früher kommen und etwas kochen. Ich kann Rouladen machen«, sagte sie lächelnd und setzte sich neben ihn, als er anfing zu essen.

»Wo hat sie dich aufgetrieben? Wie kommst du hierher?«, fragte er mit vollem Mund.

»Ach, das war ein Zufall. Eine komplizierte Geschichte.«

Ihm fiel auf, dass sie eine ganz glatte Kinderhaut

hatte, ohne eine Spur von Falten oder Flecken. Plötzlich drängte sich ihm die Vorstellung ihres schlanken, nackten Körpers auf, der ausgestreckt auf dem Bett lag, und das erschreckte ihn. Er sagte, er sei müde und wolle sofort schlafen gehen. Sie erinnerte ihn an den Schlüssel und verschwand in der Küche. Er hörte, wie sie das Geschirr vom Vortag abwusch. Plötzlich überkam ihn Unruhe, er hob den Hörer des schwarzen Telefons ab und drehte an der Kurbel. Er ließ sich mit dem Krankenhaus in Breslau verbinden, aber dort nahm niemand ab. »Morgen rufe ich von der Arbeit aus an, morgen rufe ich von der Arbeit aus an«, sagte er zu sich. Unten fiel die Haustür ins Schloss. Er trat hinaus, blieb kurz auf der Treppe stehen und spürte eine große Erleichterung. Er seufzte und ging zurück ins Esszimmer. Er schaltete das Radio an und schenkte sich einen Wodka ein. Im Radio lief ein Hörspiel.

»Freunde werden wir nie sein«, sagte eine Männerstimme. »Das wissen Sie selbst, meine Dame. Aber ob wir die glücklichsten oder die unglücklichsten Menschen werden, das liegt in Ihrer Macht. Doch um eines will ich Sie bitten: Nehmen Sie mir nicht alle Hoffnung, lassen Sie mich weiter leiden wie bisher. Wenn das unmöglich ist, dann befehlen Sie mir zu verschwinden, und ich werde verschwinden.«

»Ich will Sie nicht verjagen«, hörte man nun eine emphatische Frauenstimme, in der er eine berühmte Schauspielerin zu erkennen glaubte.

»Lassen Sie nur alles so, wie es ist. Nichts soll sich ändern. Und Ihr Mann …«

Er schaltete das Radio aus und ging schlafen. Zum ersten Mal seit Jahren hatte er einen erotischen Traum. Er träumte von dem Mädchen. Es war wieder Krieg. Sie versteckten sich in einem Fabrikgebäude vor den Deutschen. Aus kaputten Duschköpfen tropfte Wasser auf sie herab. Sie waren nackt. Sie schmiegte sich an ihn, ihre Haare rochen nach Wasser. Sie liebten sich, aber es war merkwürdig, er spürte es nicht körperlich, aber wusste, dass es Liebe war.

Am Morgen rief er im Krankenhaus an. Er sprach mit seiner Frau, doch ihre Stimme klang farblos und metallisch. Sie sagte, er solle sie am Freitag abholen. Schnell hatte er ausgerechnet, dass ihm bis dahin drei Tage blieben. Sie sagte auch etwas von einer Operation, aber das nahm er nicht richtig auf, er wollte daran lieber nicht denken. Er ging früher heim als sonst, badete sich, zog ein frisches Hemd an und wartete, ohne zu wissen, auf was.

Alles geschah so, als hätte er es geplant. Sie kam herein, in derselben Hose wie am Vortag, in der Hand hielt sie einen großen Kohlkopf. Er schlich unbeholfen hinter ihr her, als sie in den Öfen heizte. Er kam sich komisch vor. Ab und zu sagte er etwas, aber vor allem betrachtete er ihre Haare und ihre nackten Füße in den Turnschuhen. Er konnte sich nicht von ihr lösen. Es war wie in dem Traum – sie versteckten sich vor einer feindlichen Welt. Welcher Art diese Welt war, wusste er nicht. Sie bat ihn, ihr ein Messer zu geben, und mit dem Messer in der Hand ging er auf sie zu und drängte sich plötzlich an ihren schmalen Körper. Sie wehrte sich nicht. Sie war weich und zart, biegsam wie eine Stoffpuppe. Er legte sich ihre Hände auf die Schultern und küsste ihr Gesicht. Er erwartete Widerstand, ein »nein«, aber er hörte nur ihren Atem, der nach frischen Gurken roch, nach etwas Grünem, Frischem, etwas, nach dem er sich immer gesehnt hatte. Er legte sie einfach aufs Sofa, zog ihr die komische Hose aus und schlief dann ganz normal mit ihr, dachte sogar daran, ihr kein Kind zu machen.

Solche Dinge geschehen eben, sagte sie sich, während sie kleine Setzlinge von Studentenblumen auf den Beeten pflanzte. Menschen ändern sich, sie wachsen aus alten Situationen wie ein Kind aus der Kleidung. Die Zeit fließt und ändert alles. Es gibt große und kleine Kriege. Die großen ändern die Welt, die kleinen den Menschen. So ist es eben. Ich tue nichts Böses. Ich tue niemandem etwas zuleide, höchstens mir selbst durch dieses dauernde Warten.

Keiner ist einem etwas schuldig. Die Dinge, die man tut, verschwimmen ineinander und hören auf, eine Gefahr darzustellen. Nichts tut sich.

Aber die Welt sah aus, als sei sie erwacht. So schien es ihr jedenfalls. Der Mittelpunkt der Welt hatte sich jetzt aus dem Haus und dem Garten irgendwo nach draußen verlegt, nicht an einen konkreten Ort in der Stadt, sondern einfach irgendwohin außerhalb. Deshalb fühlte sie sich plötzlich wie eine Gefangene, als sie die Studentenblumen pflanzte. Sie stand auf und klopfte sich die mit Erde bedeckten Hände ab. Sie wollte dieses allmähliche Wachstum nicht mehr abwarten. Die Blumen waren ihr plötzlich zu langsam, sie wirkten stumpf wie leblose Dinge. Sie ging ins Haus, setzte sich an den runden Tisch im Wohnzimmer und begann in einer Zeitschrift zu blättern, auf der Suche nach den Modeseiten, die sie am liebsten hatte. Sie fand sie, aber sie zu betrachten blieb ohne jede Wirkung, sie empfand nicht mehr diesen angenehmen Schauer beim Anblick von etwas Schönem und Flüchtigem, das mit der nächsten Saison vorübergegangen sein würde. Früher hatte das Betrachten der Modeseiten bei ihr immer Unruhe und plötzliche Eile ausgelöst. Es kam vor, dass sie sich sofort zu dem Stoffgeschäft am Markt aufmachte und dort den Stoff kaufte, der dem Modell in der Zeitung am nächsten kam. Dann ging sie schnurstracks zur Schneiderin, bestellte das Kleid und bezahlte sogar im Voraus, um nur sicherzugehen, dass sie dieses Teil besitzen würde, sonst würde sie aus dem Trend der Zeit fallen, würde aus dem Jetzt ins Damals rutschen, wo ewiges Dunkel herrschte und alles verging.

Sie sah sich nur die Zeichnungen und die Schwarzweißfotos der neuen Kleider an, welche die Taille betonten und unten weit ausgestellt waren. Sie ließen sie kalt. Sie schob die Zeitschriften beiseite und bereitete ein Bad vor. Sie betrachtete ihren Körper, und es tat ihr leid darum. Ein verletzliches, weiches Ding, das allen möglichen inneren und äußeren Mächten ausgeliefert war, die wie Walzen darüber hinwegrollten, wie schwere Regenwolken. Man konnte nur warten.

Sie wartete ungeduldig vom Morgen an, eine Tasse mit Kaffee in der Hand. Im Morgenmantel ging sie von einem Fenster zum anderen und schaute in die leeren Zwischenräume zwischen den Zaunlatten. Mal kam Agni, mal nicht. Es gab keine Regel. Sie versuchte ihn auszufragen, was er machte, wo er schlief, aber dann lächelte er nur so begehrlich, dass ihr ganz schwach wurde. Sie lehnte sich an die Tür und schloss die Augen. Es ging nicht um körperliche Liebe, um hastigen Beischlaf und tausend Vorstellungen, dass just in dem Moment ihr Mann wie in einer Komödie mit der Aktentasche unter dem Arm durch die Tür käme. Sie spürte, dass Agni sie heilte, seine weichen Berührungen waren kühl wie ein Minzeumschlag, seine Küsse heiß wie Grog, dank seiner nahm sich ihr Körper zusammen, erstarkte, bekam sich in den Griff und verweigerte sich dem Verfall. Das war offensichtlich. Agni lachte, weil ihr Köper rundlicher wurde, ging in die Küche und aß etwas aus ihren Töpfen, und dann verschwand er, war einfach weg. Sie wusste nicht einmal, wo er wohnte, und das war vielleicht auch gut so, denn früher oder später wäre sie dorthin gegangen. Und er hatte ein so feines Gespür, dass er immer wusste, wann er kommen konnte, als kenne er den Zeitplan ihres Lebens, die Arbeitszeiten ihres Mannes und sogar ihre Gedanken, denn wenn sie allein im Haus war und an ihn dachte, tauchte er auch schon auf, er schlüpfte durch den Zaun und kam die Treppe hinaufgelaufen, wo sie schon auf ihn wartete. »Kannst du meine Gedanken lesen?«, fragte sie ihn. »Ja«, sagte er. »Und ich kann es dir auch beibringen.«

Natürlich glaubte sie ihm das nicht. »Du musst dir das Gesicht der geliebten Person so stark und mit solcher Heftigkeit vorstellen, dass du meinst, es sei dein eigenes Gesicht. Dann werden alle Gedanken dieser Person zu deinen.«

»Und so machst du das?«

Er bejahte und sah ihr in die Augen. Sie fühlte seinen Blick im Innern ihres Körpers.

»Du bist nicht der, der du bist«, sagte sie.

Wie merkwürdig es war, so in zwei Welten zu leben, in zwei Teilen der Zeit, mit einem rebellierenden Teil des eigenen Selbst in den Eierstöcken, in Erwartung der Operation, die sie für immer verstümmeln würde, in einem Haus, das nicht das ihre war, in einer Stadt, die ihr nie vertraut sein würde, auf einer Welt, die irgendwann ein dritter Weltkrieg fortfegt. Abwechselnd mit zwei Männern zusammen. Die Pfingstrosen blühten, ihre Blütenblätter rieselten sanft auf die Erde. Der Jasmin verströmte noch seinen betörenden Duft, aber es war schon offensichtlich, dass es zu Ende ging. Wenige Tage vor der Abfahrt ins Krankenhaus machte sie sich auf zur Kirche, aber dann wagte sie nicht, den dunklen kühlen gotischen Innenraum zu betreten, es kam ihr unpassend vor. Deshalb ging sie dann zum Friedhof, vergewisserte sich, dass niemand sie sah, kniete sich vor ein Kreuz und betete unsicher, ohne Überzeugung. Am Abend schmiegte sie sich an ihren Mann, sein Körper kam ihr lederartig vor, zu weich, durchtränkt von dem Geruch nach Zigarettenrauch und Maschinenöl. Er wollte mit ihr schlafen, aber sie sagte Nein, weil sie spürte, dass sie dabei war zu sterben.

Agni war etwas Festes und Beständiges für sie. Sein Körper erkannte sie, und sie wurde sich bewusst, dass sie immer so erkannt werden wollte, dass sie auf die Welt gekommen war, um sich einem Menschen wie Agni hinzugeben. Agni war mit sich beschäftigt und deshalb wahrhaftiger. Sie war ihm ein Schiff, das ihn durch aufgewühlte Meere trug. Er war schlank, sehnig, rau. Seine sonnengegerbte Haut knirschte unter ihren Fingern. Wenn sie danach den Körper ihres Mannes berührte (den sie doch einmal so sehr geliebt hatte), konnte sie nicht fassen, wie weich und verletzlich er sich anfühlte. Sein kleines Flaumkissen, sein Juchtensäckchen, ein verschrumpelter Pfirsich, ihr eigener welkender Bauch. Ihr Mann war sie selbst, bei ihren Berührungen sprang kein Funke mehr über, sie konnten sich weder wärmen noch aneinander kühlen. Das einzige Wort, das aus dieser Ähnlichkeit entstehen konnte, ist »nein«.

Sie ging noch mit ihm durch den Krankenhauspark bis zum Tor, dort blieb sie wie verzaubert stehen, als könnte sie diese unsichtbare Linie zwischen den Ziegelpfosten nicht mehr überschreiten.

»Es ist besser, wenn du mich nicht besuchen kommst«, sagte sie. »Lass Frau Eugenia das Haus in Ordnung halten, und in der Kantine ist das Essen ohnehin besser als bei mir.«

Plötzlich war sie sehr müde. Weshalb sorgte sie sich darum, dass das Haus für ihn saubergemacht wurde und er Mittagessen bekam? Er selbst sprach sie von der Verantwortung frei.

»Mach dir um mich keine Sorgen.«

Er wollte sie wieder nach Agni fragen, aber sie hatte sie anscheinend vergessen. Die Erinnerung an das Mädchen weckte in ihm eine körperliche Unruhe.

»Jetzt geh.«

Er küsste sie auf die Wangen und die Handfläche. Sie wandte den Blick ab.

»Es müsste gerecht zugehen. Dir müssten sie die Eier abschneiden«, sagte sie.

Die Worte trafen ihn wie ein Schlag. Er bewegte die Lippen, brachte aber kein Wort heraus, und so ging er. Sie sah ihm hinterher, seinem großen, breitschultrigen Körper, der wohlbehütet in einem eleganten Sommeranzug steckte. Er musste den Blick gespürt haben, denn er rückte ungeschickt den Hut zurecht und verschwand um eine Ecke.

Im Haus war es leise, kühl, dunkel. Im Büro war es hell, immer überheizt und voller Menschen. Im Büro sprühte er vor Energie, er sprach schnell und laut, ging mit federnden Schritten und wusste, was er wollte. Zu Hause lief die Zeit langsamer, und alles andere verlangsamte sich mit ihr. Zu Hause ließ er den Bauch hängen, seine Füße wurden schwer, er verstummte; es gab niemanden, mit dem er sich hätte unterhalten, dem er hätte Befehle erteilen können, die alten Möbel kannten die ganze Wahrheit. Die Grenze zwischen dem Haus und dem Büro verlief irgendwo auf dem Markt, sie folgte den Ritzen zwischen den alten Steinplatten, und jeden Tag musste er sie zweimal überschreiten. Dieses tägliche Überschreiten der Grenze wurde irgendwie schmerzlich, deshalb hatte er angefangen, diesen Augenblick hinauszuzögern und trank in der Kneipe regelmäßig einen Wodka. Zuerst wollte er ins Lido gehen, denn die Kneipe lag auf seinem Weg, aber er sah ein, dass er das um seiner selbst willen nicht tun konnte, er konnte sich nicht an diese laminierte, ewig feuchte Theke setzen, zwischen ungewaschene Männer aus den Vororten, und den Geruch von Bier und Billigzigaretten einatmen. Deshalb ging er ins Basztowa, das um diese Zeit meistens noch leer war. Hier kannte ihn die ältliche Kellnerin und setzte ihm, ohne dass er bestellen musste, ein Glas Wodka und Sahnehering vor. Dort saß er und sah durch das Fenster auf die verschlafene Kleinstadtstraße hinaus. Er wollte sich nicht belügen: Es war Agni, die er unter den Passanten suchte. Er überlegte, was sie wohl tat, wenn sie nicht bei ihm war. Existierte sie überhaupt irgendwo, hatte sie ihr Bett, einen Schrank, in dem diese komische Hose hing, ein Badezimmer, in dem ihre Zahnbürste wohnte. Er wusste nicht einmal, wie sie mit Nachnamen hieß. Er hätte es herausfinden, es erfragen können, die Stadt war ja nicht groß, und alle kannten sich hier mehr oder weniger.

»Wer bist du? Woher kommst du? Hast du Eltern?«, fragte er sie abends, wenn sie sich trocken und glatt wie eine Eidechse an ihn schmiegte.

Was immer sie antwortete, er wusste, dass es Ausflüchte waren. Sie war ihm fremd, wie aus anderem Holz geschnitzt, und ihre Fremdheit brachte ihn zur Raserei.

»Und wer bist du?«, fragte sie zurück. »Woher kommst du? Wo sind deine Eltern?«

Er hatte noch nie einem Menschen so gern von sich erzählt. Er nahm für sich selbst in seinen Erzählungen Gestalt an und stellte überrascht fest, dass er immer Opfer von Zufällen, unglücklichen Umständen und Umwälzungen gewesen war. Darüber dachte er nach, wenn er im Basztowa saß und seinen kleinen Wodka trank. Diese Gespräche im Bett, wenn sie vom Sex erschöpft zusammenlagen, waren eine andere Art von Liebe, er würde sogar sagen, eine vollkommenere Liebe. Man brauchte keine Koketterie, keine Listen und Schöntuerei. Man brauchte nur in sich irgendwelche Schleusen, Riegel und Dämme zu öffnen und dem Strom der Worte freien Lauf zu lassen. Und diese wussten schon, was sie zu tun hatten, zu welchen Sätzen sie sich fugen, welche Geschichten sie bilden mussten. Er war ihr dankbar dafür, dass sie dalag und zuhörte. Oder hörte sie vielleicht gar nicht zu? In dem Fall brauchte er nur ihre Anwesenheit, ihren jungenhaften Körper, der in den Kissen versank, ihren gleichmäßigen heißen Atem und ihren Geruch nach frisch gepflückten Gurken. Einmal maß er mit den Händen ihre Taille, und als er das nächste Mal seine Frau in Wroclaw besuchte, kaufte er Agni einen modischen Faltenrock mit einem breiten Gürtel. Man sah, dass sie sich darüber freute, denn sie betrachtete den Rock lange und studierte jede Einzelheit seines Schnitts, als sehe sie so etwas zum ersten Mal. Als sie ihn anprobierte, band sie sich die Haare zu einem Pferdeschwanz. Und so sah er sie dann durch das Fenster der Kneipe. Sie lief die Straße entlang, der graue Rock wehte um ihre langen Beine. Als er bezahlt hatte und hinausging, war sie verschwunden. Aber er wusste ja, dass sie am Abend kommen würde, wie jeden Tag.

Am Tag nach der Operation besuchte er seine Frau. Ihre graue Blässe jagte ihm einen Schrecken ein, und zum ersten Mal kam ihm der Gedanke, dass sie sterben konnte. Es wäre nicht anständig von ihr, jetzt zu sterben, in dieser Verwirrung und diesem Schweigen. Er bekam richtig Angst, dass sie das tun könnte, dass sie ihn in diesem gefährlichsten Augenblick verließe, da die eine Haut schon abgefallen, die neue aber noch nicht nachgewachsen war. Er hielt ihre Hand und rief sie beim Namen, bis sie die Augen aufschlug. Sie lächelte schwach, und dieser Anblick rührte ihn so, dass er fast angefangen hätte zu weinen. Er hätte sich sogar die Tränen gestattet, wenn sie allein gewesen wären, aber nur einen Meter entfernt stand das nächste Bett, und dahinter standen weitere Betten und auf jedem Bett lag der Körper einer Frau, ein empfindlicher, anfälliger Mechanismus, der kaputtgegangen war, dazu geschaffen, die Generationen durch die Zeit zu tragen, ein zerbrechliches Boot, das vom einen Ufer der Nacht zum anderen fährt und Menschen ausstößt. Deshalb biss er sich auf die Lippen, und nur sein Blick war einen Moment lang von Tränen verschwommen.

»Wie kommst du zurecht?«

Sie nickte beruhigend.

»Sie haben mir wohl alles herausgeschnitten.«

Unwillkürlich wanderte sein Blick zu der Stelle der Decke, unter der ihr Bauch war. Aus irgendwelchen Gründen erwartete er, dort eine Mulde zu sehen. Er küsste ihre weiße, langfingrige Hand. So blieb er eine Weile bei ihr sitzen, dann kam die Visite, und er musste gehen. In zwei Tagen würde er wiederkommen, sagte er.

Und an diesem Tag kaufte er den Rock für Agni.

Es war unmöglich, die Gedanken an die Zukunft zu unterdrücken, die ihm dauernd durch den Kopf schwirrten. Er malte sich aus, dass sie stürbe, er und Agni würden dann dieses abseits gelegene Haus aufgeben und vielleicht nach Oberschlesien oder nach Warschau gehen. Dort fände er ohne Probleme eine neue Arbeit, und Agni könnte studieren. Zum Beispiel Architektur. Er würde ihr schöne Kleider kaufen, und sonntags würden sie über den Nowy Swiat spazieren, und die jungen Männer würden sich nach ihr umdrehen.

Aber auch wenn sie nicht stürbe, würde er sie schließlich verlassen. Einfach verlassen würde er sie.

Und so merkwürdig das auch war, trotz der Entfernung zwischen ihnen hatten beide dieselben Träume. Sie wollte auch sterben. Das war ihre Hoffnung, es wäre die beste Lösung. Der Gedanke, in das große, kühle Haus zurückzukehren, morgens aufzustehen, um zur Apotheke zu gehen und auf dem Rückweg einzukaufen, im Garten Blumen umzupflanzen, auf dem Klavier zu klimpern und bis in alle Ewigkeit in Zeitschriften zu blättern, verursachte ihr körperliche Schmerzen. Sie sehnte sich nur nach Agni. Würde sie den Mut haben, ihm zu sagen, was sie mit ihr gemacht hatten, dass sie innen leer wie eine Hülse war, und würde er den Mut haben, in diese Leere einzudringen, die jetzt in ihr war? Die Wunde in ihrem Bauch schmerzte, die Nähte wollten nicht heilen, sicher deshalb, weil in ihren Gedanken der Tod blühte. Auch er könnte ja sterben, sein Dienstauto könnte vor einen Baum prallen, oder er könnte im Werk in Blachobyt einen Unfall haben. Sie hatte keine Schuldgefühle bei diesen Gedanken. Ihr Gewissen war jetzt auf ihrer Seite. Dann hatte sie eines Nachts einen Traum von den Zwillingen in ihren gestreiften Lagerkitteln. Sie zeigten ihre großen Narben, die sie auf dem Bauch hatten. »Sie haben Experimente mit uns gemacht«, sagten sie. »Alles haben sie uns rausgeschnitten: Herz, Leber, Lunge, aber uns stört das nicht.« Nach diesem Traum begann sie zu genesen.

Als sie noch im Krankenhaus lag, mietete er am Stadtrand ein kleines feuchtes Zimmer mit einem getrennten Eingang, den man über einen von Hühnerkot verdreckten Hof erreichte. Die Wände des Zimmers waren grün mit einem unregelmäßigen weißen Muster. Ein Eisenbett mit einer verfleckten Matratze stand darin, ein Tisch und zwei Stühle. An der Wand hing Jesus, auf einem Boot predigend. Dort traf er sich mit Agni, aber er brachte es nicht fertig, mit ihr zu schlafen. Er wusste selbst nicht, warum. Verzweiflung überkam ihn, er hatte Angst, mit alledem nicht zurechtzukommen, in eine Situation geraten zu sein, aus der es keinen Ausweg mehr gab. Er drückte sich an die kleinen Brüste des Mädchens und weinte. »Ich möchte, dass sie stirbt«, sagte er plötzlich laut und erschrak beim Klang seiner Stimme. Agni schob seinen Kopf zurück, sodass sie ihm ins Gesicht sehen konnte. Ihre klaren jungen Augen kamen ihm begehrlich vor. Irgendwoher kannte er diesen Blick. »Was hast du da gesagt? Sag das noch einmal.« »Ich möchte, dass sie stirbt«, wiederholte er gehorsam.

Ihr Körper war unglaublich biegsam, er erinnerte ihn an einen Seidenschal, in den man sich einhüllen konnte. Er konnte sich in die wunderbare Agni hüllen, in ihren Aprikosenkörper. Sie war wie Wasser, wenn sie wollte, konnte sie ihm immer entschlüpfen, sich entziehen. Er würde sie nie einholen, fangen, festhalten können. Es war ein Wunder, wenn sie innehielt und über ihn floss. Er trank sie, bis er sich verschluckte.

Er verglich sie mit niemand, sie ließ sich mit niemand vergleichen, aber manchmal, wenn er plötzlich aus einem tiefen Schlaf erwachte, meinte er, neben seiner Frau zu erwachen. Panisch versuchte er sich auf ihren Namen zu besinnen, der ihm einfach nicht mehr einfallen wollte. Und dann entdeckte er erleichtert, dass er bei Agni war, und wieder konnte er sich nicht genug über ihre Biegsamkeit wundern. Seine Frau war ein hartes Gefäß, eine tönerne Amphore. Bei der Liebe musste er sie drehen und zurechtlegen, er musste über sie verfügen. Sie war mager wie ein Zweig, sie hatte kleine Splitter. Das Vergnügen, das er an ihrem Körper fand, war letzten Endes immer schmerzlich und mechanisch. Früher hatte er es nicht gewusst, er dachte, so müsste es sein, aber da kannte er Agni noch nicht.

Agni war ein Wunder.

Er wollte sie festhalten, wenn er nur irgendwie konnte. Sie schliefen immer so, dass er sie dabei berührte. Wenn sie am Tisch saßen, streifte er immer wieder mit dem Zeigefinger über ihre Hand, als wollte er ihr bedeuten, hier bist du, rühr dich nicht, hier bleibst du. Er hörte gerne zu, wenn sie in der jämmerlichen kleinen Kochnische der Wohnung sich betätigte, das Klirren von Glas, das Scharren des Teekessels auf der Herdplatte, ihre Schritte. Er hatte es gern, wenn die Geräusche irgendwo hinter ihm ertönten, denn sie waren wie eine Stütze, wie eine Mauer, die ihn hielt, wie eine gefahrlose Grenze der Welt. Aber sie verbreitete um sich zu wenig von diesem sicheren, gewöhnlichen Lärm. Sie war klein und leicht, ihre bloßen Füße bewegten sich immer geräuschlos über den Holzboden. Schrei doch, sagte er zu ihr, wenn sie sich liebten. Schrei. Aber selbst sein Samen füllte sie nicht so, wie es sein müsste. Er hatte das Gefühl, er fließe nur durch ihren Körper und versickere dann im Bettzeug.

Als seine Frau aus dem Krankenhaus zurückkam, tauchte Agni nicht mehr auf. Das machte ihn verrückt. Er stahl sich aus dem Haus und irrte durch die kleine Stadt, wagte aber nicht, die Leute nach ihr zu fragen. Ihm kam der Gedanke, dass ihr vielleicht etwas zugestoßen war, vielleicht war sie in Schwierigkeiten oder hatte einen Unfall gehabt. Täglich las er die Lokalzeitung, aber von Agni stand nie etwas darin. Er saß im Basztowa, gleich am Fenster, trank einen Wodka nach dem anderen und betrachtete die jungen Mädchen. Einmal meinte er sogar, sie zu sehen. Er stürzte hinaus, war aber zu betrunken, um sich zu entscheiden, wohin er sich wenden sollte. Er ging auf die Toilette, um zu weinen. Die gemietete Wohnung hielt er noch ein Jahr und hinterließ für Agni Zettel an der Tür, aber sie vergilbten in der Sonne, und die Schrift verblasste. Er meinte, es nicht überleben zu können, er hatte das Gefühl, von innen her zu sterben, das war das Ende. Sein Haus würde sterben, zusammen mit seiner Frau, diesem traurigen beweglichen Gegenstand, die Zeit würde sterben.

»Ich weiß, ich bin eine giftige Alte geworden«, sagte seine Frau. »Und das liegt nur daran, dass ich keine Kinder haben konnte.« Sie wusste aber, dass das nicht stimmte. Mit ihm konnte sie keine Kinder haben. Mit Agni hätte sie Kinder haben können, wenn er zurückgekommen wäre. Aber Agni war verschwunden. Als sie mit ihrem leeren Bauch aus dem Krankenhaus kam, zog sie ihren Pelz an, log, dass sie zur Schneiderin gehen wollte, und wanderte durch die leeren eisigen Straßen der kleinen Stadt, starrte durch die Fenster in Wohnungen und Lokale. Mit den

Blicken verfolgte sie jede männliche Gestalt. Manchmal ging sie in ihrer Verzweiflung in die Vororte, wo keine Straßenlampen mehr brannten, wo es dunkel und feucht war und der stinkende Fluss strömte. Sie lehnte die Stirn an einen Zaun oder einen Baum und sagte Agni, Agni, Agni, als müsste sie den Namen täglich soundsoviele Male aussprechen, als müsste sie ihn einatmen. Agni, Agni, Agni, sagte sie, und dann wartete sie im Vertrauen darauf, dass diese Wiederholung Zauberkraft besaß, den Raum und vielleicht sogar die Zeit überwände und schließlich Agni ihr wieder zuführen würde. Sie stellte sich vor, wie der Name aus ihrem Mund flog, zischend über den Horizont hinwegsauste und irgendwo auf den geliebten Kopf hinabfiel, sich in seinen Haaren verfing und den Jungen hierher, zu ihr führte. Manchmal kamen späte Passanten an ihr vorbei. Sie mussten meinen, dass sie betrunken vor sich hin lallte. Manchmal sprach jemand sie an, deshalb hatte sie immer den Kragen hochgeschlagen, um ihr Gesicht zu verbergen, schließlich kannte sie ja jeder.

Sich der Lächerlichkeit preiszugeben aus Liebe zu einem hergelaufenen Jungen, einem jungen Mann, der sich seit einem Jahr die Haare nicht geschnitten hatte. Sich der Lächerlichkeit preiszugeben aus Liebe. Lächerlich zu sein, weil besessen von einem Gefühl, das nur dann Sinn hat, wenn man es von innen sieht, aus der Tiefe dieses Grabes, das ein jeder Mensch ist. Lächerlich, weil von außen unverstanden. Lächerlich, weil sie Verwunderung gemischt mit Mitleid weckte. Sich mit der eigenen Lächerlichkeit abzufinden. Anzeigen aufzugeben. Leute auf der Straße anzusprechen, sie am Ärmel zu zupfen und zu fragen: »Haben Sie vielleicht jemanden gesehen, der …« An Autobushaltestellen herumzustehen, vor Gymnasien und Wohnheimen. Einen finster blickenden

Polizisten zu bitten, alle seine geheimen Daten über die Leute nachzuprüfen. Immer wieder Leichenschauhäuser zu besuchen. Paare auseinanderzureißen, die sich im Park küssten, und sich immer zu irren und um Entschuldigung bitten zu müssen. Brust und Bauch mit Babyöl einzuschmieren. Sich zärtlich mit der eigenen Hand zu berühren und einzubilden, es sei seine Hand. In der Küche zu weinen, beim Geschirrspülen, beim Brotschneiden, bei einem banalen neuen Schlager für simple Gemüter: »Und plötzlich gingst du fort, und ein Windstoß trieb ein Blatt dir vor die Füße …«

Sie schlief, und wenn sie aufwachte, dachte sie darüber nach, wie sie sich umbringen konnte. In den Tunneln ihrer Trauer erwog sie alle Möglichkeiten, angefangen vom Sprung vor einen Zug bis hin zum Gastod mit dem Kopf im Backofen. Aber sie machte nie einen wirklichen Versuch. Einmal fiel ihr eine Handvoll Messer hin, die sie abgetrocknet hatte und in die Schublade legen wollte. Sie hockte sich hin, um ihre Klingen zu betrachten, sie lagen alle überkreuz. Da es aber nun so ist, dass jedes, auch das kleinste Ding Teil eines größeren ist und diese größeren Dinge wiederum ein Element der großen, mächtigen Abläufe sind, muss jedes auch noch so kleine Ding eine Bedeutung haben, die am allgemeinen Sinn Anteil hat. Oder nicht? Was also hat es zu bedeuten, wenn Messer überkreuz auf dem Küchenfußboden liegen? Und weshalb sind sie so gefallen, dass sie überkreuz liegen, warum sind sie nicht so gefallen, dass sie in sanften Abständen liegen, in besänftigenden Abständen voneinander?

Von nun an warf sie jeden Tag eine Handvoll Messer auf den Boden und dachte sich eine Prophezeiung dazu aus. Die Klingen zogen sich immer gegenseitig an, in ihrer den Menschen unbegreiflichen Messerwelt wollten sie sich aneinanderschmiegen oder miteinander kämpfen, als gäbe es keine andere Lösung.

Nach einiger Zeit kehrte sie zu ihrer Arbeit in der Apotheke zurück, denn ihr Krankenurlaub war zu Ende, und wenn sie eine freie Minute hatte, studierte sie die Regale mit den Giften. Ein paar Jahre später, als sie pensioniert wurde, wandte sie sich wieder den Zeitschriften zu und bestellte bei der Schneiderin stahlgraue Kostüme, eines wie das andere, Uniformen.

Wie sieht die Welt aus, wenn das Leben nur noch Sehnsucht ist? Sie sieht papieren aus, zerkrümelt zwischen den Fingern und zerfällt. Jede Bewegung betrachtet sich selbst, jeder Gedanke betrachtet sich selbst, jedes Gefühl fängt an und hört nicht auf, und zum Schluss wird der Gegenstand der Sehnsucht selbst papieren und unwirklich. Nur das Sehnen ist wahrhaftig und macht abhängig. Dort zu sein, wo man nicht ist, das zu haben, was man nicht besitzt, jemanden zu berühren, den es nicht gibt. Dieser Zustand ist vom Wesen her schwankend und in sich widersprüchlich. Er ist die Quintessenz des Lebens und ist gegen das Leben. Er dringt durch die Haut in die Muskeln und Knochen, die von da an nur noch schmerzlich existieren. Nicht schmerzen, sondern schmerzlich existieren, das heißt, dass der Schmerz die Basis ihrer Existenz ist. Vor dieser Sehnsucht kann man nicht fliehen. Man müsste dafür dem eigenen Körper entfliehen, aus sich selbst hinaus. Soll man sich betrinken? Wochenlang schlafen? Sich bis zur Besessenheit in Aktivität verlieren? Unausgesetzt beten?

Das alles taten sie beide, aber jeder für sich. Nach außen hin wirkten sie wie normale Leute, die so lebten wie alle anderen. Vielleicht leben ja auch alle anderen so.

Mit den Jahren ändert sich alles außer dieser Sehnsucht. Die Haare fallen aus, das Papier vergilbt, am Stadtrand entstehen neue Häuser, man trägt andere Kleidung, die Armen werden reich und die Reichen arm, alte, einsame Nachbarinnen sterben, Kinderschuhe werden zu klein.

Sie waren jetzt so anders geworden, dass sie ihre Namen hätten ändern können. Sie hätten aufs Amt gehen können, um ein Gesuch zu schreiben: Wir sind nicht mehr die, die wir waren. Wir beantragen eine Änderung unserer Personalien. Oder etwas in dieser Art. Welchen Sinn haben die Einwohnerregister, wenn die Menschen sich verwandeln und ändern? Warum trägt ein Kind denselben Namen wie ein Erwachsener? Warum heißt die geliebte Frau noch genauso, wenn sie betrogen und verlassen worden ist? Warum tragen Männer noch denselben Namen, wenn sie aus dem Krieg heimkehren, und warum ruft man den Mann, der seine Kinder schlägt, bei demselben Namen, bei dem man ihn gerufen hat, als er ein Kind war, das von seinem Vater geschlagen wurde?

Und dabei sieht es von außen so aus, als sei nichts geschehen, weder zwischen ihnen noch um sie herum, als wäre die Welt eingeschlafen und erbebe nur von Zeit zu Zeit von einem flüchtigen Alptraum. Eine Zeit lang fürchteten sie sich noch vor dem Klingeln des Telefons am frühen Morgen oder am späten Abend und vor den Briefen, die die ständig wechselnden Postboten brachten. Irgendwo auf der Grenze zwischen Traum und Wachen glaubten sie sicher noch, Agni würde sich melden, plötzlich und unverhofft wie ein Blitzschlag. An Ikonen wie Agni vermag die Zeit nicht zu rütteln.

Sie sagten nie wieder zueinander: »Ich liebe dich.« Denn die Liebe war zu einem versteckten Leiden geworden. Sie redeten über nichts miteinander, was über die täglichen Einkäufe und die jährlichen guten Wünsche zu Weihnachten hinausging. Sie kamen spät von der Arbeit nach Hause, nachmittags ging er zum Bridge und sie zur Kirche, manchmal schmiegten sie sich noch nachts aneinander, aber nicht aus Zärtlichkeit, sondern wegen der Kälte, denn das Haus war alt und ließ sich nur schwer heizen. Dafür tauchte in ihrem Vokabular eine neue Wendung auf, vor allem, wenn es irgendwelche Probleme gab: »Wir halten zusammen.« »Wir halten zusammen.« Das sagten sie immer wieder zueinander, und es hörte sich an wie ein Fluch.

»Und was ist mit ihnen geschehen?«, fragte R. unmittelbar vor der Mondfinsternis.

Sie verfielen in den Alltagstrott mit dünnem Tee am Morgen, dem Ritual des Zeitungsholens, leeren Gebeten, nachmittäglichem Schauen aus dem Fenster, dem Gang zum Markt, wo der Salat billiger war, wenngleich es sich nur um ein paar Pfennige handelte, dem allabendlichen Aufziehen des Weckers, dieser Knechtung des unschuldigen Mechanismus zur Messung der Zeit, als sollten sie wirklich für etwas Wichtiges geweckt werden. Sie ließen sich vom Leben unterwerfen, sodass sie nicht in der Lage waren zu sterben, obwohl sie das schon längst hätten tun sollen.

Nach vielen Jahren kam sie zur Besinnung und wurde krank. Zuerst brach sie sich die Hand, und zwar die Rechte, sodass sie nicht mehr kochen und nicht einmal mehr die Krümel vom Tischtuch wischen konnte. Er übernahm ihre Pflichten, und es war, als habe er sie gestohlen. Sie saß in ihrem Sessel mit Blick aufs Fenster, hatte die Hand auf ein kleines Tischchen gelegt, und es sah aus, als sei sie der ganzen Welt böse. Sie konnte laufen, lief aber nicht. Sie konnte sprechen, sprach aber nicht. Sie stöhnte immer, und dieses Gejammer brachte ihn zum Wahnsinn. Wenn er an dem runden Tisch eine Patience legte, sah er ihren weißhaarigen Kopf über der Lehne und hörte dieses weinerliche »ach, ach, ach«. Wahrscheinlich hasste er sie.

Sie sah noch ihre Lieblingssendung, aber er hatte sich ein Fernsehquiz auf dem anderen Programm ausgesucht, das er sehen wollte. Das erwähnte er jeden Tag.

»Auf dem zweiten läuft jetzt das Fernsehquiz.«

Und sie antwortete wütend:

»Aber hier läuft meine ›Marianne‹.«

Er schwieg und ging in die Küche. Dort klapperte er mit dem Teekessel oder der Bratpfanne, denn er hatte Lust auf etwas Süßes, konnte aber nur Pfannkuchen machen.

Eines Tages sagte er wieder: »Auf dem zweiten kommt jetzt das Fernsehquiz«, und plötzlich antwortete sie: »Dann schalt um.«

Er tat es vorsichtig und ungläubig, und dann achtete er eigentlich gar nicht auf die Sendung mit den beiden konkurrierenden Familien, sondern blickte sie die ganze Zeit nur verstohlen an. Sie starrte genauso auf den farbigen Bildschirm, wie sie auch aus dem Fenster sah, gedankenlos und unaufmerksam.

Dann musste er sie auf die Toilette setzen. Mit der einen Hand stützte er sie ab, mit der anderen zog er ihr die Strumpfhose und Unterhose bis auf die Knie und hielt sie dann am Arm fest. Er musste ihr auch den Hintern abwischen. Nie sah sie ihn an, nie dankte sie ihm, als sei das selbstverständlich.

Sie schliefen immer noch in dem großen Ehebett, aber

sie suchten nicht mehr die Nähe des anderen. Im Gegenteil, sie rückten weit voneinander ab, denn ihre Körper hielten sich selbst warm und brauchte keine fremde Wärme. Manchmal jammerte sie in der Nacht, ihr sei kalt, aber wenn er ihr einen Pullover überziehen wollte, wehrte sie sich. Die eingegipste Hand drückte eine Kuhle in die alte Matratze. Wie sollte er ihr helfen, wenn sie sich nicht rühren wollte? Irgendwann griff er im Halbschlaf nach der Rolle mit Küchenpapier, riss das Papier in kleine Stücke und ließ ihr die weißen Flocken auf die Arme und den Ausschnitt rieseln. Er wusste nicht, warum er das tat. Am Morgen musste er die Papierfetzen aus dem Bett holen, zerdrückt, verschwitzt und vom unruhigen, schmerzenden Schlaf zerfetzt.

Aber das Wichtigste geschah ganz von allein, es vollzog sich im Untergrund ihres gemeinsamen Lebens. Sie wurde wirr im Kopf. Sie vergaß Worte, Namen, Begebenheiten. So fragte sie ihn zum Beispiel unvermittelt: »Habe ich das Essen schon gekocht?« Er antwortete, dass er doch jetzt koche. »Ach ja«, sagte sie traurig. »Im Kühlschrank sind nämlich diese Tierchen mit den kurzen Beinen.« Er ging in die Küche und kicherte, erschrocken und befriedigt zugleich, dass ihr das passierte, dass sie kindisch wurde. Er öffnete das Gefrierfach, in dem zusammengepresste, blutleere Hühnerkörper lagen. Oder sie zeigte mit der gesunden Hand auf den Bildschirm und behauptete: »Der junge Mann da, der war gestern in der Werkstatt.«

»In welcher Werkstatt?«, fragte er.

Aber der Gedanke war ihr schon wieder entfallen, folgenlos für sie, für ihn und für die Welt.

Im letzten Jahr sind sie beide gestorben, auf die gewöhnlichste Art und Weise, nacheinander. Man konnte nichts mehr für sie tun.

## *Mondfinsternis*

Ende September, das war eine psychedelische Zeit mit durchsichtigem Frühnebel und langen Abendschatten. Das Gras, das wir im Mai gesät hatten, war gewachsen. Aber es war zu viel geworden, denn wir hatten den besten Augenblick verpasst, und die männlichen Pflanzen hatten ihre Samen verstreut und dafür gesorgt, dass die weiblichen Pflanzen schwanger wurden. Jetzt musste man die Samen mit der Pinzette aus den ausgetrockneten Spitzen ziehen. Die ganze Kraft der Pflanze ging in diese Samen. Man musste sie lang rauchen, ganze Pfeifen voll. Erst dann merkte man, wie es die Gedanken zerstückelte, sie in Abschweifungen aufspaltete, Bedeutungen zerschnitt, von denen es so viele gab, dass man Angst bekommen konnte.

Zur Mondfinsternis bekamen wir Besuch. Wie im Sommer war auch jetzt die Wiese voller Autos. Kinder liefen herum. Gläser klirrten. Die Stühle, die wir auf die Terrasse getragen hatten, kratzten. Der Computer ließ die Kinder schließlich zur Ruhe kommen, mit seinem Leuchten raunte er ihnen eine schweigsame Geschichte zu.

Der Mond ging über Martas Haus auf, und das hieß, dass es schon Herbst war. Einen Augenblick lang wurde er von einer Wolke verdeckt, und als diese davonzog, war er nicht mehr derselbe wie vorher, auf seinem tellerartigen Gesicht sah man jetzt einen runden Schatten, erst schmal, dann immer größer. Alles geschah viel zu schnell, der Joint hatte kaum die Runde gemacht. Dann verschwand der Mond, er hinterließ nur ein braunes Loch im Himmel, einen ausgebrannten Kreis. Ein ungläubiges Schweigen stellte sich ein, es dauerte nicht lange, ein paar Sekunden, eine Viertelminute, so lange wie das Dunkel auf dem Gesicht des Mondes währte. In diesem kurzen Augenblick leuchteten die Sterne auf, der Himmel war übersät damit. Sie waren uns noch nie so hell erschienen. Sie fügten sich zu sinnvollen Bildern, zu Ziffern, Symbolen, geometrischen Figuren und sogar Straßenschildern. Man konnte sie nach Belieben deuten. Man konnte in ihnen Comicgeschichten lesen, an die das Denken gewöhnt war: der entfesselte Prometheus, Andromeda, die Locke der Berenike weht, die Laute des Apollon schwebt im Raum und klingt vor Sehnsucht nach menschlichen Fingern. Man könnte sie für einen in Brailleschrift geschriebenen Text halten, für einen Endloscode oder für einen Computerbildschirm mit vieldeutigen Ikonen. Hätten wir nur eine große Maus gehabt, eine Supermaus, um auf eine dieser Ikonen zu klicken, dann hätten sich andere Himmel aufgetan, die uns verblüfft und in Bann geschlagen hätten wie das Computerspiel die Kinder. Wir würden damit spielen können, es würde unsere Aufmerksamkeit fesseln und uns den Schlaf rauben. Wir wären darin andere Menschen, Unglaubliches würde uns widerfahren ebenso wie Gewöhnliches. Wir würden, wie das im Spiel so ist, Hunderte von Malen sterben, und hätten immer wieder ein neues Leben in Vorrat, eine neue in Raum und Zeit aufgehängte Karte für Wanderungen zwischen Dunkel und Licht.

Dann leuchtete der Mond wieder auf. Zuerst erschien ein schimmernder Rand, ein bläulicher Fingernagel. Die Gläser klirrten wieder, und der Joint glomm auf. Wir klatschten in die Hände.

Dann ging ich durch das feuchte Gras zu Marta. Sie hockte vor ihrem Herd und legte Holz auf, um Feuer zu machen. Ihr Hahn trippelte um sie herum, noch ahnte er nichts von seinem baldigen Tod. Er sah mich misstrauisch aus seinem purpurroten Auge an. Er kam mir wie ein wunderlicher schweigsamer Mensch in einem Federkostüm vor.

»Schläfst du noch nicht?«, fragte ich.

»Wenn man den ganzen Winter schläft, hat man genug Schlaf«, sagte sie, oder besser gesagt, das meinte ich zu hören, denn so erging es mir immer mit dem, was Marta sagte.

Sie begann Brot zu schneiden, ein paar Scheiben, einen halben Laib. Ich bemerkte, dass sie seit dem Frühling zugenommen hatte. Sie bestrich das Brot mit Butter und streute Salz darauf. Eine Scheibe gab sie mir. Plötzlich war ich hungrig, ich meinte, die ganze Nacht essen zu können, ohne irgendetwas zu schmecken; diesen schrecklichen Hunger, nachdem man Gras geraucht hat, kann nur der Schlaf stillen.

»Du bist irgendwie komisch«, sagte Marta plötzlich und stand auf. »Geh schlafen.«

»Nein. Zeig mir deinen Keller.«

»Er ist genauso wie deiner.«

»Das ist egal. Ich möchte ihn sehen.«

Ich dachte, sie würde Nein sagen, sich herauswinden, das Thema wechseln. Aber sie nahm die Taschenlampe, die ich ihr geschenkt hatte, vom Regal und öffnete die Tür zum Keller.

Der Keller war so ähnlich wie unserer, ungleichmäßige Steinstufen, die feucht schimmerten. Dann festgetretene Erde, Lehm, weicher als Stein und wärmer. Über dem Kopf hatte man die niedrige gewölbte Decke, eine größere Person müsste sich bücken. Die Wände aus roten Felsbrocken, die passend aufeinandergefügt waren, die Knochen des Hauses. Marta beleuchtete die gegenüberliegende Wand, und ich sah ein kleines Fenster, das mit

Stroh zugestopft war. Unter dem Fenster befand sich ein Lager, es war nicht einmal ein richtiges Bett. Eine offene Holzkiste, in die ein Mensch passte, sie stand auf vier Steinen, sodass sie keinen direkten Kontakt mit dem Boden hatte. Marta hatte sie mit Strohsäcken und Schafsfellen ausgelegt, die sicher von Jasiek Bobol stammten. Am Fußende lag ein Stapel ordentlich zusammengefalteter Decken, Überwürfe und Plaids. Das Licht der Taschenlampe fiel in die Ecke, auf einen Haufen Kartoffeln.

»Die Kartoffeln sind fürs Frühjahr«, sagte sie.

Meistens sagt man »Kartoffeln für den Winter«. Aber Marta sagte »Fürs Frühjahr.«

Danach hatte ich einen Traum, in dem Marta zwei kleine Bündel auf dem Rücken hatte, die Flügel aus Haut waren. Sie streifte sich die Bluse von den Schultern und zeigte sie mir. Sie waren klein, noch angewachsen, verknittert wie Mottenflügel, und in ihnen pulsierte es leise. »So ist das also«, sagte ich, denn ich war überzeugt, dass diese Flügel alles erklärten.

Dieser Traum fiel mir wieder ein, als wir zusammen zu dem Laden mit Gebrauchtkleidung in Nowa Ruda gefahren waren und Marta einen Pullover anprobierte, der genauso aussah wie der, den sie schon hatte: Er war grau, wurde vorne geknöpft, und die Knopflöcher waren ausgeleiert. Sie stand vor dem Spiegel, ich wollte etwas zurechtrücken und berührte dabei ihre Schultern. Diese Berührung öffnete den Traum. Der ganze Traum lag in dieser einen Berührung, er durchrieselte mich und vibrierte. Marta zog ihre ohnehin eingefallenen Wangen ein und drehte sich vor dem Spiegel, sie hatte dabei etwas von einem jungen Mädchen an sich. Ich betrachtete ihren leicht schiefen Rücken.

Ich war betroffen, als hätte ich plötzlich ein großes Geheimnis entdeckt, als sei mit dieser Berührung von Martas grauem Pullover ein fremdes Licht durch mich gefahren, scharf und rücksichtslos wie ein Laserstrahl. Betroffen hängte ich den Pullover wieder zurück. »Wozu brauche ich einen solchen Pullover? Mir ist, als hätte ich alle Pullover der Welt schon einmal angehabt«, sagte Marta lächelnd. Ich half ihr, ins Auto zu steigen und sich anzuschnallen.

Wir fuhren über die Serpentinenstraße durch die Berge, an feuchten Dörfern und sonnigem Brachland vorbei, auf dem diese riesigen, duftenden Pflanzen mit dicken Stängeln wuchsen, die man in Nowa Ruda »kosmischen Dill« nennt. Die mächtigen Blätter wehten im Wind wie Flügel.

»Das sind die einzigen Pflanzen, die im Winter in die warmen Länder fliegen«, sagte Marta und lachte.

## *Martas Erwachen*

Ich konnte mir denken, woher Marta kam. Warum sie im Winter für uns nicht existierte, aber im Vorfrühling auftauchte, sobald wir ankamen und den Schlüssel im Schloss umdrehten, das von der Feuchtigkeit ganz eingerostet war.

Es konnte sein, dass sie im März aufwachte. Zuerst lag sie reglos da und wusste selbst nicht, ob sie die Augen aufgeschlagen hatte, so dunkel war alles ringsum. Sie versuchte nicht einmal, sich zu bewegen, denn sie wusste, dass sie erst mit dem Gehirn, aber nicht mit dem Körper aufgewacht war. Der Körper schlief noch, und es reichte ein kurzer Moment der Unachtsamkeit, um wieder in seine schläfrige Macht zu geraten und in die gewundenen Labyrinthe von Empfindungen zu gleiten, die genauso real waren wie das Liegen im Dunkel oder sogar noch realer, bunter und sinnlicher. Aber irgendwoher wusste Marta, dass sie aufgewacht war, dass sie woanders war als kurz zuvor. Zuerst nahm sie den Geruch des Kellers wahr, feucht und gefahrlos, ein Geruch nach Pilzen und feuchtem Heu. Dieser Geruch erinnerte an den Sommer.

Der Körper brauchte lange, um den Weg aus dem Schlaf zu finden, aber schließlich stellte sie fest, dass ihre Augen offen waren, denn in der Dunkelheit begannen sich unterschiedliche Schattierungen und Schärfen abzuzeichnen. Sie ließ den Blick über dieses mannigfaltige Schwarz gleiten, nach vorne und hinten, oben und unten. Erst später, viel später erkannte sie in einem heller werdenden Fleck das Tageslicht von draußen. Es schimmerte trüb und verschwommen vor ihren Augen durch den Strohballen im Kellerfenster. Das Licht erlosch und kam wieder, und dann fiel ihr ein, dass darüber ein Tag vergangen sein musste.

Erst da spürte sie die Kälte, sie kam von weither, vom Rand ihres Körpers. Sie ging der Kälte entgegen, bewegte die Zehen, oder zumindest meinte sie, die Zehen zu bewegen. Nach einiger Zeit antworteten ihre Füße, ihnen war kalt. Und so ging es weiter, nacheinander, Stück für Stück wachte der Körper auf, sie rief ihn wieder ins Leben wie bei einem Appell für Untergebene, und ihr Körper antwortete nach und nach mit jedem Körperteil: Hier! Hier! Hier!

Zweimal versuchte sie aufzustehen, aber beide Male lief ihr der Körper davon und fiel wieder auf das Holz, während sie meinte zu sitzen, obwohl sie wieder lag. Beim dritten Mal gelang es ihr, den Körper aufrecht zu halten, und sie fühlte sich nun relativ sicher darin. Schritt für Schritt legte sie den Weg zur Tür zurück und mühte sich mit der eisernen Klinke ab. Ihre Finger waren schwach wie Kartoffeltriebe im Frühling. Über die feuchte Steintreppe gelangte sie langsam in den Flur und von dort sah sie durch die Ritzen in der Tür das richtige Tageslicht. Sie musste die Hand vor die Augen legen.

Der Frost hatte sich durch die Mauern gefressen, und sie schwitzten jetzt wie ein kranker Mensch. Sie setzte sich auf den einzigen Küchenstuhl, der wie alles andere ringsum auftaute und seine Kälte an ihren Körper weitergab. Deshalb stand Marta mühsam wieder auf und zog die Wärmflasche aus der Schublade des Küchenschranks. Sie pumpte ein wenig Wasser hoch und drehte den Wasserhahn auf, ein trüber Strahl kam herausgeflossen, rötlich wie verdünntes Blut. Sie wusch ihr Gesicht und füllte einen kleinen Topf mit dem Wasser. Kurz darauf kochte das Wasser, und sie wärmte sich daran die Hände. Sie trank das Wasser in kleinen Schlucken, wie Medizin gegen den Tod, und spürte, wie sie langsam von innen auftaute, wie ihr Körper zum Leben zurückkehrte.

Am selben Tag ging Marta auch vors Haus. Die Eingangstür war immer noch feucht vom Frost des vergangenen Winters. Sie roch nach Pilz und Wasser. Wie alles. Im Garten lag hier und da noch Schnee wie schmutzige Pfannkuchen, die auf allen Seiten von der Sonne angenagt waren. Darunter kam das feuchte, verfaulte Gras hervor und die Reste von dem, was einmal Kapuzinerkresse, Matthiolen und Tausendschönchen gewesen waren.

Besorgt blickte sie zum Himmel auf, über den tief hängende Wolken jagten. Über dem Wald drang die Sonne durch die Wolkendecke. Und wie jedes Jahr wunderte

Marta sich, dass die Sonne bis über den Wald wandern konnte und jetzt lange Schatten warf, die dem Schnee Schutz gewährten. Sie ging zurück in den Flur und zog ihre Gummistiefel an, die feucht und kalt waren. Sie ging hinters Haus, durch den Garten und das Schlachtfeld, das der Winter und die Finsternis dort angerichtet hatten. Sie beugte sich über die Kohlköpfe, die im Herbst so schön und fest gewesen waren und sich jetzt in glitschige faule Haufen verwandelt hatten. Kein Rest war von den Sonnenblumen geblieben, von denen sie im Spätsommer wie jedes Jahr gemeint hatte, nichts sei imstande, ihre mächtigen Stängel und ihre Löwenköpfe mit den von der Sonne dunkelgebrannten Gesichtern kleinzukriegen. Der Zaun, an dem sie wuchsen, hatte sich, unterspült von dem allgegenwärtigen Wasser, zur Seite geneigt. Dann blickte sie auf ihren Obstgarten mit seinen alten Apfel- und Pflaumenbäumen. An dem Baum mit den süßesten Kirschen war ein Ast abgebrochen. Den üppigen grünen Garten mit dem hohen Gras und den Kissen aus Grün, an den sie sich vom Sommer erinnerte, gab es nicht mehr. Er erinnerte jetzt an einen Friedhof. Die kahlen Bäume waren die Kreuze, und die Streifen mit plattgedrücktem Gras die Gräber. So sah es aus. Und alles war vollgesogen mit Wasser, Feuchtigkeit und Schimmelpilzgestank. Marta hasste Feuchtigkeit genausosehr wie den Winter und die Dunkelheit. Wasser war unehrlich. Marta hatte das Gefühl, dass sie ihm von Angesicht zu Angesicht gegenübertreten könne, aber nur, wenn das Wasser sich auch als Wasser ausgab und nicht vorgab, etwas anderes zu sein. Wenn es in einem klaren Bach floss, konnte man es schöpfen, sich das Gesicht damit benetzen und es sogar trinken. Aber oft gab sich das Wasser als etwas anderes aus, es drang in Dinge und Pflanzen ein und wurde damit unsichtbar. Und dann legte es sich auf Gesicht und Pullover, überzog alles mit einer frostigen Schicht und tötete. Oder es hing in den Wolken wie die Strafe für die Ursünde.

Marta ging zurück zum Haus, denn die Kälte kroch ihr wieder in die Glieder. Sie blieb kurz auf der Treppe stehen, um das Tal zu betrachten.

Die Berge sahen monoton aus, fauliggrün und schwarz, auch sie hatten die Farbe von Wasser. Da, wo die Erde aus irgendwelchen Gründen kälter war, lag noch Schnee. Von den vier Kaminen stieß nur der von Soundso Rauch aus. Vor dem Frostschen Haus stand ein hellblaues Auto, zwei Leute unterhielten sich auf der Holzveranda. Ein Kälteschauer durchrieselte sie, sie kehrte in die Küche zurück und machte sich daran, den Ofen zu heizen.

## *Dachböden, Ordnungen*

Den ganzen Tag verbrachte ich damit, auf dem Dachboden Ordnung zu schaffen. Ich legte die Sommersachen in Schachteln und bedeckte sie mit Mottenkugeln, die Schuhe stopfte ich mit Zeitung aus und steckte sie in Papiertüten. Ich stellte fest, dass ich viele Kleider überhaupt nie getragen hatte, weil es keine Gelegenheit dazu gegeben hatte. Sie hingen auf der Stange im Schrank, aber trotzdem waren sie in diesen Sommermonaten gealtert. Ich sah, dass sie abgenutzt waren, in den Nähten verschlissen, weich und brüchig wurden, von sich aus und ohne mein Zutun alterten. Auch das war Schönheit, die Kehrseite des Reifens, eine Schönheit, die von selbst entsteht, ohne irgendwelche Hilfe, die das fotogenste

Gesicht der Zeit darstellt. Das Leder der Sandalen wird dunkel, weich und dehnt sich, die Riemchen leiern aus, die Schnallen rosten, die Farbe der Lieblingsbluse bleicht aus oder die Hemdärmel fransen an den Manschetten. Ich sah, wie sich Papier im Laufe der Zeit veränderte, es wurde steif und gelblich, als trockne es aus, als altere es wie ein Mensch, der steif und rau wird. Ich sah, wie Kugelschreiber sich leerschrieben und Bleistifte immer kürzer wurden, bis man irgendwann verwundert in dem kleinen Stummel den langen Bleistift vom letzten Jahr erkannte. Ich sah, wie Glas matter wurde, der beleuchtete Spiegel im Schrank, der von Jahr zu Jahr blinder wurde.

Aus irgendwelchen Gründen haben die Menschen nur einen Teil der Veränderungen, die sich vollziehen, ins Herz geschlossen. Sie lieben Wachstum und Werden, aber nicht das Schrumpfen und den Verfall. Das Heranreifen war ihnen immer lieber als das Verfaulen. Ihnen gefällt zunehmend das, was jünger, saftiger, frischer und unreifer ist. Das, was noch nicht fertig, noch eckig ist, das im Innern von der mächtigen Feder des Potenziellen angetrieben wird, von dem, was noch geschehen kann. Sie lieben immer das Davor, aber nicht das Danach. Junge Frauen, neue Häuser mit frischem Putz, neue Bücher, die nach Druckerschwärze riechen, neue Autos, deren immer wieder verblüffende Formen, die allerdings für den Eingeweihten nur Variationen des schon einmal Dagewesenen sind. Die neuesten Motoren, den Glanz des frisch polierten Metalls, die eben erst gekauften Gegenstände, die man in festlicher Verpackung nach Hause trägt, das Rascheln des Zellophans, die süße Spannung des jungfräulichen Bändchens. Nagelneue Banknoten, auch wenn sie nicht ins Portemonnaie passen; saubere Plastikflächen ohne einen Schatten von Vergilbung, glattgehobelte Arbeitsplatten ohne den geringsten Flecken, ein leerer Raum, den man sich einrichten kann, faltenlose Wangen, den Ausdruck »alles ist möglich« – wer braucht heute noch ein Wort wie »vergeblich«? –, eine grüne Erbse, die mit Gewalt aus der Schote gepult worden ist, Persianerlamm, knospende Blumen, unschuldige Welpen, kleine Zicklein, lebendes Holz, das noch an die Form des Baumes erinnert, das helle Grün ohne eine Spur von Ähren. Nur das, was neu ist, was noch nicht dagewesen ist. Neues, Neues.

## *Nowa Ruda*

Eine Stadt der Friseure, der Läden mit gebrauchter Kleidung, der Männer mit Kohlenstaub auf den Lidern. Eine Stadt in Tälern, auf Abhängen und Gipfeln. Stadt der achtlos geschlagenen Brücken über den kleinen Fluss, der erscheint und verschwindet, immer in einer anderen, modischen Farbe, Stadt der heiligen Nepomuks, der Parfumimitate, der Milchbars, der Billigwaren, die mit Sorgfalt auf den Ladenregalen aufgebaut sind, Stadt der Feuchtigkeitsspuren auf dem Putz der Häuser, der Fenster, aus denen man nur die Beine der Passanten sieht, der labyrinthischen Höfe, Zielortstadt und Umsteigestadt, Stadt der pilgernden Hunde, der heimlichen Durchgänge, der Sackgassen, der geheimnisvollen Symbole über den Haustüren, Stadt der roten Ziegelhäuser, der elliptischen Verkehrskreisel und schiefen Kreuzungen, der Umgehungsstraßen, die ins Zentrum führen, der Märkte am Stadtrand, der Treppen mit Anfang und Ende auf demselben Stockwerk, der Kurven in begradigenden

Straßen, der Gabelungen, bei denen die linke Abzweigung nach rechts und die rechte nach links führt. Die Stadt des kürzesten Sommers und des Schnees, der nie ganz schmilzt. Stadt der Abende, die hinter den Bergen heraufziehen und sich wie ein gewaltiges Schmetterlingsnetz über die Häuser stülpen. Stadt des Wassereises, der Läden, in denen Kuhknochen verkauft werden, der grellgeschminkten Angestellten und betrunkenen Mütter mit Säuglingen in Kinderwagen. Stadt, die davon träumt, dass sie in den Pyrenäen liegt, dass die Sonne über ihr nie untergeht, dass alle die, die fortgegangen sind, eines Tages zurückkehren, dass die von den Deutschen zurückgelassenen unterirdischen Tunnel nach Prag, Breslau und Dresden führen. Stadtgebröckel. Schlesische, preußische, tschechische, österreichisch-ungarische und polnische Stadt. Randstadt. Stadt der Menschen, die mit dem Vornamen aneinander denken, aber sich nur mit dem Nachnamen anreden. Stadt der menschenleeren Samstage und Sonntage. Stadt der driftenden Zeit, der verspäteten Nachrichten, der irreführenden Namen. Es gibt nichts Neues darin, aber wenn etwas Neues auftauchte, würde es sofort trüb werden, sich mit Schimmel überziehen, modernd und reglos auf der Grenze des Seins verharren.

## *Der Begründer*

Der Begründer der Stadt war Tunczil, der Messer herstellte und den man deshalb Messerschmied nannte. Er machte Messer zum Töten, zum Haareschneiden, zum Häuten, zum Kohlhacken, zum Zuschneiden von Riemen aus Leder, zum Kennzeichnen der Bäume, die gefällt werden sollen, und sogar zum Schnitzen von Figuren und Ziermustern auf Holz. Er verstand sich auf sein Fach, und alle achteten Tunczil Messerschmied. Aber in dem Dorf, in dem er lebte, gab es zwei Messerschmiede, ein anderer beherrschte die Kunst genauso gut wie Tunczil. Da er der Jüngere der beiden war, kaufte Tunczil ein Pferd und packte seine ganze Habe auf einen Karren. Da lagen seine Werkzeuge, das Steinrad zum Schleifen der Messer, Kisten mit Kleidung, ein paar Kochtöpfe, Häute und Wolldecken zum Schlafen, und seine Frau mit einem Bauch, der ihr bis unters Kinn reichte.

Auf der anderen Seite der Berge lagen fruchtbare Täler, üppige Wälder mit Fichten, die so hoch waren, dass sie mit den Spitzen am Himmelsgewölbe kratzten. Zwischen den Wäldern duckten sich kleine Dörfer. Und in manchen dieser Dörfer fehlte es sicher an einem Messerschmied, deshalb lenkte Tunczil seinen Karren geradewegs nach Süden, wo die Sonne hoch am Himmel stand. Sie wanderten einige Tage über Waldwege, dann machten sie an einem Bach halt, und Tunczils Frau bekam Geburtswehen. Mit seinem besten Messer durchtrennte Tunczil die Nabelschnur, doch als der Morgen dämmerte, starb seine Frau schweigend, und kurz darauf auch das Kind. In seinem Schmerz trat Tunczil gegen die Baumstämme und brüllte vor Wut und Kummer. Warum habe ich mich auf den Weg gemacht, ich Dummkopf! Warum habe ich mich hinaus in die fremde Welt gedrängt? Wo soll ich jetzt meine Frau begraben? Im Wald, wie ein Tier? Das angeschirrte Pferd hatte den Kopf gesenkt und sah ihn an. Tunczils Schreie riefen Holzfäller herbei, die in der Nähe Bäume schlugen, und diese halfen ihm, die Toten zu beerdigen.

Tunczil wollte unbedingt bei dem Grab bleiben. Er

baute sich eine Hütte aus Holz und wartete darauf, dass ein Engel erschien und ihm sagte, was er jetzt tun solle. Die Holzfäller kamen jeden Tag zu ihm und bewunderten seine Messer. Manchmal brachten sie ihm etwas zu essen mit. Er tauschte mit ihnen ein Messer gegen eine Axt und fällte selbst die Bäume rings um seine Hütte. Mit dem Pferd riss er die Wurzeln aus der Erde und zog einen Holzzaun um das so entstandene Stück Land. In der Nacht hörte er das Heulen der Wölfe, wenn die Rudel über die Berge zogen, aber er fürchtete sich nicht. Vor Einbruch des Winters kehrte er zu seiner früheren Siedlung zurück und besuchte seine Familie. Er sagte ihnen, was geschehen war. Und dann sagte er. »Ich brauche einen Hund und eine neue Frau.« Aber den ersten Winter stand er allein durch, so mühsam es auch war. Die ganze Zeit hackte er Holz, um nicht zu erfrieren, und er stellte Fallen auf, in denen er magere Hasen und Rehe fing. Im Frühling brachten ihm die Verwandten, um was er gebeten hatte. Die Frau hieß Dorota, sie war klein, dünn und schweigsam. Tunczil erschrak und meinte, er würde sie nie lieben können, doch mit der Zeit kamen sie einander näher. Der Hund wuchs zu einem großartigen Gefährten heran. Er war schnell und stark, konnte allein jagen, und Tunczil fühlte sich völlig sicher, wenn er mit ihm in den Wald ging.

Seht, wie alles mit einem einzigen Menschen anfängt. Tunczil wurde jedes Jahr ein Kind geboren, und mithilfe der Holzfäller baute er eine neue Hütte. Er und seine Frau verwandelten ganze Abhänge in fruchtbare Felder. Am Bach säten sie Buchweizen und Hafer. Die Holzfäller bauten sich Hütten in der Nähe und holten Frauen zu sich. Als Tunczil alt war, hatte sich das Tal in eine kleine Siedlung verwandelt, die sie Neue Rodung nannten.

Einmal in all diesen Jahren widerfuhr Tunczil etwas Merkwürdiges. Mitten in einer frischen Rodung auf der anderen Seite des Flüsschens sah er einen einzelnen Baum, den die Äxte offenbar vergessen hatten. Neugierig ging er hinüber und betrachtete den Baum. Es war eine Fichte, gut gewachsen, groß und gerade, so wie man sie zum Hausbau verwendet. Er ging um den Baum herum und entdeckte dabei einen in die Rinde eingewachsenen Gegenstand, der allem Anschein nach aus Eisen war und schimmerte wie eine polierte Klinge. Zuerst betastete er ihn mit dem Finger, dann versuchte er, ihn mit dem Fingernagel herauszugraben, dann mit einem Stock und schließlich mit einem seiner Messer. Aber es gelang ihm nicht. Der harte Körper des Baumes hielt den Gegenstand fest. Es sah aus, als seien Holz und Metall miteinander verwachsen und auf keine Art und Weise voneinander zu trennen. Tunczil meinte, das sei ein Zeichen: zwar war kein Engel erschienen, der ihm mit leuchtendem Finger eine Stelle gezeigt hatte, aber er wusste auch so, dass er hier eine Kirche bauen sollte. Er rief seine Nachbarn zusammen, und gemeinsam fällten sie die große Fichte. In der Nacht gelang es Tunczil, den geheimnisvollen Gegenstand aus dem Stamm zu reißen. Es war ein Messer, aber nicht eines, wie Tunczil sie machte. Es war ein anderes Messer. Seine Schneide war unvergleichlich viel glatter, sie war fast so glatt wie ein Spiegel, und der Nachthimmel spiegelte sich darin wider. Die kleine Reihe von Zeichen, die darauf eingeritzt waren, sagten Tunczil allerdings nichts, Tunczil kannte keine anderen Zeichen als die Spuren von Wölfen, Hasen und die erstaunlichen Formen der Schneeflocken. Aber es war nicht der Baum, der wichtig war, und auch nicht dieses Messer, sondern der Ort, der sich auf diese Weise den Menschen offenbart hatte. Sie zeichneten deshalb einhellig ein Rechteck auf die Erde und beschlossen, hier eine Kirche zu bauen.

Viel, viel später, als er schon so alt war, dass sich ihm alles im Kopf verwirrte, überlegte Tunczil, ob der Baum mit dem eingewachsenen Messer wirklich dort gestanden hatte. Vielleicht hatte er einen solchen Baum an einer ganz anderen Stelle gesehen, als er klein war, oder er hatte es geträumt, denn seine Träume waren immer sehr klar und scharf wie die Schneide eines Messers. Er gebot, dass man ihn mit seinem Fundstück begraben sollte, dessen Stahl, im Gegensatz zu ihm, nicht alterte. Noch vor seinem Tod erbarmte sich ein Schriftkundiger und las ihm vor, was die kleine Reihe von Zeichen besagte, und das Wort lautete Solingen. Dieser Name sagte niemandem etwas.

Mehrere hundert Jahre später stellte der Professor des Gymnasiums in Nowa Ruda einen Antrag beim Stadtrat, man solle dem Gründer der Stadt ein Denkmal errichten, aber da sich diese ganze Geschichte, wie überhaupt ein beträchtlicher Teil der Geschichte der Stadt, in einer anderen Sprache abgespielt hatte, wurde der Antrag erst gar nicht in Betracht gezogen.

## *Die Erlösungsmaschine*

Die Messerschmiede hatten eine kosmologische Vision. Das war die Vision der Erlösungsmaschine. Sie zeichneten sie auf die Wände ihrer Häuser, schnitzten sie auf die Messergriffe, ihre wenigen Kinder zogen ihre Umrisse nach den Erzählungen der Erwachsenen in den

Sand. Sie sangen von ihr in ihren klagenden Psalmen, die so absonderlich und traurig waren, dass außer ihnen niemand sie anhören konnte.

Das kosmische Instrument der Erlösung ist die Bewegung der Umdrehung, sowohl die große, die die fernen Sterne, die Tierkreiszeichen und die ganze Welt durch den Weltraum bewegt, aber auch die kleine, die in den von Menschen hergestellten Dingen gegenwärtig ist, in Mühlrädern, Kurbeln, Uhren, Wagenrädern, beim Mahlen von Mohn und beim Töpfern von Gefäßen, bis hin zu der kleinsten Bewegung, die in den kleinsten Teilchen steckt, aus denen die Welt besteht.

Ich würde das so beschreiben: Die Sonne, die am Anfang aller Zeit in kreisende Bewegung versetzt wurde, ist ein gigantischer Staubsauger, sie entzieht der Materie das Licht, schickt es zu den Umlaufbahnen der Planeten und den gewaltigen Wasserrädern des Sternbildkreises. Und von diesen leitet die Bewegung das Licht weiter, höher, bis an die Grenzen des Universums, woher das Licht kam.

Das Licht lebt in den Seelen der Menschen und Tiere, dort existiert es im Verborgenen, im Winterschlaf, konserviert. Der Mond wiederum ist das Transportschiff, er bringt die Seelen der Verstorbenen von der Erde zur Sonne. In der ersten Hälfte eines jeden Monats sammelt er sie ein und wird dabei immer heller, bis er voll ist. In der zweiten Hälfte eines jeden Monats gibt er sie an die Sonne ab, und bei Neumond ist er dann wieder leer. Dann hat er alles abgeladen. Ganz entleert steht er zwischen Erde und Sonne, bereit zu weiterer Arbeit. Ein silbriger Tanker.

Die Sonne bleibt so lange bestehen, singen die Messerschmiede in ihren Psalmen, bis sie alle Lichtpartikel aufgesaugt hat und sie an den großen Besitzer des Lichtes abgegeben hat. Dann wird sie verfallen, erlöschen, zerbröckeln und der Mond mit ihr, und dann zerbricht die Harmonie des Sternbildkreises. Die ganze kosmische Maschine stockt, steht still und bricht schließlich mit Getöse in Stücke. Die Milchstraßen werden sinnlos. Die Ränder der Welt befinden sich in ihrem Zentrum.

## *Fahren wir, sagte ich, morgen ist Allerheiligen.*

Marta saß am Tisch und rieb sich die rotgeränderten Augen. In ihrer Küche war es sagenhaft sauber, alle Töpfe waren weggeräumt, das Wachstuch saubergescheuert, der Holzboden glänzte vom Bohnerwachs. Selbst die Fenster hatte sie geputzt und all die sommerlichen Spinnweben entfernt, welche die Sonne eingefangen hatten. Ohne die Mottenleichen wirkten die steinernen Fensterbänke wie Grabplatten. Ich brachte ihr die Reste von einem Kuchen, und sie aß gierig. Dann stand sie auf und schlurfte in ihr Zimmer, durch die geöffnete Tür sah ich das makellos gemachte Bett, das für den Winter bereit war.

Sie brachte eine Perücke aus dem Zimmer, eine dunkle, fast schwarze Perücke, deren Haare zu Zöpfen geflochten waren. Ich setzte sie auf. Marta lächelte. In den Mundwinkeln hatte sie Krümel vom Mohnkuchen.

»Wunderbar«, sagte sie und hielt mir den Spiegel vor.

Verschwommen und fremd sah ich mir daraus entgegen. Ich erkannte mich nicht wieder.

Ich werde diese Perücke anstelle einer Mütze tragen,

gleich nach dem Aufwachen werde ich sie anziehen, um sicheren Fußes ins Badezimmer zu gelangen, vielleicht werde ich sogar damit schlafen. Ich werde sie aufhaben, wenn ich arbeite, und beim Beaufsichtigen der Renovierungsarbeiten im Sommer. Mit der Perücke auf dem Kopf werde ich in die Welt hinausfahren.

Ich umarmte Marta. Sie reichte mir bis zum Kinn, war zerbrechlich und zart wie ein Schilfrohr. Ihre kurzen weißen Haare rochen nach Feuchtigkeit.

Am Nachmittag ging ich zu ihr, um mich zu verabschieden und sie daran zu erinnern, in unserem Namen dem Kind der Frosts ein Grablicht anzuzünden.

Ich ging in ihr Haus, aber es war leer. Auf dem Tisch lag eine Nadel mit Faden und der große Zinnteller stand da, der greifbarste Gegenstand in Martas Haus. Ich setzte mich an den Tisch und wartete auf sie, vielleicht eine Stunde oder zwei. Von den geweißten Wänden hallte mein Atem wider. Ich fuhr mit dem Finger über das komplizierte Muster. Keine Fliegen summten, im Herd knisterte kein Feuer. Es war so still, dass ich meinen eigenen Körper spürte, er lebte.

Ich wusste von der Kellertür, ich saß mit dem Rücken zu ihr. Sie war geschlossen, und das Vorhängeschloss hing offen am Riegel, bereit, bewegt zu werden. Ich hätte aufstehen, die Tür öffnen und nach unten gehen können. Ich hätte mich in Dunkelheit und Feuchtigkeit neben sie legen können, in der Nachbarschaft der Kartoffeln, die auf den Frühling warteten. Das dachte ich, aber es ist schwer, über irgendetwas in Martas Haus nachzudenken, es ist wie ein Schwamm, der den Gedanken aufsaugt, bevor er entstehen kann. Es gibt nichts im Tausch für irgendetwas, es verspricht nicht und enttäuscht nicht, es gibt keine Zukunft darin, und die Vergangenheit verwandelt es in Gegenstände. Martas Haus ist so ähnlich wie sie, wie sie erkennt es nichts an, weder Gott noch seine Geschöpfe, ja nicht einmal sich selbst, es will nichts von der Welt wissen. Es gibt nur eine Zeit darin, nur das Jetzt, aber es ist riesig, es dehnt sich in alle Richtungen aus und erdrückt, es ist zu groß für die Menschen.

Dann war es plötzlich Abend, ich merkte nicht einmal, wie es dunkel wurde. Und ich wäre dort sitzen geblieben, von meinem eigenen Atmen hypnotisiert. Ich wäre nicht aufgewacht, wäre nicht dieser Zinnteller gewesen, der mit seinem Glanz meine Hände beschien, den Dingen Schatten anheftete. Er spiegelte in sich alle vergangenen und zukünftigen Vollmonde wider, alle hellen, gestirnten Himmel, alle Kerzenflammen und Glühbirnen und den kalten Glanz aller Neonröhren.

## *Den Himmel lesen*

R erzählte, als er klein war, habe er aus den Wolken gelesen, jedenfalls komme ihm das jetzt in der Erinnerung so vor.

Die Wolken bildeten für ihn erkennbare Muster, Tiere, Schiffe und Segelboote, eine Herde weißer Schafe, die ein dunklerer und schnellerer Schäferhund zusammentrieb, Autos, sogar Feuerwehrwagen, oder Ungeheuer, Schlangen, Drachen, aufgerissene Rachen auf kurzen Beinen, geflügelte, luftige Skelette. Als er in die Schule kam, erkannte er Buchstaben und Zeichen in den Wolken. Manchmal vollzogen sich vor seinen Augen mathematische Operationen, eine verschwommene Zwei gesellte sich zu einer bauchigen Drei, und dann wehte der Wind eine geschlängelte Figur herbei, die eine Fünf darstellte. Mit der Zeit wurden die Rechenvorgänge komplizierter. Auf diese Weise lernte er im zweiten Schuljahr das Einmaleins. Aus seinem Fenster, das auf Eisenbahngleise hinausging, sah er ein Stück Himmel. Auf der einen Seite waren die Wolken immer rötlich oder orangefarben, denn da schien das Licht der Kokserei in den Himmel. Auf dieser Riesentafel sah er die ganze Algebra. Vom Einmaleins war ihm besonders die Sieben-mal-Acht haften geblieben, denn diese Rechnung konnte man sich am schwersten merken. Die Sieben erinnerte an ein verzerrtes Hörnchen, die Acht an zwei aneinanderhängende Rauchwölkchen. Ihnen folgte das Ergebnis: die Fünf als ein leicht verschwommenes Häkchen und eine verblüffend klare Sechs, vielleicht der Kondensstreifen eines Düsenflugzeugs. Stundenlang saß er am Fenster und blickte zum Himmel hinauf. In der siebten Klasse verliebte er sich und wurde Zeuge von Herzen und vierblättrigem Klee am Himmel. Als er älter wurde, sah er andere Zeichen: ein riesiges Friedenszeichen, das den halben Himmel bedeckte und sich langsam von Osten nach Westen über die Stadt schob, ein großes Tao, das er auf einer Studienfahrt über dem Schloss in Bolkow erblickte. Irgendwann war es für ihn an der Zeit, sich mit anderen Dingen zu beschäftigen und nicht mehr nur in den Himmel zu gucken. Vor Kurzem hat R. erfahren, dass man im Alter zwischen dreißig und vierzig das beste Sehvermögen hat. Deshalb hat er kürzlich den Russkis ein Stativ abgekauft, und sobald der Frühling kommt, stellt er den Fotoapparat auf der Terrasse an der Ostseite des Hauses auf. Das Objektiv richtet er auf den Himmel über den Wipfeln zweier Fichten, die sich gleichen wie ein Ei dem anderen, und so wird die Kamera bis zum Herbst stehen bleiben. Jeden Tag wird er ein Foto machen, selbst dann, wenn sich der Himmel mit einer dichten grauen Wolkendecke überzieht. R. ist sicher, dass dabei etwas herauskommen wird und dass wir im Herbst eine Serie von Himmelsaufnahmen auf die Platte gebannt haben werden, die Sinn und Bedeutung hat. Man kann dann die Aufnahmen wie ein Puzzle zusammenlegen. Oder sie im Computer übereinanderlegen. Oder man kann mithilfe eines Programms einen einzigen Himmel daraus bilden. Und dann werden wir es wissen.

*Bitte beachten Sie auch die folgenden Seiten.*

**Literaturnobelpreisträgerin**
**OLGA TOKARCZUK**
*Ihr Werk im Kampa Verlag*

»Das hat die Jury richtig gut gemacht.«
*Andreas Platthaus / Frankfurter Allgemeine Zeitung*

*Die Jakobsbücher*

Roman

Aus dem Polnischen
von Lisa Palmes und Lothar Quinkenstein

»Tokarczuks Bücher reißen Fenster zur Welt weit auf. 1000 sensible, zärtliche, trauererfüllte Seiten sind denkbar größte Literatur.«
*Fabian Wolff / Süddeutsche Zeitung, München*

*Unrast*

Roman

Deutsch von Esther Kinsky

»Dieser nomadisierende Roman ist so bemerkenswert, weil er als ein glänzender literarischer Kommentar gelesen werden kann zu dem weltumspannenden Entwurzelungswerk und der rasenden Deterritorialisierung, in deren Spur der Kapitalismus voraneilt.«
*Iris Radisch / Die Zeit, Hamburg*

*Gesang der Fledermäuse*

Roman

Deutsch von Doreen Daume

»Tokarczuk zeigt erneut ihr ganzes stilistisches Können: die Kraft und Präzision der Sprache, die Genauigkeit der Beschreibung, die jedes noch so kleine Detail greifbar macht, die Zeichnung der Figuren, die bei aller Skurrilität etwas seltsam Anziehendes an sich haben.«
*Marta Kijowska / Frankfurter Allgemeine Zeitung*

*Taghaus, Nachthaus*

Roman

Deutsch von Esther Kinsky

»Ein Roman, der die Welt der Träume und des Wachens auf einzigartige Weise verbindet, und zwar so, wie es sonst nur das Leben kann.«
*Süddeutsche Zeitung, München*

*Ur und andere Zeiten*

Roman

Deutsch von Esther Kinsky

»Eine grandiose Parabel.«
*Ilma Rakusa / Neue Zürcher Zeitung*

*Letzte Geschichten*

Roman

Deutsch von Esther Kinsky

»Weil *Letzte Geschichten* vom Sterben handelt, ist es auch ein Buch über das Leben. Dem Verschwinden der Dinge und der Erfahrungen setzt Olga Tokarczuk ihre poetische Imaginationskraft entgegen.«
*Jörg Magenau / Falter, Wien*

*Der Schrank*

Erzählungen

Deutsch von Esther Kinsky

»Olga Tokarczuk ist eine Meisterin im Schaffen von Welten, innerhalb derer sie viele weitere Welten ineinander verschachtelt oder miteinander verknüpft.«
*Doreen Daume / Die Presse, Wien*